KB186777

고소설의 현실 인식과 서사적 형상화

김서윤

박문사

머리말

이 책은 2014년 가을부터 2019년 여름까지 한국 고소설에 관해 쓴 논문을 모은 것이다. 제목을 '고소설의 현실 인식과 서사적 형상화'라 한 것은, 고소설의 창작과 향유가 당대인의 현실 인식과 대응에 기여하였을 지점을 탐색하는 것이 이 책에 실은 논문들의 공통된 주제이기 때문이다. 특히 고소설 특유의 교훈 지향적이고 환상적인 서사 장치들이 당대의 현실 문제를 표현하고 소통하는 데 어떤 효용이 있었는지를 밝히고자 하였기에, '현실 인식'과 '서사적 형상화'를 핵심어로 삼아 제목을 정하였다.

문학은 구체적 형상화를 통해 현실을 묘사하게 마련이고, 소설에서는 인물의 행동과 서사 전개 속에 당대의 현실이 담긴다. 문학의 형상화는 추상적인 관념의 틀로 단순화할 수 없는 삶의 실체를 드러냄으로써 독자에게 새로운 현실 인식의 기회를 제공한다. 고소설의 창작과 향유 또한 문학 특유의 현실 인식적 효용을 동력으로 하였을 터이다. 고소설에서 도덕적 인물 묘사와 서사 전개의 틀은 도리어 그것으로 환원되지 않는 현실의 변화와 혼란을 더욱 생생히 형상화하는 계기로 작용한다. 중국을 배경으로 하는 이국적 서사 세계와 천상계 등 초월적 서사 세계의 존재 또한 현실의 민감한 문제를 거리를 두고 객관적으로 형상화할 수 있는 기회를 마련해 준다.

이 책에서는 이와 같은 고소설 특유의 서사적 형상화의 특징과 그 현실 인식적 가치를 세 부분으로 나누어 고찰하였다. 1부에서는 당대의 급격한 사회·문화적 변화가 반영된 세 작품을 분석하여, 선악의 가치 판단이 불가능한 인물 형상과 서사 전개에서 드러나는 향유층의 혼란과 갈등을 살펴보았다. 2부에서는 모자 관계, 부자 관계, 형제 관계 등 가족 관계의 문제를 다룬 세 작품을 분석하여 유교적 이념의 이면에 작동하고 있는 당대의 현실 문제를 살펴보았다. 마지막으로 3부에서는 여성 인물들 간 성격 차이가 두드러지는 네 작품을 분석하여, 인물들 간의 대립과 충돌을 통해 드러나는 바 당대 여성이 처한 갈등과 불안의 상황을 탐색하고 이들이 소설을 통해 소통하고자 한 삶의 문제를 들여다보고자 하였다.

이제 막 연구를 시작하여 논의가 거칠고 생각이 미숙한 부분이 많으나 앞으로 꾸준히 작품을 읽고 공부하며 고소설에 형상화된 현실의 모습과 그 인식적 가치를 계속해서 탐구해 보고자 한다. 부족한 제자에게 공부할 수 있는 길을 열어 주신 김종철 선생님께 감사드리며, 앞으로 더욱 노력하고 발전하는 모습 보여 드릴 것을 다짐한다. 늘 따뜻이 격려해 주시는 부모님, 든든하게 곁을 지켜주는 남편과 딸에게도 고마움을 전한다.

목차

머리말_3

제1부 향유층의 시대적 상황과 고소설

제1장 〈쌍녈옥소록〉의 정난지변 서술시각과 그 시대적 의미 11
1. 서론 11
2. 〈쌍녈옥소록〉의 정난지변 서술시각 16
3. 18세기 사족 집단의 정치적 상황과 정난지변 25
4. 〈삼생기연〉과의 서술시각 비교 33
5. 결론 39

제2장 활자본 고소설 〈이진사전〉에 나타난 첩에 대한 서술시각의 양면성과 그 시대적 의미 43
1. 서론 43
2. 〈이진사전〉에 나타난 첩에 대한 양면적 시각 45
3. 첩에 대한 양면적 시각의 시대적 의미 55
4. 결론 64

제3장 고소설 '개과 서사'의 전개 양상과 의미 —처첩 갈등과 모자 갈등 상황을 중심으로 67
1. 서론 67
2. '개과'의 의미와 조건 70
3. '개과' 서사의 전개 양상과 의미 74
4. 결론 90

제2부 고소설에 나타난 가족의 형상과 가족관

제1장 〈완월회맹연〉에 나타난 천상계의 특징과 의미 95
—모자 관계 형상화를 중심으로
1. 서론 95
2. 〈완월회맹연〉에 나타난 천상계의 양면성 98
3. 천상계의 시각에서 본 양모-양자 관계의 특징 107
4. 가문소설의 향유 맥락과 천상계의 의미 114
5. 결론 120

제2장 〈엄씨효문청행록〉의 모자 관계 형상화 양상과 그 의미 122
1. 서론 122
2. 〈엄씨효문청행록〉에 나타난 모자 관계의 특징 125
3. 〈엄씨효문청행록〉의 모자 관계 서술시각과 그 의미 146
4. 결론 152

제3장 영웅군담소설에 나타난 가족 유대관계의 두 양상과 그 시대적 함의 155
1. 서론 155
2. 주동인물과 반동인물의 가족 유대관계 158
3. 두 가지 가족 유대관계의 시대적 함의 169
4. 결론 180

제3부 고소설의 여성 인물과 부부 서사

제1장 〈현씨양웅쌍린기〉에 나타난 여성 인물의 신분 위상과 부부 갈등 185
1. 서론 185
2. 남성 인물의 성격 요인을 중심으로 한 부부 갈등 해석의 성과와 한계 188
3. 여성 인물의 사회적 처지에 따른 부부 갈등의 발생과 전개 193
4. 결론 208

제2장 〈화문록〉의 여성 인물 형상화와 그 서술 시각 212
1. 서론 212
2. 여성 인물의 대조적 형상화와 융화 215
3. 여성의 애정 욕구에 대한 이중적 시각과 그 시대적 맥락 222
4. 특징적 서사 장치들의 기능과 의미 230
5. 결론 235

제3장 애정전기소설에 나타난 여성 인물의 애정 의지 유형과 그 의미 238
1. 서론 238
2. 애정전기소설에 나타난 여성 인물의 애정 의지 유형 241
3. 각 유형에 투영된 여성의 처지와 문제 262
4. 결론 266

제4장 고소설에 나타난 공주혼 모티프의 문학치료적 함의 268
—〈소현성록〉과 〈유씨삼대록〉을 중심으로
1. 서론 268
2. 〈소현성록〉과 〈유씨삼대록〉에 나타난 공주혼과 부부 갈등의 양상 비교 271
3. 〈소현성록〉과 〈유씨삼대록〉에 나타난 공주혼과 부부 갈등의 문학치료적 의미 285
4. 결론 296

수록 논문 출처_298
찾아보기_300

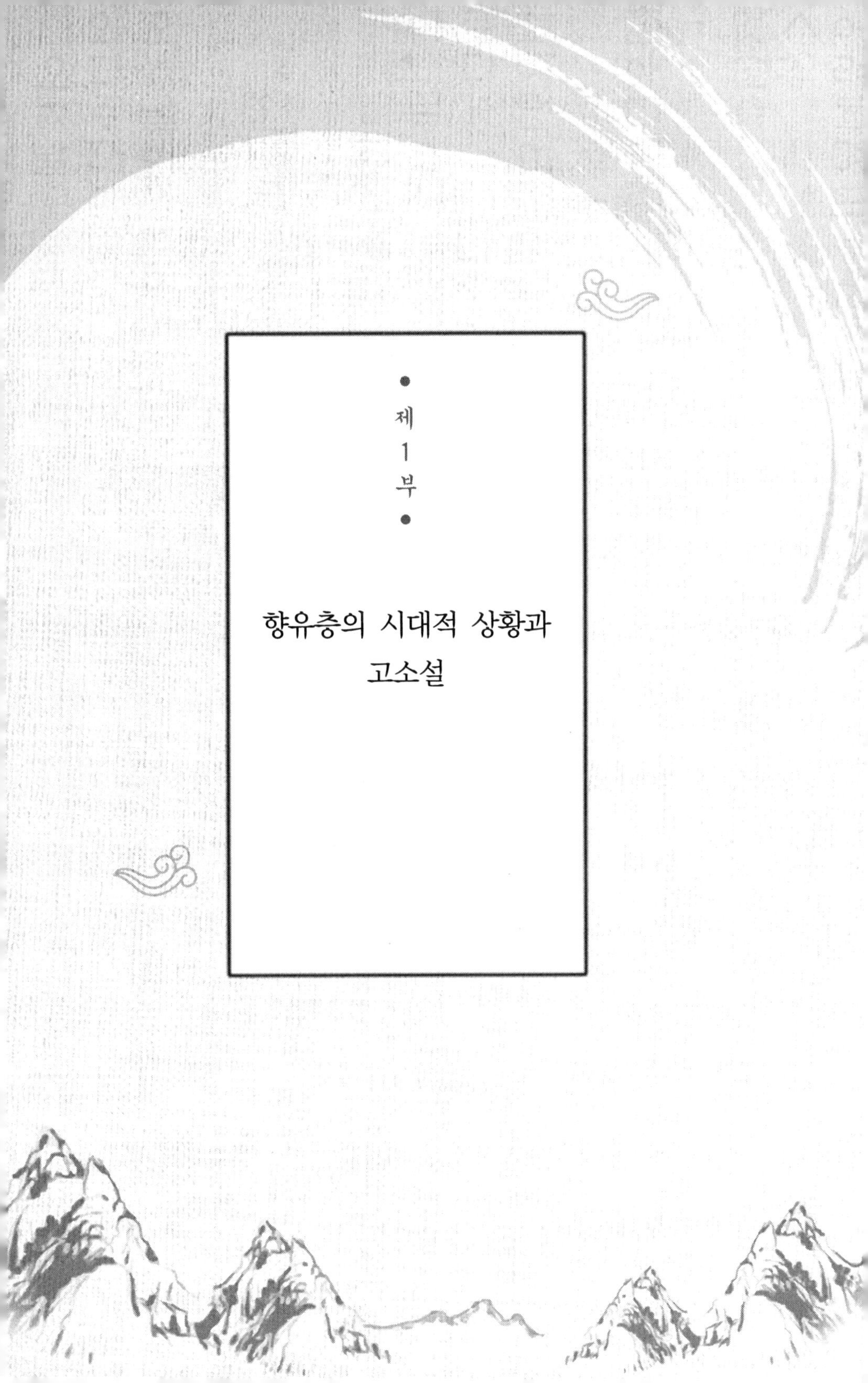

제
1
부

향유층의 시대적 상황과 고소설

제1장

<쌍녈옥소록>의 정난지변 서술시각과 그 시대적 의미

1. 서론

고소설 중에는 정난지변을 소재로 한 작품들이 다수 존재한다. 그 중에서도 〈쌍렬옥소록〉은 정난지변으로 인한 한 가문의 위기와 그에 대한 대응 과정을 정면으로 다룬 작품으로서, 당시 사족 계층의 독자들이 정난지변에 어떠한 의미를 부여하였으며 또 이를 소설화함으로써 당대 조선의 정치적 현실에 대하여 어떤 문제를 제기하고자 하였는지를 살펴볼 수 있는 기회를 제공한다.[1]

〈쌍녈옥소록〉의 위명은 영락제의 황위 찬탈에 격렬히 저항하며, 거듭

1 정난지변을 다룬 작품들 중에는 〈명행정의록〉, 〈성현공숙렬기〉, 〈쌍천기봉〉, 〈옥호빙심〉, 〈임화정연〉 등도 있으나 이들은 정난지변을 작품의 일부에서만 다루었다. 반면 〈쌍녈옥소록〉에서는 정난지변으로 인한 영락제와 위명의 대립, 위씨 가문 내부의 갈등과 그 해소 과정이 작품의 중심축을 이루고 있다. 허순우(2016) 또한 〈쌍렬옥소록〉 계열의 한 이본인 〈쌍렬옥소삼봉〉이 정난지변에 대해 본격적이고 진지한 견해를 표출한 특별한 작품임을 〈임화정연〉과의 비교 과정에서 언급한 바 있다. 허순우, 「〈임화정연〉의 서사적 특징을 통해 본 통속소설의 정치성」, 『한국고전연구』 34, 한국고전연구학회, 2016, 231쪽.

되는 핍박과 유혹에도 불구하고 옛 임금 건문제에 대한 의리를 지키는 충신이다. 선행연구에서도 지적하였듯이, 이 작품만큼 충신의 고뇌와 신념을 생생히 묘사하고 긍정적으로 형상화한 작품은 유례를 찾아보기 어렵다.[2] 〈옥호빙심〉에도 영락제의 조정에 출사하기를 거부하고 은둔을 택하는 인물 사강백이 등장하지만, 정난지변 관련 대목은 작품 후반부에 비교적 짧은 분량으로 다루어질 뿐 사강백의 충신적 면모가 작품 전체를 통해 강조되지는 않는다.

그런데 문제는, 이처럼 '충'을 절대시하는 가치관으로 인해 위명과 부형들 간에 심각한 갈등이 발생한다는 점이다. 위명의 부형들은 영락제를 황제로 인정하고 그 명령에 따라 출사하지만, 서술자는 이들을 부도덕한 인물들로 그리지는 않는다. 작품에서 부각되는 것은 위명을 진심으로 염려하며 마음을 바꾸도록 설득하는 부형들의 모습과, 그런 부형들을 질타하면서도 한편 자신으로 인해 그들이 고통 받는 것을 안타까워하는 위명의 모습이다. 위명과 부형들은 서로 대립하면서도 분리될 수는 없는 관계로 설정되어 있기에 어느 한쪽의 입장만을 긍정하기가 쉽지 않다.

또 위명이 건문제에 대한 충절을 지키기 위해 여러 번 자결을 시도하지만 끝내 살아남는다는 점도 주목할 점이다. 주인공의 節死가 아닌, 일가의 화해와 재결합으로 갈등이 마무리되는 것은 이 작품의 강조점이 단순히 '충'의 가치를 선양하는 데 있지 않음을 시사한다. 옥소를 매개로 한 양소저와의 天定奇緣 또한 위명이 거듭 위기를 넘기고 살아남아 전생의 인연을 완성토록 하는 근거로 작용하는바, 그 과정 속에서 위명과 부형들 간의 갈등은 지속되고 확장되며 결국 위씨 일가 전체가 백호산 일대에서

2 김응환, 「〈삼생기연〉에 반영된 유교적 가치관의 구현」, 『한국언어문화』 22, 한국언어문화학회, 2002, 153쪽.

완취하는 것으로 작품은 마무리된다.

이러한 점들로 미루어볼 때 〈쌍녈옥소록〉에서 정난지변은 위명의 충절만을 부각하기 위한 수단으로 동원되었다고는 생각되지 않는다. 이는 동시대 다른 작품들과 비교해서도 마찬가지이다. 예컨대 〈성현공숙렬기〉에서 임한주 형제는 정난지변이 일어나자 은둔하지만 결국 영락제의 부름에 응해 출사하는데, 그렇다고 해서 이들이 불충한 인물들로 그려지는 것은 아니다. 위명과는 반대로 임한주 형제는 영락제를 도와 정치에 참여하는 삶을 택하였는데, 18세기 당시 독자들은 〈쌍녈옥소록〉과 〈성현공숙렬기〉 두 작품을 모두 향유하였고 두 편의 작품 모두 후대에 활자본으로 간행되거나 속편이 제작되는 등 상당한 인기를 누렸다.[3]

그러므로 위명과 그 부형들의 갈등, 또 이들과 〈성현공숙렬기〉 임씨 형제들 간의 차이는 '충'과 '불충'의 대립으로 규정될 수 없다. 어느 한 쪽만이 옳고 반대편은 그르다는 서술시각이 적용되기 곤란한 것이다. 선행 연구에서는 〈쌍녈옥소록〉이 '충'과 '효'의 가치가 대립하는 상황을 제시하면서 전자의 가치에 우선순위를 부여하는 서술시각을 나타내었다고도 분

3 본고에서는 〈쌍녈옥소록〉의 창작 시기를 17세기 말~18세기 말 사이, 즉 숙종~영조 연간으로 추정한다. 우선, 〈옥원재합기연〉 권14 표지상에 "쌍녈옥소봉"이라는 작품명이 기재된 것으로 미루어 늦어도 18세기 중후반에는 창작되었을 것으로 추정된다(최윤희, 「필사본 〈쌍열옥소록〉과 활자본 〈삼생기연〉의 특성과 변모 양상」, 『우리문학연구』 26, 우리문학회, 2009, 121쪽). 한편 국문소설의 본격적 창작과 유통 시기가 17세기 중반 이후임을 감안할 때, 작품의 창작 시기는 대체로 17세기 말에서 18세기 말 사이로 추정 가능하다. 아울러 〈성현공숙렬기〉 또한 속편인 〈임씨삼대록〉에 〈구운몽〉과 관련된 부분이 있는 것으로 미루어 대체로 18세기에 창작된 작품으로 생각되는바, 〈옥원재합기연〉 권14 표지 이면에 〈임씨삼대록〉이라는 작품명이 기재되어 있는 점도 그 전편이 늦어도 18세기 중반에는 창작되었다고 판단할 수 있는 근거가 된다(김종철, 「〈성현공숙렬기〉 작품 해제」, 『고전작품 역주 연구 및 한국근대화과정 연구』 I-1, 서울대학교 한국문화연구소, 1995, 1쪽; 이승복, 「〈성현공숙렬기〉 해제」, 서울대학교 규장각한국학연구원 홈페이지).

석한 바 있지만,[4] 부형들을 간절히 그리워하던 위명이 결국 이들과 재회하여 일가의 단취를 이루게 되는 결말을 감안할 때 '효'나 '우애'의 가치가 '충'보다 경시되었다고 단언하기 어렵다.

그보다는, 정치적 소신을 고수하며 국정 운영에 참여하는 것과 국가 정치에는 거리를 유지하며 가문의 번영에 힘쓰는 것, 이 두 가지 사족 계층의 보편적 가치를 상충하는 관계로 인식하기 시작하였고 둘 중 어느 한 쪽을 선택해야 할 필요에 직면하고 있었던 18세기 사족 계층의 정체성 갈등이 작품을 통해 형상화되었을 가능성에 보다 주목할 필요가 있어 보인다. 사대부들에게 국가와 가문에서의 역할은 모두 중요한 것이었고 본래 자연스럽게 연결되어야만 하는 것이었지만, 18세기 조선의 정치 · 사회적 현실은 그렇지 못하였기에 이로 인한 갈등을 드러내는 소재로서 정난지변이 활용되었다고 볼 수 있다.

분명한 출처관에 입각해 군왕의 자질을 평가하고 출사 여부를 스스로 선택하는 것이 '士'의 정체성이라면, 17세기까지의 정치적 상황은 이를 실현하기에 비교적 유리한 환경이었다. 학문적 명성을 갖춘 산림의 권위가 존중되었고 붕당 간의 논쟁을 통해 사림의 의견이 활발히 표출되어 국정에 반영될 수 있었기 때문이다. 반면 18세기에 접어들면서 왕권 강화를 위한 군왕들의 환국과 탕평 정국이 본격적으로 전개되기 시작하였고, 사림들은 이에 적절히 대응하지 못하고 분열되기 시작하였으며 정치적 영향력을 잃게 되었다.[5] 더욱이 정쟁의 화로부터 가문을 지키기 위해서,

---

4 박영희(2009)는 이 작품이 '가문 창달'보다 '임금에의 충성'을 우선시하는 유교적 충절의식을 구현한 작품이라 평가한 바 있다. 박영희, 「〈쌍렬옥소삼봉〉의 중국 역사 수용」, 『새국어교육』 82, 한국국어교육학회, 2009, 637쪽.

5 17세기까지 조선의 국정은 사림들의 공론을 바탕으로 운영되었고, '도학이 국왕 위에 군림하는' 왕도주의가 추구되었다. 이는 도학자 집단인 사림이 언론을 장악하고 산림 세력이 배후에서 정치 이론을 공급하는 구도로 이루어졌다. 그러나 이후 점차 사림들

사림은 자신의 정치적 신념을 표출하는 데 소극적인 자세를 취할 수밖에 없는 상황이었다.

그러므로 여러 차례의 환국으로 불안정한 정국에서, 가문의 위기를 각오하면서까지 사대부로서의 정치적 소신을 고집하는 것이 과연 바람직한 것인지를 묻고 답하는 과정에서 정난지변을 소재로 한 여러 작품들이 활발히 창작되고 향유되었다고 생각해 볼 수 있다. 〈쌍녈옥소록〉이 사대부의 '개인적' 덕목인 '가문 창달', '효'와 '사회적' 덕목인 '임금에의 충성' 간의 충돌 문제를 제기하고 있는 것은 이러한 시대적 상황을 배경으로 한다.

〈쌍녈옥소록〉을 비롯해, 정난지변을 다룬 여러 작품들이 동시대에 공존하였다는 사실은, 이러한 소재가 도입된 보다 심층적인 공통 기반이 무엇인지를 보다 섬세히 살펴볼 필요성을 제기한다. 표면적인 긍정과 부정의 차이를 넘어서, 이러한 소재를 동원하여 제기하고자 하였던 시대적 상황 자체에 관심을 둘 필요가 있다. 여러 작품들에서 정난지변의 서사적 활용 맥락이 서로 다르다는 점은 이미 선행연구를 통해 상세히 밝혀진 바 있으나, 앞으로의 연구에서는 당시 소설을 향유하였던 사대부 계층의 공통된 현실 인식과 대응 양상에 보다 유의하며 각 작품들의 관점을 비교하는 시도 또한 필요하리라고 본다.[6]

이와 관련하여 정난지변에 대한 서술시각의 차이를 벌열 지향 의식의 차이와 관련하여 해석한 선행연구는 매우 중요한 시사점을 제공한다. 선행연구에서는 〈쌍녈옥소록〉과 같이 영락제에 맞서는 주인공의 충절을 강

내부의 갈등은 심화되고, 이를 조정해 줄 수 있는 제도적 장치는 마련되지 못하여 사림정치는 붕괴하기 시작하였다. 이는 대략 영조 통치 초반인 18세기 초까지만을 사림정치의 유지기로 보는 근거가 된다. 이성무, 『조선의 사회와 사상』, 일조각, 2004, 318~322쪽과 346쪽 참조.

6 김동욱, 「고전소설의 정난지변 수용 양상과 그 의미」, 『고소설연구』 41, 한국고소설학회, 2016, 311~340쪽.

조한 작품들은 비교적 짧은 분량으로 마무리되는 반면, 〈성현공숙렬기〉 등 정난지변에 대해 긍정적 입장을 나타낸 작품들은 상대적으로 더 긴 분량에 걸쳐 가문 내 남녀결연 과정을 중심으로 서사가 확장되면서 가문의 벌열화 과정을 그리는 데 초점이 맞춰진다고 보았다.[7] 18세기 당대 사족 계층의 상황을 감안한다면, 이러한 작품들 간의 차이는 곧 국가에서의 역할과 가문에서의 역할 중 하나를 선택할 것을 요구받고 있었던 향유층의 입장을 반영한다고 볼 수 있다.

본고에서는 이러한 관점에서, 〈쌍녈옥소록〉 특유의 정난지변 서술시각을 분석해 보고 이를 통해 알 수 있는 당대 사족 계층의 정체성 문제를 조명해 보고자 한다. 이 작품은 정난지변으로 인한 인물들 간의 갈등을 전면적으로 다룬 유일한 작품인 만큼, 이를 통해 독자층인 사족 계층의 정치적 현실 인식과 대응에 구체적으로 접근할 수 있으리라고 본다. 아울러 후대의 이본인 〈삼생기연〉과의 비교를 통해, 사족 계층의 정치적 정체성 변화 양상 또한 함께 살펴보고자 한다. 분석 대상 판본은 계명대학교본 〈쌍녈옥소록〉과 1922년도 보급서관 발행본인 〈삼생기연〉이다.[8]

2. <쌍녈옥소록>의 정난지변 서술시각

선행연구에서도 지적되었듯이, 〈쌍녈옥소록〉은 정난지변을 영락제의 탐욕에서 비롯된 부당한 역모 행위로 규정하였다. 明史 등에 기록된 사실

7 조광국, 「고전소설에서의 사적 모델링, 서술의식 및 서사구조의 관련양상－옥호빙심, 쌍녈옥소삼봉, 성현공숙렬기, 쌍천기봉을 중심으로」, 『한국문화』 28, 서울대학교 규장각한국학연구소, 2001, 55~83쪽.

8 계명대학교본은 최윤희(2009)에 의해 〈쌍녈옥소록〉 계열 이본들 중 선본으로 판정된 바 있다. 최윤희, 「필사본 〈쌍열옥소록〉과 활자본 〈삼생기연〉의 특성과 변모 양상」, 『우리문학연구』 26, 우리문학회, 2009, 127쪽.

과는 달리 태후와 비빙들이 영락제의 찬위에 반대하여 자결하였다고 서술한 것은 그 단적인 예이다.[9] 이는 〈성현공숙렬기〉에서 건문제를 “년소나약ᄒᆞ야 강산의 님ᄌᆡ 아니”라 평가하고, 영락제를 “농미봉안의 년함호뒤니 가히 명실을 흥복ᄒᆞᆯ 쥐”로 옹호한 것과 비교하여 볼 때 분명 정난지변에 대한 부정적 시각을 나타낸다.

그러나 이러한 정난지변에 대한 부정적 서술을 건문제에 대한 충성심의 발로로만 규정하기는 어렵다. 작중에서 건문제는 비중 있는 인물로 등장하지도 않을뿐더러, 정난지변에 대응하는 과정에서도 우유부단하게 행동하는 등 비판의 여지를 남긴다. 작품의 중심인물 또한 건문제가 아닌 위명인바, 궐문을 빠져나간 뒤 건문제가 어찌 되었는지에 대해 서술자는 전혀 언급하지 않는다.

영락제 또한 그 개인적 성품이나 자질 면에서 부정적으로 그려지지 않는다. 소년시절부터 뛰어난 치세의 자질을 나타낼 뿐 아니라, 정난지변을 일으키는 과정에서도 그 나름대로는 상당한 명분을 확보한 뒤 행동하는 것으로 서술되는 것이다.

> 흔연활달ᄒᆞ고 순화유열ᄒᆞ야 복지비무하며 침즁묵묵ᄒᆞ니 사부 압ᄒᆡ셔ᄂᆞᆫ 침묵언ᄒᆡᄒᆞ고 공경수졍ᄒᆞ나 위공자로 즁당의 모드ᄆᆡ 고금을 폄논ᄒᆞ며 문장을 졔품ᄒᆞ야 단순을 합ᄒᆞᆯ 사이 업샤ᄃᆡ ᄀᆡᄀᆡ히 할연ᄒᆞᆫ 졍논이요 치셰ᄐᆡ평지상이라 공이 드라ᄆᆡ ᄒᆞᆫᄒᆞ고 부인이 녁 ᄒᆞᆫᄒᆞ믈 마지 아니ᄒᆞ더라 (13)[10]

9 박영희, 「장편 가문소설의 명사 수용과 의미 – 정난지변을 중심으로」, 『한국고전연구』 6, 한국고전연구학회, 2000, 208~209쪽.

10 괄호 안의 숫자는 인용문의 해당 면수를 나타낸다. 〈쌍녈옥소록〉의 경우 계명대학교본의 해당 면수를, 〈삼생기연〉의 경우 동국대학교 한국학연구소 편, 『활자본고전소설전집』 3권 중에 수록된 본문의 해당 면수를 나타낸다.

연왕은 본ᄃᆡ 슈명텬자로 ᄒᆞᆫ날이 ᄂᆡ신 ᄇᆡ라 그윽ᄒᆞᆫ 의ᄉᆡ 이실 분 아니라 죠졍이 여러 왕을 ᄑᆡ삭ᄒᆞ고 문죄ᄒᆞ미 연국에 미차니 왕이 크게 황구ᄒᆞ야 드ᄃᆡ여 ᄯᅳᆺ을 결ᄒᆞ고 탄왈 과인이 션제에 탁맹을 밧자와 충효랄 진심코자 ᄒᆞ더니 이졔 권간이 천명ᄒᆞ니 젹은 졀을 ᄉᆡᆼ각ᄒᆞ야 션졔 근로ᄒᆞ신 텬ᄒᆞ 타적으게 측ᄒᆞ리니 뉘우찬달 가히 밋치리오 (61~62)

위의 인용문에서 보듯이, 〈쌍녈옥소록〉의 서술자는 연왕이 정난지변을 결심하기까지의 과정을 상세히 설명하였다. 연왕은 'ᄒᆞᆫ날이 ᄂᆡ신 슈명텬자'로서, 건문제로 하여금 형제들을 압박하도록 충동한 신하들을 權奸들로 간주하고 이들을 제거하여 황실의 권위를 회복한다는 명분하에 정난지변을 일으킨 것이라는 점이 연왕 본인의 입장에서 서술되고 있는 것이다. 그는 권간들의 위협이 연국에까지 미치자 더 이상 참지 못하고 '드디어 뜻을 결정하였고', 어쩔 수 없음을 탄식하며 군대를 일으킨 것으로 되어 있다.[11]

〈쌍녈옥소록〉에서 영락제가 부정적으로 그려지는 것은, 정난지변을 일으켜 건문제의 황위를 빼앗았기 때문이라기보다는 옛 스승인 위연에 대한 사제 간의 법도를 저버렸기 때문이라고 볼 수 있다. 영락제는 연왕으로 봉해지기 전부터 이미 위연의 제자로서 위씨 가문과 각별한 관계를 맺어 왔다. 연왕은 어릴 때부터 위연에게 가르침을 받았고, 위연이 신병이 있을 때에는 몸소 찾아와 문병하는 등 제자로서 예를 갖추어 행동하였다. 그는 위명 형제들과도 허물없이 교유하며 친형제처럼 지냈다.

11 또 다른 대목에서는 "왕이 권신의 능간하므로써 여러 동긔 변을 만나 지엽을 먼져 갈기고 왕망의 발졔랄 도모하미 잇난지라 의심하매 드대여 발병하니"(65)라 하여 다시 한번 정난지변을 옹호하는 서술시각을 확인할 수 있다.

일일은 위공이 침질노 집의 드련졔 십여일이라 (…) 왕이 좌우다려 왈 근ᄅᆡ에 ᄐᆡ부의 존안을 뵈옵지 못ᄒᆞ니 심회 총망ᄒᆞ도다 당당히 ᄒᆞᆫ 번 ᄂᆞ아가 문후ᄒᆞ리라 언파의 소황문을 다리시고 친히 후원으로 죠차 가ᄇᆡ야이 ᄒᆡᆼᄒᆞ니 (…) 왕이 위공부쳐게 공경예필의 다시 퇴좌ᄒᆞ야 ᄐᆡ부의 병후랄 무라니 (…) 왕이 이의 공경필의 념실위사ᄒᆞ야 겸공온즁ᄒᆞ니 부인과 ᄐᆡ부 더욱 사랑ᄒᆞ더라 (…) 죵일토록 길긔다가 도라가 다시 수년이 지ᄂᆞᄆᆡ 사뎨졍의 날노 더ᄒᆞ디라 (11~14)

그는 책봉을 받아 연국으로 떠날 때에도 태부 위연과 동행하기를 원하였지만 위연이 사양하자 스승의 뜻을 존중하여 받아들인다.[12] 위연은 이에 연왕에게 "진중ᄒᆞ야 치국하ᄆᆡ ᄐᆡ평을 일위고 ᄇᆡᆨ셩을 사랑ᄒᆞ며 졍사랄 부즈러니 ᄒᆞ"라 훈계하고, 이후에도 위연과 연왕은 편지를 왕래하고 사신을 자처하여 오가는 등 사제 관계를 이어 나간다.

그러나 정난지변 이후 연왕, 즉 영락제는 태도를 바꾸어 위씨 가문을 핍박하기 시작한다. 정난지변 후에도 위연은 영락제을 계속해서 제자로 생각하여, 황제가 된 그와 처음 마주한 자리에서도 "아시적 풍눈ᄒᆞ던 옥안영풍이 오히려 잇ᄂᆞᆫ지라 반가온 졍이 유출"(75)하는 등 친근함을 느끼지만 영락제는 더 이상 위연을 스승으로 예우하지 않으며 오히려 아들 위명을 입조케 하지 않으면 위씨 가문 전체를 멸문할 것이라고 위협한다.

ᄐᆡ후사 위명이 짐을 비방ᄒᆞ고 젼졔랄 경멸ᄒᆞ야 무무히 가탁칭병ᄒᆞ고 두문불츌ᄒᆞ니 이ᄂᆞᆫ 션ᄉᆡᆼ이 훈교ᄒᆞ미 인약ᄒᆞ고 짐을 능멸ᄒᆞ야 쳔은을 져바리미라 (…) 금명 일츌사 입죠ᄒᆞ게 ᄒᆞ고 불연이면 위명으로 션죠 간신 유와 ᄒᆞᆫ가지로 다사리리라 (91)

12 연왕은 위연이 연국에 동행하지 않으려는 뜻을 나타내자, "샹니지회 참담하되 또한 강청치 못하만 사부의 쓰즐 바드"(15)는 태도를 보인다.

영락제는 자신의 신하 되기를 거부하는 위명에게 분노하여 "불복ᄒᆞᆫ작화 부형과 삼족에 밋치리라"(96)고 엄포를 놓는가 하면, 형을 받고 하옥되었다가 빈사 상태로 풀려나 귀가한 위명에게 다시 부형들 앞에서 형장을 가하기도 한다.

> ᄯᅩ 샹명이 이라려 시각이 더ᄃᆡ믈 말ᄎᆡᆨᄒᆞ시고 별곤 오십을 졍ᄒᆞ시니 공이 호련 탄식ᄒᆞ여 사기 차악ᄒᆞ고 샹셔 형ᄌᆡ 눈물 소사말 ᄊᆡ닷지 못ᄒᆞ더라 위공이 진퇴랄 뭇지 아니ᄒᆞ고 어사를 자바드려 결박ᄒᆞᄆᆡ 냥ᄉᆡ 상ᄃᆡᄒᆞ엿고 엄죄 ᄯᅩ ᄂᆞ려시니 젼의ᄒᆞ든 ᄉᆡᆼ사를 유렴치 못할지라 슐을 마셔 심사랄 폐매 장슈랄 히아릴 ᄲᅮᆫ이라 임이 삼십장에 니라ᄃᆡ ᄉᆡᆼ이 비록 겻치 약골이ᄂᆞ 속은 강ᄒᆞᆫ지라 독ᄒᆞᆫ ᄆᆡ랄 견ᄃᆡ여 신ᄉᆡᆨ이 변치 아니ᄒᆞ더니 여르 십장이 넘으니 옥모에 혈ᄉᆡᆨ이 난만ᄒᆞ고 가족과 살기 ᄯᅥ러져 소견에 참담ᄒᆞᆫ지라 장수 사십에 밋쳐ᄂᆞᆫ 옥뫼 변ᄒᆞ고 쌍안이 가ᄂᆞ라 숨소래 업사니 (…) 상셔 형ᄌᆡ ᄆᆡᆺ거살 풀고 구완ᄒᆞᄂᆞ 숨소ᄅᆡᆯ ᄯᅥ러졋고 홍혈이 졍젼에 잠겨시니 옥ᄇᆡᆨ 잔혼이 천냥에 ᄂᆞᆫ지라 셔로 통곡ᄒᆞ며 붓드러 ᄂᆡ당에 드러가 구완ᄒᆞ야 회ᄉᆡᆼ할가 바라더니 ᄯᅩ 급피 샤명이 니라러 본부 사옥에 가도라 ᄒᆞ신 죠셔라 공이 탄왈 군명 녁지 못ᄒᆞ리니 사옥의 두어 명이진커든 상달ᄒᆞ리라 (107~109)

위연은 옛 제자인 영락제의 명령에 따라, 가장 아끼는 막내아들이 심한 형장을 받고 목숨이 위태로워지는데도 지켜볼 수밖에 없는 상황에 처한다. 독자로서는 영락제가 황제로서의 자질을 갖추었는지, 정난지변을 일으키기까지의 과정이 정당한지 여부를 따지기에 앞서 위씨 가문을 대하는 그의 태도 변화에 반감을 느낄 수밖에 없는 상황이다. 〈성현공숙렬기〉, 〈쌍천기봉〉 등 다른 작품들에서도 주인공은 영락제와 사저 시절부터 이미 교유한 것으로 되어 있지만, 〈쌍녈옥소록〉에서는 특히 전반부에 위씨 가문과 연왕 사이의 사제관계가 분명히 서술되어 있어서 이것이 이후 위명 부자에 대한 영락제의 박해를 비판적으로 조명할 수 있는 근거로 작용한다.

이러한 점들을 고려할 때, 위명과 영락제는 표면적으로는 각각 건문제에 대한 충신과 역신으로 대비되지만 실상 충역 논쟁은 작품에서 초점화되는 바라고 보기 어렵다. 정난지변으로 인한 위명과 부형들의 갈등을 통해 궁극적으로 드러나는 것은 황권에 대한 관점의 차이이다. 건문제와는 달리 황권 강화를 우선적으로 추진하는 새로운 황제 영락제에게 어떻게 대응할 것인지, 나아가 학문적으로는 자신들과 대등하고 동질적인 존재인 황제가 갑작스럽게 수직적 군신 관계를 강요하기 시작하는 것을 어떻게 수용할 것인지를 둘러싸고 갈등이 빚어지는 것이다.

무엇보다도 이 작품에는 연왕을 황제로 인정하는 부친 위연의 논리가 명확히 제시되어 있다. 위연은 건문제나 영락제나 모두 태조 주원장의 아들이므로 누구를 황제로 섬기든 태조에 대한 충성에는 어긋나지 않는다고 주장한다. 더욱이 위명의 형들은 건문제가 아닌 태조 때 출사하였기 때문에, 건문제 때 처음 관직에 나아간 위명과는 입장이 다르다. 위명의 부형들로서는 태조를 섬긴 것처럼 그 아들 영락제의 명령에도 따를 수 있는 것이고, 태조를 도와 함께 명을 창건한 위연의 입장에서는 황제 개인보다는 명 황실 전체에 대한 충성이 더 중요하다고 생각할 수 있기 때문이다.

> 임군이 인약ᄒᆞᄆᆡ 위랄 밧구와 도죵을 잇고 ᄌᆡ실을 보젼ᄒᆞ미 이 깃겨ᄒᆞᆯ ᄇᆡ니 엇지 ᄂᆞᆫ신타젹으로 이라리오 (78)

> 졔 님의 군상으로 반역ᄒᆞ고 친모랄 소살ᄒᆞ난 살심이니 ᄒᆞ야 업사무로

나라흘 바릴 니 업고 소죄 참아 그 직함을 바다 북면ᄒᆞ야 셤긔지 못ᄒᆞ리로소이다. (78~79)

위의 인용문들은 각각 영락제의 부름에 불응하는 위명을 책망하는 부친 위연의 말과 이에 대한 위명의 답변 중 일부다. 인용문에서 알 수 있듯이, 위연은 영락제가 태조의 아들로서 황위를 이을 만한 자격을 갖추었다고 보고 있다. 형들 역시 위명을 책망하면서 비슷한 논리를 편다. 영락제를 섬기는 일을 불충이라 주장하는 위명에게 제형들은 "금샹은 일지옥엽으로 쳔궁화친이라 엇지 이셩으게로 비ᄒᆞ리오 임군이 졈고 죠졍이 뇨란ᄒᆞᄃᆡ 슉뷔 황친으로 위를 밧고미 엇지 그라다 ᄒᆞ리오"(125~126)라 반문하는데, 이는 형들의 입장에서는 영락제를 황제로 인정하는 것이 결코 부끄럽거나 마지못한 일이 아님을 뜻한다. 황실의 권위를 강화하여 국정을 안정시킨다는 영락제의 명분에 위연 등은 충분히 동의하고 있는 것이다.

반면 위명은 신하가 임금의 개인적 자질을 평가하여 스스로 출사 여부를 선택할 수 있고, 자신이 볼 때 영락제는 황제로서의 자격이 없으므로 섬기지 않겠다는 입장이다. 즉 위명과 부형들은 황권의 위상에 대한 관점이 서로 다르다. 위명은 강한 황권을 추구하는 영락제보다는 다소 우유부단하다 할 정도로 신료들의 의견에 두루 귀를 기울이는 건문제에게 호감을 가지고 있다. 건문제는 연왕의 군대가 황성으로 진격해 들어오는 상황에서도 어떻게 대응할지를 명쾌히 결정하지 못하고 신하들의 의견만 묻는다. 일부 신하들이 위연을 목 베어 연진에 보내 연왕을 제어하라는 의견을 내지만, 위연을 아끼던 건문제는 차마 그렇게 하지 못한다. 그는 그렇다고 신하들의 의견을 반박하지도 못한 채 위연과 그 아들들을 삭직하는 선에서 신하들의 의견을 수용하고 만다. 과감히 결단을 내리지 못하고 여러 신하들의 의견을 두루 고려하려다가 결국 연왕을 제압할 기회를 잃는 것이다.

위명은 그런 건문제를 자신의 군주로 고집하며, 강한 황권을 추구하는 영락제에 대해서는 극도로 반감을 나타낸다. 영락제는 처음부터 권간들을 축출할 것을 표방하며 정난지변을 일으켰던바, 즉위 후에는 과감히 조정을 개편하고 자신을 따르지 않는 관료들을 숙청하는 등 황권 강화를 적극적으로 추진하였다. 위명과 영락제의 대립은 그러한 가운데 발생하고 있다. 위명은 '충'이라는 유교의 절대적 가치를 영락제를 반대하는 명분으로 내세우고 있지만, 실상 그를 통해 서술자가 나타내는 바는 절대 황권에 대한 비판적 견해라고 할 수 있다.

〈쌍녈옥소록〉은 명나라 건국 초기를 배경으로 삼고 있는 까닭에 황제와 신하들의 관계가 처음부터 수평적 성격을 띤다. 서두에서부터 태조 주원장은 미천한 상태에서 공신들을 만나 도움을 받음으로써 비로소 명을 건국할 수 있었던 것으로 그려지고, 이후 개국 공신들은 왕자들과 나란히 공후로 봉해지는 등 황제와 대등한 관계에 있는 것으로 묘사되기 때문이다. 부모를 잃고 절에 의탁하여 있던 태조는 꿈에 부처를 만나 자신이 언제 왕이 되는지를 묻는데, 이때 부처는 먼저 개국공신들을 만나 도움을 받으라는 계시를 준다.

> 야심ᄒᆞᆫ 후 법당의 드러가 부쳐랄 잡아 나리와 무ᄅᆞ되 어난 ᄯᅢ ᄂᆡ 쳔자 되랴 부쳐 가로ᄃᆡ 션왕당ᄋᆡ 가 ᄀᆡ국공신을 보라 ᄒᆞ거날 (2)

태조는 이후 부처의 계시대로 유기를 만나 그의 집으로 인도받고, 유기는 태조를 제왕의 길로 이끈다. 그는 태조에게 봉황과 명마의 비유를 들며 거처하는 곳을 가리라고 당부하기도 하고, 게으름을 버리고 천하를 구제할 도리를 생각하라 격발하기도 하며 태조의 창업에 중대한 역할을 한다.[13] 이후 태조는 유기와 더불어 "텬하사랄 의논"(4)하며 건국을 준비하는바, 유기가 가산을 기울여 군량을 장만하고 서달, 상우춘 등을 초빙한 데 힘입어 세력을 키워 나가게 된다.

통치자로서의 태조의 자질을 평가하고 그를 황제로 선택한 것은 유기뿐만이 아니다. 곽자흥 또한 태조를 처음 만난 자리에서 먼저 협력을 제안한다.

> ᄒᆞᆫ 번 보고 ᄃᆡ열ᄒᆞ야 가로ᄃᆡ ᄂᆡ 기병 삼ᄌᆡ예 쳔ᄒᆞ 사람을 만히 보왓시되 그ᄃᆡ 갓ᄒᆞ니난 쳐음 보왓노라 맛당히 감고랄 함긔ᄒᆞ야 텬ᄒᆞ를 평졍ᄒᆞ고 ᄯᅩᄒᆞᆫ ᄇᆡᆨ셩을 건져 ᄐᆡ평을 함게 ᄒᆞ미 엇더ᄒᆞ뇨 (6)

곽자흥의 제안으로 인해 태조는 그의 휘하에서 힘을 기르게 되며, 그의 군사를 이어받아 명나라 건국에 본격적으로 나서게 된다. 이처럼 건국 초 태조와 공신들의 관계는 수직적이라기보다는 수평적이며, 황제의 자질만큼이나 이를 평가하고 선택하는 신하들의 안목도 강조된다. 이러한 상황에서 황권 강화를 역설하는 연왕의 정난지변은 기존의 군신 관계를 재편하겠다는 의지를 나타낸 것이며, 여기에 공신 가문 출신인 위명이 거부감을 표명하고 있는 것이다. 즉 이 작품은 처음부터 일관되게 군신 관계의 위계 문제를 제기하고 있다고 볼 수 있다.

---

13 유기는 법당에서 자고 있던 태조에게 "봉황은 오동의 깃드리고 명마난 백락을 보고 소래지른다 하니 사람이 엇지 금수의 지식만 못하리오"라 하며 질책하기도 하고 자신의 집으로 데려오며, 잠만 자는 태조에게 "텬하를 평졍하고 생민을 구제할지라 엇지 잠만 자리오"라 질책하기도 한다(3).

이러한 물음에 대한 〈쌍렬옥소록〉의 궁극적 답은 황권의 절대화에 저항할 필요가 있다는 것이다. 끝내 영락제를 거부하고 은둔을 택하는 위명의 모습, 처음에는 그런 위명을 설득하여 마음을 돌리려 하지만 결국 영락제의 폭압을 피해 역시 백호산으로 들어가는 위부와 양부의 결단을 통해 황권의 전횡에 대한 비판적 시각을 확인할 수 있다. 그러나 이러한 결론에 도달하기까지 위명과 부형들이 극심한 갈등을 겪는다는 점, 이들이 서로 비판하면서도 연민과 유대를 포기하지 못한다는 점, 결국 양쪽 다 정난지변에 대해 분명한 긍정이나 부정의 입장을 표명하는 것을 포기하고 산중에 은둔하며 현실을 외면하는 것으로 갈등을 종결한다는 점으로 미루어 볼 때 〈쌍녈옥소록〉의 초점은 강한 황권을 긍정할 수만도, 부정할 수만도 없는 사족 집단의 딜레마 자체를 나타내는 데 있는 것으로 보인다. 다음 장에서 살펴보겠지만, 이러한 딜레마는 당대 독자층이 처하였던 일정한 정치적 상황을 반영하고 있다.

3. 18세기 사족 집단의 정치적 상황과 정난지변

17세기 중반 효종, 현종 때까지 사림은 국가 정치에 활발히 참여하였고 국왕의 정치적 조언자로서의 역할을 수행하였다. 국왕은 학문적 영향력을 갖춘 산림의 지지를 필요로 하였고, 각 붕당은 산림 거두를 중심으로 결집하여 국사에 의견을 표출하였다. 두 차례의 예송논쟁에서도 드러났듯이, 지방의 사림들까지도 상소를 통해 중앙 정국에 의견을 제출할 정도로 사람들의 정치 참여는 폭넓게 이루어졌다. 그러나 사림들 내부의 대립은 점차 심화되는 반면 이를 중재해 줄 수 있는 제도적 장치는 부족하였기에 사림정치는 한계를 드러내기 시작하였고, 숙종대와 영조대의 거듭된 환국 정국에서 알 수 있듯이 국왕은 사림들 내부의 갈등을 이용하여 자신의 권한을 확장하기 시작하였다. 물론 성리학에 근간을 둔 왕도 정치를 표방하는 한 왕권은 사림의 견제를 받을 수밖에 없었지만, 17세기 말 이후로 중앙정치에서 사림의 비중은 확연히 줄어들었다고 평가된다.[14]

이러한 상황에서 사족 집단은 국왕에 대한 비판과 견제라는 본래의 정치적 정체성을 상당 부분 상실하게 되었고, 이에 대한 위기의식이 소설에서의 정난지변 형상화에 일정하게 투영되었으리라 추론할 수 있다. 사족 계층 전반에서 신분적 정체성에 대한 위기의식은 상당히 절실하였을 것이기에, 〈쌍녈옥소록〉과 같은 작품을 통하여 이를 표출하고 대응 방안을 모색할 필요가 있었을 것으로 생각되는 것이다.

이때 정난지변이 특별히 주목을 받았던 것은, 강한 황권을 표방하며 군신관계를 수직적으로 재편한 영락제를 어떻게 평가하고 수용하느냐에 따라 당시 조선의 정치적 상황에 대한 관점이 정립될 수 있었기 때문이라고 볼 수 있다. 더욱이 영조는 왕세제 시절 경종을 음해했다는 혐의를 일부 사림들로부터 제기 받기도 하였고, 즉위 후에도 왕위 계승의 정당성을 둘러싸고 논란이 계속되어 반역이 일어나기도 하는 등 영락제와 유사한 측면을 지니고 있었다.[15] 이러한 맥락에서 정난지변은 당시 조선의 상황

14 이와 관련, 박광용(1991)은 숙종 즉위 원년부터 영조 5년(1728년)까지를 국왕권이 강화되기 시작한 '환국정치기'로 규정하고 이 시기의 특징으로 사림들의 정치 참여 위축을 지적한 바 있다. 이 시기부터 사림 붕당의 공론과 산림의 역할이 약화되기 시작하여, 이후 국왕 중심의 탕평 정국이 전개되는 탕평정치기로 이행하게 된다는 설명이다. 박광용, 「조선후기 정치사의 시기구분 문제 – 16~19세기 중엽까지의 정치 형태를 중심으로 한 분류」, 『성심여자대학교 논문집』 23, 성심여자대학교, 1991, 86~97쪽.

15 이는 영락제와 건문제의 관계가 영조와 경종의 관계를 상기시키는 측면이 있음을 의미한다. 영조 즉위 초반 왕권의 정당성을 둘러싼 사림들 간의 忠逆 논쟁에 관해서는 이은순, 「조선후기 당쟁사의 성격과 의의」, 『정신문화연구』 29, 한국학중앙연구원, 1986, 106~108쪽 등을 참조할 수 있다.

과 상통하는 요소들을 포함하고 있었고, 사족 계층의 관심을 끄는 소재로서 여러 소설 작품들에 수용되었다고 생각된다.

〈쌍녈옥소록〉에서 서술자는 정난지변을 반역 행위로 규정하고 비판함으로써 당대의 정치적 현실에 대한 비판적 견해를 드러내었는데, 이는 곧 독자로 설정된 사족 집단의 위기의식에 대응된다고 볼 수 있다. 독자들이 영락제를 비판할 수 있었던 직접적인 이유는 그가 부당한 방법으로 왕위를 찬탈했다는 점이었겠지만, 그러한 비판적 인식의 심층에 자리하고 있는 것은 사림은 국왕의 자질을 문제 삼을 수 있으며 심지어 왕의 권력 행사를 거부할 수도 있다는 신념이다. 실상 왕의 도덕성 시비 문제는 표면적으로 드러난 하나의 현상일 뿐, 서술시각의 초점은 왕과 함께 국정을 운영하는 주체로서 사림의 정치적 영향력을 강조하는 데 있다고 보아야 할 것이다.

주인공의 부친인 위연을 영락제의 건저 시절 스승으로 설정한 것도 의미가 깊다. 한때 자신의 스승이자 정치적 조언자였던 위연을 위세로써 억압하는 영락제의 모습에는, 공론정치의 원칙을 간과하고 사림의 정치 참여를 억압하였던 국왕에 대한 부정적 인식이 은연중 담겨 있기 때문이다. 성리학적 소양이 최대의 정치적 자산이었던 사림으로서는 자신들의 학문적 권위와 영향력을 부각함으로써 이러한 국왕의 전횡에 맞설 필요가 있었기에, 주인공의 아버지를 황제의 사저 시절 스승으로 설정함으로써 그 학문적 명성과 권위를 강조하였던 것으로 생각된다.

하지만 〈쌍녈옥소록〉에서 위명의 저항은 결국 미완에 그치고 만다. 위명의 항거와는 상관없이 영락제는 황제의 자리를 유지하였고, 위명 자신의 말처럼 황제에게 저항한다 해도 결국은 그의 명령대로 하옥되고 국문을 받는 등 그 신하로 취급받는 것은 피할 수 없었기 때문이다. 위명이 선택한 은둔의 길은 현실에 대한 외면일 뿐 적극적 저항은 될 수 없었다.

더욱이 위명은 가족들에 대한 염려로 인해 영락제에 대한 적극적 저항을 택하지 못하였다. 위명은 節死를 선택할 수도 있었지만 가족들로 인해 끝내 자결하지는 못하였다. 자결을 시도했다가도 자신을 걱정하는 어머니에 대한 안타까움으로 인해 약을 먹고 어머니를 안심시키는 장면 등에서 이를 잘 알 수 있다.

> ᄐᆡᄐᆡ 슈쳑ᄒᆞᆫ 기상과 실퍼ᄒᆞ난 눈물이 마랄 사이 업고 ᄌᆡ형의 우슈울억ᄒᆞᆫ 슈회 냥미간에 이시믄 다 자기의 연괴라 심사랄 발ᄒᆞ야 실허ᄒᆞᆫ작 불효더으믈 혜아려 마음을 구지 잡아 비회랄 내지 못ᄒᆞ고 (…) ᄊᆡ 졍히 납월이라 ᄒᆞᆫ풍이 쵹냉ᄒᆞ고 셜혼이 늠늠ᄒᆞᆫ 저 깁푼 옥의 찬 기운이 쏘이니 모부인의 명최랄 념녀ᄒᆞ며 ᄌᆡ형의 간간ᄒᆞ말 불안ᄒᆞ야 말삼을 기우 일워 왈 소자난 쳥년장신이라 이에 쳐ᄒᆞᄂᆞ 위ᄐᆡᄒᆞ미 업사러니와 ᄐᆡᄐᆡ 허비ᄒᆞ신 긔운을 ᄒᆞᆫ풍에 샹ᄒᆞ실 ᄇᆡ오 챠고 찬 ᄃᆡ 위ᄐᆡ코 두려오니 불평ᄒᆞᆫ 념녀 병신을 도도난지라 (…) 부득이 약을 마셔 ᄐᆡᄐᆡ의 념녀랄 푸더니 (110~113)

이러한 위명의 내적 갈등은 국가와 가문, 두 영역에서의 역할 중 어느 한쪽도 쉽게 포기할 수 없었던 데서 비롯된 것이다. 그는 영락제에 대한 항거를 계속하려면 위씨 가문의 아들이자 형제로서의 역할을 다할 수 없고, 가문 내에서의 자기 역할에 충실하려면 정치적 자존심을 굽혀야 했다. 이는 곧 가문의 화를 감수하면서까지 국왕의 비판적 견제자로서의 정치적 역할을 고수할 것인지, 혹은 이를 포기하고 가문의 안정과 번영을 추구하는 것으로써 사족으로서의 정체성을 구현할 것인지를 고민해야 했던 사족 계층의 딜레마를 암시한다.

선행연구에서 밝혔듯이 정난지변을 다룬 대다수의 작품들은 후자의 경우를 보여주는바, 영락제의 권위를 인정하면서 가문의 창달을 도모하고 이를 통해 사족으로서의 자부심을 추구하는 과정을 긴 호흡으로 조명하고 있다. 〈성현공숙렬기〉나 〈쌍천기봉〉 등 장편 분량의 작품들이 그러한 예이다.[16] 모범적인 가문을 만들고 이를 통해 사회적 명성을 획득하는 것은 사족으로서의 자부심을 확보하는 데 있어 핵심적인 부분이었으므로 실제로 많은 사족 가문들이 이를 통해 그들의 정체성을 유지해 나갔을 것으로 볼 수 있다.[17]

가문의 도덕적 명성을 통해 왕실에 대한 우월감과 자부심을 확보하려는 의지도 일부 작품에서 발견된다. 〈성현공숙렬기〉의 경우, 계후 갈등을 이상적으로 해소해 나가는 임씨 가문의 서사가 그렇지 못한 왕실의 서사와 병행되면서 왕실에 대한 사족 가문의 도덕적 우위를 보여주는 작품으로 평가되기도 하였다.[18] 정난지변을 다룬 경우는 아니지만, 〈현몽쌍룡기〉 등 공주혼 모티프를 포함한 동시대의 가문소설 작품들에서 사혼을 명하는 황제의 횡포가 부각되는 점, 그러한 횡포에 의해 남주인공과 혼인한 공주가 사족 출신 본처에 비해 덕이 부족한 존재로 그려지는 점도 넓

16 조광국, 「고전소설에서의 사적 모델링, 서술의식 및 서사구조의 관련양상－옥호빙심, 쌍녈옥소삼봉, 성현공숙렬기, 쌍천기봉을 중심으로」, 『한국문화』 28, 서울대학교 규장각한국학연구소, 2001, 55～83쪽.

17 17세기 말 이후 사족 가문들 상호간의 경쟁과 대립이 심화되고 대다수 사족들이 '사림파의 정계 지배로 확립되었던 사대부 계급 자체의 정체성을 상실'함에 따라, 가문의 내적 결속과 대외적 명성을 통해 사족으로서의 정체성을 확보하고자 하는 '가문의식'은 18세기를 통해 지속적으로 고양되었고 그 결과 여러 가문소설 작품들이 창작되었다고 볼 수 있다. 장효현, 「장편 가문소설의 성립과 존재양태」, 『정신문화연구』 44, 한국학중앙연구원, 1991, 25쪽.

18 이현주(2015)는 〈성현공숙렬기〉에서 임씨 가문이 형망제급을 용납하지 않고 원칙에 따라 계후 갈등을 해결해 나감으로써 그렇지 못한 왕실에 대해 윤리적 자부심과 우월감을 갖게 된다고 분석한 바 있다. 이현주, 「〈성현공숙렬기〉의 역사수용의 특징과 그 의미－정난지변과 계후문제를 중심으로」, 『동아인문학』 30, 동아인문학회, 2015, 27쪽.

게 보면 왕실에 대해 사족으로서의 우월감을 확인받고 싶어 했던 독자층의 필요를 반영한 것으로 생각된다.[19] 이들은 〈쌍녈옥소록〉과는 다른 방향에서, 즉 국정 참여보다는 가문 창달의 차원에서 사족으로서의 정체성을 유지하고 강화하려 하였던 당대 사족 집단의 의식을 반영한다고 볼 수 있다.

그러나 그럼에도 불구하고 중앙 정치에서의 소외와 그로 인한 상실감은 충족되기 어려웠을 것임을 짐작할 수 있다. 실제로 사림은 숙종과 영조의 왕권 강화책을 단지 수동적으로 받아들이지만은 않았으며, 왕의 일방적인 국정 운영에 저항하였다. 숙종 때 박태보 등이 인현왕후 폐비에 반대하여 연대 상소를 올리며 항거한 일, 송시열이 유배되자 그 제자들이 항거하는 뜻에서 사직한 일 등이 그 예이다. 또 영조가 왕권 강화를 위해 내세운 '蕩平'은 임명주 등에게 '명분과 절의를 해치고 시비를 불분명하게 하여 조정의 기강을 훼손한다'는 비판을 받았는데,[20] 이는 사대부들이 붕당을 통해 國事에 언론을 표출하는 일을 무력화하려 했던 영조의 정책에 사림이 반발하고 있었음을 잘 보여준다.

---

19 박영희(2005: 21~22)는 공주혼 모티프의 전형적인 전개가 '황제도 인정하고 수호해야 할 가부장적 가치'를 표방하는 데 초점을 맞추고 있다고 분석한 바 있다. 이는 공주혼 모티프의 활용을 가문 내적 영역에서 왕실에 대한 사족의 도덕적 우월의식을 확보하기 위한 장치로 볼 수 있음을 시사한다. 사대부 가문은 황제의 사혼을 받아들일 수밖에 없는 처지이지만, 공주를 며느리로 맞이하고 가문의 규범에 따르도록 만드는 과정을 통해 가문 내 가부장권 절대 존중의 원칙을 확인하는 의미를 가진다는 해석이다. 박영희, 「〈소현성록〉에 나타난 공주혼의 사회적 의미」, 『한국고전연구』 12, 한국고전연구학회, 2005, 21~22쪽.

20 "天下之事, 曰是與非, 而裁之者皇極也. 殿下至誠蕩平, 二十年如一日, 蕩平者, 皇王建極之治也. 苟得其道, 則豈無其效, 而名節日益墜, 朝象日益潰, 無分效之可言者, 實由行未得其道也. (…) 雜薰蕕氷炭於一廷之上, 而兩是雙非, 互對幷擧, 以爲目前彌縫之計, 以是而求蕩平之治, 正孟子所謂 '盡心力而爲之, 後必有災' 者也." – 조선왕조실록 영조 23년(1747년) 12월 22일 戊寅.

이러한 사림들은 비판적 현실 인식은, 위명의 부형들이 결국 위명의 입장을 수용하고 소극적이나마 황제에 대해 저항의 길을 선택하게 되는 결말에서 잘 드러난다. 처음에 위연은 아들 위명을 어떻게든 설득하여 가문을 보존하는 길을 택하도록 만들려 하였고, 여의치 않자 위명을 배제한 채 가문의 안위를 도모하려고도 하였다. '형벌을 받으려면 혼자 받고 가족들을 연좌되게 하지 말라'며 윽박을 지르기도 하였고,[21] 위명이 심한 형을 받아 목숨이 위태로워졌음에도 부인의 간병을 금지하기도 하였다. 위명의 형들 또한 처음에는 가문을 보전한 기쁨을 생각하여 영락제에 대한 반감을 접으라고 책망하였지만,[22] 위명의 존재를 부정할수록 그에 대한 부형들에 대한 애착과 상실감은 더해질 뿐이었고 결국 위명의 가출 후에는 가문 구성원들 누구도 이전과 같은 삶을 유지할 수 없게 된다.

> 어시의 위태뷔 텬ᄋᆡᄒᆞ든 아자를 일죠의 이별ᄒᆞ야 후회 무긔ᄒᆞ고 생죤니 묘망ᄒᆞ니 옥안 ᄆᆡ풍은 의목에 암암ᄒᆞ고 격절ᄒᆞᆫ 충효ᄂᆞᆫ 송ᄇᆡᆨ의 우히어ᄂᆞᆯ 임군의 위엄과 시사로 전ᄒᆞ야 보ᄎᆡ여 사경에 ᄒᆞ던 바와 ᄋᆡ자 보젼치 못ᄒᆞ야 사별에 미차말 뉘웃고 크게 실허 침식을 젼피ᄒᆞ고 시시의 명의 두문불츌ᄒᆞ던 곳대 나아가 (…) (201~202)

이러한 부형들의 상실감은, 가문의 번영을 통해 사류로서의 자존감을 세우려 해도 왕도정치의 주체로서의 본연의 정체성을 부정당한 데 따른 상실감은 극복되기 어려웠음을 시사한다. 위명과 부형들이 서로 대립하면서도 분리될 수 없는 한 공동체의 구성원들로 형상화된 것은, 사족 집

21 "임의 너다려 다언하미 불관한이 셩지랄 보고 쳔졍에 나아가 형벌을 바드되 혼자 쥭고 우리개 연유치 말나"(91~92).

22 "상서 형재 그 렬의랄 흠복하나 부형과 가문을 보젼한 깁부믈 생각지 아니하고 이갓치 고집하믈 책한대"(76).

단에 있어 국가와 가문 양 차원에서의 정체성은 모두 중요한 것이었고 어느 한 쪽으로 다른 쪽을 대체하기 어려웠음을 보여준다.

더욱이 국가 정치에서 소외당한 상태에서는 가문의 보전도 불가능한 것으로 드러남에 따라 부형들은 위명의 입장에 점차 공감하기 시작한다. 영락제의 핍박으로 인해 며느리 양옥소를 진왕의 첩으로 보낼 상황에 처하자, 위연은 황권의 부당한 횡포를 절감하고 그의 보호 하에 가문을 창달하려는 생각을 버리게 된다.

> 오작 양소부랄 대하면 셔로 위희ᄒᆞ고 나으미 잇더니 ᄯᅳᆺ밧 상명으로 소부랄 마자 일흐니 더욱 호통ᄒᆞ야 지ᄂᆡᄆᆡ 지ᄂᆡ며 ᄯᅩᄒᆞᆫ 양상셔 부뷔 두문사직ᄒᆞ고 칭병 부죠ᄒᆞ매 벼살ᄋᆡ ᄡᅳ지 업고 식녹이 불가ᄒᆞᆫ지라 위공이 졔자로 의논ᄒᆞ야 부자 벼살을 바리고 심산에 은거ᄒᆞ야 ᄉᆡᆨ상을 사졀코자 ᄒᆞᆯᄉᆡ 위상셔 ᄋᆡ졔의 져갓ᄒᆞᆫ 곤욕을 감심ᄒᆞ미 젼혀 위쥬단심이말 크기 쳑감ᄒᆞ여 자긔등의 붓그리말 ᄭᆡ다라 더욱 권ᄒᆞ야 부모게 고ᄒᆞᆫᄃᆡ 혹자 은신ᄒᆞ면 ᄋᆡ졔 환가ᄒᆞ미 이실가 ᄡᅳ질 정ᄒᆞᄆᆡ (202~203)

명문 벌열가들이 국왕의 전제로 인해 실권하고 심지어 멸문에 처하게 되었던 것은 당시 실제로 벌어졌던 일이었다. 숙종 대의 거듭된 환국과 영조 대의 탕평 정국 하에서 적지 않은 가문들이 화를 입었던 것이다.[23] 이러한 상황 속에서, 위연의 좌절은 국가 정치와 가문 창달의 영역을 분리하여 후자에만 집중하는 방식으로는 사족으로서의 정체성을 유지할

---

23 영락제는 처음에는 자신을 지지하던 세력을 중용하였다가 갑작스럽게 "건문데 됴졍의 졀사한 모든 사람을 포장하라"(118) 명하고, 전조의 충신들을 사면하고 등용하는 등 정국을 변화시키는데 이러한 대목은 숙종과 영조 대에 자주 행해졌던 국왕 주도의 환국을 연상시킨다. 영락제의 행위는 영조가 자신의 왕위 등극을 반대했던 소론을 일정 기간 중용함으로써 다수파인 노론을 견제하는 정치력을 발휘하였던 것과 유사하다.

수 없다는 독자층의 현실 인식을 반영한다.

그러므로 이 작품은 충과 효의 갈등을 다루면서 어느 한 쪽의 우위를 주장하고 있다고는 볼 수 없다. '충'을 국가 정치 참여에서 중시되는 덕목으로, '효'와 '우애'를 가문 내 구성원으로서 부과 받는 덕목으로 볼 때 〈쌍녈옥소록〉은 그 중 어느 한쪽을 선택할 수 없는 사족 계층의 딜레마와 정신적 방황을 형상화하고 있다. 부형들은 위명의 고집스런 충절을 부정하면서도 그를 포기하지 못하였고, 위명 또한 부형들을 비판하면서도 그들과의 유대 관계를 놓지 못하였다. 이들이 끝내 운명을 함께 할 수밖에 없는 가족으로 설정되어 있고, 결국 화합에 이르게 되는 것은 양자가 표방하는 가치가 모두 사족 계층의 정체성 구축에 불가결한 부분들임을 시사한다. 특히 개별 가문 차원으로 사족의 정체성 실현 영역을 제한하는 대응 방식으로는 중앙 정치에서의 소외로 인한 자존감의 붕괴와 집단 전체의 공멸 위기를 극복하기 어렵다는 현실 인식을 이 작품은 전달하고 있다. 이는 가문의 창달과 번영에 집중하는 여타의 가문소설 작품들에서는 미처 진지하게 다루지 못한 부분으로서, 〈쌍녈옥소록〉만이 가지고 있는 가치라 할 수 있다.

4. <삼생기연>과의 서술시각 비교

이상에서 살펴본 바 〈쌍녈옥소록〉의 당대적 의미는 활자본 〈삼생기연〉과의 비교를 통해 보다 명확히 드러난다. 〈삼생기연〉의 경우 〈쌍녈옥소록〉과 비교하여 주요 인물 형상화나 줄거리 전개는 비슷하지만, 18세기 당시 첨예화되었던 왕권과 신권의 갈등 문제는 상당 부분 희석되어 있다. 〈쌍녈옥소록〉이 정난지변을 둘러싼 위명과 부형들 간의 갈등을 부각함으로써 왕권 강화라는 시대적 흐름을 긍정할 수도, 부정할 수도 없는 사족 집단의 딜레마를 보여주었다면 〈삼생기연〉에서는 그러한 논제 자체가 선명히 드러나지 않는다.

〈삼생기연〉에서 위명의 부형들은 영락제를 옹호하는 명확한 논리를 가지고 있지 못하며, 다만 상황이 어쩔 수 없으므로 정난지변을 수긍하고 마는 것으로 그려진다. 이는 부형들이 위명에게 마음을 바꿔 영락제를 섬기도록 설득하는 장면들을 비교해 보면 잘 알 수 있다.

잇ᄯᆡ 삼형이 입죠ᄒᆞ고 상셔 위계 홀노 잇더니 십분 창황ᄒᆞ야 청심환과 ᄇᆡᆨ방 양뺙을 가라 자리에 누이고 입에 드리오니 반향 후 회ᄉᆡᆼᄒᆞ야 인사랄 정ᄒᆞ거날 계왈 네 병이 나으믈 가탁ᄒᆞ야 우리랄 속이미오 ᄂᆡᆼ옥즁에 장ᄎᆡ 극즁ᄒᆞ거날 죠셥ᄒᆞ말 ᄉᆡᆼ각지 아니ᄒᆞ고 심녀랄 허비ᄒᆞ야 긔ᄉᆡᆨᄒᆞ미 자자니 반시 ᄉᆡᆼ상이 오ᄅᆡ지 아닐지라 엇지 고집ᄒᆞ미 이갓ᄒᆞᆫ뇨 맛참ᄂᆡ 불효랄 깃치려 ᄒᆞᄂᆞ냐 (,,,) 야야와 우리 다 그 신ᄒᆞ되엿시니 가히 자식과 아ᄋᆡ 되미 욕되다 ᄒᆞ리로다 졔 이셩이 아니오 우리랄 은우ᄒᆞ미 지극ᄒᆞ니 네 고집ᄒᆞ미 션제게ᄂᆞᆫ 츙신이ᄂᆞ 부모게ᄂᆞᆫ 효 아니니 그윽히 취치 아니ᄒᆞ노라 ᄉᆡᆼ이 악연 무언ᄒᆞ야 탄식부답이러라 (〈쌍녈옥소록〉 115~116)

차시 상셔 등 삼인이 닙죠ᄒᆞ고 업는지라 ᄉᆞ형이 홀노 잇다가 혼불부체ᄒᆞ야 나아와 보니 학ᄉᆡ 자리에 것구려졋고 목긍게 담이 ᄭᅳ러올으고 토ᄒᆞᆫ 피 ᄌᆞ리의 ᄀᆞ득ᄒᆞ거늘 십분 창황ᄒᆞ야 회ᄉᆡᆼ약을 물에 화ᄒᆞ야 입에 드리니 셕양에 비로소 정신을 정ᄒᆞᄆᆡ (…) 샹셰 집슈 쳬읍왈 네 부모와 형뎨지졍을 ᄭᅳᆫ코 병을 도보치 아냐 그이ᄒᆞᆫ 경ᄉᆡᆨ을 보게 ᄒᆞ느뇨 부모의 무궁ᄒᆞᆫ 졍을 도라보아 관위치 못ᄒᆞᆯ쇼냐 (…) 상셰 우러 왈 우리 형뎨 부득이 ᄉᆞ환ᄒᆞ야 임의 신ᄒᆡ 되엿는지라 현데 이ᄃᆡ도록 고집ᄒᆞ야 우리 허믈을 그릇녀기미라 ᄉᆡᆼ이 안연무어러니 (〈삼생기연〉 194)

위의 두 인용문은 각각 〈쌍녈옥소록〉과 〈삼생기연〉에서, 옥중에서 피를 토하고 기절한 위명을 구호하며 고집을 버리고 영락제를 섬기도록 타이르는 형의 말이다. 〈쌍녈옥소록〉에서 형은 "영락제도 주씨 혈통이고 우리 가문에 은혜와 도움을 많이 주니 건문제에 대한 충성만을 고집하는 것은 수용할 수 없다"는 입장을 표명한다. 반면 〈삼생기연〉에서 위명을 구호하던 형은 '우리 형제는 부득이 영락제의 신하가 되었지만 그렇다고 형들을 책망할 셈이냐'는 취지로 아우를 달랠 뿐이다. 위명이 부모 형제는 생각지 않고 자신의 고집만 부리는 것을 질책할 뿐, 정난지변의 부당성 자체에 대해서는 위명과 생각이 같은 것이다.

위명이 가출한 뒤, 길에서 우연히 그를 만난 또 다른 형의 반응도 두 작품에서 다르게 나타난다.

> 상셔 악연실망ᄒᆞ여 슈ᄅᆡ랄 머물고 시사로 ᄂᆞ려가 허쳐 찻기랄 쥬밀이 ᄒᆞ다가 필련을 가져 암상의 글을 지어 ᄋᆡᄌᆡ 보기랄 요구ᄒᆞ니 그 쓰진 단츙열의로 이럿탓 고쵸ᄒᆞ니 차후 모드ᄂᆞ 강박지 아니말 기록ᄒᆞ고 부모의 사회 극진ᄒᆞ시말 결ᄒᆞ며 ᄐᆡᄐᆡ의 침병ᄒᆞ시말 가쵸 써 절노 본작 요동ᄒᆞ야 ᄂᆞ아오기 ᄒᆞ미러라 셔파에 크기 창탄ᄒᆞ야 슈ᄅᆡ에 올ᄂᆞ 도라ᄀᆞᆯᄉᆡ 읍읍쵸창ᄒᆞ말 이기지 못ᄒᆞ니 (〈쌍녈옥소록〉 155)

> 아를 져바린 불인ᄒᆞᆫ 형 례부샹셔 경은 혈누를 드리워 어진 아오의게 붓치노라 셕년에 가국이 안락ᄒᆞ니 형뎨 오인이 반의로 희롱ᄒᆞ야 기리 ᄇᆡᆨ년을 즐길가 ᄒᆞ얏더니 엇지 나라히 밧고이고 일월이 곳쳐되ᄆᆡ 참홰 홀노 아등의게 당ᄒᆞ야 현뎨의 졍츙ᄃᆡ절을 온젼이 못ᄒᆞ고 부형이 부득이 닙초ᄒᆞ니 이ᄂᆞᆫ 황샹의 지우를 갑흐미라 아를 ᄀᆡ유ᄒᆞ미 인륜의 어긘 줄 알ᄃᆡ ᄉᆞ졍이 참 못ᄒᆞ미라 괴로온 형벌과 엄ᄒᆞᆫ 경계 구든 절을 도로혀지 못ᄒᆞ니 홀노 츙렬이 발광ᄒᆞ기의 밋쳣도다 (〈삼생기연〉 209)

〈삼생기연〉에서 형 위경은 “현뎨의 정츙ᄃᆡ절”을 기리며 부형들의 입조를 부득이한 일로 서술하는 등 보다 위명에게 동조하는 입장을 보이나, 〈쌍녈옥소록〉에서는 다만 부모의 사연으로 위명의 마음을 움직여 집으로 돌아오게 하려 할 뿐이다. 이는 앞에서도 살펴보았듯이 〈쌍녈옥소록〉의 부형들이 영락제의 황권 강화에 대해 위명과는 분명히 다른 입장을 가지고 있기 때문인 것으로 볼 수 있다. 〈쌍녈옥소록〉에서 위명의 부형들은 위명의 고집을 유별난 것으로 치부하여 웃음거리로 삼기조차 한다.

> 셩이 소왈 청탁을 분ᄒᆞ미 이의 미차니 네 시사로 놉피 걸치미로다 모다 ᄃᆡ소ᄒᆞᆫᄃᆡ ᄉᆡᆼ은 쳔의랄 바뤄 묵연 탄식ᄒᆞ고 (…) 차형 셩이 잠쇼왈 명이 자소로 담소랄 길기고 화려난잡ᄒᆞ야 우리 뉴 아니라 ᄒᆞ말며 양부에 가 표ᄆᆡ 잠간 보고 악연ᄒᆞ미 사ᄉᆡᆨ을 숢기지 못ᄒᆞ고 ᄆᆡ화시랄 차운ᄒᆞᄃᆡ 결승을 원ᄒᆞ야 경박ᄒᆞ말 갓쵸지 못ᄒᆞ더니 임의 표ᄆᆡ랄 결승ᄒᆞ고 부뷔화합ᄒᆞ미 낙슈의 원과 젹슈비익의 더ᄒᆞ다가 엄진 열의로 환국ᄒᆞ야 이ᄌᆡᄭᅡ지 구유갓치 절격ᄒᆞ고 언어랄 ᄭᅳᆺ차며 웃난 얼골과 펴난 눈셥을 보지 못ᄒᆞ니 진실노 션졔의 신ᄒᆞ라 ᄒᆞ리로다 일좌 ᄃᆡ소ᄒᆞᄃᆡ 셩은 쳑쳑희 답이 업더라 (126~128)

형들은 위명의 충절을 ‘스스로 높이 걸치는 일’이라 놀리며 웃는가 하면, 예전 양옥소에게 구혼하던 일에 빗대어 위명의 고집을 희롱하기도 한다. 반면 〈삼생기연〉에서 형들은 시종일관 위명에게 동조하고 그를 찬탄하는 입장인바, 황권 강화에 대한 사족 집단 내부의 대응이라는 18세기의 사회적 이슈는 퇴조하고 다만 보편적인 충신의 표본으로서 위명을 이상화하는 서술시각이 그 자리를 대신하게 되었음을 알 수 있다.

〈삼생기연〉의 서두 부분에서 명 태조의 건국 과정과 공신들의 활약이 다루어지지 않은 것도 같은 맥락에서 이해할 수 있다. 군신 관계의 대등성과 위계성을 따지는 것은 더 이상 관심거리가 아니게 되었기에 이 부분의 내용은 과감히 축약되었다고 볼 수 있다. 숙종 대와 영조 대를 걸쳐 전개된 왕권 강화 정책들에 대한 평가, 신권의 갑작스러운 위축과 사림정치의 쇠퇴에 대한 대응 등은 20세기에 들어서는 시사적 민감성을 잃은 화제들이기 때문이다.

〈쌍녈옥소록〉에 비해 〈삼생기연〉에서는 위씨 가문 내부의 갈등이 강조되지 않으며, 위명의 충절은 가문 구성원 모두가 적어도 심정적으로는 동조하는 이상적 가치로 그려진다. 왕권과 신권의 본질에 대한 왕성한 논쟁은 더 이상 찾아보기 어렵고, '충'이라는 가치 자체에 대한 원칙적 동의만이 부각되는 것이다.

〈삼생기연〉에서 영락제가 좀 더 악한 인물로 그려지는 것도 이러한 맥락에서 비롯된 현상으로 보인다. 영락제를 악인으로 그림으로써, 이에 저항하는 위명의 '충'이 보다 설득력을 얻기 때문이다. 정난지변을 일으키는 과정의 서술만 해도 〈쌍녈옥소록〉에 비해 간략할 뿐 아니라 설득력이 약하다. 연왕은 "모든 아이 혹 삭직셔인ᄒᆞ며 나문취옥ᄒᆞ믈 듯고 분노ᄒᆞ야 일홈ᄒᆞᄃᆡ 군측의 사오나온 신ᄒᆞ를 다사리노라 ᄒᆞ고 군사를 모라"(174) 난을 일으키는 것으로 서술되어 있는데, 이는 연왕의 탄식하는 말을 직접 상세히 인용하여 정난지변의 정당성을 서술한 〈쌍녈옥소록〉의 관점에 비해 연왕에 대한 공감의 여지를 축소한 것이다. 또 〈쌍녈옥소록〉에 묘사되어 있는, 자신의 죄를 뉘우치는 영락제의 모습이 〈삼생기연〉에는 나타나지 않는 데에서도 서술시각의 변화를 알 수 있다.[24]

24 〈쌍녈옥소록〉에는 영락제가 "비록 보위의 오라나 츙효랄 져바린 죄인이라 골륙을 상잔ᄒᆞ며 부모랄 빅방ᄒᆞ니 죄명이 만ᄉᆡ에 슷지 아니리라"(118)며 과거사를 뉘우치는 장면이 제시되어 있다.

한편 서사 전개의 또 다른 축에 해당하는 양옥소와 위명의 부부 결연 및 분리와 재결합 과정에서도 두 이본의 차이를 확인할 수 있다. 선행연구에서도 지적하였듯이, 〈삼생기연〉은 〈쌍녈옥소록〉에 비해 양옥소와 위명의 뛰어난 용모와 재능을 강조하며 두 사람이 좋은 짝임을 부각한다.[25] 이때 위명에 대한 양옥소의 '열'은 건문제에 대한 위명의 '충'과 공명하며 작품의 주제를 강화한다고 볼 수 있다. 즉 〈삼생기연〉에서 애정담은 위명을 이상화하는 한 요소라 할 수 있다. 위명이 절대적인 충신으로 부각될수록 양옥소 또한 이상적인 열녀로서 그려지고, 천상에서 내려온 두 남녀의 특별한 성품과 기질이 강조됨에 따라 이들은 보편적 가치를 실천한 범례로서 조명을 받게 된다.[26]

반면 〈쌍녈옥소록〉에서 양옥소와 위명의 애정담은 그들만의 특이한 성격을 부각하는 장치로 기능한다. 앞에서도 살펴보았듯이 부형들은 위명과 양옥소의 결연 과정을 거론하며 그의 유별난 고집을 농담거리로 삼는 등, 위명을 이상적인 존재로 생각한다기보다는 자신들과는 다른 특이한 성격의 소유자로 간주한다. 왕권 강화라는 시대의 흐름에 정면으로 도전하며 왕에 대한 신하의 평가와 선택 권한을 주장하고, 다른 사람들의 처지는 생각지 않고 자신의 생각대로만 행동하는 그의 성격이 "화려난잡하여 우리 뉴 아니라"(127)고 보는 것이다. 현실에 구애되지 않고 자유롭게 행동하는 위명의 모습, 마치 홀로 위씨 가문의 일원이 아닌 것처럼 부형들의 처지를 생각하지 않고 자기 뜻대로 행동하는 특유의 성격을 나타내기 위해 그를 천상계 신선 왕자진의 후신으로 설정한 것이라 볼 수 있

25 최윤희, 앞의 논문, 140~145쪽.

26 나아가 〈삼생기연〉에서 양옥소와의 애정담은 위명의 강고한 이념 지향성으로 인해 발생하는 사건의 비극성을 완화하고 독자에게 위안감을 준다고 분석되기도 한다. 정충권, 「〈삼생기연〉의 작품세계와 후대적 수용」, 『한국문학논총』 34, 한국문학, 2003, 9~10쪽.

을 것이다. 위명은 마치 자신만 다른 세계에 속한 존재인 것처럼 행동하며, 지상계 현실의 논리에 전혀 구애받지 않고 자신의 신념만을 추구하기 때문이다.

이러한 가운데 양옥소 또한 평범한 여성들과는 달리 스스로 배우자의 기준을 설정해 두고 위명의 퉁소 실력을 시험하는 등 자유로운 여성으로 그려진다.[27] 당대의 규범적 여성상에 구애받지 않으며 '옥소지음'의 배우자를 찾는 양옥소 또한 마치 홀로 다른 세계에 속한 존재인 것처럼 행동하는 모습이다. 위명과 양옥소가 천상계 왕자진과 농옥의 후신으로 설정된 것은 이들의 거침없는 성격, 지상계 현실에 제약받지 않는 자유로운 사고를 효과적으로 형상화하기 위한 장치라 볼 수 있기에 둘의 애정담에서 보편적 교훈성을 찾기는 어렵다. 이는 〈삼생기연〉에서 양옥소와 위명의 애정담이 그 자체로서 작품의 주제인 '충'과 '열'의 가치를 선양하고 있는 것과는 다르다. 〈쌍녈옥소록〉에서 애정담의 비중이 상대적으로 낮은 것은 애정담의 성격 자체가 두 인물만의 특이한 성격 형상화 장치로서 부수적 역할을 수행하기 때문인 것으로 볼 수 있을 것이다.

5. 결론

〈쌍녈옥소록〉은 정난지변이 한 사족 가문에 미친 영향을 전면적으로 다룬 유일한 작품으로, 그 이면에는 18세기 왕권 강화로 인한 사림정치의

27 양옥소는 부모에게 "문학 재미 ᄒᆡ야와 상적ᄒᆞᆫ 자랄 친히 보와 ᄌᆡ죄랄 탁양ᄒᆞ고 도 옥소의 지음으로써 평생을 셤기리니 불연이면 공주의 독노ᄒᆞ나 용상한 배필은 원치 아니"(31)한다는 혼인관을 일찍이 밝히며, 위명의 퉁소 연주를 시험하기 위해 먼저 옥소를 연주한 뒤 위명의 답주를 듣고서는 "일호도 구차ᄒᆞᆫ 뜻이 업고 크기 정ᄃᆡ하니 심사환희ᄒᆞ야 흔연니 화답"(55)하는 등 주체적으로 배우자감을 평가하고 선택한다.

동요를 민감하게 인식하고 있었던 사족 계층의 문제의식이 담겨 있다. 정난지변은 그 자체가 군왕의 왕권 강화 의지가 사림이 중시하는 유교적 명분과 충돌하는 상황으로서, 사림 중심의 공론 정치가 위기를 맞기 시작하였던 당대 조선의 정치적 상황을 반영하기에 적합한 소재였다. 특히 〈쌍렬옥소록〉에서는 영락제의 사저 시절 스승이자 교우였던 위연과 위명 형제들을 중심인물로 등장시킴으로써, 학문을 중심으로 군왕과 수평적 교유를 나누었던 사족 집단의 본래적 위상을 분명히 제시하고 있다. 이후 이것이 변질되어 사족의 정치 참여가 위축되어 가는 과정과, 그에 저항하여 사족 집단의 정치적 정체성을 고수하려는 주인공 위명의 의지가 부각되면서 작품은 현실 비판적 의미를 띠게 된다.

이러한 관점에서 볼 때, 보다 후대의 이본인 〈삼생기연〉은 〈쌍렬옥소록〉에 비해 사림정치의 위축을 문제 삼는 현실 비판적 의미가 상당 부분 희석되었다고 볼 수 있었다. 사림정치의 퇴조가 더 이상 시사적 이슈가 될 수 없게 된 상황에서, 위명은 시대를 초월한 보편적인 충신의 모습으로 재창조되기에 이르렀다. 〈쌍렬옥소록〉에서 선명히 드러나던, 왕권 강화에 대한 위명과 부형들 간의 관점 차이가 더 이상 부각되지 않으며, 위씨 가문 전체와 영락제 간의 대결 구도가 보다 강조되는 것 또한 같은 맥락에서 이해할 수 있었다.

마찬가지로 이전 시기의 작품들, 예컨대 17세기에 창작된 〈숙향전〉이나 〈구운몽〉에서 사족 출신인 숙향, 양소유, 정경패 등이 왕실의 일원으로 편입되면서도 자존감을 잃지 않고 오히려 국가 위기 해결의 중심 인물로 부각되는 것과 비교해 볼 때, 중앙 정치에서 소외되어 지방으로 은거하는 〈쌍렬옥소록〉 위명 일가의 처지는 사족 집단의 변화된 정치적 위상을 뚜렷이 드러낸다고 볼 수 있다.[28]

18세기 조선의 정치적 상황 및 사족 계층의 현실에 비추어 볼 때, 〈쌍녈옥소록〉은 소설의 창작과 향유가 곧 현실 인식과 소통의 도구로 기능함을 보여준다. 표면적으로 드러나는 것은 충·효·열과 같은 추상적 가치들이지만, 인물들이 그러한 가치를 추구하는 구체적인 배경과 과정을 들여다보면 특정한 시대 상황에 대한 향유층의 인식과 대응 양상을 알 수 있다. 이러한 맥락에서, 위명의 '충'은 사림정치의 위축이라는 시대 현실의 반영이라는 맥락에서 새롭게 조명될 필요가 있으며 이를 옹호하는 〈쌍녈옥소록〉의 서술시각 또한 이 작품의 주요 향유층이었던 사족 계층의 현실 인식과 대응이라는 관점에서 새롭게 해석될 필요가 있다.

참고문헌

계명대학교 소장본 〈쌍렬옥소록〉 2권 2책.
보급서관본 〈삼생기연〉(동국대학교 한국학연구소 편, 『활자본고전소설전집』 3, 아세아문화사, 1976).
서울대학교 규장각한국학연구소(http://kyujanggak.snu.ac.kr).
국사편찬위원회 한국사 데이터베이스(http://sillok.history.go.kr).

김동욱, 「고전소설의 정난지변 수용 양상과 그 의미」, 『고소설연구』 41, 한국고소설학회, 2016, 311~340쪽.
김응환, 「〈삼생기연〉에 반영된 유교적 가치관의 구현」, 『한국언어문화』 22, 한국언어문화학회, 2002, 151~174쪽.
박광용, 「조선후기 정치사의 시기구분 문제 – 16~19세기 중엽까지의 정치 형태를 중심으로 한 분류」, 『성심여자대학교 논문집』 23, 성심여자대학교, 1991, 81~100쪽.

---

28 이는 17세기 작품인 〈소현성록〉과 비교해서도 알 수 있다. 정선희(2015)가 지적하였듯이, 〈소현성록〉에서 소현성과 소운성 부자는 황제에 대해서도 간언을 서슴지 않고, 그 즉위과정을 둘러싼 의혹에 대해서도 거침없이 비판적 견해를 제기하는 등 황실과 대등한 관계를 맺으며 국가 정치에 참여한다. 정선희, 「초기 장편고전소설에서 가문·왕실의 관계 양상과 그 의미」, 『한국문화』 69, 서울대학교규장각한국학연구소, 2015, 61쪽.

박영희, 「장편 가문소설의 명사 수용과 의미－정난지변을 중심으로」, 『한국고전연구』 6, 한국고전연구학회, 2000, 191～216쪽.
_____, 「〈소현성록〉에 나타난 공주혼의 사회적 의미」, 『한국고전연구』 12, 한국고전연구학회, 2005, 5～35쪽.
_____, 「〈쌍렬옥소삼봉〉의 중국 역사 수용」, 『새국어교육』 82, 한국국어교육학회, 2009, 623～643쪽.
이성무, 『조선의 사회와 사상』, 일조각, 2004, 1～328쪽.
이은순, 「조선후기 당쟁사의 성격과 의의」, 『정신문화연구』 29, 한국학중앙연구원, 1986, 99～109쪽.
이현주, 「〈성현공숙렬기〉의 역사수용의 특징과 그 의미－정난지변과 계후문제를 중심으로」, 『동아인문학』 30, 동아인문학회, 2015, 1～39쪽.
장효현, 「장편 가문소설의 성립과 존재양태」, 『정신문화연구』 44, 한국학중앙연구원, 1991, 21～39쪽.
정선희, 「초기 장편고전소설에서 가문·왕실의 관계 양상과 그 의미」, 『한국문화』 69, 서울대학교규장각한국학연구소, 2015, 39～66쪽.
정충권, 「〈삼생기연〉의 작품세계와 후대적 수용」, 『한국문학논총』 34, 한국문학회, 2003, 1～18쪽.
조광국, 「고전소설에서의 사적 모델링, 서술의식 및 서사구조의 관련양상－옥호빙심, 쌍렬옥소삼봉, 성현공숙렬기, 쌍천기봉을 중심으로」, 『한국문화』 28, 서울대학교 규장각한국학연구소, 2001, 55～83쪽.
최윤희, 「필사본 〈쌍열옥소록〉과 활자본 〈삼생기연〉의 특성과 변모 양상」, 『우리문학연구』 26, 우리문학회, 2009, 119～151쪽.
허순우, 「〈임화정연〉의 서사적 특징을 통해 본 통속소설의 정치성」, 『한국고전연구』 34, 한국고전연구학회, 2016, 203～237쪽.

제2장

활자본 고소설 <이진사전>에 나타난 첩에 대한 서술시각의 양면성과 그 시대적 의미

1. 서론

처첩 갈등을 다룬 고소설에서 첩은 부정적으로 형상화되곤 하였다. 오랜 시간 널리 인기를 얻었던 〈사씨남정기〉와 〈창선감의록〉에서 첩의 존재가 가문을 파멸시키는 화근으로 지목되며 그 성격 또한 교만하고 음탕하게 그려진 것은 그 단적인 예이다. 이는 선행연구에서 지적한 바와 같이, 처첩간의 위계를 강조하여 가문 내 기강을 밝히고자 하였던 향유층의 이념적 지향에 기인한다고 할 수 있다.[1]

반면 〈옥루몽〉, 〈부용의 상사곡〉, 〈이진사전〉과 같이 첩을 긍정적으로 형상화하는 작품들도 존재하였다. 해당 작품들에서는 남주인공과 첩의 결연 과정이 상세히 서술되며, 첩이 남편과 본처보다 훨씬 더 돈독한 애정을 나누는 것으로 그려진다. 강남홍, 경패, 부용은 낮은 신분으로 인

1 전통사회에서 실제로는 처가 첩을 학대하는 경우가 더 많았을 것임에도 불구하고 소설에서 첩을 악인으로 설정하는 경우가 많은 것은 처첩 간 위계를 명확히 하려는 이념적 서술시각의 발로로 설명할 수 있다. 이원수, 『가정소설 작품세계의 시대적 변모』, 경남대학교 출판부, 1997, 137~141쪽.

해 어쩔 수 없이 첩의 자리에 머물지만, 남편과의 친밀감이나 유대관계에 있어서는 독점적인 지위를 차지하는 인물들이다.

이러한 작품들은 〈사씨남정기〉나 〈창선감의록〉에 비해 상대적으로 늦은 시기에 출현하여, 서구문물의 유입이 본격적으로 시작된 개화기와 일제강점기에 애독되었다는 공통점이 있다. 특히 〈이진사전〉은 1920년대에 창작되어 활자본으로만 유통된 작품이다.[2] 이 시기는 자유연애가 본격적으로 주장되기 시작한 시기인 만큼, 당사자들 간의 자유의사로 맺어진 남녀 애정담이 독자들의 관심을 끌었던 것은 자연스러운 일이라 할 수 있다.[3] 조혼 풍속이 강고히 유지되던 당시 상황에서 자유연애는 이미 처자가 있는 남학생이 '신여성'을 첩으로 맞는 결과를 낳는 경우가 많았고,[4] 결국 소설에서도 조혼한 본처보다는 첩에게 '자유연애'의 이상을 실현할 수 있는 존재로서 긍정적 의미를 부여하게 되었다고 볼 수 있다.

---

2 〈부용의 상사곡〉은 1913년 신구서림에서, 〈이진사전〉은 1925년 회동서관에서 간행되었다. 기존에 〈이진사전〉의 이본으로 잘못 알려져 있던 필사본들은 실제 내용을 검토한 결과 〈이태경전〉의 이본들로 밝혀졌으므로 현재 전해지는 〈이진사전〉은 회동서관 발간 활자본이 유일하다. 김진욱, 『〈이진사전〉 연구』, 한국교원대학교 석사학위논문, 2003, 7~8쪽.

3 〈부용의 상사곡〉 등 1910년대 이후 창작된 신작 애정소설들은 '자유결혼' 열풍을 반영한다고 알려져 있다. 권순긍, 「근대의 충격과 고소설의 대응－개・신작 고소설에 투영된 '남녀관계'의 소설사적 고찰」, 『고소설연구』 제18집, 한국고소설학회, 2004, 199~206쪽. 한편 1910년대 후반부터 20년대 중반까지는 취학열이 높아져 서구의 새로운 사상이 급속히 전파되면서, 자유연애와 이를 통한 '신가정'의 실현이 근대적 개인주의를 상징하는 시대적 가치로 자리잡았다. 이 시기 연애에 대한 사회적 관심과 그 배경에 대해서는 권보드래, 『연애의 시대』, 현실문화연구, 2003, 56~89쪽을 참조할 수 있다.

4 갑오개혁(1894)과 조선민사령(1907)의 시행으로 조혼은 일찍이 금지되었으나 실제로는 일제강점기 내내 지속되었다. 조혼은 평균수명이 짧던 전통사회에서는 가문을 보존하기 위한 중요한 방법이었으므로 쉽게 근절되지 않았다. 중앙고보 교사 박남규가 1922년 동아일보 기고문에서 '지금 고등보통학교 학생 전체의 5분의 3가량은 기혼자'라 언급한 것은 이러한 상황을 잘 보여준다. 전봉관, 『경성 고민상담소－독자 상담으로 본 근대의 성과 사랑』, 민음사, 2014, 25쪽에서 재인용.

그런데 〈이진사전〉에서 첩인 경패의 형상화는 다소 모순된 측면이 있다. 이옥린이 이미 본처가 있는 상태인데도 기녀인 경패와 서로 호감을 느껴 결연하며, 둘의 이별과 해후 과정이 서사 전개의 주축이 된다는 점만 보면 이 작품은 분명 첩과 남주인공의 애정을 긍정적으로 그린 작품이다. 하지만 〈이진사전〉에서는 경패를 첩으로 들임으로 인해 벌어지는 가문의 위기와 혼란 또한 상세히 서술된다. 경패가 들어온 뒤로 집안에 갑자기 액운이 닥쳐, 이옥린은 죽을 고비를 넘기고 나머지 가족들도 수년간 고통을 겪는 것이다. 이는 첩에 대한 이 작품의 서술시각이 단순치 않음을 시사하는바, 이러한 차이가 발생하게 된 원인을 당대의 시대·사회적 맥락과 관련지어 생각해 볼 필요가 있다.

이에 본고에서는 〈이진사전〉에서 첩을 형상화하고 첩과 남주인공의 애정서사를 서술하는 시각이 어떤 특징을 띠는지를 살피고, 그 시대적 배경을 분석해 보고자 한다. 활자본 고소설 작품들이 20세기 초 자유연애에 대한 긍정적 시선과 그 현실적 한계에 대한 당대인들의 인식을 반영하고 있다면, 첩과의 애정 서사에 대해 양면적 관점을 제시하고 있는 〈이진사전〉은 이를 포착하는 데 중요한 단서를 제공해 줄 수 있으리라고 본다.

2. <이진사전>에 나타난 첩에 대한 양면적 시각

1) 첩에 대한 긍정적 시각 — 애정 중심 혼인의 옹호

〈이진사전〉에서는 이옥린과 자유연애로 결연한 첩 김경패가 본처 서씨보다 더 비중 있는 인물로 묘사된다. 경패는 첩이지만 남편의 유일한 애정 상대로 부각되며, 이로써 자유연애혼을 옹호하는 작품의 서술시각이 드러난다. 비록 경패 자신은 본처에게 도전하려는 태도를 보이지 않지만, 전반적인 서사 전개상 시종일관 경패가 더 중요한 인물임이 강조되는 것이다. 이옥린이 행방불명되었을 때 유일하게 그 생사를 짐작하고 찾아 나서는 것도 본처가 아닌 첩 경패이며, 이후 이옥린을 집으로 돌아오게 하는 계기를 마련하는 것도 경패이다. 심지어 결말 부분에서도 서 씨보다 경패가 아들을 더 많이 낳은 것으로 되어 있어, 첩이 본처 이상으로 가문 내에서 중요한 존재라는 점이 다시 한 번 확인된다.[5]

고전소설에서 중매혼으로 맺어진 본처가 남주인공의 애정 상대로 설정되는 경우가 본래 드물긴 하나, 그럼에도 불구하고 처첩의 위계 관계만은 확고하게 설정되는 법인데도 〈이진사전〉에서는 그러한 암묵적 규칙이 깨어진다. 또한 본처보다 첩의 비중이 유난히 높다고 평가되는 〈옥루몽〉과 같은 작품과 비교해 보아도, 양창곡의 본처인 윤 부인은 〈이진사전〉의 서 씨보다는 훨씬 더 존재감 있는 인물로 그려진다. 첩인 강남홍만큼은 아니더라도, 윤 부인 역시 남편의 행방과 안위 정도는 알고 있고 소식도 통하기 때문이다. 이는 서 씨가 이옥린의 생사조차 모른 채 남편이 죽은 줄로만 알고 지내는 것과는 분명 차이가 있다.

먼저 이옥린과 김경패의 애정 관계를 고찰해 보자. 〈이진사전〉에서 첩인 경패는 이옥린의 유일한 애정 상대이며, 작품의 대부분은 두 남녀 의 결연과 이별, 해후 과정을 서술하는 데 할애된다. 둘은 첫 만남에서 서로 호감을 느껴 결연에 이르며, 우여곡절 끝에 헤어졌다가 다시 만나는 과정에서 서로 깊이 그리워하고 애정을 확인해 나가게 된다.

마츰 감식 경픽를 명ᄒᆞ야 진사를 술을 권ᄒᆞ라 ᄒᆞ거늘 경픽 승명ᄒᆞ고

5 이옥린의 5자 3녀 중 3자 1녀가 경패의 소생이며, 2자 2녀가 본처 서 씨의 소생으로 되어 있다.

> 진사의 압ᄒᆡ 나아가 츄슈량안을 잠간 들어 ᄉᆞᆲ혀 보니 그 얼골은 형산ᄇᆡᆨ옥을 싹근 듯 일쌍봉안에 일월정치 어리엿스며 팔ᄌᆞ춘산에 산쳔슈긔를 ᄯᅴ엿스니 헌앙ᄒᆞᆫ 긔우ᄂᆞᆫ 단산치봉이 ᄂᆞᄅᆡ를 펼치고 주교에 ᄂᆞ린 듯 화려ᄒᆞᆫ 풍치ᄂᆞᆫ 슈즁긔린이요 요야에 노니ᄂᆞᆫ 듯 진짓 군ᄌᆞ의 긔상이 오문장의 의용이라 경ᄑᆡ 심즁에 경탄ᄒᆞᆷ을 마지 아녀 왈 세상에 어이 이러ᄒᆞᆫ 긔남ᄌᆞ 잇슬 쥴 뜻ᄒᆞ얏으리오 ᄂᆡ 오ᄂᆞᆯ 이곳에 옴이 허ᄒᆡᆼ이 아니로다 (…)
>
> 이에 봉안을 흘녀 그 미인을 ᄉᆞᆲ혀보니 옥ᄀᆞᆺ흔 구 뒤밋ᄒᆡ 운빈이 삼사ᄒᆞ고 파리ᄒᆞᆫ 량협에 균광이 초취ᄒᆞ며 ᄯᅴ 무든 의상에 지분을 더ᄒᆞ지 안ᄒᆡᆺ스나 빙호추월이 정신을 먹음엇고 창ᄒᆡ 명쥬 광ᄎᆡ를 감초임은 그 랭담ᄒᆞᆫ 긔ᄉᆡᆨ과 총명ᄒᆞᆫ ᄌᆡ질이니 만일 침향뎡상의 조으ᄂᆞᆫ ᄒᆡ당화 아니면 분명한 장락궁즁의 ᄂᆞᄂᆞᆫ 졔비라 진ᄉᆞ ᄉᆡᆼ각ᄒᆞ되 내 경국지ᄉᆡᆨ을 녯 글에 보앗스나 엇지 ᄎᆞᄉᆡᆼ에 이런 졀ᄃᆡ 가인이 잇슬 쥴 뜻ᄒᆞ얏스리오 ᄯᅩ 그 노ᄅᆡ 심히 깁흔 뜻이 잇스니 아지 못게라 이 엇더ᄒᆞᆫ 녀ᄌᆞ인고 ᄒᆞ며 련ᄒᆞ야 그 권ᄒᆞᄂᆞᆫ 슐을 밧아 수십 ᄇᆡ를 거우르ᄂᆞᆫ지라 잇ᄃᆡ 경ᄑᆡ 다시 ᄂᆡ념에 헤오ᄃᆡ ᄂᆡ 비록 ᄉᆞ마덕조의 조감이 업스나 평ᄉᆡᆼ의 지긔를 맛나 일신을 의탁코져 ᄒᆞ되 반안인의 용광을 가진 쟈ᄂᆞᆫ 특별ᄒᆞᆫ ᄉᆞ업을 일울 쟈 적고 쟝경의 문쟝이 잇ᄂᆞᆫ 니ᄂᆞᆫ 방탕ᄒᆞᆫ 심지를 품은 쟈 만흐니 다 나의 원ᄒᆞᄂᆞᆫ 바 아니더니 의외에 뎌 쳔리호셔의 금슈 문쟝을 품고 영웅 군자의 지긔를 겸ᄒᆞᆫ 쟈 오ᄂᆞᆯ 날 이곳에 잇슬 쥴 엇지 몽ᄆᆡ에나 ᄉᆡᆼ각ᄒᆞ얏스리오 이ᄂᆞᆫ 반다시 하ᄂᆞᆯ이 경ᄑᆡ의 ᄇᆡ필이 업습을 어엿비 녁이샤 그 소원을 일우게 ᄒᆞ심이로다 (83~85)[6]

이옥린과 경패의 첫 만남 대목에 해당하는 위의 인용문을 보면, 서로 호감을 느끼는 두 남녀의 내면이 상세히 서술되어 있다. 특히 이옥린보다도 여성인 경패의 내면 서술이 상세한데, 이는 이후 결연 과정에서 경패가 더 적극적인 역할을 하게 되는 근거를 제시한 것이라 할 수 있다. 경패

6 김기동 편, 〈이진사전〉, 『활자본 고전소설전집』 7, 아세아문화사, 1977. 괄호 안의 숫자는 이 책의 해당 면수를 가리킨다(이하 동일).

는 순간적으로 자신의 마음을 강하게 매혹시킨 이옥린을 배우자로 맞이하기 위해 아버지를 중매자로 보내는 등 적극적으로 행동한다. 오직 상대에 대한 애정에만 집중하기에, 이옥린이 기혼자임을 알면서도 처첩의 구분에 연연하지 않고 그를 배우자로 선택한 것이다.

당사자들뿐만 아니라 주변 인물들도 이옥린과 김경패의 혼인을 인정하는 태도를 보인다. 평양 부중 사람들은 둘의 혼인식에 대거 참석하여 축하하고, 감사까지도 축하 선물을 보낼 정도이다.[7]

> 신랑과 신부 교ᄇᆡ셕에 나ᄋᆞ가 합근지례를 일우니 진ᄉᆞ의 옥모영풍은 취쇼ᄒᆞ던 왕ᄌᆞ진이 진루에 오른 듯 경ᄑᆡ의 화용월ᄐᆡᄂᆞᆫ 요지 션아 반도연에 ᄂᆞ림ᄀᆞᆺ흐니 이ᄣᆡ 평양 셩ᄂᆡ 셩외의 ᄉᆞ녀 이 소식을 듯고 구름 뫼듯 ᄒᆞ야 관광ᄒᆞ며 ᄎᆡᆨᄎᆡᆨ 칭션 왈 이 두 ᄉᆞᄅᆞᆷ은 진실로 당세군ᄌᆞ 요죠슉녀이니 이ᄂᆞᆫ 반다시 하ᄂᆞᆯ이 유의ᄒᆞ샤 일ᄊᆞᆼ 가우를 ᄂᆡ심이로다 ᄒᆞ더라 이ᄣᆡ 감ᄉᆞ이 소문을 듯고 크게 신긔히 녁여 ᄎᆡ단 십필과 은ᄌᆞ 오ᄇᆡᆨ량을 진ᄉᆞ에게 보ᄂᆡ여 그 혼례를 치하ᄒᆞ니 그 영광이 극ᄒᆞᆫ지라 (87)

이후 작품은 줄곧 경패와 이옥린의 이별과 재회 과정을 중심으로 전개되며, 서로 흠모하고 그리워하는 두 남녀의 애정이 여러 편의 가사 작품을 통해 절실히 묘사된다.

물론 〈부용의 상사곡〉이나 〈옥루몽〉에서도 첩이 본처를 제치고 남주인공의 애정 상대로 등장하기는 하지만, 해당 작품들에서는 첩과 남주인

7 이러한 점에서 김경패는 〈구운몽〉의 계섬월과 다르다. 김경패와 계섬월은 둘 다 기생으로서 남주인공과 만나 서로 호감을 느껴 결연한다는 점, 남주인공을 따르기 위해 기생 생활을 중단하고 남성의 집으로 직접 찾아온다는 점에서 서로 비슷하지만 계섬월은 양소유와 정식 혼례를 올리지는 않는다. 관습을 뛰어넘는 자유연애 결혼에 대해 좀 더 확고히 긍정적인 시각을 보여주는 것은 〈이진사전〉이라고 할 수 있다.

공의 결연이 먼저 이루어진 뒤 첩의 추천으로 남주인공이 문벌 가문의 여성을 정식 본처로 맞이하므로 오히려 '애정 중심 혼인'에 남녀 주인공들 스스로 제동을 거는 양상이다. 강남홍은 양창곡과 정식 혼인을 하지 않은 상태에서 단지 그의 애정 상대로서의 역할에 만족하는데, 이는 애정과 혼인을 분리하여 생각하는 입장이라 할 수 있다. 강남홍이 양창곡과 함께 시간을 보내는 전쟁터가 애정의 공간이라면, 윤소저가 머무는 양부 집안은 결혼과 가족의 공간으로서 별개로 존재한다. 강남홍은 양창곡의 '첩'이라기보다는 지기이자 연인에 해당하는 인물이며, 스스로 혼인이라는 절차에 크게 연연하지도 않는다. 반면 〈이진사전〉에서는 이미 본처가 있는 남성이 뒤늦게 애정 본위의 두 번째 혼인을 하며, 그렇게 맺어진 첩은 본처와 함께 한 공간에서 생활한다.

또한 여성인 경패가 이옥린보다 더 적극성을 보인다는 점도 주목을 요한다. 〈옥루몽〉에서 양창곡이 강남홍의 집을 찾아가고, 〈부용의 상사곡〉에서도 김유성이 부용의 집을 찾아가 음악을 연주하며 구혼하는 것과는 달리 〈이진사전〉에서는 경패가 혼인을 성사시키는 주체로서 보다 중요한 역할을 한다. 경패는 이옥린에게서 소식이 오지 않자 스스로 짐을 꾸려 공주로 찾아오는가 하면, 이옥린이 액운을 만나 집을 떠나고 소식이 끊기자 여승의 복색을 하고 종적을 찾아 나서기도 한다. 이는 기존의 고소설 작품들에 흔히 나타나는, 남성에게 총애 받고 의존하는 수동적인 첩의 모습이 아니다. 경패는 친정의 재력을 바탕으로 가난한 시집을 부유하게 만들며, 집을 나간 남편을 추적하여 찾아내고, 그 과정에서 남편과 외삼촌의 우연한 만남까지도 이끌어내어 묵은 오해를 풀게끔 한다. 이 모든 과정에서 본처는 철저히 배제되어 있다.

또한 이러한 과정을 통해 이옥린과 김경패는 단순한 연애 상대를 넘어서 진정한 삶의 동반자로서 부부 관계를 확립하게 된다. 특히 이옥린은서두에서 보여주었던 미숙한 성격을 상당 부분 극복하고 한 가정을 책임있게 이끌어 갈 만한 품성을 갖추게 된다. 처음에 이옥린은 외삼촌에게 경제적 도움을 요청하러 가서조차도 사소한 이유로 자존심을 내세우며 냉정하게 돌아설 정도로 자기중심적인 인물이었다. 또 경패의 아버지가 은자 수백 냥을 주었는데도 역시 자존심과 체면을 내세워 극히 일부만 받아 오는 바람에 집안 전체가 계속해서 어려움을 겪고, 경패도 데려오지 못하게 되어 여러 사람들을 곤란하게 만든다.

그러나 집을 떠나 시련을 겪으면서 이옥린은 크게 변화한다. 방종직에게 잡혀간 경패를 구출하기 위해 그 아들의 글 선생으로 위장하여 잠입하는가 하면, 버선에 편지를 넣어 몰래 경패에게 보내는 등 한층 주도면밀하고 현실적인 인물로 변하는 것이다. 이러한 변화는 이옥린과 김경패의 관계가 감정에 기초한 막연한 연애 관계를 넘어서, 현실에 발을 붙인 부부 관계로 정착되어 감을 알게 해 준다. 자유연애를 넘어선 자유연애 결혼의 조건이 보다 현실적 맥락에서 모색되고 있다고도 볼 수 있을 것이다. 이러한 맥락에서 볼 때, 첩인 경패는 남편의 유일한 애정 상대일 뿐 아니라 본처의 지위에 도전하는 정식 배우자이기도 하다.

요컨대 이 작품은 애정 중심, 여성 중심의 혼인관을 바탕으로 하여 첩의 존재를 새롭게 형상화한 작품이라 볼 수 있다. 기존의 작품들이 첩에 대한 남주인공의 애정을 부각하되 이를 결혼과는 분리하여 다루었다면, 〈이진사전〉에서는 경패가 뚜렷한 소신을 가지고 이옥린과 정식으로 혼인한 상대임을 강조함으로써 첩을 본처의 지위에 도전하는 존재로 형상화하였다고 볼 수 있다.

2) 첩에 대한 부정적 시각―혼인의 공동체 내 영향에 대한 경계

이옥린의 집안은 애초에 대대로 첩으로 인해 패가망신한 내력이 있었기에, 이를 잘 알고 있던 이옥린은 결단코 축첩만은 하지 않겠다는 생각을 하고 있었었다. 첩을 두는 행위는 조상들의 경계를 저버리는 행위이자 가문을 위기로 몰아넣는 행위라고 믿었고, 때문에 그는 경패와 혼인한 뒤에도 한동안 본처 이외의 여성과 인연을 맺는 것에 대해 두려움과 거리낌을 표명한다.

진ᄉᆡ 이 말을 듯고 머리ᄅᆞᆯ 숙이고 량구히 ᄉᆡᆼ각다가 믄득 얼골빗을 곳치고 경낭의 옥슈ᄅᆞᆯ 잇ᄭᅳᆯ어 ᄌᆞ긔의 좌협하ᄅᆞᆯ 만지게 ᄒᆞ거ᄂᆞᆯ 경낭이 괴이히 녁여 그곳을 ᄌᆞ세히 어로만져 보니 ᄒᆞᆫ 싹 올으로 살을 궤엿ᄂᆞᆫ지라 경낭이 더욱 경아ᄒᆞ야 안셔히 손을 ᄲᅢ히고 물너 안즈며 왈 첩이 감히 뭇잡ᄂᆞ니 이 어인 연고니잇고 진ᄉᆡ 츄열탄왈 내 가셥의 계률을 직힘이 업고 낭이 보살의 후신이 아니며 ᄯᅩ 낭의 화용이 셔ᄌᆞ와 ᄐᆡ진에 ᄂᆞ리지 아니고 문장이 반쇼와 ᄎᆡ문희에게 양두치 아니ᄒᆞᆯ 것이며 상봉 수년에 동금련침ᄒᆞᆷ이 ᄋᆞ 몃번이로ᄃᆡ 잇ᄃᆡᄀᆞᆺ지 풍경이 담연ᄒᆞᆷ은 진실로 상졍 밧기라 ᄒᆞ리로다 말ᄉᆞᆷ이 이에 밋츰ᄋᆡ 경낭이 문득 도화량협에 홍훈이 니러나며 아미를 숙이고 붓그럼을 이긔지 못ᄒᆞ거ᄂᆞᆯ 진ᄉᆡ 말ᄉᆞᆷ을 니어 왈 우리 집 운수 불ᄒᆡᆼᄒᆞ야 나의 고조로붓터 션친ᄭᆞ지 니르기에 ᄉᆞᄃᆡ를 모다 쳡으로 인ᄒᆞ와 비명참화를 당ᄒᆞ신지라 그럼으로 내 취쳐ᄒᆞᆫ 후 비록 경셩경국지ᄉᆡᆨ이라도 복셩치 아니키로 ᄆᆡᆼ세ᄒᆞ야 이 옥환으로 협하의 살을 ,,,ᄒᆞ얏스며 이것은 존당과 가인이 다 아지 못ᄒᆞᄂᆞᆫ ᄇᆡ오 내 ᄯᅳᆺ을 굿게 직희얏더니 우연히 낭을 평양 ᄇᆡᆨ일장에 보ᄋᆞᆺ스며 ᄯᅩ 낭의 다졍ᄒᆞᆫ 노ᄅᆡ를 드름ᄋᆡ 어이 ᄆᆞᄋᆞᆷ이 동치 아니리오마ᄂᆞᆫ 일로 인ᄒᆞ야 심장이 진실로 텰셕과 다름이 업더니 쳔만몽ᄆᆡ 밧 낭의 로부 나의 여관으로 신근히 차자 낭의 졍회ᄅᆞᆯ 셰셰히 드르니 이ᄂᆞᆫ 심샹ᄒᆞᆫ 일이 아니라 내 만일 거절ᄒᆞ면 낭의 구든 마ᄋᆞᆷ으로 그 ᄉᆞᄉᆡᆼ

을 아지 못ᄒᆞᆯ 것이오 셩혼 후 고당운우를 싊구지 아니ᄒᆞᆷ은 진실로 ᄀᆞ흔 졀ᄃᆡ가인을 맛나슴ᄋᆡ 내 몸에 복이 과ᄒᆞ야 무ᄉᆞᆷ 의외지ᄌᆡ를 엇을가 져허 ᄒᆞᆷ이러니 오ᄂᆞᆯ이야 비로쇼 나의 실졍을 낭다려 닐으노라 ᄒᆞ고 셜파에 안ᄉᆡᆨ이 쳐창ᄒᆞ거ᄂᆞᆯ (101~102)

실제로, 평양에서 경패를 연모하던 통인 김수복이 해코지를 시도하는 바람에 이옥린은 뜻하지 않게 집을 떠나 수년간 방랑하게 되며 가장의 실종으로 인해 그의 집안 전체가 위기에 처하게 된다. 이옥린은 절에서 불목하니로 지내며 고초를 겪는가 하면 방종직에게 납치된 경패를 구하려다가 붙잡혀 난타를 당하고 관아로 끌려가 문초를 받기도 한다. 그리하여 "내 남의 집 독ᄌᆞ로 괴이ᄒᆞᆫ 변을 당ᄒᆞ야 편모를 ᄇᆞ리고 ᄉᆞ방에 표박ᄒᆞ니 불효 이에셔 더 큰 것이 업거ᄂᆞᆯ 어이 ᄒᆞᆫ 녀ᄌᆞ로 인연ᄒᆞ야 이럿틋시 ᄆᆞᄋᆞᆷ을 상히오며 몸에 병이 일우도록 ᄒᆞ리오"(122)라 한탄하는바, 개인적인 감정에 이끌려 경패와 혼인했다가 가문에 화를 초래한 것을 후회하기도 한다.

전통사회에서 부모가 정해주는 본처가 부부 간의 애정보다도 가문 전체를 유지하고 결속하려는 노력을 우선시하는 것이 일반적이었다고 보면, 첩의 존재가 곧 가문 파탄의 원인이라는 이옥린의 두려움은 미신으로만 치부하기 어렵다. 이옥린은 경패에 대한 애정이 앞선 나머지 경패와의 혼인이 가문에 어떤 영향을 미칠 것인지에 대해서는 깊이 고민하지 못했던 것으로 보인다. 이름 높은 기생이었던 경패에게는 으레 김수복과 같은 구애자가 있게 마련이건만 그로 인한 화를 전혀 대비하지 못했던 것이다.

물론 경패가 가지고 온 재물로 인해 이옥린의 가족이 가난에서 벗어나게 되는 것은 사실이지만, 그것만으로는 경패와의 혼인이 가문에 초래한 재앙을 정당화할 수 없다. 서두에 나오는 것처럼 이옥린에게는 강서 현령을 지내고 있는 외삼촌이 있고, 그가 언제든 누이와 조카를 도울 수 있는 상황이기 때문이다. 또 이옥린 자신도 뛰어난 재능을 지니고 있어서 과거를 통해 신분상승을 할 수 있는 가능성이 본래부터 있었고, 실제로 결말 부분에서 그는 과거에 급제하여 관직에 진출한다.

이러한 상황 설정으로 볼 때, 이 작품은 첩의 존재에 대해 결코 긍정적인 시각만 보이고 있지는 않다. 첩으로 인해 이옥린과 가족들 전체가 겪지 않아도 되었을 고초를 겪게 되기 때문이다. 앞 절의 논의와 관련지어 생각해 보면, 〈이진사전〉에서 경패는 이옥린과 정식으로 혼인한 배우자로 묘사되는 만큼 그로 인한 가문 내의 파급 효과가 상대적으로 더 주목과 경계를 받는다고도 할 수 있다. 개인의 애정만을 기준으로 선택된 배우자가 가문 공동체 내에 어떤 파장을 불러올 것인지가 작품의 주된 관심사가 되는 것이다.

이 물음에 대한 답이 부정적인 것은, 이 작품이 개인적 차원에서 이루어진 경패와 이옥린의 부부 관계를 전통 관습에 따라 맺어진 서 씨 부인과 이옥린의 관계에 비해 위험한 것으로 보고 경계하는 서술시각을 내포하고 있음을 뜻한다.

〈이진사전〉에는 이옥린이 경패를 만나기 전에 이미 혼인한 본처가 긍정적인 인물로 등장한다. 본처인 서 씨는 부덕이 높고 훌륭한 인물로 묘사되며, 노모를 잘 모시고 집안 살림을 헌신적으로 이끌어간다.

> 이때 셔부인이 겻ᄒᆡ 뫼셧다가 화셩유어로 부인ᄭᅴ 고왈 이졔 듯사오니 경낭은 청루쥬샤의 방탕ᄒᆞᆫ 자최 아니ᄋᆞᆸ고 규범 ᄂᆡ측의 례절을 직히ᄂᆞᆫ 녀ᄌᆞ와 다름이 업샤오며 ᄒᆞ믈며 그 뜻이 고샹ᄒᆞ와 범부쇽ᄌᆞ에게 허신ᄒᆞᆷ을

즐겨 아니ᄒᆞ고 유덕군ᄌᆞᄅᆞᆯ 좃고져 ᄒᆞᆷ이오니 그 ᄯᅳᆺ이 크게 아름다온지라 만일 이러ᄒᆞᆫ 사ᄅᆞᆷ을 거절ᄒᆞ오면 이ᄂᆞᆫ 필부로 ᄒᆞ야곰 오월 비상의 ᄒᆞᆫ을 품게 ᄒᆞᆷ이오니 도로혀 샹셔롭지 아닌지라 군ᄌᆞ의 뎌ᄅᆞᆯ 용납ᄒᆞᆷ이 이 ᄯᅩᄒᆞᆫ 권이득즁ᄒᆞᆷ이오 그 ᄉᆡᆨ을 탐ᄒᆞᆷ이 아니오니 복망 태태ᄂᆞᆫ 이ᄅᆞᆯ 슯히샤 밧비 거마ᄅᆞᆯ 보내여 다려옴이 됴흘가 ᄒᆞᄂᆞ이다 모부인이 이 말ᄉᆞᆷ을 듯고 희동안ᄉᆡᆨᄒᆞ야 왈 아름답다 현부의 말이여 (…) (93)

위의 인용문에서 알 수 있듯이, 서 씨는 남편과 시어머니에게 신뢰받는 인물이며 경패가 가문에 편입되는 과정에서도 중요한 역할을 한다. 서 씨는 침선과 방적으로 4년이나 가문의 생계를 책임져 왔고, 이옥린은 그런 서 씨에게 고마움을 느끼고 있다. 그리하여 이옥린은, 김수복 사건으로 집을 나와 유랑할 때 경패뿐 아니라 서 씨와 노모도 늘 함께 그리워한다.[8]

진ᄉᆞ ᄌᆡᄇᆡ 슈명ᄒᆞ고 부인 셔시ᄅᆞᆯ 도라보아 왈 학ᄉᆡᆼ이 무상ᄒᆞ야 능히 감지지양을 졍셩으로 다ᄒᆞ지 못ᄒᆞ고 이졔 슬하ᄅᆞᆯ 써나 먼길을 힝ᄒᆞ오니 그 ᄉᆞ이 부인은 태태ᄅᆞᆯ 뫼셔 효양을 극진히 ᄒᆞ야 학ᄉᆡᆼ으로 불효를 면케 ᄒᆞ오면 맛당히 결초부은 ᄒᆞ리이다 셔부인이 이 말을 듯고 렴용 ᄃᆡ왈 쳡이 존문에 드러온 지 발셔 ᄉᆞ년에 쳡의 졍셩이 부족ᄒᆞᄋᆞᆸ고 ᄌᆡ조 업샤와 능히 효도로 존고ᄅᆞᆯ 밧들지 못ᄒᆞ오니 쳡의 죄 만사온 즁 이졔 군ᄌᆞ 멀니 힝ᄒᆞ오시니 쳡이 엇지 일호이나 ᄐᆡ만ᄒᆞ와 써 군ᄌᆞ의 부탁ᄒᆞᄋᆞᆸ시ᄂᆞᆫ 셩의를 져바리리잇가 바라건대 쳡을 념녀치 말으시고 힝리ᄅᆞᆯ 보즁ᄒᆞ쇼셔 (78)

---

8 다음과 같은 대목을 예로 들 수 있다.
"ᄯᅩ 탄왈 나의 죽지 아니ᄒᆞᆷ은 경낭이 필연 짐작ᄒᆞ리로다 슯푸다 어ᄂᆞ날 고향에 도라가 훤당 로모를 다시 뵈오며 셔씨와 경낭을 ᄃᆡ할고"(121).
"진ᄉᆞ 문득 ᄉᆡᆼ각ᄒᆞ되 이날은 ᄂᆡ 삼년 젼에 집을 써나던 날이로다 ᄇᆡᆨ구광음이 훌훌ᄒᆞ야 이러ᄐᆞᆺ이 덧업도다 아지 못게라 북당의 ᄇᆡᆨ발로모ᄂᆞᆫ 이 불초ᄌᆞ를 얼마나 ᄉᆡᆼ각ᄒᆞ시며 셔씨ᄂᆞᆫ 공규를 직희여 홍안박명을 어이 탄식ᄒᆞ며 뎌 경낭은 과연 즁이 되야 나를 차자 단니ᄂᆞᆫ가 ᄒᆞ며 심ᄉᆡ 초창ᄒᆞ야 눈물 ᄂᆞ리옴을 ᄭᆡ닷지 못ᄒᆞ다가"(123).

〈옥루몽〉의 윤소저나 〈부용의 상사곡〉의 이소저가 본처이긴 하지만 남편과의 관계가 소원한 데 비해, 〈이진사전〉은 분명 본처에게 첩과 구별되는 위상을 부여하고 있다. 이는 전자의 두 작품이 첩을 개인적 애정의 대상으로만 간주하여 그로 인한 가문 공동체 내 영향에 대해서는 무심한 반면, 후자의 경우 첩을 개인적 애정 상대이자 정식 배우자로 격상시킴으로써 그로 인한 공동체의 타격 또한 좀 더 심각하게 다루지 않을 수 없었기 때문이라고 생각된다. 후자의 경우 첩의 위상이 높아지면서 그 부정적 영향에 대한 우려도 함께 증가했다고도 볼 수 있는 것이다.

3. 첩에 대한 양면적 시각의 시대적 의미

앞서 살펴보았듯이 〈이진사전〉에서 첩에 대한 서술시각은 양면적이다. 남성은 공동체 내 파급을 두려워하여 첩을 경계하고 거부하나 결국 용인하게 되고, 그로 인해 화를 입지만 이를 극복하는 과정에서 첩과의 애정은 더욱 돈독해진다. 첩에 대한 양면적 시각은 경패에 대한 이옥린 선조들의 태도에서도 드러난다. 그들은 '첩은 곧 파멸'이라는 운명을 이옥린에게 부과하지만, 나중에는 스스로 그 운명을 바꾸어 이옥린과 경패가 화합할 수 있도록 돕는다.

> 일위 관인이 샹좌에 안자스며 그 아래로 ᄯᅩ 삼위쟝ᄌᆞ 뫼셧ᄂᆞᆫᄃᆡ 샹좌의 안진 관인이 허장 탄왈 ᄂᆡ 불행히 쳡으로 인ᄒᆞ야 텬년을 누리지 못ᄒᆞ얏고 (…) 너의 둥도 ᄯᅩᄒᆞᆫ 쳔쳡을 엇어다가 모다 비명에 죽엇스니 엇지 참혹지 아니ᄒᆞ리오 이졔 옥린이 공교로온 일을 인연ᄒᆞ야 ᄯᅩᄒᆞᆫ 쇼실을 두엇스니 비록 뎌의 허물은 아니로ᄃᆡ 일로 말ᄆᆡ암아 불구에 액사ᄅᆞᆯ 당ᄒᆞᆯ 것이니 우

리 리씨의 루ᄃᆡ향화ᄅᆞᆯ 다시 부탁ᄒᆞᆯ 곳이 업스니 어이 슯흐지 아니리오 (…) 옥린의 일은 ᄌᆞ작지얼이 아니오며 뎨 옥환으로써 살을 궤여 깁히 ᄆᆡᆼ서ᄒᆞ얏다가 쳔만 몽ᄆᆡ지외에 경낭을 맛나샤오며 경낭의 슉덕은 다른 녀ᄌᆞ의 밋칠 ᄇᆡ 아니오니 텬되 엇지 무심ᄒᆞ리잇가 바라건대 옥린의 ᄃᆡ화를 면ᄒᆞ올 방칙을 ᄉᆡᆼ각ᄒᆞ심이 됴흘가 ᄒᆞᄂᆞ이다 (102~103)

가문에 대대로 전해져 온 운명의 경고는 긍정되지도, 부정되지도 않는다. 〈이진사전〉은 '운명'에 대해 전통사회의 믿음과 근대사회의 회의를 모두 나타내는 과도기적 작품이라는 평가를 받곤 하는데,[9] 이는 결국 첩에 대한 작품의 이중적 서술시각과 관련된 현상이라 할 수 있다. 〈이진사전〉은 '첩은 곧 재앙'이라는 인식을 '운명'과도 같은 절대적인 명제로 제시하는 한편, 그 명제를 스스로 부정하고 뒤엎기도 한다. 운명에 따라 축첩의 앙화를 받는 이옥린의 모습과, 운명을 극복하고 경패와의 애정을 지키는 이옥린의 모습이 함께 나타나는 것은 첩에 대한 이 작품의 서술시각이 복합적임을 보여준다.

자유연애를 옹호하고, 부부의 애정을 기반으로 하는 '신가정'을 주장하는 목소리는 20세기 초 신소설에서부터 이미 대두하기 시작하였다. 그러나 조혼과 중매혼의 풍습이 여전히 유지되었고, 유독 여성에게만 정조를 강조하는 관습도 그대로였으므로 자유연애는 기혼남과 미혼 여성의 혼외관계로 제한될 수밖에 없었다. 1920년대 초반은 자유연애 열풍이 극에 달

9 김일렬은 이 작품이 '운명은 피할 수 없으나 또한 인간 행동에 따라 조정 가능한 것'이라는 유동적 관점을 나타낸다고 보았으며, 이는 〈숙향전〉 등 기존 고소설의 전통적 운명관과 다르다고 평가하였다. 또한 정종대는 조상의 훈계를 타파해야 할 미신으로 제시했다는 점에서 운명관의 변화를 감지할 수 있다고 보았다. 김일렬, 「이진사전에 나타난 운명관의 한 양상」, 『논문집』 제21집, 경북대학교, 1976, 6~11쪽; 정종대, 『염정소설 구조 연구』, 계명문화사, 1990, 146~150쪽.

했던 시기였고, 왜곡된 형태의 연애일지라도 비판보다는 선망을 받는 편이었다. 설레는 만남과 이별의 슬픔은 조혼한 본처와는 경험할 수 없는 것이었기에, 유부남과 기생 또는 여학생의 연애를 묵인하고 긍정적으로 수용하는 사회 분위기가 1920년대를 전후로 조성되었다. 부정적인 어감을 불러일으키는 '첩' 대신 '제2부인'이라는 말까지 생겨났을 정도였다.[10] 첩을 본처나 다름없는, 본처를 대체할 수도 있는 정식 배우자로 형상화한 〈이진사전〉은 이러한 시대적 분위기 속에서 독자들의 공감을 얻었으리라고 볼 수 있다.

자유연애의 이상적 상대로 여겨졌던 신여성은 분명 전통 사회의 '첩'과는 다른 존재였다. 20세기 초반의 상황에서 보면, 문장과 학식이 뛰어나며 자기 수준에 걸맞은 배우자를 직접 선택하겠다는 분명한 의지를 가지고 있는 경패는 1920년대 '신여성'의 의식을 일정하게 반영하는 인물이라 할 수 있다. 학생이 아닌 기생 신분이긴 하지만, 1920년대 초반까지는 여학생보다도 기생이 유행을 선도하는 존재로서 새로운 문물의 수용과 전파에 중심적 역할을 하였음을 감안한다면 자유연애의 이상을 투영하기에

10 '제2부인'이라는 용어를 확인할 수 있는 것은 1933년 『신여성』 7권 2호의 〈제2부인 문제 검토〉라는 특집기사에서지만, 신여성 출신의 첩을 새롭게 평가하는 사회적 분위기는 그 전에 이미 형성되었다고 보아야 할 것이다. 기사 중 일부 내용을 인용하면 다음과 같다.
"나 어린 째에 부모가 맘대로 자의 처를 결정하야 당사자인 부는 하등의 애정을 감하지 안는다. 이 째에 그 부는 새로운 사랑을 향하야 그 생활을 구하나니 이리하야 새로 생긴 애첩은 부 자신의 눈으로 유일무이한 제일부인이나 부모나 가정은 이를 인치 아니하야 사회상 또는 법률상으로 형식의 제이부인이 되나니 이런 경우에는 법률만은 개정하기 전에는 엇지 할 수 업는 일이나 사회에서만 적어도 신사상의 세례를 바든 사람 사이에서만은 그를 제일부인으로 대접하고 초박만치라도 논의를 하지 안을 만큼 확고한 신도덕을 세우지 안으면 안 된다"(류광렬, 〈동의 또는 동정한다－근본적 광정전에 신도덕율 수립〉) 정지영, 「1920～1930년대 신여성과 첩/제이부인－식민지 근대 자유연애결혼의 결렬과 신여성의 행위성」, 『한국여성학』 제22권 4호, 한국여성학회, 2006, 61쪽에서 재인용.

부족하지 않은 인물이다.[11] 경패는 평양 출신이지만 이옥린을 찾아 공주까지 가는가 하면 이옥린이 집을 나간 뒤에는 그 생사를 확인하기 위해 전국을 편력하기도 한다.

작품이 읽혔던 당대의 맥락에서 보면 이러한 경패의 적극적이고 활동적인 면모는 분명 전통적 여성상의 한계를 벗어난 것이다. 〈이진사전〉이 출간되었던 1925년경은 신여성을 찬미하는 목소리가 절정에 달했던 시기로서, 두 해 전에는 '신여성'을 표제로 삼은 잡지가 창간되기까지 하였다.[12] 이러한 사회 분위기 속에서 김경패와 이옥린의 애정 서사는 독자들의 관심을 끌기에 충분했으리라고 볼 수 있다.

세부적인 면에서도 경패와 이옥린의 애정서사는 1920년대 당시의 연애열풍을 반영하고 있다. 우선, 이들이 짧은 동거 기간을 거쳐 오랜 이별을 겪게 된다는 점은 비극적 정조에 치우쳐 있던 당대 연애 감정의 일단으로 볼 수 있다. 〈이진사전〉은 두 남녀가 만나서 혼인하기까지의 과정은 비교적 평탄하게 처리하는 대신, 결연 이후에 긴 이별의 과정을 마련함으로써 둘의 애정서사에 굴곡을 주고 애정이 심화되는 계기들을 설정하였다. 이

11 갑오개혁 이후 기생들 중에는 자유롭게 조합을 구성하여 활동하며 전문적 예능 공연으로 대중적인 명성을 얻는 경우가 적지 않았다. 이들은 작부나 창부와는 분명 다른 존재였다. 이후 1920년대에 접어들면 기생들은 여학생들의 옷차림과 머리모양을 모방하는 경우가 많아 외모상으로는 구별하기 어려울 정도였다. 기생들은 잡지 『장한(長恨)』을 발행하는 등 문학 활동에도 적극적이었으며, 신문이나 소설에도 문인들과 기생의 자유연애담이 등장하곤 하였다. 즉 이들은 "유행을 선도하고 순정을 키워내며 목숨 건 사랑의 신화에까지 도전했던 존재들로서 여학생과 경쟁"하는 존재였다(권보드래, 앞의 책, 53쪽). 이런 맥락에서 보면, 1910년대에 〈옥루몽〉 활자본이 활발히 간행되어 인기를 얻은 이유 중 하나도 기생과 여학생의 면모를 구비하고 있는 강남홍이라는 인물로 인한 것이라 추정해 볼 수 있다. 강남홍은 법도 높은 내창 소속 기생인 데다가, 배를 타고 외국에 나가 군사학을 전문적으로 유학하고 돌아온 신여성의 면모도 가지고 있다.

12 1920년대 초반~중반 신여성에 대한 긍정적 사회 분위기에 대해서는 김경일, 『여성의 근대, 근대의 여성』, 푸른역사, 2004, 45~47쪽 참조.

옥린과 경패는 수년 간 상대의 생사를 모르는 상태에서 서로 그리워하는데, 이는 실제 만남과 교제보다도 이별의 상황을 즐기며 상대를 이상화하였던 20년대의 연애 감정이 구현된 것이라 할 수 있다.[13]

> 이러구러 겨울이 다 가고 봄이 도라옴ᄋᆡ 만슈의 ᄭᅩᆺ은 넷빗이 ᄉᆡ롭고 청산의 두우셩은 ᄀᆡᆨ의 심회를 자아ᄂᆡᄂᆞᆫ지라 진ᄉᆞ 산에 올나 나무ᄒᆞ다가 심ᄉᆞ를 이긔지 못ᄒᆞ야 고향을 바라보며 쳐연 하루ᄒᆞ다가 날이 져믈거ᄂᆞᆯ ᄉᆞ즁에 도라와 져녁ᄌᆡ를 파ᄒᆞᆫ 후 뎡젼에셔 ᄇᆡ회ᄒᆞ더니 아이오 일륜명월이 동텬에 소사오르니 그 ᄆᆞᆰ은 빗과 두렷ᄒᆞᆫ ᄐᆡ도 경낭의 옥안을 ᄃᆡᄒᆞᆫ 듯ᄒᆞᆫ지라 심ᄉᆞ 더욱 쳐창ᄒᆞ야 쌍슈를 들어 루슈를 ᄀᆞ리오며 길이 탄식왈 뎌 명월은 일뎡 경낭의 얼골을 빗최일 것이로다 ᄯᅩ 탄왈 경낭도 오날 밤에 뎌 달을 ᄃᆡᄒᆞ야 응당 나를 ᄉᆡᆼ각ᄒᆞ리로다 (121)

> ᄆᆡ양 ᄭᅩᆺ을 ᄃᆡᄒᆞ면 ᄌᆞ긔의 화용이 파리ᄒᆞᆷ을 슬어하며 달을 보면 랑군의 옥면을 빗최임을 불워ᄒᆞ고 비오ᄂᆞᆫ ᄯᅢ에 ᄌᆞ긔의 옷 져즘은 ᄉᆡᆼ각지 아니ᄒᆞ며 바람 부ᄂᆞᆫ 날 랑군의 치워ᄒᆞᆷ을 념려ᄒᆞ야 이러탓시 ᄋᆡ를 ᄭᅳᆫ코 혼을 살오니 그 정셩의 지극ᄒᆞᆷ을 가히 알너라 일일은 ᄒᆞᆫ곳에 다ᄃᆞ르니 이 ᄯᆡᄂᆞᆫ 삼월모츈이라 ᄯᅥ러지ᄂᆞᆫ ᄭᅩᆺ은 동풍에 흣ᄂᆞᆯ니며 방초ᄂᆞᆫ 쳐쳐ᄒᆞ야 왕손의 도라오지 아니ᄒᆞᆷ을 원ᄒᆞᄂᆞᆫ 듯 양류ᄂᆞᆫ 의의ᄒᆞ야 부셔를 멀니 보ᄂᆡᆷ을 ᄒᆞᆫᄒᆞᄂᆞᆫ 듯 가지 우에 ᄭᅬ고리ᄂᆞᆫ 환우셩이 력력ᄒᆞ며 공산의 두견셩은 불여귀를 슯히 불너 사ᄅᆞᆷ의 심회를 돕ᄂᆞᆫ지라 경낭이 비챵ᄒᆞᆷ을 이긔지 못ᄒᆞ야 두던 우에 망연히 홀로 안자 길이 탄왈 네로붓터 녀ᄌᆞ 가군을 리별ᄒᆞᆫ 쟈 ᄒᆞ나

13 황혜진, 「〈쌍미기봉〉에 형상화된 애정의 양상과 의미 연구」, 『고전문학과 교육』 제8집, 한국고전문학교육학회, 2004, 311쪽. 이 논문은 1916년 작 〈쌍미기봉〉을 대상으로 당대 연애문화의 특성을 추출하였다. 즉 자연발생적 감정, 그리움과 기다림, 삼각구도의 긴장감을 통해 인물의 내밀한 감정을 표현하였다는 것이다. 본고에서는 〈쌍미기봉〉보다 더 후대의 작품이며 여주인공이 기생 신분으로 설정되어 있는 〈이진사전〉에서 이러한 연애 감정이 더 심화되고 명료화되었다고 보았다.

> 둘이 아니언만 어이 날 ᄀᆞᆺ흔 박명이 ᄯᅩ 어ᄃᆡ 잇스리오 (…) 나의 팔ᄌᆞᄂᆞᆫ 이다지 긔구ᄒᆞ야 잠든 ᄉᆞ이에 랑군이 어ᄃᆡ로 가신 지 모로고 흐르ᄂᆞᆫ 눈물 기나한 숨으로 쥬년을 보내다가 혈혈약질이 만슈천산을 발셥ᄒᆞᆫ 지 ᄒᆡ가 밧고얏스되 낭군의 그림ᄌᆞ도 보지 못ᄒᆞ니 엇지 셜지 아니ᄒᆞ며 북ᄒᆡ의 기럭이 ᄭᅳᆫ어지고 하ᄐᆡᆨ의 리어 멀엇스니 쇼식인들 어이 드르리오 아지 못게라 혹쟈 랑군이 불힝ᄒᆞ얏ᄂᆞᆫ가 나의 정성이 부족ᄒᆞᆷ인가 (111)

이별은 둘 사이의 애정을 더욱 깊고 진실하게 만들뿐 아니라, 당시 이상적인 '연애'에 필수적이었던 비극적 정서를 띠게 만드는 필수적 장치였다.[14] 심지어는 경패를 납치했던 방종직조차도 결과적으로는 둘의 애정을 더 공고하게 만들었다는 이유로 용서받고 그 아들은 오히려 이옥린에게 훗날 상을 받을 정도이다.

이옥린과 경패가 결연 후 서로 거리를 두는 것도 정신적 애정을 추구하였던 1920년대 연애의 취향이 구현된 것으로 볼 수 있다. "영혼과 육체, 인간과 동물, 문명과 야만을 대립시킴으로써 전통사회의 부부관계와는 다른 특별한 관계"를 주장하려 했던 것이 당시 자유연애론이었음을 감안한다면,[15] 이옥린이 경패에게 유독 '임석의 즐거옴은 담연'(90)한 태도를 보이고 경패 또한 양산대와 축영대가 '일야지간이라도 운우의 모도힘이 업삽기로'(101) 흠모한다고 말해 이옥린의 공감을 얻는 것은 당대의 감수성으로써 이들의 애정을 이상화한 것이다.

그러나 1920년대 중반으로 접어들면서 신여성과 자유연애에 대한 사회적 인식은 조금씩 변화하기 시작하였다. 낭만주의적 풍토를 대신하여

---

14 3·1 운동이 실패로 돌아간 뒤, 1920년대 한국 사회에서 연애 감정은 유난히 비극적 정조를 띠었다고 알려져 있다. 이는 당시 유행하였던 연애서간집 등을 통해 확인할 수 있다. 권보드래, 앞의 책, 113~119쪽 참조.

15 권보드래, 위의 책, 144쪽 참조.

사회주의 운동, 민족주의 운동이 확산되기 시작하면서 자유연애는 개인주의적이고 도피적이라는 비판을 받게 된 것이다.[16] 아울러 기독교계에서 자유연애의 폐단을 경계하는 움직임이 일어나고,[17] 축첩제에 대한 비판이 점차 더 거세지면서 일부일처로 된 가정을 파괴하고 혼란스럽게 하는 주범으로서 '첩'을 모든 문제의 원인으로 지목하는 경향이 신문 매체를 중심으로 확산되었던 것도 '제2부인'의 지위를 위태롭게 만드는 원인이 되었다.[18]

이런 맥락에서 볼 때, 강남홍이나 김경패로 인해 불량배들이 난리를 피우고 소란이 빚어지는 설정에는 1920년대의 시대적 분위기가 반영되어 있다고 볼 수 있다. 기생을 비롯한 신여성은 선망의 대상인 동시에 질시와 비난의 대상이기도 하였고, 이들과의 자유연애는 당사자들만의 사생활이라기보다는 사회적으로 이목을 끄는 이야깃거리였다고 볼 수 있다. 〈이진사전〉에서 이옥린과 김경패 둘만의 애정 관계에는 아무 문제가 없음에도 불구하고 방종직, 김수복 등 김경패에게 관심을 보이며 이들의 연애를 방해하는 외부 인물들이 거듭 등장하는 것도 같은 맥락에서 당대

---

16 서형실, 「일제시기 신여성의 자유연애론」, 『역사비평』 제25집, 역사문제연구소, 1994, 119쪽.

17 이에 더하여 1920년대에는 기독교계를 중심으로 여성의 성에 대한 보수적 태도가 제기되기도 하였다. 기독교 사회운동에서는 자유연애를 '세속적 자유주의'로 규정하고 가정 파탄의 주된 원인으로 지목하였다. 양숙진 · 양현혜, 「초기 기독교의 혼인 담론 – 조혼, 축첩, 자유연애를 중심으로」, 『한국기독교와 역사』 제32집, 한국기독교역사연구소, 2010, 43~51쪽; 하희정, 「식민시대 기독교 젠더담론 구성과 한국교회의 대응 – 1920~30년대를 중심으로」, 『한국교회사연구』 제39집, 한국교회사학회, 2014, 176쪽 참조.

18 '제2부인' 즉 유부남과 동거하는 신여성에 대한 사회적 비판에 대해서는 다음 논저들을 참조할 수 있다. 정지영, 「근대 일부일처제의 법제화와 첩의 문제 – 1920~1930년대 동아일보 사건기사 분석을 중심으로」, 『여성과역사』 제9집, 한국여성사학회, 2008, 60쪽 · 92~93쪽; 이배용, 「일제 시기 신여성의 역사적 성격」, 『신여성』(문옥표 외), 청년사, 2003, 35~36쪽.

독자들의 심리를 반영한 것이라 볼 수 있다.

특히 20년대 중반부터 활발히 활동하였던 민족주의 진영에서는 남성 지식인들을 중심으로, 신여성의 자유연애가 서구의 문화를 맹목적으로 추종하는 혐의가 있다고 비판하는 목소리를 내었다.[19] 식민지의 경제적 상황이 악화되어 감에 따라, 향락적인 도시 문화를 배경으로 한 신여성의 행태는 민족의 현실과는 동떨어진 것으로 비판을 받게 되었고 이들을 중심으로 한 자유연애 또한 이전과는 다른 평가를 받게 되었다. 초기의 신여성과 그들의 자유연애는 봉건적 관습에 대한 투쟁의 성격을 띠었던 반면, 현실적 여건이 악화되어 감에 따라 본연의 사회의식은 사라지고 개인주의적 성향만 남게 되어 이를 비난하는 목소리가 높아진 것이다.[20]

특히 〈이진사전〉을 간행한 회동서관은 조선의 전통을 탐색하고 알리는 책을 많이 출판하였는데, 이러한 민족 주체성에 대한 역설은 무조건적인 자유주의, 개인주의를 견제하는 경향을 띠었다.[21] 이렇게 보면, 이옥린과 경패가 둘만의 애정에 매몰되었던 좁은 세계를 벗어나 더 넓은 세상을 주유하면서 주로 접하게 되는 것이 국토 곳곳에 얽힌 조선의 역사라는 점은 의미심장하다. 이옥린은 함경도로 가서 백두산에 올라 옛 발해국의 고도를 굽어보기도 하고, 조선 왕조의 개국공신인 퉁두란의 토굴을 방문하는가 하면 금강산의 기이한 봉우리들을 구경하며 중국의 경우와 비교하는 시를 남기기도 한다.[22] 경패도 이옥린을 찾아 집을 나선 뒤 충청도

19 이덕화, 「1920년대 자유연애론과 신여성 배제 매커니즘」, 『현대문학의 연구』 제23집, 한국문학연구학회, 2004, 62~63쪽.

20 김경일, 앞의 책, 51~52쪽.

21 회동서관에서는 1920년대 들어 애정소설과 함께 민족적 색채가 짙은 고전소설 작품들을 다수 간행하였다. 엄태웅, 「회동서관의 활자본 고전소설 간행 양상」, 『고소설연구』 제29집, 한국고소설학회, 2010, 488~494쪽.

22 국역 부분을 인용하면 다음과 같다. "동국에 금강산이 나오니/ 즁원의 오악이 ᄂᆞ더잇도

와 전라도, 경상도를 두루 다니면서 신라 문무왕 때 창건된 합천 해인사까지 오게 된다.[23]

자유연애와 민족의식, 개인과 집단 사이에서 묘하게 균형을 맞추는 구성은 어색하고 부자연스러워 보이기도 하지만, 그 자체가 작품이 읽혔던 당시의 사회 모순을 암시한다. 한편으로는 연애 열풍이 계속해서 고조되면서 다른 한편으로는 이를 개인주의 내지는 서구 문화에 대한 맹목적 추수로 간주하여 비판하는 목소리도 높아져 가던 20년대 중반, 〈이진사전〉의 경패가 한편으로는 이옥린의 애정 상대로서 이상화되는 동시에 한편으로는 공동체를 분열시키고 흩어지게 만드는 원인 제공자로도 그려진 데서 당시 사람들의 사상적 혼란을 짐작할 수 있다. 물론 지식인들 사이의 담론과 통속소설 향유층의 의식 사이에는 낙차가 있음을 고려해야 하겠으나, 전반적인 사회 분위기가 민족주의적인 것을 강조하고 서구식 자유연애의 폐단을 경계하는 방향으로 흘러가고 있었다는 점은 인정할 수 있을 것이다.

1920년대 중반은 자유연애와 신가정 열풍이 극도로 고조되는 동시에 그에 대한 비판과 반발도 고조되던 혼란의 시기였다. 〈이진사전〉이 첩에 대해 양면적 시각을 드러내고, 첩과 남주인공의 애정서사를 개인적 차원

다./ 신션사ᄅᆞᆷ이 만히 집을 머므르니/ 셔왕모 셔녁에 난 것을 ᄒᆞᆫᄒᆞ리로다"(116~117).

23 이밖에도 이 작품은 여러 대목에서 민족적 자부심을 고취하려는 의도를 내비친다. 예컨대 이옥린과 경패가 처음 만나는 선화정 백일장 대목만 해도, 다음과 같이 조선의 풍속을 자랑스러워하는 내용으로 시작된다. "원래 조션의 녯 법이 문풍을 슝상ᄒᆞ야 각도와 각읍의 방ᄇᆡᆨ이며 슈령이 ᄆᆡ월에 셰 번식 시와 부와 고풍 셰 가지 글뎨로 션ᄇᆡᄅᆞᆯ 시험ᄒᆞ니 이ᄂᆞᆫ 갈온슌뎨오 ᄯᅩ ᄆᆡ년에 ᄇᆡᆨ일마다 시ᄌᆡᆨᄒᆞ니 이ᄂᆞᆫ 일온바 ᄇᆡᆨ일장이라 (…) ᄉᆞᆲ혀 보니 션화당 뜰에 구름ᄀᆞᆺ흔 챠일은 반공에 둘너스며 현뎨판에 시부고풍 글뎨ᄅᆞᆯ 놉히 걸엇ᄂᆞᆫᄃᆡ 모든 션ᄇᆡ 렬좌ᄒᆞ얏고 당상에 감ᄉᆞ 당건청포로 단졍히 안자스며 평양 셔윤과 즁군과 십이비장이 각각 의관을 졍졔ᄒᆞ고 뫼셔스며 슈ᄇᆡᆨ 명 통인과 삼ᄇᆡᆨ여 명 기녀 록의홍샹에 응장셩식으로 좌우에 시립ᄒᆞ얏스며 륙방관속과 영문하예 등 슈삼천 인이 ᄃᆡ상과 ᄃᆡ하에 라렬ᄒᆞ얏스니 그 인물의 번화ᄒᆞᆷ과 위의의 엄슉ᄒᆞᆷ을 이로 긔록지 못할너라"(81~82).

과 공동체적 차원으로 이원화한 것은 이러한 시대의 모순된 요구를 작품 내에 수용하려 한 결과로 볼 수 있다.

이점은 1910년대에 창작된 〈부용의 상사곡〉과 비교해 보면 더 잘 알 수 있다. 홀어머니 슬하의 선비와 평양 기생의 애정서사라는 점은 두 작품이 같지만, 그 안에서 전개되는 애정서사의 성격은 상당히 다르다. 부용은 김유성의 배우자라기보다는 낭만적 애정의 상대에 머물며, 부용과 김유성의 애정은 그 주도권이 남성에게 있다는 점에서 전통 사회에서의 사대부와 기생의 관계를 연상시킨다. 첩의 위상이 격상되지 않으므로, 그에 대한 비판과 경계의 시각도 제시될 필요가 없었던 것으로 보인다.

한편 더 이른 시기에 창작된 〈옥루몽〉의 경우도, 첩과 남주인공의 자유로운 애정을 그린 점은 선구적이지만 역시 애정과 결혼의 영역을 별개로 설정하였기에 '첩'의 존재를 심각하게 문제시하거나 그 파급력을 경계하는 시각은 나타나지 않는다. 강남홍이나 부용이 남주인공과 그 가족에게 별다른 위험을 초래하지 않는 것은, 그네들의 영역이 가정 바깥이라고 보는 암묵적 시각이 받아들여졌기 때문이라고 볼 수 있는 것이다.[24]

4. 결론

고소설에서 애정은 지극히 개인적인 영역의 소재인 동시에 창작 당시의 시대·사회적 상황을 첨예하게 반영하는 소재이기도 하였다. 〈이진사

24 양창곡은 강남홍을 흠모하던 소주와 항주의 무뢰배들에게 위협을 당한 바 있고, 김유성도 부용을 연모하던 통인 최만홍의 흉계로 위기에 처한다. 하지만 이러한 위기는 비교적 쉽게 해소되며 남주인공들은 별다른 해를 입지 않는다. 소주와 항주의 선비들은 강남홍이 달래며 술을 먹이자 크게 취하여 양창곡을 해코지하지 못하게 되며, 최만홍의 경우 산중에 무뢰배들을 보내 김유성을 해치려 하지만 갑자기 맹호가 나타나는 바람에 실패한다. 두 작품에서는 오히려 강남홍과 부용 자신의 위기와 고난이 더 부각된다.

전〉에서 첩과 남주인공의 애정이 근대적 개인주의의 상징인 한편 민족 공동체의 통합을 저해할 수 있는 위험 요소로도 그려지는 것은 1920년대 식민지 조선의 복잡다단한 사회적 동향이 애정소설에 반영되고 있었음을 보여준다. 〈이진사전〉의 문학사적 가치는 이러한 시대·사회적 모순의 포착과 형상화라는 관점에서 새롭게 평가될 필요가 있다.

다양한 서적 출판이 현실적으로 여의치 않았던 일제강점기의 상황에서, 일견 통속적으로 보일 따름인 고소설 작품들을 통해 어떤 현실 인식이 소통되고 공감을 얻었는지를 살펴보는 것은 의미 있는 일이다. 이러한 시각에서 볼 때, 〈이진사전〉은 기녀 신분 갈등형 애정소설의 익숙한 틀 속에 당대의 새로운 애정관을 담아내고 있어 주목되는 작품이다. 1920년대의 사회적 모순을 전통적인 모티프를 통해 형상화하였다는 점에서, 이 작품은 20세기 전반 활자본 고소설이 기존 작품들의 서사 구조를 당대 독자들의 흥미와 관심에 맞게 변이시킨 한 사례를 보여준다. 진부한 듯 보이는 인물 형상과 서사 전개 속에서 새로움을 발견하고 그 시대적 의미를 파악하는 것이 활자본 고소설의 당대적 가치를 발견하는 한 방법임을 이 작품을 통해 알 수 있다. 향후 연구에서는 보다 다양한 활자본 고소설 작품들을 대상으로 그 시대적 가치를 탐색하며 고소설의 현실 대응 양상과 성과를 구명하고자 한다.

참고문헌

김기동 편, 〈이진사전〉, 『활자본 고전소설전집』 7, 아세아문화사, 1977, 77~137쪽.

권보드래, 『연애의 시대』, 현실문화연구, 2003.

권순긍, 「근대의 충격과 고소설의 대응－개 · 신작 고소설에 투영된 '남녀관계'의 소설사적 고찰」, 『고소설연구』 제18집, 한국고소설학회, 2004, 195～219쪽.
김경일, 『여성의 근대, 근대의 여성』, 푸른역사, 2004.
김일렬, 「〈이진사전〉에 나타난 운명관의 한 양상」, 『논문집』 제21집, 경북대학교, 1976, 1～11쪽.
김진욱, 『〈이진사전〉 연구』, 한국교원대학교 석사학위논문, 2003, 1～92쪽.
문옥표 외, 『신여성』, 청년사, 2003.
서형실, 「일제시기 신여성의 자유연애론」, 『역사비평』 제25집, 역사문제연구소, 1994, 108～122쪽.
양숙진 · 양현혜, 「초기 기독교의 혼인 담론－조혼, 축첩, 자유연애를 중심으로」, 『한국기독교와 역사』 제32집, 한국기독교역사연구소, 2010, 35～62쪽.
이덕화, 「1920년대 자유연애론과 신여성 배제 매커니즘」, 『현대문학의 연구』 제23집, 한국문학연구학회, 2004, 43～68쪽.
이원수, 『가정소설 작품세계의 시대적 변모』, 경남대학교 출판부, 1997.
전봉관, 『경성 고민 상담소－독자 상담으로 본 근대의 성과 사랑』, 민음사, 2014.
정종대, 『염정소설 구조 연구』, 계명문화사, 1990.
정지영, 「1920～1930년대 신여성과 첩/제이부인－식민지 근대 자유연애결혼의 결렬과 신여성의 행위성」, 『한국여성학』 제22권 4호, 한국여성학회, 2006, 47～84쪽.
______, 「근대 일부일처제의 법제화와 첩의 문제－1920～1930년대 동아일보 사건기사 분석을 중심으로」, 『여성과 역사』 제9집, 한국여성사학회, 2008, 79～119쪽.
하희정, 「식민시대 기독교 젠더담론 구성과 한국교회의 대응－1920～30년대를 중심으로」, 『한국교회사연구』 제39집, 한국교회사학회, 2014, 93～138쪽.
황혜진, 「〈쌍미기봉〉에 형상화된 애정의 양상과 의미 연구」, 『고전문학과 교육』 제8집, 한국고전문학교육학회, 2004, 301～337쪽.

제3장

고소설 '개과 서사'의 전개 양상과 의미

—처첩 갈등과 모자 갈등 상황을 중심으로—

1. 서론

고전소설 작품들 중에는 등장인물의 개과(改過) 과정을 부각한 작품들이 다수 존재한다. 주동인물을 괴롭히던 반동인물은 징치를 당하여 죽음을 맞기도 하지만, 개과를 통해 공동체의 일원으로 재통합되는 결말도 적잖은 작품들에서 발견된다. 특히 신분이 높거나 가문 내에서 중요한 지위를 차지하고 있는 반동인물들의 경우, 징벌보다는 자발적인 개과의 과정을 거쳐 주동인물과의 갈등을 해소하는 결말이 자주 나타난다.[1]

주동인물에 대한 핍박과 음모가 악랄했던 만큼, 반동인물의 개과 과정은 매우 극적이며 그 자체로서 독자의 흥미를 끈다. 대개의 경우 반동인물들은 뜻하지 않은 고난을 겪으면서 기세가 꺾이며, 그런 가운데 평소

1 김수봉(2002, 13쪽)에서는 사회적 신분이나 가문 내 지위가 높은 반동인물들의 경우 '패배형'보다는 '양보적 화해형'이나 '보상적 성공형'의 결말을 맞이하는 경향이 있다고 지적한 바 있다. 또한 김수연(2012, 359쪽)에서는 '개과천선'이 상층 남성 중심의 사회구조 속에서 기존의 엄격한 '복선화음'과는 차별화된 새로운 교화담론으로서 산출되었다고 지적하였다.

음해해 오던 주동인물의 도움을 받고 감동함으로써 회과(悔過)에 이르는 것으로 그려진다. 예컨대 〈창선감의록〉에서 심부인과 화춘은 화진의 지극한 효제(孝悌)에 감복하여, 〈하진양문록〉의 명선공주는 하옥주의 겸손함과 관대함에 감화되어 그간의 잘못을 뉘우치게 된다. 이러한 개과의 과정은 독자들에게 그간의 이야기의 흐름이 반전되는 흥미를 전해줄 뿐 아니라, 도덕적으로도 매우 명료한 메시지를 전달한다. 즉 반동인물의 개과 서사는 인간의 선한 본성과 변화 가능성을 강조함으로써 독자들에게 도덕적 삶의 당위성을 역설한다.

그런가 하면 일부 작품들에서는 반동인물들이 신비한 체험을 통해 개과에 이르기도 한다. 〈옥루몽〉의 황부인이나 〈완월회맹연〉의 소교완을 그 예로 들 수 있다. 이들은 악행을 저지르다가 발각되어 난관에 봉착한 가운데, 꿈을 통해 천상계의 존재들을 만나 책망을 받음으로써 자신의 잘못을 깨닫는다. 이러한 꿈 모티프는 도저히 불가능할 것만 같았던 반동인물의 개과에 극적인 계기를 마련해 주는 한편, 초월적 인물들의 발화를 통해 권선징악의 교훈을 좀 더 직접적으로 드러내는 효과를 지닌다.

그런데 한 가지 의문은, 여러 작품들에 나타나는 이와 같은 개과의 과정을 설득력 있게 해명하는 것이 쉽지 않다는 점이다. 뜻밖의 시련이나 신비한 체험을 통해 개과의 극적인 계기가 마련되고, 이를 통해 작품이 표방하는 도덕적 교훈이 선명히 드러나는 것은 사실이지만 이것만으로는 한 인간의 행위가 이전과는 전적으로 달라지는 까닭을 온전히 설명하기 어렵다. 주동인물의 선의에 감명을 받거나 꿈을 통해 초월적 존재에게 책망을 받고 자신의 악행을 돌아보게 된다는 설정 자체는 개연성이 있다 하더라도, 단지 이로써 반동인물이 악행을 완전히 중지하고 주동인물에게 철저히 승복하게 된다고 보는 것은 무리이다. 이들은 개과 이후 단 한 차례의 반동행위나 그 시도조차 없이 주동인물의 편에 머물게 되는데, 여기에는 일회적 사건의 결과로만은 볼 수 없는, 보다 복잡한 사회적 · 심리적 맥락이 작용하였다고 할 수 있다. 그 맥락을 보다 구체적으로 복원하여 읽어야만 반동인물의 개과 서사는 설득력을 갖추게 되며, 작품이 표방하는 도덕적 교훈에도 비로소 현실성이 부여된다고 볼 수 있다.

이러한 관점에서, 본고에서는 고소설 작품들에 나타난 반동인물의 '개과(改過)' 서사를 살펴보고 개과의 과정이 구체적으로 어떤 기제에 따라 전개되는지를 분석해 보고자 한다. 이를 통해, '개과'라는 지극히 도덕적인 관념의 이면에서 전개되는 고소설 특유의 섬세한 현실 인식을 새롭게 조명하고 작품의 서술시각을 보다 깊이 있게 파악할 수 있게 되기를 기대한다.

본고에서 다루고자 하는 대상 작품은 〈창선감의록〉, 〈하진양문록〉, 〈옥루몽〉, 〈완월회맹연〉의 네 작품이다. 이들은 창작 연대와 향유 맥락이 서로 다르므로 '개과 서사'라는 하나의 주제로 묶어 다루는 데에는 다소 무리가 있는 것이 사실이다. 그럼에도 불구하고 이들 네 작품을 대상으로 삼는 이유는, 네 작품에서 반동인물들의 개과 과정이 특별히 강조되어 있으므로 향후 보다 다양한 작품들을 대상으로 연구를 확장하는 데 시사점을 제공받을 수 있으리라 생각하기 때문이다. 이 중 〈창선감의록〉과 〈완월회맹연〉은 모자 갈등을, 〈하진양문록〉과 〈옥루몽〉은 처첩 · 처처 간의 갈등을 중심으로 반동인물의 악행과 개과 과정을 그린 작품들이다. 개과 서사의 보편적 양상을 확인하기 위해서는 형제 갈등, 옹서 갈등 등의 경우까지도 두루 고찰해야 하겠으나, 일단 본고에서는 모자 갈등과 처첩 · 처처 갈등의 경우를 선택하여 시론적 연구를 해 보고자 한다.

또한 앞에서도 언급하였듯이 반동인물의 개과 서사는 해당 인물이 신분이나 지위가 높을 때 주로 나타나는 경향이 있는데, 네 편의 작품을 통해 가능한 여러 경우들을 모두 살펴볼 수 있다. 〈창선감의록〉의 심부인과 화춘은 가문 내 위계 측면에서 주동인물인 화진보다 우위를 점한 반동인물들이며, 〈완월회맹연〉의 소교완은 비록 계모이기는 하지만 정인성의 어머니이며 정씨 가문의 총부라는 점에서 특별한 지위를 점하고 있는 반동인물이다. 〈하진양문록〉의 명선공주는 신분 측면에서 하옥주보다 우위에 있는 반동인물이라 할 수 있으며, 〈옥루몽〉의 황부인의 경우에는 신분뿐 아니라 가문 내 위계에 있어서도 기첩(妓妾)인 벽성선을 능가하는 반동인물로서 개과 서사의 중심인물이 되어 있다.

2. '개과'의 의미와 조건

네 편의 대상 작품들에서 반동인물들은 강한 욕망에 사로잡힌 상태이다. 이들은 높은 신분과 가문 내 지위를 가지고 있거나, 자신의 뛰어난 재능에 대해 자부심을 가지고 있지만 주변으로부터 그에 걸맞은 대우를 받지 못함으로 인해 분개하며 자신보다 주목과 존경을 받는 주동인물에 대하여 적대심을 품는다. 〈창선감의록〉의 심부인과 화춘은 종법질서에 따라 화욱 사후 화씨 가문의 가권을 장악하였으나 재능과 명망 면에서 자신들보다 뛰어난 화진에 대해 피해의식을 가지고 있어 화진을 적대시한다.[2] 〈완월회맹연〉의 경우 소교완은 재능과 외모가 뛰어나고 친정에서부터 많은 사랑을 받고 자라 자존감이 강하였으나 정씨 가문의 후처로 들어온 후 남편과 시댁 사람들로부터 까닭없이 경계와 멸시를 받음으로 인해 시가에 대해 적대감을 갖게 된다. 더욱이 친아들을 낳은 뒤로는, 양

2 선행연구인 이원수(2008, 277~278쪽)에서는 심부인 모자가 승적자(承嫡者)가 변경될 가능성에 위협을 느껴 화진에게 적대감을 갖게 되었다고 분석한 바 있다.

자인 정인성이 자신들 모자의 권리를 부당하게 빼앗았다고 여겨 그를 핍박한다. 〈하진양문록〉과 〈옥루몽〉에서 황부인과 명선공주는 각각 자신보다 신분이 낮은 벽성선, 하옥주가 남편에게 더 많은 총애를 받는 것을 견디지 못하고 이들을 모해한다.

이들의 공통점은, 주동인물이 부당하게 자신의 권익을 침범하고 있다고 여긴다는 점이다. 장자로서, 총부로서, 황족 혹은 귀족 출신의 정처(正妻)로서 마땅히 자신이 장악해야 할 가문 내 패권이 주동인물로 인해 제한 받기 때문이다. 반면 주동인물들은 재능과 인품이 뛰어나 높은 관직에 오르고 황제에게 상을 받는 등 대외적 활약 면에서 뛰어나지만 차자 혹은 양자, 기녀 혹은 반역 가문 출신의 여성으로서 자신의 능력에 부합하는 대우를 받기에 다소 어려운 처지에 놓여 있다. 이런 상황에서 반동인물은 주동인물이 누리는 명성과 지위를 자신에 대한 부당한 도전으로 받아들여 제압하려는 시도를 하게 되고, 이로 인해 갈등이 발생한다. 다시 말해 반동인물과 주동인물 간에는 절대적인 위계질서가 확립되어 있지 않은 상태인데, 반동인물은 이를 인정하지 않고 본인 우위의 절대적 위계질서를 관철하려 하므로 갈등이 유발된다.

그러므로 반동인물이 개과하기 위한 전제 조건은, 주동인물의 탁월성과 성취를 객관적으로 인정하고 받아들이는 것이다. 이는 곧 반동인물 스스로 자신의 한계를 받아들여야 함을 의미한다. 한 인간의 정체성을 규정하는 기준은 다원적일 수 있다는 점, 어떤 기준에서는 자신이 주동인물보다 우위에 있을 수 있으나 다른 기준을 적용하면 그렇지 않을 수도 있다는 점을 받아들일 수 있을 때 반동인물에게는 개과의 가능성이 열리게 된다.

작중에 그려지는 반동인물들의 고난은 자신의 한계를 받아들이고 상대의 탁월함을 수용하기 위한 중요한 계기라고 할 수 있다. 고난을 겪으면서 반동인물들은 자신이 절대적 강자가 아니라는 점을 깨닫게 되고, 주동인물이 자신보다 높은 사회적 평판과 위상을 확보한 존재임을 불가항력적으로 받아들이게 된다. 심부인과 화춘, 명선공주, 소교완, 황부인 등은 모두 그간의 악행이 발각되어 처벌을 받거나 처벌될 위기에 이르러서야 잘못을 뉘우치고 악행을 중단한다.

하지만 그렇다고 해서, 단순히 고난과 좌절을 통해 이들이 저절로 개과에 이르렀다고 볼 수는 없다. 지체가 높고 따라서 자존감 또한 강한 이들에게, 좌절의 경험은 분노와 절망을 초래할 뿐 새로운 정체성을 모색하게 되는 '개과'의 계기로 작용하기는 어려운 일이기 때문이다. 심리학적으로 볼 때, 자존감이 높을수록 좌절 상황에서 오히려 무능감을 더 크게 느껴 새로운 돌파구를 찾는 것은 어려워진다.(고은정, 2014, 65~67쪽) 실제로 〈소현성록〉의 명현공주의 예는, 자존감이 강한 인물에게 좌절과 실패의 경험이 오히려 더 극심한 분노와 자기 파괴적 행위로 이어질 수 있음을 보여준다.

그러므로 반동인물들의 개과에 필요한 것은 높은 자존감을 대체할 수 있는 다른 차원의 자아관념을 구축하도록 돕는 것, 즉 보다 넓은 시야에서 자신의 한계와 가능성을 객관적으로 인식할 수 있는 기회를 제공받는 것이다. 이는 일종의 '자기객관화'의 경험이라 할 수 있다. 자신을 특별하고 우월한 존재라 믿는 것은 반동인물의 개과에 도움을 주지 못한다. 오히려, 자신 또한 어떤 면에서는 다른 이들과 다름없는 평범한 한 인간임을 직시할 수 있는 심리적 여유를 가질 때 적대해 오던 상대 인물과의 화해가 가능해진다. 달리 말해 반동인물들의 개과에 필요한 것은 주동인물과 자신의 관계에 대한 조망을 확대하는 것이다.

최근 심리학계에서는 자신을 타인과 다름없는 평범한 존재로 인식하는 객관적 자아정체성을 '자기자비(Self-Compassion)'라 명명하여 그 유용성을 밝히는 연구가 활발히 이루어지고 있는데, 고소설의 반동인물들에게 필요한 것도 일종의 자기자비적 태도라 할 수 있다.[3] 자아를 고립된 존재로 보게 하며 은연중 타인보다 탁월한 성취를 강요하는 자존감의 강화만으로는 실패와 좌절의 상황을 극복하기 어려우며, 자신의 강점과 단점을 보편적 관점에서 직시하고 수용하는 유연한 태도가 형성되어야만 자아의 성장과 변화가 가능하게 된다. '개과' 또한 자아의 성장과 변화에 다름 아닌바, 부정적인 경험을 과장하거나 왜곡하지 않고 있는 그대로 받아들여 적응적 행동 변화의 계기로 삼는 자기객관화의 관점이 요구된다고 할 수 있다.[4]

이러한 관점에서 볼 때, 신분이 높고 자존감이 강한 고소설 반동인물들의 개과 서사가 설득력 있게 서술되기 위해서는 시련과 뉘우침을 묘사하는 것만으로는 부족하다. 시련의 경험은 단순한 좌절이 아닌 자기객관화의 한 계기로 그려질 필요가 있고, 무엇보다도 평소 폄하해 왔던 상대인물 즉 주동인물이 어떤 측면에서 자신보다 우월한지를 반동인물 스스로 구체적으로 깨닫고 받아들이는 과정이 서술되어야 한다. 이를 통해 보다 확장된 시야로써 자신의 한계를 구체적으로 인지하고, 앞으로 자신이 새롭게 계발해야 할 부분을 정확히 이해할 수 있을 때 반동인물에게는 이전의 자아를 탈피하고 새로운 자아의 가능성을 모색하는 '개과'가 가능해진다고 할 것이다.

---

3 Neff, K.(2003, 89~92쪽)에 따르면, '자기자비(self-compassion)'란 자기 자신에게 높은 성취를 요구하기보다는 친절한 태도를 취하며, 자신의 경험을 보편적 차원에서 인식하고, 자신의 사고와 감정을 과장하거나 왜곡하지 않고 받아들이는 태도를 의미한다. 이는 수동적·방어적 자아관념이 아니며, 자아에 대한 조망 확대를 가능케 해 준다는 점에서 자존감(self-respect)과 다르다.

4 최근에는 자존감보다는 자기자비가 부정적 사건 경험 시에 감정과 행동의 평정을 돕는다는 점이 경험적으로도 밝혀지고 있다. 문은주·최해연(2015); 이상현·성승연(2011).

3. '개과' 서사의 전개 양상과 의미

그렇다면 실제 작품들에서 반동인물들의 자기객관화는 어떻게 실현되는가? 앞에서도 논의하였듯이, 주동인물의 선행과 호의가 저절로 반동인물들의 자아 확장을 이끌어냈다고 보는 데에는 무리가 있다. 여러 작품에서는 대체로 주동인물의 선의에 반동인물이 감화되어 그를 본받고자 하였다고 설명되지만, 실질적으로는 주동인물의 독보적 영향력과 사회적 지위에 승복하며 그 원천에 도덕적 권위가 작용하고 있음을 절실히 깨닫고 그에 비추어 자신의 한계를 인지하는 과정이 진행된다. 도덕적 감화는 실상 도덕적 권위에 입각한 주동인물의 사회적 영향력에 대한 인정과 수용이라는 점을 여러 작품들에 그려진 개과 서사에서 확인할 수 있는 것이다.

〈창선감의록〉와 〈하진양문록〉의 경우에는 주동인물인 화진, 하옥주가 도덕적 권위에 입각하여 상당히 강력한 사회적 영향력을 행사하는바 반동인물들의 개과 과정이 비교적 원만하고 쉽게 전개된다. 반면 〈옥루몽〉의 경우 주동인물인 벽성선이 황부인에 비해 도덕적 권위를 확보하고 있으나 사회적 영향력이나 지위 면에서 절대적인 우위를 점하지는 못하며, 〈완월회맹연〉의 경우 반동인물인 소교완이 이미 정인성의 사회적 지위와 영향력, 그 기저에서 작용하는 도덕적 권위를 충분히 인지한 상태에서 무모함을 무릅쓰고 자신의 욕망을 좇고 있는 경우이기 때문에 개과의 과정이 쉽지 않다. 이러한 차이를 감안하여 작품들의 개과 서사를 두 유형으로 나누어 각각 살펴보면 다음과 같다.

1) 도덕적 권위의 영향력 인식과 자기반성

〈창선감의록〉와 〈하진양문록〉에서 주동인물들이 일관되게 보여주는 훌륭한 인품은 그들 자신의 불안정한 신분적 지위를 보완해 주며 보다 탁월한 개인적 성취를 가능케 해 주는 핵심 요인이다. 〈창선감의록〉에서는 심부인과 화춘이 화진의 효심과 우애심에 감동하고 자신들의 잘못을 뉘우치는 것으로 그려지는데, 이때 효와 우애는 주변의 다른 이들이 화진을 가리켜 칭찬하며 국사(國事)의 책임자로까지 천거하는 근거가 되는 덕목들이다.[5] 심부인과 화춘은 결국 화진이 이미 효제의 덕목으로 널리 이름을 알리고 자신들보다 확고한 사회적 명성과 지위를 차지하였음을 받아들일 수밖에 없는 상황에 이르게 되며, 이후 자신들도 그러한 도덕적 명예를 어느 정도나마 획득하고자 노력하게 된다.

심부인 모자는 본래 화진의 뛰어난 재능과 성취를 자신들의 패권을 위협하는 요소로만 여기고 적대하였으나, 화춘의 투옥을 계기로 화진의 독자적인 사회적 위상이 더 이상 무시하기 어려운 것임을 깨닫게 된다. 그간의 악행이 발각되어 화춘이 투옥된 뒤, 심부인은 화춘의 목숨을 구할 수 있는 유일한 가능성이 서산해의 난에 출정한 화진에게 있음을 알게 된다. 화진은 지극한 효성으로 인해 주변 사람들에게 이름을 알려 유배 중임에도 산해의 난에 장수로 추천을 받았던바, 심부인으로서는 그간 대수롭지 않게 여겨왔고 심지어 거짓되다고 생각해 왔던 화진의 효심이 자신이 생각했던 것 이상으로 상당한 위력을 지닌 것임을 절실히 느끼지 않을 수 없었을 것이다.

> 한편 심씨 또한 잘못을 뉘우치고 착한 마음으로 말했다.
> "내가 형옥을 박대한 것은 선공의 편애가 너무 심해서 마음이 상한데다

5 당대 사회에서 효가 개인을 평가하는 주요 항목으로 위력을 발휘하고 있었음은 선행연구(이지영, 2011, 136~137쪽)에서 밝혀진 바 있다.

가 상춘정의 일 때문에 원한이 뼛속까지 사무쳤기 때문이었어. 그러나 십년 동안 형옥은 한결같은 마음으로 나에게 정성을 다했고 끝가지 나를 원망하지 않았으니 이 아이야말로 진정한 효자야. 그러니 선공께서도 형옥을 아끼고 편애하셨던 게야. 이제 나날이 내 허물이 드러나고 형옥의 원통함이 속속들이 밝혀지고 있는 걸 보면 하늘을 속일 수는 없는 법이야. (…)"[6]

화춘이 하옥되고 화진이 산해의 난에 출정한 뒤, 심부인은 위와 같은 혼잣말을 한다. 지극한 효심으로 주변의 천거를 받아 장수로 출전한 화진을 두고, 심부인은 비로소 '그 옛날 화욱이 화진을 편애하였던 것도 그 아이가 효자였기 때문'이었다고 반추하고 있다. 이는 그간 화진을 탈적(奪嫡)하려는 음흉한 계교를 감춘 인물로 보아왔던 것과는 전혀 다른 태도인데, 그 이유는 무엇보다도 화춘의 생명이 경각에 달린 절박한 상황에서 극적으로 제시된 유일한 희망이 화진의 출전 사실이라는 점, 그리고 다름 아닌 화진의 효자로서의 명성이 이를 가능케 하였다는 점을 심부인이 깨달았기 때문이라고 볼 수 있다. 이어서 빙선이 찾아와 심부인에게 '화진이 공을 세우고 돌아오면 화춘도 무사할 것'이라 위로하는데, 이는 화진에게 의지해 화춘의 목숨을 구하기를 희구하는 심부인의 의중을 정확히 헤아린 말이라 할 수 있다. 심부인의 관심은 온통 화춘의 목숨을 구하는 데 집중되어 있었기에 장자와 차자의 위계는 더 이상 중요하지 않게 되었고, 이러한 상황에서 화진의 효심이 지닌 가치가 객관적으로 조명될 수 있었던 셈이다.[7]

6 沈氏亦追愆思善曰, 吾之薄待荊玉, 徒以先公之鐘愛太偏, 而賞春亭一事, 入骨髓故也. 十餘年間, 荊玉之至誠如一, 終不見尤怨之色, 此眞孝子也. 先公之器待偏愛之者, 良以此也. 今吾事日敗, 而荊玉之寃日彰, 天道不可誣也(이하 〈창선감의록〉의 원문과 국역은 국립중앙도서관 소장 한문필사본을 중심으로 한 이지영 교주본(2010)에 따른 것이다).

7 선행연구에서도 심부인 모자의 돌연한 회과는 화진 이외에 의지할 대상이 없게 된 절박

심씨는 잘못을 뉘우친 후 유학사 부인을 만금보주처럼 아끼며 앉으나 서나 항상 곁에 두고 잠시도 떨어지지 않았다. 그리고 깜빡 졸면서도 깊은 한숨을 내쉬면서 걱정하고 슬퍼하곤 했으며, 어쩌다가 화진에 대한 말이 나오면 갑자기 눈물을 흘렸다. 드디어 화주에서 화진이 승리했다는 소식이 들려왔다. 심씨는 기쁨에 넘쳐 두 손 모아 하늘에 감사드리며 말했다.

"진이가 돌아오는 날이면 춘이도 살 수 있겠지요."[8]

이후 심부인은 그간 핍박하던 빙선을 애중히 여기는 등 확연히 달라진 태도를 보이며, 자신들 또한 주변으로부터 보다 나은 평가를 받을 수 있도록 행동한다. 화춘 또한 사면을 얻은 뒤로는 벼슬조차 사양하며 화진을 매사에 앞세우고 겸손히 행동함으로써 세상 사람들의 칭찬을 얻는다.

이렇게 볼 때 심부인 모자는 단순히 고난을 겪으며 겸손에 이르게 된 것도, 화진의 선행에 돌연히 감동하여 변화된 것도 아니다. 고난에 처한 상황이 하나의 계기가 된 가운데, 이를 타개할 수 있는 유일한 해결책으로서 이들은 비로소 화진의 효행에 의지하게 되었다. 이제껏 폄하해 왔던 화진의 효행의 가치를 새롭게 인식함으로써, 가문 내 위계질서에만 고착되어 있던 심부인 모자의 자아상은 확장되었다고 볼 수 있다. 그리고 그 결과 장자의 권위로만 가문을 통솔하려 하였던 이전의 태도에서 벗어나, 도덕적 권위와 명예를 중시하는 새로운 자아의 추구 즉 '개과'가 이루어졌다고 볼 것이다.

마찬가지로 〈하진양문록〉에서도 명선공주는 황족 출신인 자신을 제치고 역적 가문 출신인 하옥주가 진세백의 애정을 독점하는 것을 용납하지

한 상황이 원인이 된 것이라 진단하였다. 단, 선행연구에서는 화진의 효행과 그 가치에 대한 심부인의 인식에 대해서는 다루지 않았다. 관련 내용은 김수연(2012, 351쪽) 참조.

8 沈氏自悔以來, 愛柳學士夫人, 如萬金寶珠. 坐臥相須, 頃刻難忘. 又常假寐永嘆, 憯懔懷悲. 語及元帥, 淚輒交流. 及聞化州捷音, 動色驚喜, 攢手謝天曰, 珍兒之回日, 瑃兒之生日也.

못하였고, '역적의 누이로서 정실 행세를 하는' 하옥주를 제압하려 하였다.[9] 그러나 하옥주는 공주에 대해 함부로 분을 품거나 보복하려 하지 않고 시종 이성적인 태도를 견지함으로써 공주의 개과를 이끌어내었다. 하옥주는 자신이 비록 역문(逆門) 출신이기는 하지만 공정성과 절제심을 바탕으로 궁중사를 원칙에 맞게 처리함으로써 황제의 신임을 얻고 사회적 입지를 다진 인물임을 공주가 인정할 수 있도록 행동하였다.[10] 즉 그녀는 시종일관 감정을 자제하며 공주에게 이성적인 태도를 보이고자 노력하였고, 이를 통해 여총재 즉 궁중 여성들의 스승으로서의 면모와 저력을 강조하였다.

> 이때 공ᄌᆔ 양각루의 ᄀᆞᆺ치연 지 셕달이라 냥친의셔 한번 뭇디 아니시고 아모도 뭇ᄂᆞ니 업ᄉᆞᄃᆡ 다만 총ᄌᆡ 삼시로 문안ᄒᆞᄆᆡ ᄆᆞᆯᄉᆞᆷ이 공슌ᄒᆞ고 정셩되여 지극ᄒᆞ미 시종이 여일ᄒᆞ니 공ᄌᆔ 져의 ᄌᆞ긔와 한ᄀᆞ지로 심단의 드러 고초ᄅᆞᆯ 격거 이ᄀᆞᆺ치 공슌ᄒᆞ고 정셩되물 보니 잠간 굽힐 ᄆᆞ음이 잇고 문 밧긔 왕내ᄒᆞᄂᆞᆫ 사ᄅᆞᆷ이 다 ᄉᆞ군의 덕화ᄅᆞᆯ 일ᄏᆞ러 송덕지 아니리 업ᄉᆞ니 스ᄉᆞ로 붓그리ᄂᆞᆫ ᄆᆞ음이 잇거ᄂᆞᆯ (권23)

황제와 황후조차 자신의 편이 아님을 알게 된 공주로서는 하옥주의 여총재로서의 위상이 자신이 생각했던 것 이상으로 확고한 것임을 인정하지 않을 수 없는 상황이었는데, 이런 가운데 하옥주의 절제심과 냉정함을 직접 경험함으로써 그가 특별한 자질을 갖춘 인물임을 스스로 인정하게

---

9 선행연구(김미정, 2014, 191~194쪽)에서는 하옥주에 대한 명선공주의 악행을 공주로서의 정체성을 부정당한 데 대한 투쟁으로 보기도 하였다.

10 하옥주는 황제의 총애를 받으며 권세를 누리던 장귀비의 악행을 밝혀내는 등 원칙에 입각한 단호한 일 처리로 황제의 신임을 얻으며, 이후 궁중의 사건들을 다스리는 여총재로 임명된다.

되었다고 볼 수 있다. 진세백은 물론 하인들까지도 공주를 멀리하며 가까이 오지도 않으려 하는 상황에서, 하옥주만은 정해진 때를 어기지 않고 공주에게 문안하며 예우하는 태도를 견지하였던 것이다. 결국 공주는 하옥주에게 다음과 같은 사죄의 편지를 보낸다.

> 죄인 명션은 계상 ᄌᆡᄇᆡ 공경ᄒᆞ여 감히 ᄒᆞᆫ 장 글월을 올녀 ᄉᆞ죄ᄅᆞᆯ 청ᄒᆞᄂᆞ니 명션은 본ᄃᆡ 구듕 심궐의 냥궁을 밧드러 부귀호치의 ᄉᆡᆼ장ᄒᆞ여 마음이 교만ᄒᆞ고 뜻이 방ᄌᆞᄒᆞ여 명조의 득죄ᄒᆞ미 만커날 외람이 황상의 지ᄌᆞ지여ᄅᆞᆯ 닙ᄉᆞ와 ᄌᆞ군으로 더브러 동녈의 모쳠ᄒᆞ오니 명션은 녹녹ᄒᆞᆫ 녀ᄌᆞ로 침션방젹도 능히 못ᄒᆞ고 ᄌᆞ군은 녀듕셩인이오 규듕호걸이라 츌쟝입상의 위진ᄉᆞ희ᄒᆞᄂᆞᆫ 셥경 총ᄌᆡ로 국중ᄃᆡ훈의 영명이 ᄀᆞ득ᄒᆞ고 총제 일국의 결우 리 업ᄉᆞ니 쇠잔ᄒᆞᆫ 명션이 황은을 의지ᄒᆞ여 동녈의 츙슈ᄒᆞ미 진실노 다ᄒᆡᆼ커늘 외람ᄒᆞᆫ 줄을 모르고 (…) (권23)[11]

인용된 편지에서, 명선공주의 개과는 하옥주의 독자적인 사회적 지위를 인정하는 내용이 주를 이루고 있다. 이는 그간 자신이 황족임을 내세워 하옥주를 제압하려 했던 것과는 전혀 다른 자의식을 반영한다. 신분의 고하가 인간관계를 좌우하는 전적인 요인이 아니라는 점을 경험하고, 타고난 자질과 인격적 수양의 정도가 한 인간의 사회적 지위를 결정하는 독립 변수가 될 수 있다는 점을 인식함으로써 명선공주의 자아상은 확장된다. 자신을 인격 수양이 필요하고 또 가능한 평범한 한 인간으로 받아들이게 됨으로써 개과에 이르게 되는 것이다.[12]

---

11 이하 〈하진양문록〉의 인용은 장서각본을 기준으로 한 것이다(장서각 디지털 아카이브: http://yoksa.aks.ac.kr 참조).

12 물론 〈하진양문록〉과 〈창선감의록〉을 이처럼 단편적으로 비교하는 것은 문제가 있다. 두 작품은 분량, 향유층, 창작연대 등이 서로 다르기 때문이다. 〈창선감의록〉의 화진에

또 하옥주는 이에 앞서 시동들에게 노래를 가르쳐 명선공주가 듣도록 만들기도 하였는데, 노래의 내용은 '타고난 신분보다 개인의 노력에 따른 사회적 평판이 중요하다'는 것이었다. 즉 "초영왕이 천승지쥬로셔 잔학사치ᄒᆞ여 강산을 일코 초부의게 욕을 밧고 탕뮈 걸쥬ᄅᆞᆯ 벌ᄒᆞ시니 가히 반역이라 할 거시로ᄃᆡ 도로혀 무도필부ᄅᆞᆯ 버히실 셩균이 되시니 (…) 허믈며 져근 부인으로 니ᄅᆞ랴"(권23)는 노랫말을 통해 하옥주는 명선공주가 자신의 상황을 객관적으로 받아들이도록 촉구하였다. 벽처에 유폐된 명선공주는 자존감에 심한 상처를 입은 상황이었는데, 하옥주는 이러한 좌절의 경험이 단순한 절망이나 무력감으로 귀결되지 않고 개과, 즉 자아상의 확장으로 이어지도록 적절한 도움을 주었다고 볼 수 있다. 공주로 하여금 황족이라는 이유로 무조건 다른 사람들보다 우대받기를 바라서는 안 된다는 점, 때로는 신분은 낮아도 후천적인 행실로 인해 더 높은 사회적 평판을 얻는 경우도 있다는 점을 깨닫고 받아들이도록 옛 고사들을 소재로 한 노래를 만들어 들려주었던 것이다.

〈소현성록〉의 명현공주와 비교해 볼 때, 〈하진양문록〉의 명선공주는 악행을 일삼다가 고난을 겪게 된다는 점은 같지만 자신이 핍박하여 온 상대의 탁월한 부분을 직접 경험하고 객관적으로 인정할 수 있는 기회가 있었다는 점에서는 차이가 있다. 반면 형소저는 하옥주와는 달리 특별한 사회적 지위를 가지고 있지는 않았고, 자신을 드러내는 행위도 좀처럼 하지 않았다. 명현공주의 개과가 끝내 이루어지지 못했던 데에는, 자신의

비해 〈하진양문록〉의 하옥주가 좀 더 자유분방하고 개성적인 인물인 것도 그러한 차이와 무관하지 않을 것이다. 그러나 사회적 또는 가문 내적으로 지위가 다소 불안정한 주인공이 개인의 인격적 탁월함에 힘입어 이를 극복하며 반동인물의 인정을 받게 된다는 점에서는 두 작품이 일치한다고 볼 수 있다. 본고에서는 이상과 같은 인물 간의 공통점에 착목하여 논의를 진행하였다.

신분적 한계를 인식할 적절한 기회가 주어지지 않았던 것이 하나의 중요한 이유로 지적될 수 있다. 이는 개과의 과정이 쉽지 않다는 점, 단순한 좌절의 경험만으로 인간이 변화되기는 어려우며 자신의 부족한 부분을 구체적으로 인식하고 변화의 필요성과 가능성을 발견하는 충분한 계기가 마련되어야만 개과 서사의 전개가 가능하다는 점을 알게 해 준다.

2) 초월적 관점의 적용을 통한 자아 인식 확장

〈창선감의록〉과 〈하진양문록〉에서는 화진과 하옥주가 전란 중에 장수로 출정하여 뚜렷한 공을 세우고 사회적 지위와 명예를 획득하던 데다가, 반동인물인 심부인 모자와 명선공주 또한 추구하는 바가 실제적이고 명확하였으므로 개과 과정이 비교적 순조로웠으나 〈완월회맹연〉과 〈옥루몽〉에서는 상황이 다소 다르다. 우선, 〈완월회맹연〉에서 소교완은 심부인과는 달리 그 자신이 지략이 뛰어나고 야망이 큰 인물이었기에 현실적으로 불가능한 욕망을 품고 이를 밀고 나간다. 소교완은 후처라는 이유로 받아온 부당한 대우를 설욕하려는 욕망이 강하였고, 이에 정씨 가문의 중요한 인물들을 파멸시키고 스스로 가권을 차지하려 하였다. 이처럼 극단적인 선택을 한 까닭에, 그녀는 불리한 처지에 처했다고 해서 정인성과 곧바로 손잡으려 하지도 않으며 자신의 한계를 직시하려 하지도 않는다. 이는 심부인이 화춘의 목숨을 구하기 위해 화진에 대한 적대감을 망설임 없이 버렸던 것과는 다른 현상이다.[13]

13 소교완은 친정에서 '텬딜이 탁월ᄒᆞ며 ᄉᆡᆨ모 담염이 쳔고를 기우려도 듯히 못ᄒᆞᆫ ᄇᆡ'요 '셩힝이 총명 영달ᄒᆞ여 ᄇᆡᆨᄉᆡᆨ 인뉴의 특이'(권3)하다고 칭찬받던 인물이지만 정잠과 시댁 식구들에게 존중을 받지 못한다. 친아들 인중을 정씨 가문의 후계자로 세우려 한 것은 단순히 아들에 대한 애정에서 비롯된 욕심이 아니라, 자신을 냉대해 온 시가에 대한 피해의식을 보상받고자 하는 심리에 의해서라고도 볼 수 있다. 〈창선감의록〉의 심부인

셰간의 녀ᄌᆡ되오미 진실노 괴롭고 어려오믈 ᄊᆡ닷ᄂᆞ니 네 어미 비록 셩문의 승당 입실ᄒᆞᄂᆞᆫ 덕량이 업ᄉᆞ나 만일 남ᄌᆡ 되어던들 한됴의 고역후와 강좌의 쥬공근은 굿타여 불워 아니리니 거의 졔갈무후의 기ᄌᆡᄃᆡ국이라도 ᄯᅩ와 ᄇᆡ호기의 밋출지라 (…) 네 부친이 날을 초두부터 어지리 아니코 연고 업시 의심을 두어 닌셩 남ᄆᆡ를 구구 계렴ᄒᆞ미 진실노 쥬을들ᄆᆡ 갓갓오니 ᄂᆡ ᄯᅩᄒᆞᆫ 마음을 결ᄒᆞᆫ ᄇᆡ 잇셔 하날을 ᄃᆡᄒᆞ여 군후의 닌셩 귀즁ᄒᆞ믈 헛곳의 도라보ᄂᆡ여 정시 종통으로써 긔ᄌᆞ 쇼ᄉᆡᆼ이 밧들이 업고ᄌᆞ ᄒᆞ므로 젼후ᄉᆡ 어질고 덕되믈 엇지 못ᄒᆞ여 홍교 극악ᄒᆞ믈 면치 못ᄒᆞ니 (권68)[14]

위의 인용문에서도 알 수 있듯 소교완은 단지 아들의 안위만을 염려하는 심부인과는 다르다. 그녀의 행동은 단지 핏줄에 대한 사사로운 욕심만으로는 설명하기 어려운 복잡한 심리에 의해 추동되고 있다.[15] 그녀는 성취하고자 하는 목표가 처음부터 매우 높았으며, 자신이 그에 합당한 자격을 갖추고 있다고 믿고 있기에 좌절의 상황에서도 쉽게 흔들리지 않는다. 소교완은 정인성의 훌륭한 인품에 스스로 여러 차례 감동을 받으며 정인성을 괴롭히는 데 대해 내적 갈등을 여러 번 겪으면서도 수차례 마음을 다잡아왔던 바, 정인성의 훌륭한 성품이나 그에 기반을 둔 사회적 영향력에 대해 심부인처럼 민감하게 반응하지 않는다.[16]

에 비해 소교완은 좌절을 이미 경험해 본 인물이며 이루고자 하는 욕망의 강도도 더 강하다고 할 수 있다.

14 이하 〈완월회맹연〉의 인용은 김진세 역주본(1994)에 따른 것이다.

15 정병설(1997, 92~97쪽)에서는 소교완의 악행이 죽은 전처와 계속해서 비교당하는 가운데 쌓인 불만 때문이라고 보고, 그녀를 단순히 종통에 대한 욕심에 사로잡힌 악인으로만 보아서는 안 된다고 분석한 바 있다. 이현주(2011, 75쪽; 103~104쪽) 또한 소교완은 후처로 정씨 가문에 처음 들어올 때부터 가문에서의 위상이 불분명하였으며, 그로 인해 가문 내에서 자신의 존재감을 찾고자 하는 강박증에 이끌려 행동하게 되었다고 보았다.

16 〈완월회맹연〉은 거질의 대하소설이므로 이를 〈창선감의록〉이나 〈옥루몽〉 등과 비교하는 데에는 신중할 필요가 있다. 대하소설의 인물 형상이 장편소설의 그것보다 복합적일 가능성이 높고, 그리하여 개과의 과정도 단순치 않은 것은 어찌 보면 자연스러운 일이기

소교완이 정인성의 효성에 소교완이 수차례 감탄하였던 것은 사실이고, 이것이 결국 소교완으로 하여금 개과를 결심케 하는 데 일정한 영향을 미쳤으리라는 점은 부인하기 어렵다. 하지만 앞서 언급한 바와 같은 강한 자존감에 친아들에 대한 염려까지 더해짐으로 인해 소교완은 정인성에 대해 끝내 반감과 경계심을 풀지 못한다. 정인중은 인품과 능력이 모두 정인성에 미치지 못하는 데다가 가문 내 지위까지도 열등하였으므로 소교완에게 근심을 안겨 주었고, 이로 인해 정인성에 대한 질투심은 더욱 강렬해질 수밖에 없었다.[17] 그러므로 소교완은 정인성의 뛰어난 인품과 능력, 그로 인한 가문 안팎에서의 영향력을 인지하지 못하였다기보다는, 친아들에 대한 애정과 근심으로 인해 이를 부정하려는 심리를 가지게 되었다고 볼 수 있다.

그리하여 소교완의 경우에는 자발적인 자기반성과 자아상의 확장을 기대하기가 상대적으로 더 어려운 상황이었다. 궁지에 몰린 상황에서도 정인성을 모해하는 데 몰두하는 소교완의 심리는 일종의 정신 장애 상태라고도 진단된 바 있거니와(이현주, 2011, 75쪽; 103~104쪽), 소교완의 개과

때문이다. 그러나 반동인물의 개과가 쉽게 이루어지지 않는 구체적 이유는 인물 성격의 복합성만으로는 해명하기 어렵다고 보는 것이 본고의 관점이다. 즉 대하소설 특유의 복합적 인물 형상은 개과 서사가 난해하게 진행되는 데 있어서 하나의 필요조건에 해당할 뿐 충분조건은 아니라고 본다. 이에 본고에서는 대하소설과 장편소설을 아울러 개과가 쉽게 이루어지지 않는 보다 핵심적인 이유를 밝히고, 또한 그럼에도 불구하고 결국 반동인물이 개과에 이르게 되는 계기를 구명하고자 하였다.

17 정인중 또한 자신과 마찬가지로 정인성을 음해하고 있음을 알게 되었을 때의 반응을 살펴보면, 소교완이 친아들 인중의 처지를 매우 안타깝게 여기고 있으며 그가 자신의 기대만큼 지혜롭게 행동하지 못하는 데 대해 근심한다는 것을 알 수 있다. 즉 소교완은 정인중을 대면하여 "너의 단쳔ᄒᆞ고 심슐의 각박ᄒᆞ믈 볼 적마다 ᄋᆡ답고 한되미 무궁"하다며 "ᄂᆡ 오직 ᄌᆞ식을 잘못 나하시니"라고 한탄하는가 하면, "나와 너의 시름이 ᄐᆡ산의 무거오미 이셔 바야흐로 ᄃᆡᄉᆞ를 쇠ᄒᆞ거ᄂᆞᆯ 스ᄉᆞ로 함신ᄒᆞᄂᆞᆫ 망나를 범ᄒᆞ"느냐고 꾸짖으며 노심초사하기도 한다(권68).

에는 좀 더 직접적이고 강력한 계기가 필요하였다. 이러한 맥락에서 등장하는 것이 꿈을 통한 천상계 방문이라 할 수 있다. 그간의 악행이 발각되고 친정어머니마저 죽은 뒤 궁지에 몰린 소교완은 꿈을 통해 천상계를 방문하는 경험을 하고는 자신의 전생에 대해 알게 된다.

> 인셰 졍쳥계ᄂᆞᆫ 본이 문창셩으로 옥뎨 압ᄒᆡ셔 문ᄌᆞᄅᆞᆯ 일울 졔 직녀 텬손이 그 풍ᄎᆡᄅᆞᆯ 흠션ᄒᆞ여 눈으로� 유의ᄒᆞ여 보니 문창셩이 엄졀이 물니치지 아니코 희롱ᄒᆞᄆᆡ 옥뎨 그 무례ᄒᆞ믈 노ᄒᆞ샤 인간의 적하ᄒᆞ여 츈츄난셰의 강하ᄒᆞ여 시졀을 만나지 못ᄒᆞ고 도를 폐지 못ᄒᆞ미 ᄎᆞ셕다 ᄒᆞ샤 인간부귀ᄅᆞᆯ 누리게 ᄒᆞ시나 십년 고ᄒᆡᄅᆞᆯ 격거 직녀의 희롱ᄒᆞᆫ 죄ᄅᆞᆯ 속게 ᄒᆞ시고 직녀ᄂᆞᆫ 비록 그 죄로ᄡᅧ 적강ᄒᆞ여시나 본ᄃᆡ 텬뎨지손으로 지극히 존귀ᄒᆞ니 진토중의 오ᄅᆡ 두지 못ᄒᆞᆯ 거시니 삼십일을 한ᄒᆞ여 도로 텬궁의 도라오게 ᄒᆞ시니라. 몽창을 유의ᄒᆞ고 ᄉᆞ속ᄒᆞᆯ 남ᄌᆞᄅᆞᆯ 두지 못ᄒᆞ여 명녕을 의탁케 하시ᄂᆞᆯ 경하뇽의 뎨삼녜 ᄉᆡᆨ용이 비상ᄒᆞ니 항ᄋᆡ 극히 ᄉᆞ랑ᄒᆞ여 뇽궁의 도라보ᄂᆡ지 아니코 월궁의 뫼셧더니 일일의 온녜 명으로 구ᄅᆞᆷ ᄐᆞ고 남악 군산의 ᄒᆡᆼᄒᆞᆯᄉᆡ 길ᄒᆡ셔 문창을 만나니 뇽녜 문창의 풍신을 흠션ᄒᆞ여 항ᄋᆡ 위진군긔 보ᄂᆡᄂᆞᆫ 반도ᄅᆞᆯ 더져 ᄯᅳᆺ을 통ᄒᆞ고 만단 희롱ᄒᆞ니 문창의 여ᄌᆞ의 음욕을 통ᄒᆡᄒᆞ여 밀쳐 ᄇᆞ리ᄆᆡ 구으러 바회 아ᄅᆡ 나려지니 뇽뎨 대로ᄒᆞ여 도라와 월뎐의 하리ᄒᆞ니 항ᄋᆡ 문창의 방ᄌᆞᄒᆞ믈 노ᄒᆞ여 옥뎨긔 고ᄒᆞ고 문창을 죄 주시믈 쳥ᄒᆞ니 옥뎨 본ᄃᆡ 문창을 즁히 녁이시ᄂᆞᆫ지라
>
> 블너 곡졀을 므ᄅᆞ시니 문창이 실ᄉᆞ로ᄡᅧ 고ᄒᆞ니 옥뎨 문창의 죄 아니라 ᄒᆞ샤 뇽녀의 음난 방ᄌᆞᄒᆞ미라 ᄒᆞ샤 뇽녀ᄅᆞᆯ 낙하의 귀양 보ᄂᆡ시니 뇽녜 원을 품고 한을 먹음어 문창을 ᄉᆞ모ᄒᆞᄂᆞᆫ ᄯᅳᆺ과 ᄋᆡᄌᆞᄅᆞᆯ 필보코져 ᄯᅳᆺ이 잇고 문창과 직녀의 적강ᄒᆞ믈 보ᄆᆡ ᄀᆞ마니 글을 올녀 항아의게 소회ᄅᆞᆯ 고ᄒᆞ고 ᄒᆞᆫ가지로 인간부귀ᄅᆞᆯ 원ᄒᆞ니 옥뎨 그 소원을 조ᄎᆞ샤 십여일 후 인간의 ᄂᆞ리와 텬손의 훗ᄌᆞ리ᄅᆞᆯ 닛게 ᄒᆞ시니 태을(정인성)이 문창(정잠)과 직녀(양부인)의게 슈은이 만흔 고로 ᄌᆞ원ᄒᆞ여 그 슬ᄒᆡ 되여 은혜 갑기ᄅᆞᆯ 원ᄒᆞ니

> 장ᄎᆞᆺ 하계로 날릴ᄉᆡ 젼일 태을이 농녀(소교완)의 문창 ᄉᆞ모ᄒᆞ믈 조롱ᄒᆞ여 글을 지으니 농녜 대로ᄒᆞ여 원슈 갑기ᄅᆞᆯ 긔약던 바로 한가지로 인셰의 ᄂᆞ리ᄆᆡ 농녀ᄂᆞᆫ 문창을 원ᄒᆞ여 뎐손의 슬하ᄅᆞᆯ 빗ᄂᆡ고져 ᄒᆞ니 ᄒᆞᆫ가지로 정시의 속ᄒᆞ여 모ᄌᆞ의 일홈을 빈지라 드ᄃᆡ여 젼일 조롱ᄒᆞ던 한을 갑기로 맹셰ᄒᆞ엿더니 (권164)

위의 인용문에서 알 수 있듯, 천상계 꿈을 통해 소교완은 정잠이 그 전처인 양부인과 전생에 이미 먼저 인연을 맺은 사이였으며 자신은 그들 부부의 사이에 부당하게 끼어든 존재라는 점을 알게 된다. 또 정인성은 전생에 이미 정잠과 깊은 인연을 맺어 현생에 양부-양자 관계로 맺어졌으며 이는 쉽게 깨어질 수 없는 관계라는 점도 전생담을 통해 밝혀진다. 본래 소교완은 자신과 정잠 부부의 친자(親子)인 인중이 양자 인성으로 인해 불이익을 받게 된 상황을 전혀 용납하지 못하고 있었으나, 꿈을 통해 자신과 정잠의 부부관계보다 정잠과 정인성 간의 공식화된 부자관계가 더 공고한 것임을 인정할 수밖에 없게 된다. 비록 스스로 생각하기에는 제갈무후의 제자 되기에도 부족함이 없을 만큼 뛰어난 재능을 타고난 자신이기에 정씨 가문의 가권을 장악하지 못할 이유가 없어 보일지 모르나, 종법 질서의 테두리 안에서 보면 후처이며 승적자의 계모에 불과한 자신의 처지는 미약한 것일 수 있음을 초월적 경험을 통해서야 비로소 수용하기에 이른 것이다.

천상계 전생담은 소교완으로 하여금 자신의 존재를 새로운 관점에서 생각해 볼 수 있는 기회를 제공해 주었다. 자신을 충분한 능력과 자격을 갖춘, 다만 이를 인정받을 기회를 부여받지 못한 존재로 여겨 억울해하던 소교완은 꿈을 통해 그러한 개인 본위의 주관적인 정체성이 자신의 본질이 아닐 수도 있음을 깨닫게 된다. 경하용녀와 문창성, 직녀성, 태을성 간의 사연은 한 가문 안에서 함께 생활하게 된 여러 인물들이 각자 서로 다른 지위와 권한을 갖게 된 내력을 설명해 주었으며, 평소 이를 인정하지 않던 소교완도 결국 가문 내에서 자신의 제한된 지위를 받아들이게 된다. 이러한 자아의 재인식은 개인의 능력이나 욕망과는 무관하게 절대적으로 관철될 수밖에 없는, 가문이라는 공동체 내에서의 종법적 지위를 소교완 스스로 받아들이는 과정이었다.

소교완의 개과, 즉 정씨 가문 내에서 자신의 제한된 지위에 대한 객관적 인식과 수용은 이처럼 주동인물인 정인성과는 무관하게 진행되었다. 정인성과의 상호작용에서 변화의 돌파구를 찾기는 어려운 상황이었기에, 천상계를 방문하는 꿈은 그녀의 개과 과정을 설명하기 위해 꼭 필요한 서사적 장치였다고 볼 수 있다. 그간 서사의 흐름에서 소교완은 쉽게 자아상을 수정할 만한 인물이 아님이 계속해서 강조되었으므로 천상계 방문 체험이라는 다소 극적인 설정을 통해 그녀의 자기객관화 과정을 그릴 필요가 있었던 것이다. 전처의 자리를 대신할 따름인 후처로서의 한계, 종법적 후계 질서의 확고함과 변동 불가함이 전생에 이미 결정된 절대적인 운명으로 설명됨으로써 이후 소교완의 개과가 이어질 수 있게 된다.

마찬가지로 〈옥루몽〉의 황부인도 꿈을 통해 천상계를 방문하는 체험을 한 뒤 개과에 이른다. 〈하진양문록〉의 하옥주의 경우와는 달리 벽성선은 황부인에 대해 확고한 신분적 우위를 차지하고 있지 않았고, 황부인으로서는 벽성선과 자신의 관계를 재정립할 필요가 확실치 않은 상황이었다. 또 양창곡과의 관계에서도 벽성선이 가장 총애 받는 상대는 아니었기 때문에 여러 모로 황부인은 벽성선을 제압하려는 의지를 일거에 포기하기는 어려운 상황이었다. 물론 벽성선은 이미 특유의 음악적 재능을 황제에게까지 인정받았고, 전란 중 목숨을 걸고 황후를 보좌한 공까지 세웠으므로 황부인으로서는 더 이상 그녀를 천첩으로만 대우하기 어렵게 되었지만 그럼에도 불구하고 두 여성 간의 신분적 우열 관계를 전적으로 부정할 수는 없는 상황이었다.[18]

이러한 상황에서 또다시 등장하는 것이 천상계 꿈 모티프이다. 황부인은 그간의 악행이 발각되어 양씨 가문에서 쫓겨난 뒤, 추자동에서 어머니와 함께 생활하던 중 꿈을 꾸고 천상계로 가 상청부인을 만난다.

> 홀연 ᄉᆞ몽비몽 즁에 삼혼이 유유ᄒᆞ고 칠ᄇᆡᆨ이 탕탕ᄒᆞ야 ᄒᆞᆫ 곳에 니르니 일좌루각이 반공에 소삿ᄂᆞᆫᄃᆡ 문뎡이 심슈ᄒᆞ고 쟝원이 굉걸ᄒᆞ야 인간 궁궐과 방불한 즁 무슈ᄒᆞᆫ 션녜 혹 란됴를 ᄐᆞ고 혹 봉황을 멍에ᄒᆞ야 쌍쌍이 왕ᄂᆡᄒᆞ거ᄂᆞᆯ (…) 샹청부인이 말을 듯더니 발연 작ᄉᆡᆨᄒᆞ며 몸을 니러 교의에 올나 안즈며 좌우를 호령ᄒᆞ야 황소져ᄅᆞᆯ 잡아 ᄂᆞ리와 계하에 ᄭᅮᆯ니고 (…) 샹청부인이 ᄭᅮ짓기를 다ᄒᆞ고 시녀ᄅᆞᆯ 호령ᄒᆞ야 황쇼져ᄅᆞᆯ 모라내치니 황쇼졔 일변 분ᄒᆞ고 일변 참괴ᄒᆞ야 길을 차자 나오더니 홀연 ᄒᆞᆫ 곳을 ᄇᆞ로봄애 음습한 긔운이 ᄉᆞ면에 자욱하고 츄츄ᄒᆞᆫ 곡셩이 은은이 들니더니 압흘 당ᄒᆞ야 보니 웅덩이에 불결지물이 ᄀᆞ득ᄒᆞ야 내암새 촉비ᄒᆞᆫ 즁 무슈ᄒᆞᆫ 녀ᄌᆡ 그 속에 빠져 헤여나지 못ᄒᆞ야 혹 머리를 내며 팔을 휘져어 황쇼져를 보고 부르지져 (…) 쳡등은 다 쥬문갑뎨의 부귀를 누리든 혁혁ᄒᆞᆫ 집 녀ᄌᆡ라 평ᄉᆡᆼ의 다른 죄악이 업스나 다만 투긔지심을 두어 가도를 탁란ᄒᆞᆫ 죄로 이 고초를 밧나이다 황쇼졔 이 거동을 봄애 ᄆᆞᄋᆞᆷ이 참괴ᄒᆞ고 모골이 송구ᄒᆞ야 능히 일언을 답지 못ᄒᆞ고 소매로 얼골을 ᄀᆞ리오며 돌쳐 다라나니 모든

18 선행연구(조혜란, 2011, 175~177쪽)에서는 황부인이 추자동에 유폐된 뒤 식음을 전폐하고 눈물을 흘리는 행위도 개과의 결과라기보다는 억울함이나 항거의 표현으로 보인다는 점, 그만큼 황부인의 개과는 쉽게 이루어지지 않는다는 점을 이미 지적한 바 있다. 천상계 꿈 초입 대목만 해도, 상청부인이 권하는 칠보자리에 선뜻 앉는 황부인의 행위로 미루어 볼 때 개과의 조짐은 보이지 않는다는 것이다.

녀ᄌᆡ 일졔이 소ᄅᆡ치며 불너 왈 연국부인은 닷지 말라 그ᄃᆡ ᄯᅩᄒᆞᆫ 이리 동류라 맛당히 이 고초를 ᄒᆞᆷ게 격그리라 ᄒᆞ고 더러온 물건을 움켜쥐여 더지며 일시에 조차오거ᄂᆞᆯ 황쇼졔 대경ᄒᆞ야 크게 소ᄅᆡ를 지르고 ᄭᆡ치니 ᄭᅮᆷ이라 젼신의 흐르ᄂᆞᆫ ᄯᆞᆷ이 침요가 다 져젓고 참분ᄒᆞᆫ ᄆᆞᄋᆞᆷ을 이긔지 못ᄒᆞ야 면젼불ᄆᆡᄒᆞ며 스ᄉᆞ로 ᄉᆡᆼ각ᄒᆞ되 나ᄂᆞᆫ 엇더ᄒᆞᆫ 사ᄅᆞᆷ이며 샹쳥부인은 엇더ᄒᆞᆫ 사ᄅᆞᆷ이뇨 고문갑뎨의 왕후부인은 피ᄎᆞ 일반이오 이목구비 오장륙부ᄂᆞᆫ 동시사ᄅᆞᆷ이여ᄂᆞᆯ 뎌ᄂᆞᆫ 엇지ᄒᆞ야 뎌ᄀᆞᆺ치 존귀ᄒᆞ야 텬샹 녀선의 웃듬이 되고 나ᄂᆞᆫ 엇지ᄒᆞ야 이 욕을 당ᄒᆞ며 이 뭇그림을 밧ᄂᆞ뇨 그즁 더욱 분ᄒᆞ고 더러온바ᄂᆞᆫ 무수 녀ᄌᆡ 불결미물을 무릅쓰고 날ᄃᆞ려 동류라 ᄒᆞ니 내 평ᄉᆡᆼ을 부귀문즁에 금옥ᄀᆞᆺ치 자란 몸으로 엇지 뎌의 동류 되리오 내(…) 홀연 다시구연이 경 왈 뎌 웅덩이 ᄀᆞ온ᄃᆡ 무수ᄒᆞᆫ 녀ᄌᆡ ᄯᅩᄒᆞᆫ 화당ᄎᆡ각의 왕후부인이라 본ᄃᆡ 날만 못ᄒᆞᆷ이 업거ᄂᆞᆯ 뎌 고초를 감슈ᄒᆞ니 이ᄂᆞᆫ 다름 아니라 반ᄃᆞ시사ᄅᆞᆷ의 귀ᄒᆞ고 쳔ᄒᆞᆷ이 것헤 잇지 아니ᄒᆞ고 ᄆᆞᄋᆞᆷ에 달님이라 고ᄃᆡ광실에놉히 안젓스나 ᄆᆞᄋᆞᆷ이 ᄂᆞ즌즉 제 몸이 나져지고 금의옥식에 극귀히 자랏스나 ᄆᆞᄋᆞᆷ이 쳔ᄒᆞᆫ즉 제 몸이 쳔ᄒᆞᆯ지니 (…) (권지삼, 42회)[19]

황부인은 상청부인에게 투기를 인간의 본성으로 보고 옹호하는 발언을 했다가 질책을 들으며, 실제로 투기로 인해 악행을 하였다가 징벌을 받고 있는 왕비와 귀부인들의 모습을 목격하고는 태생적 신분이 인간의 가치를 판단하는 기준이 될 수 없음을 깨닫는다. 비록 자신이 고관의 딸이자 양창곡의 정처이기는 하지만, 부덕이라는 잣대로는 기녀 출신의 첩인 벽성선보다 열등한 존재일 수 있음을 처음으로 인정하게 되는 것이다.[20] 이는 지상계에서의 신분 위계가 효력을 지니기 어려운, 지상계적인

19 이하 〈옥루몽〉의 인용은 신문관본 『신교 옥루몽』(1912)에 따른 것이다.

20 선행연구(김진영, 2005, 301~304쪽)에서는 벽성선의 정절과 인내심이 당대 사대부 남성들이 생각한 가장 이상적인 여성상을 형상화한 결과라고 지적한 바 있다.

신분 질서를 초월하여 존재하는 천상계의 관점을 경험함으로써 가능한 일이었다. 이후 황부인은 비로소 벽성선을 대하는 태도를 바꾸게 되고, 그간의 악행을 반성하게 된다.[21]

천상계 꿈을 꾼 뒤 황부인은 혼절하고, 뒤이어 벽성선이 강남홍과 함께 추자동에 찾아와 황부인을 구호하는 대목이 이어진다. 이는 미천한 출신에도 불구하고 부덕(婦德)과 정절로 이미 노랑과 황후 등 주변인물들에게 높은 평판을 얻고 있던 벽성선의 입지를 황부인으로 하여금 각인케 하는 의미를 지닌다. 벽성선은 강남홍을 설득하여 함께 추자동으로 가 황부인을 구호하는 한편 양창곡에게도 황부인을 용서하도록 계속해서 권유하는바, 그 과정에서 자신의 부덕을 가문 내 구성원들에게 두루 과시하고 확인받게 된다.[22] 그녀는 심지어 태후에게까지 편지를 올려 황부인을 용서해 줄 것을 청함으로써 칭찬을 받는다. 태후에게 보낸 편지로 인해 벽성선은 '이ᄂᆞᆫ 법도잇ᄂᆞᆫ 가즁에 교훈으로 자라난 ᄉᆞ족 부녀에도 업슬가' 한다는 칭찬을 받으며, 이후 태후는 황부인 모녀에게 '션슉인의 안면을 아니 보지 못ᄒᆞ야 특별히 집으로 도라감을 허ᄒᆞ노니 ᄅᆡ두를 조심하라'(권지삼, 183쪽)고 분부하는 것이다.

이처럼 황부인에 대한 벽성선의 선행은 주변인물들의 지지를 이끌어내고 확고히 하는 강력한 수단이었다고 볼 수 있다. 황부인은 꿈을 통해 이러한 벽성선의 높은 가문 내외적 위상을 인정할 준비를 갖춘 상태였고, 신분이 아닌 부덕의 고하(高下)가 여성의 사회적 지위를 결정할 수 있음을 깨달

---

21 선행연구(심치열, 1994, 75쪽)에서도 천상계 꿈이 황부인에게 평생 지속될 정도의 강한 충격을 줌으로써 개과의 직접적 계기가 됨을 지적한 바 있다.

22 추자동에서 황부인의 참혹한 모습에 눈물을 흘리는 벽성선에 대해 강남홍은 농담 삼아 간교한 태도라고 일컫는데, 이는 벽성선의 태도가 상당히 전략적으로 비칠 수 있음을 의미한다.

음으로써 이후 변화된다. “셰간에 션슉인 ᄀᆞ흔 쟈ᄂᆞᆫ 텬셩을 엇더케 ᄐᆞ고낫기 뎌려ᄒᆞ게 착ᄒᆞ며 우리 모녀ᄂᆞᆫ 텬셩을 엇더케 ᄐᆞ고낫기 이러케 악ᄒᆞ”(권지삼, 183~184쪽)냐며 오열하는 모친 위부인의 말에서 그 단서를 추출할 수 있거니와, 매설정에 칩거하며 열녀전을 읽고 자중하는 생활을 하는 황부인의 태도는 그러한 변화의 실제적인 결과라 할 수 있을 것이다.

4. 결론

태생적 신분과 가문 내적 지위, 개인의 능력과 자질 등이 상호 불일치하는 경우가 빈번히 발생할 수밖에 없던 조선 후기의 사회적 현실을 고려할 때 고소설 작품들에 나타난 반동인물들의 ‘개과’ 서사는 다분히 ‘정체성 조정과 확장’의 서사로 읽힐 가능성을 내포하고 있다. 개과 서사는 대개 주동인물의 선행에 의한 반동인물의 감화라는 표면적 형식을 취하고 있으나, 그러한 선행의 가치와 영향력을 받아들이는 과정이 지극히 현실적 논리에 따르고 있으며 때로는 자발적 감화가 불가능한 것으로 그려지기도 한다는 점에서 이를 단순히 도덕적 테마로만 재단하기는 어렵다.

개과 서사는 소설 텍스트에 요구되는 도덕적 교훈성을 담보하는 데 긴요한 역할을 수행하였다고 볼 수 있지만, 도덕관념만으로는 개과 서사의 구체적 전개 과정이 해명되지 않는다. 작품의 구체적 서사 전개는 보다 복잡한 사회적·심리적 현실의 논리를 토대로 할 수밖에 없는 까닭이다. ‘개과’는 고소설의 가장 도덕적인 테마이면서도, 실상은 당대 사회의 복잡한 역학관계와 이에 대응하는 인간의 심리를 묘사하는 기제로 작용하였다고 볼 수 있을 것이다. 개과 서사를 표면적 결과가 아닌, 구체적 과정과 논리를 중심으로 파악해야 하는 이유가 여기에 있다. 결과적으로 강조되는 것은 주동인물의 선행에 의한 반동인물의 교화이지만, 그러한 교화가 이루어지기까지 인물들 간의 정체성 갈등과 조정의 과정을 포착하는 것이 보다 중요하다.

물론 실제로 차자가 장자보다, 첩이 본처보다 재능과 인품을 더 널리 인정받기는 쉽지 않은 일이었을 것이며 여염가의 여성이 뛰어난 능력만으로 궁중 여성들의 스승이 된다는 설정도 현실적으로는 개연성이 약하다. 또 가문 내에서 종법 질서와 혈연의 논리도 어느 한 쪽이 절대적으로 우선되었다고 보기는 어려운 실정이다. 따라서 반동인물의 개과 서사는 실제 현실의 재현이라기보다는 당대 작자나 독자들의 심리적 갈등의 반영이라 보는 것이 더 타당할 것이다. 뛰어난 재능과 인품을 지녔음에도 불구하고 그에 마땅한 대우를 받지 못하는 주변 인물들의 사례가 소설의 향유층으로 하여금 기성의 경직된 인간관계에 변화가 초래되는 과정을 그리는 '개과' 서사를 요구하고 또 상상하게 만들었다고 추정해 볼 수 있다.

마지막으로 고소설에 나타난 반동인물의 개과 서사는 작품이 표방하는 도덕적 관념과, 작품이 실제로 반영하는 현실의 논리를 통합적으로 파악하는 구심점이 될 수 있다는 점에서 의미를 지닌다. 교훈성과 현실 반영성은 흔히 상충하는 관계로 생각되기 쉽지만, 개과 서사에서는 이 두 요소가 긴밀히 결합되어 있다. 교훈성을 표방하는 가운데 현실의 논리가 드러나게 되고, 현실을 묘사하는 데 있어서 교훈적 테마가 형식적 틀을 제공해 주는 사례를 개과 서사를 통해 확인할 수 있기 때문이다. 이는 고소설 작품을 다층적·입체적으로 읽어 나가는 데 유용한 준거점을 제공해 준다.

참고문헌

최창선, 『신교 옥루몽』, 신문관, 1912.
김진세 역주, 『완월회맹연』, 서울대학교출판부, 1994.
이지영 역, 『창선감의록』, 문학동네, 2010.
〈하진양문록〉(장서각 디지털 아카이브: http://yoksa.aks.ac.kr).

고은정, 「자기자비와 자존감이 부정적 생활사건 경험시 정서에 미치는 영향」, 고려대학교 박사학위논문, 2014.
김미정, 「대하장편소설에 나타난 불온성과 전복성 그 의미와 한계－〈하진양문록〉의 여인들에게 내면화된 이데올로기의 폭력성을 중심으로」, 『문학교육학』 44, 한국문학교육학회, 2014, 173～205쪽.
김수봉, 『서사문학의 반동인물 연구』, 국학자료원, 2002.
김수연, 「〈창선감의록〉의 '개과천선'과 악녀무후」, 『한국고전여성문학연구』 25, 한국고전여성문학회, 2012, 335～363쪽.
김진영, 「〈벽성선전〉의 연구－〈옥루몽〉의 분화와 개작을 중심으로」, 『배달말』 36, 배달말학회, 2005, 284～312쪽.
문은주 · 최해연, 「정서처리과정에서 자기자비의 역할－정서인식명료성의 효과를 중심으로」, 『한국심리학회지－건강』 20(1), 한국심리학회, 2015, 1～16쪽.
심치열, 「고소설에 나타나는 꿈－〈옥루몽〉을 중심으로」, 『성신어문학』 6, 돈암어문학회, 1994, 53～77쪽.
이상현 · 성승연, 「분노사고와 분노표현에 있어서의 자기자비의 완충효과」, 『한국심리학회지－상담 및 심리치료』 23(1), 한국심리학회, 2011, 93～112쪽.
이원수, 「〈창선감의록〉, 장자상속제와 사대부가의 고민」, 『어문학』 100, 한국어문학회, 2008, 269～294쪽.
이지영, 「규범적 인간의 은밀한 욕망－〈창선감의록〉의 화진」, 『고소설연구』 32, 한국고소설학회, 2011, 123～152쪽.
이현주, 『완월회맹연 연구』, 영남대학교 박사학위논문, 2011.
정병설, 『완월회맹연 연구』, 서울대학교 박사학위논문, 1997.
조혜란, 「〈옥루몽〉 황소저의 성격 변화－악인형 인물의 개과천선 과정 서술과 관련하여」, 『한국고전여성문학연구』 22, 한국고전여성문학회, 2011, 163～197쪽.
Neff, K., "Self compassion: An alternative conceptualization of an healthy attitude toward oneself", *Self and identity* 2, 2003, pp.85～101.

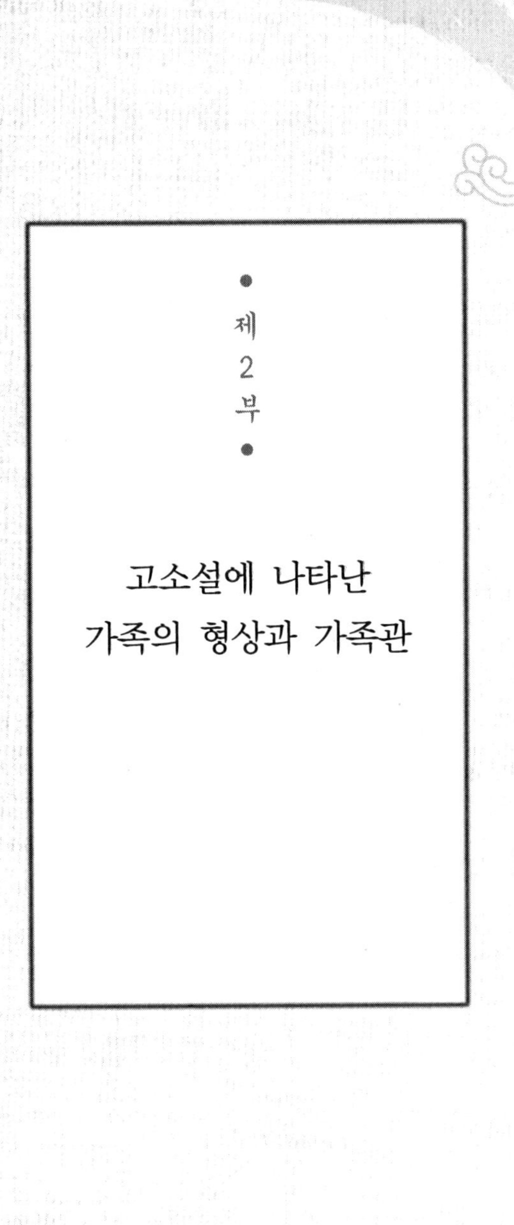

제 2 부

고소설에 나타난 가족의 형상과 가족관

제1장

<완월회맹연>에 나타난 천상계의 특징과 의미

—모자 관계 형상화를 중심으로—

1. 서론

고전소설 작품들 중에는 서사세계가 천상계와 지상계로 이원화된 작품들이 적지 않다. 천상계의 존재는 전생담을 통해 밝혀지기도 하고, 작품 곳곳에서 주인공을 돕는 신령한 힘의 개입을 통해 드러나기도 한다. 상층 사대부 가문의 여성들이 즐겨 읽었던 가문소설의 경우도 예외가 아니어서, 주인공을 천상계 성신(星辰)이 하강으로 설명한다든지 그 보호를 받고 있는 존재로 형상화하는 경우를 쉽게 찾아볼 수 있다.

〈사씨남정기〉나 〈창선감의록〉 등의 예에서 알 수 있듯이, 천상계는 대체로 가문의 기강을 바로잡고 구성원들 간의 불화를 해소하는 작용을 한다. 조상대에 덕을 쌓아온 가문은 하늘의 복을 받게 마련이며, 일시적인 시련은 가문의 기반을 더 공고히 하기 위한 천상의 의도에 불과함을 이들 작품들은 잘 보여준다. 가문에 위해를 가하는 외부 세력은 천상계의 섭리에 의해 예외 없이 징치된다.

그러나 천상계의 존재가 반드시 가문 중심의 서술시각을 옹호하는 작용만 하는 것은 아니다. 〈사씨남정기〉나 〈창선감의록〉은 사대부 남성의 시각이 강하게 투영된, 여성의 교화를 목적으로 내세웠던 작품들이었으나 이후의 가문소설들은 이와 다른 흐름을 보여 왔다. 여성주의적인 시각을 바탕으로 규방의 문화를 섬세하게 묘사하거나, 부부 갈등을 통해 가부장제에 대한 비판적 인식을 나타낸 작품들이 등장하면서 가문소설의 주제의식은 다변화된다.[1]

그 중 하나의 흐름을 이루는 것이 입후로 인한 갈등을 다룬 작품들이다. 〈완월회맹연〉, 〈성현공숙렬기〉, 〈엄씨효문청행록〉 등이 그 예로, 종가에서 대를 이을 아들을 낳지 못해 형제의 아들을 양자로 들이지만 입양된 아들과 양모의 관계에서 심각한 갈등이 발생한다는 이야기를 담고 있다. 이들 작품에서는 뒤늦게 아들을 낳은 종부가 친생자에게 적장자의 자리를 물려주려는 욕망을 품고 양자를 음해하는 일이 벌어진다. 결국 양자의 지극한 효성으로 갈등은 해결되지만, 그 과정에서 가문의 위상과 기강은 적지 않은 타격을 입는다.

이들 작품에서는 공통적으로 친생자에게 집착하는 종부가 악인으로 묘사된다. 입양자는 양모의 핍박과 모해에 시달리면서도 오히려 그 허물을 감추어 주고자 애쓰지만, 결국 모든 악행은 탄로나고 종부는 출거당한다. 이 과정에서 천상계는 꾸준히 선한 양자를 돕고 양모의 흉계를 제어하는 작용을 하며, 경우에 따라서는 양모의 꿈에 나타나 그녀의 회과(悔過)를 유도하기도 한다. '자궁가족'의 유익만을 추구하여 가문의 종법 질서를 어지럽히려던 양모는 천상계의 개입에 의해 징치당하며, 그런 양모에게 친아들이나 다름없이 효를 다함으로써 가문의 질서와 화합을 지켜

1 송성욱, 「17세기 소설사의 한 국면 - 〈사씨남정기〉, 〈구운몽〉, 〈창선감의록〉, 〈소현성록〉을 중심으로」, 『한국고전연구』 8집, 한국고전연구회, 2002, 265~266쪽.

낸 양자는 천상계의 지지를 받는다.

하지만 천상계가 반드시 그러한 단일한 작용만을 하는 것은 아니다. 표면적으로 확인되는 천상계의 기능은 부계 중심 가문의 종법 질서를 옹호하고 지지하는 데 있다 하더라도, 그것이 천상계의 존재 의미 전체를 설명해 준다고 보기는 어렵다. 특히 〈완월회맹연〉의 경우 결말 부분에 구체적으로 제시되어 있는 인물들의 천상계 전생담은, 단지 기능적인 차원에서만 천상계의 작용을 논할 수 없음을 잘 보여준다. 전생과 현생에서 인물들의 성격이나 인물 간 관계는 상이하게 묘사되는데, 이것이 인물들의 정체성에 일정한 균열을 초래하기 때문이다. 선인을 돕고 악인을 벌하는 것이 천상계의 존재 이유라면 이러한 전생담은 불필요한 것이라 보아야 할 텐데도, 〈완월회맹연〉은 굳이 모든 갈등이 마무리되고 권선징악의 결말이 실현되려는 순간 천상계에서의 인물들의 삶을 서술하고 있다.

천상계 전생담에서 확인되는 인물들의 형상이나 상호 관계는 지상계 서사의 은폐된 심층 구조를 이루는 것으로 판단된다. 〈완월회맹연〉의 서술 시각이나 주제의식이 남성 중심 가문의식을 옹호하는 데에만 있지 않다는 점은 이미 선행연구를 통해 밝혀져 왔다.[2] 표면적으로 분명히 드러나는 것은 가문의 기강과 규범을 옹호하는 목소리라 하더라도, 한편으로는 그것을 부정하고 비판하는 이질적인 목소리도 존재한다는 것이다. 이러한 서술

2 〈완월회맹연〉의 여성주의적 시각, 가부장제에 대한 비판적 시각, 여성억압에 대한 저항적 시각과 관련한 논의로는 다음을 참조할 수 있다. 정병설, 『완월회맹연 연구』, 서울대학교 박사학위논문, 1997; 정창권, 「〈완월회맹연〉의 여성주의적 상상력」, 『고소설연구』 5집, 한국고소설학회, 1998; 이현주, 『완월회맹연 연구』, 영남대학교 박사학위논문, 2011; 한길연, 「〈완월회맹연〉의 여성 관련 희담(戲談) 연구－남성 희담꾼 "정염"과 여성 희담꾼 "상부인" 간의 희담을 중심으로」, 『한국고전여성문학연구』 25집, 한국고전여성문학회, 2012; 한길연, 「〈완월회맹연〉의 정인광－폭력적 가부장의 "가면"과 그 "이면"」, 『고소설연구』 35집, 한국고소설학회, 2013.

의 다원성 · 다성성과 관련지어 생각해 보면, 천상계와 지상계 또한 이질적 대립 구조로서 작품의 서사구조를 중층화하는 데 기여한다고 보는 편이 설득력을 갖는다고 본다. 본고에서는 이러한 가설 하에, 〈완월회맹연〉에 나타난 천상계 전생담의 특징과 의미를 분석해 보고자 한다.

2. <완월회맹연>에 나타난 천상계의 양면성

1) 부계 가문의식을 기준으로 한 지상계 선악 구도의 지지

〈완월회맹연〉에서 정인성은 본래 정삼(운계선생)의 맏아들인데, 큰아버지인 정잠(청계선생)에게 아들이 없기 때문에 큰집으로 입양된다. 정잠과 양부인 부부는 정인성을 친아들 이상으로 사랑하며 길렀으나, 양부인이 죽은 뒤 소교완이 후처로 들어오면서 정인성의 시련이 시작된다. 소교완은 아들 쌍둥이를 낳은 뒤, 친아들 인중이 정씨 집안의 후계자가 되게 하기 위해 정인성 부부를 본격적으로 음해하기 시작한다. 그녀는 정인성을 몰래 죽이고자 독이 든 음식을 먹이기도 하고 심하게 매를 치기도 하지만, 정인성은 타고난 기질이 정대하여 웬만한 일로는 크게 화를 입지 않는다. 오히려 정인성은 소부인의 마음을 편하게 하기 위해 죄 없는 아내에게 누명을 씌워 벌을 주는가 하면, 소부인이 주는 음식에 독이 들어 있는 줄 알면서도 사양하지 않고 먹는다. 소부인의 병세가 심각해지자 자기 몸은 돌아보지 않고 정성껏 기도하며 '어머니 대신 자신의 목숨을 거두어 달라'고 빌기도 한다. 〈완월회맹연〉에서, 계모이자 양모인 소교완에 대한 정인성의 효는 곧 작품의 주제라고 할 수 있을 정도로 반복 강조되며 또 감동적으로 그려진다.

정인성을 아들로 여기지 않는 소교완과, 그런 소교완을 친모 이상으로 정성껏 섬기는 정인성의 갈등은 작품에서 뚜렷한 선악 갈등으로 그려진다. 후자가 개인적인 고통을 감수하면서까지 가문의 질서를 지키려고 노력하는 쪽이라면, 전자는 그 질서를 무너뜨리고 사적인 혈육의 이해만을 추구하는 쪽이기 때문이다. 인물의 품성은 혈육의 감정이나 이해 관계를 넘어서 가문 차원의 정체성이 철저히 확립되어 있는지, 즉 재종숙질 팔촌에 이르기까지 친부형과 다름없이 대할 정도의 가문 의식이 갖추어져 있는지 여부에 따라 평가된다.

> 친슉질과 종슉질이며 ᄌᆡ종슉질의 니ᄅᆞ히 거상지 ᄉᆞ랑ᄒᆞ미 친부형 ᄀᆞᆺᄐᆞᆺ니 가즁지간의 소장 미확인들 엇지 주인의 법풍 인화을 흡연 감열치 안니ᄒᆞ리오만는 의리로온 말노써 능히 ᄒᆡ혹지 못ᄒᆞ고 풍속으로써 능히 감동치 못ᄒᆞᆯ 바ᄂᆞᆫ 쇼부인 모자라 (권79)[3]

정인성은 핏줄이 전혀 섞이지 않은 소교완을 친모 이상으로 섬긴다. 소교완이 어떤 악행을 해도 정인성은 이른바 '대순지효(大舜之孝)'로 그녀를 섬기려 한다.[4] 부모가 자신을 해하려 하면 수단껏 피하여 부모에게 악행의 이름이 돌아가지 않게 하며, 정면으로 맞서기보다는 진심어린 태도를 통해 결국은 부모를 감동시켜 올바른 길로 이끌고자 하는 것이 바로 정인성이 표방하는 효다. 그리하여 소교완이 아무리 악행을 저질러도, 정인성은 그 피해를 입지 않거나 최소화함으로써 소교완의 허물을 감추어 주려 한다. 예를 들어 정인성은 소교완이 독이 든 음식을 줄 때를 대비해

---

3 김진세 역주, 『완월회맹연』 6, 서울대학교 출판부, 1994, 78쪽.

4 순 임금과 미생의 고사는 작품 전체에 걸쳐 여러 번 반복된다. 정인성 스스로 대순의 효를 본받겠다는 뜻을 밝히기도 하고, 인웅이나 소공(소부인의 부친)이 정인성을 순 임금에 빗대며 소교완의 잘못을 지적하기도 한다.

해독제를 준비했다가 재빨리 먹기도 하고, 소교완이 매를 치면 몰래 약을 발라 치료하고 태연자약하게 거동하며 피 묻은 바지를 감추는 등 모친의 허물이 드러나지 않도록 애쓴다.

> 부인이 비록 입으로 니리 니ᄅᆞᄂᆞ 눈으로 그 ᄎᆞᆷ혹ᄒᆞᆫ 상쳐를 보ᄆᆡ 시ᄀᆡᆨ의 쥭이지 못ᄒᆞᆫ즉 ᄃᆞ시 더오지 못ᄒᆞᆯ ᄇᆡ오 그 ᄉᆞ이 혹ᄌᆞ 보리 잇실가 그윽이 불평ᄒᆞ여 ᄂᆡ명 결ᄒᆡ이 ᄉᆞᄒᆞ고 계ᄌᆡ를 불이치니 상셰 계오 긔운을 슈습ᄒᆞ여 니러ᄂᆞ 당샹을 보라고 고두ᄇᆡᆨ비ᄒᆞ며 인ᄒᆞ여 듀왈,
>
> "불최 이졔 물너ᄂᆞ 옷ᄉᆞᆯ 갈고 즉시 드러와 뫼시리이다."
>
> (…)
>
> 상셰 슌슌 돈슈이사ᄒᆞ고 명광헌의 도라와 한삼을 ᄡᅥ혀 뉴혈을 씻고 스ᄉᆞ로 상쳐를 어로만져 약을 쓰ᄆᆡ 샐이 옷ᄉᆞᆯ 밧고와 피 무든 과의를 깁히 ᄀᆞᆷ초고 동ᄌᆞ를 명ᄒᆞ여 두어 ᄌᆞᆫ 향온을 가져오라 ᄒᆞ여 ᄆᆞ시기를 다ᄒᆞᄆᆡ 즉시 취젼의 드러가니 소부인이 상셔의 긔특ᄒᆞ며 비상ᄒᆞ믈 오날날 쳐음으로 알미 아니로ᄃᆡ 그 견고 장ᄉᆡᆼᄒᆞ미 혈육지신의 능히 견ᄃᆡ여 긔거치 못ᄒᆞᆯ 바의 동디 안셔ᄒᆞ고 ᄒᆡᆼ뵈 여젼ᄒᆞ여 므르며 ᄂᆞ오ᄆᆡ 녜뫼 빈빈ᄒᆞ고 규귀조디ᄒᆞ여 통효 도덕지 일신을 둘너 태산이 암암ᄒᆞ고 ᄃᆡᄒᆡ 양양ᄒᆞᆫ 도량이 건원 디ᄃᆡ의 무궁유일ᄒᆞ믈 겸ᄒᆞ여 인간 졔일 독슈라도 능히 ᄉᆞᆯᄒᆡ치 못ᄒᆞ고 귀신조ᄎᆞ 학(虐)ᄒᆞ여도 ᄌᆞᆫ(殘)치 못ᄒᆞ여 져를 업시키 어려오미 숀으로 교악을 문희치고 동히를 터 갈코져 ᄒᆞ미니 ᄌᆞ긔 비록 닌듕승쳔을 긔약ᄒᆞᄂᆞ 텬명이 역능승인이니 이 ᄋᆞ달을 듁이미 마ᄎᆞᆷᄂᆡ 뜻 ᄀᆞᆺ틀 길히 업ᄉᆞ니 ᄉᆡ로이 근심이 듕ᄒᆞ고 회픠 번ᄒᆞᆫᄒᆞ여 스ᄉᆞ로 분을 이긔지 못ᄒᆞ니 (권89)[5]

그런데 인용문에서 알 수 있듯이, 정인성의 자기 방어는 단지 민첩한 기질이나 평온한 성품에 의한 것만은 아니며 '귀신조차 해치 못할' 기특하고

5 김진세 역주, 『완월회맹연』 6, 서울대학교 출판부, 1994, 279~280쪽.

비상한 능력에 힘입고 있다는 점에서 주목을 요한다. 그는 평범한 사람이라면 능히 견디어 내지 못할 상처를 입고도 행동거지가 편안하기만 하여 소교완을 경악케 한다. 그녀는 정인성을 해하는 일을 '인중승천(人衆勝天)'을 기약하는 데 비기기도 하는데, 이는 정인성이 천상계의 신비로운 힘에 의해 분명한 보호를 받고 있는 반면 소교완은 그렇지 못함을 시사한다.

실제로, 정인성의 비범함은 인간의 한계를 넘어서는 경우가 여러 차례 된다. 정인성은 전쟁터에서 적국의 수지로가 풍토를 일순간 바꾸어 놓는가하면, 전투 중에는 신비한 도술을 발휘하여 승리를 거두기도 한다.

> 곤츙 초목과 비금 쥬슈 다 오ᄒᆡᆼ이 상ᄉᆡᆼᄒᆞ여 일월의 영웅ᄒᆞ고 산천의 품슈ᄒᆞ니 안남이 ᄀᆡ벽초로브터 홀노 슈퇴 ᄉᆞ오나오미 아니라 산천의 요요ᄒᆞᆫ 진ᄋᆡ와 음독ᄒᆞᆫ 긔운이 모혀 안남의 널니 퍼지니 인물이 교악ᄒᆞ며 토품이 험괴ᄒᆞ여 모진 물과 악ᄒᆞᆫ 긔운이 타방 ᄉᆞᄅᆞᆷ을 병드리고 쥭이믈 병인으로 더으ᄆᆡ 감치 아니ᄒᆞ더니 금ᄌᆞ의 ᄃᆡ현 군ᄌᆞ 명금(名琴) 신곡으로써 건곤이 ᄀᆡ탁ᄒᆞ며 만물이 브ᄉᆡᆼᄒᆞᄂᆞᆫ 됴화를 이으니 소소 구셩의 봉황이 춤츄고 ᄇᆡᆨ죄 반됴의 명ᄒᆞ여 신여인(神與人)이 ᄀᆡ화낙(皆和樂)ᄒᆞ며 됴여슈(鳥與獸) 상여낙(相與樂)ᄒᆞᆯ ᄲᆞᆫ 아니라 격탁(擊濁) 징청(澄淸)ᄒᆞ여 천지 ᄉᆞ이의 가득ᄒᆞᆫ 독긔와 악예를 쓰리치니 일야지ᄂᆡ의 여러 시ᄂᆡ와 만흔 물이 홀연이 말근 빗과 죠흔 마ᄉᆞᆯ 밧고와 혼탁ᄒᆞᆫ 더러오미 업ᄉᆞ니 일노죠ᄎᆞ 남방 슈천여리의 슈퇴 젼ᄌᆞ와 ᄂᆡ도ᄒᆞ여 ᄉᆞᄅᆞᆷ이 토질노ᄂᆞᆫ 신고ᄒᆞ리 잇지 아니ᄒᆞ니 이ᄂᆞᆫ 다 쳬찰의 신긔ᄌᆡ덕으로 비로ᄉᆞ미로ᄃᆡ (권63)[6]

> 버들 갓ᄐᆞᆫ 옥슈의 농천 ᄐᆡ아검을 ᄌᆞᆸ아 남왕의 부ᄌᆞ 군신을 좌우로 ᄃᆡ젹ᄒᆞᄆᆡ 칼쓰ᄂᆞᆫ 법이 신츌 귀몰ᄒᆞ여 호호히 공즁의 무지ᄀᆡ 빗기미 상셜이 번득일 ᄲᆞᆫ 아니라 숀 놀니ᄂᆞᆫ ᄌᆡ죠와 몸 가지ᄂᆞᆫ 형상이 옥됴 진인이 아니

6 김진세 역주, 『완월회맹연』 5, 서울대학교 출판부, 1994, 83쪽.

면 이러치 못흘 지라 (권65)[7]

쳬찰이 또 흔번 진젼의 셔 긔를 둘너 졔장을 일쳐의 모호는 닷 다시 훗터져 싸홈을 직촉흐는 닷 죠화 신능(神能)흐더니 홀연 슈운이 사긔흐고 침뮈 몽몽흐여 일식이 무광흔디 미친 바름과 날니는 틋글이 신졍이 현난흐믈 니긔지 못흘 비로디 (…) 쳬찰이 장졸을 일졔히 영즁의 두어 흔 낫 소졸도 진 밧게 님미 업스디 무슈 군마 기기이 명병 복식을 갓초고 남군을 디젹흐니 이는 쳬찰이 도슐노 플흘 버혀 말을 민달며 모릭를 날녀 군스를 삼는 신긔를 뉘 알니오 (권66)[8]

이밖에도 몽골 등지를 떠돌 때 정인성을 공격한 척발유의 칼이 저절로 떨어지는 대목, 동생 정인중이 쏜 화살이 인성의 몸 가까이 오면 저절로 떨어지거나 꺾어지는 대목 등에서 정인성은 분명 초인적인 인물로 형상화된다. 그가 온갖 시련을 극복하고 '출천(出天) 효자'로 인정받을 수 있었던 것은 이러한 초월적 능력에 힘입은 것이다. 이런 점들에 주목하면, 〈완월회맹연〉에서 천상계의 존재는 정인성의 효행을 돕고 지지하며 소교완에 대한 그의 도덕적 우위를 명료히 드러내는 작용을 한다고 생각할 수 있다.

2) 부계 가문의식을 중심으로 한 지상계 선악 구도의 한계 암시

그러나 작품의 실상은 그처럼 단순하지만은 않다. 천상계의 존재가 보다 명확하게 드러나는 것은 결말 부분의 전생담 대목인데, 해당 부분에서 천상계의 존재는 오히려 지상계의 가문 중심적 선악 구도를 상대화하는 작용을 한다.

---

7 위의 책, 136쪽.
8 위의 책, 157~158쪽.

소교완과 정인성 모자의 갈등이 절정에 이를 무렵, 소교완은 천상계로 불려 가 정인성과의 갈등이 전생의 원한 관계 때문임을 알게 된다. 소교완은 집안사람들에게 그간의 악행이 밝혀진데다, 유일하게 자신을 아껴주던 친정어머니마저 죽자 몸져 눕는다. 그러던 중 홀연 비몽사몽간에 천상계로 인도되어 죽은 어머니를 만나 꾸중을 듣고, 정잠의 전처인 양부인을 만나 한 권의 책을 받게 된다.

> 인셰 졍쳥계ᄂᆞᆫ 본이 문창셩으로 옥뎨 압ᄒᆡ셔 문ᄌᆞᄅᆞᆯ 일울 제 직녀 텬손이 그 풍ᄎᆡᄅᆞᆯ 흠선ᄒᆞ여 눈으로뻐 유의ᄒᆞ여 보니 문창셩이 엄절이 물니치지 아니코 희롱ᄒᆞᄆᆡ 옥뎨 그 무례ᄒᆞ믈 노ᄒᆞ샤 인간의 젹하ᄒᆞ여 춘츄난셰의 강하ᄒᆞ여 시졀을 만나지 못ᄒᆞ고 도를 폐지 못ᄒᆞ미 ᄎᆞ셕다 ᄒᆞ샤 인간 부귀ᄅᆞᆯ 누리게 ᄒᆞ시나 십년 고ᄒᆡᄅᆞᆯ 격거 직녀의 희롱ᄒᆞᆫ 죄ᄅᆞᆯ 속게 ᄒᆞ시고 직녀ᄂᆞᆫ 비록 그 죄로뼈 적강ᄒᆞ여시나 본ᄃᆡ 텬뎨지손으로 지극히 존귀ᄒᆞ니 진토중의 오ᄅᆡ 두지 못ᄒᆞᆯ 거시니 삼십일을 한ᄒᆞ여 도로 텬궁의 도라오게 ᄒᆞ시니라. 몽창을 유의ᄒᆞ고 ᄉᆞ속ᄒᆞᆯ 남ᄌᆞᄅᆞᆯ 두지 못ᄒᆞ여 명녕을 의탁케 하시ᄂᆞᆯ 경하농의 뎨삼녜 ᄉᆡᆨ용이 비상ᄒᆞ니 항ᄋᆡ 극히 ᄉᆞ랑ᄒᆞ여 농궁의 도라보ᄂᆡ지 아니코 월궁의 뫼셧더니 일일의 온녜 명으로 구ᄅᆞᆷ ᄐᆞ고 남악 군산의 ᄒᆡᆼᄒᆞᆯᄉᆡ 길ᄒᆡ셔 문창을 만나니 농녜 문창의 풍신을 흠션ᄒᆞ여 항ᄋᆡ 위진군긔 보ᄂᆡᄂᆞᆫ 반도ᄅᆞᆯ 더져 뜻을 통ᄒᆞ고 만단 희롱ᄒᆞ니 문창의 여ᄌᆞ의 음욕을 통ᄒᆡᄒᆞ여 밀쳐 ᄇᆞ리ᄆᆡ 구으러 바회 아ᄅᆡ 나려지니 농뎨 대로ᄒᆞ여 도라와 월뎐의 하리ᄒᆞ니 항ᄋᆡ 문창의 방ᄌᆞᄒᆞ믈 노ᄒᆞ여 옥뎨긔 고ᄒᆞ고 문창을 죄 주시믈 쳥ᄒᆞ니 옥뎨 본ᄃᆡ 문창을 즁히 녁이시ᄂᆞᆫ지라
>
> 블너 곡절을 므ᄅᆞ시니 문창이 실ᄉᆞ로뼈 고ᄒᆞ니 옥뎨 문창의 죄 아니라 ᄒᆞ샤 농녀의 음난 방ᄌᆞᄒᆞ미라 ᄒᆞ샤 농녀ᄅᆞᆯ 낙하의 귀양 보ᄂᆡ시니 농네 원을 품고 한을 먹음어 문창을 ᄉᆞ모ᄒᆞᄂᆞᆫ 뜻과 ᄋᆡᄌᆞᄅᆞᆯ 필보코져 뜻이 잇고 문창과 직녀의 젹강ᄒᆞ믈 보ᄆᆡ ᄀᆞ마니 글을 올녀 항아의게 소회ᄅᆞᆯ 고ᄒᆞ고

ᄒᆞᆫ가지로 인간부귀ᄅᆞᆯ 원ᄒᆞ니 옥데 그 소원을 조ᄎᆞ샤 십여일 후 인간의 ᄂᆞ리와 텬손의 홋ᄌᆞ리ᄅᆞᆯ 닛게 ᄒᆞ시니 태을(정인성)이 문창(정잠)과 직녀(양부인)의게 슈은이 만흔 고로 ᄌᆞ원ᄒᆞ여 그 슬ᄒᆡ 되여 은혜 갑기ᄅᆞᆯ 원ᄒᆞ니 장ᄎᆞᆺ 하계로 날릴ᄉᆡ 젼일 태을이 농녀(소교완)의 문창 ᄉᆞ모ᄒᆞ믈 조롱ᄒᆞ여 글을 지으니 농녜 대로ᄒᆞ여 원슈 갑기ᄅᆞᆯ 긔약던 바로 한가지로 인셰의 ᄂᆞ리ᄆᆡ 농녀ᄂᆞᆫ 문창을 원ᄒᆞ여 텬손의 슬하ᄅᆞᆯ 빗ᄂᆡ고져 ᄒᆞ니 ᄒᆞᆫ가지로 졍시의 속ᄒᆞ여 모ᄌᆞ의 일홈을 빈지라 드ᄃᆡ여 젼일 조롱ᄒᆞ던 한을 갑기로 맹셰ᄒᆞ엿더니 (권164)[9]

위의 인용문에서 알 수 있듯이, 천상계에서 경하용녀(소교완의 전신)와 태을성(정인성)은 본래 적대적인 관계로 지상계에서의 삶을 시작하였다. 이후 지상계에서의 어떤 노력도 그 관계의 본질을 바꾸어 놓지는 못한다. 인물들이 맺고 있던 본래의 관계는, 가문 중심의 시각으로는 재단될 수 없는 인간관계의 본질을 잘 보여준다. 가문의 테두리를 떠나서 보면, 소교완과 정인성은 혈연관계가 전혀 성립하지 않는 남이다. 전생담을 통해 설명되어 있듯, 경하용녀는 문창성을 따라 정씨 가문으로 들어왔을 뿐이고 태을성 또한 문창성에게 옛 은혜를 갚기 위해 정씨 가문에 태어나게 되었을 뿐이다. 아버지라는 매개가 사라지면 '한가지로 정씨 가문에 속하여 모자의 이름을 빌린' 두 사람의 관계는 본래 천상계에서 그러했듯이 서로 무관한 남남의 관계로 돌아갈 수밖에 없다.

물론 천상계에 다녀온 뒤 소교완이 정인성에 대한 자신의 죄를 뉘우치는 극적인 변화를 보인다는 점에 주목하면, 천상계의 존재는 여전히 지상계 가문 중심적 세계관을 강화하고 가문의 갈등을 해소하는 역할을 하는 것으로 보이기도 한다. 하지만 천상계의 논리에 의하면 이러한 소교완의

9 김진세 역주, 『완월회맹연』 11, 서울대학교 출판부, 1994, 280~281쪽.

회과는 그녀가 정인성을 진정 자신의 아들로 받아들였기 때문이 아니다. 소교완은 천상계에서 친정어머니 주부인과 전처 양부인을 만난 뒤 회과하는 것으로 되어 있는데, 이때 두 부인이 소교완을 설득할 수 있었던 것은 '지금 뉘우쳐야만 친아들 인웅을 살릴 수 있다'는 논리에 의해서였다.

> 부인은 개심 슈덕ᄒᆞ여 존고를 효봉ᄒᆞ고 ᄌᆞ녀의 근심을 덜며 웅ᄋᆞ의 복조를 창셩케 ᄒᆞ쇼셔 (…) <u>상뎨 부인의 허물을 벌ᄒᆞ시ᄆᆡ 웅ᄋᆞ를 죄ᄒᆞ고져 ᄒᆞ시니 닌웅이 므ᄉᆞᆫ 죄 이시리오</u> 쳡이 구구ᄒᆞᆫ 뜻이 져의 ᄀᆡ질 덕ᄒᆡᆼ으로 초초 몰몰ᄒᆞᆯ 바를 통셕ᄒᆞ고 져 형의 거동을 ᄉᆡᆼ각ᄒᆞᄆᆡ 엇지 방심ᄒᆞᆯ ᄇᆡ리잇고 옥뎨 ᄀᆡ명을 빌고져 ᄒᆞᄆᆡ ᄉᆡ긔 여ᄎᆞᄒᆞ여 오직 부인의 회과ᄒᆞᄆᆡ 잇는지라 녕존당 태부인과 상의ᄒᆞ여 금일 쳥ᄒᆞ여 소유를 고ᄒᆞ니 <u>부인이 쳡의 당돌ᄒᆞ믈 허물치 아니시고 능히 닌웅의 명을 닛게 ᄒᆞ시리잇가</u> (권164)[10]

부계 가문의 종법 질서를 수호하기 위한 입후 제도는 지상계에서는 친모자 관계를 대체하기에 충분한 것으로 그려지며 그것을 인정하지 않는 세력은 악인으로 규정된다. 하지만 천상계의 시각에서 보면 그러한 부계 가문 중심의 세계만이 전부가 아님을 알 수 있다. 직접적인 혈연으로 맺어지지 않은, 부계 혈통을 매개로 한 소교완-정인성의 모자 관계가 본질적으로 한계를 지닌 것임은 천상계 경하용녀-태을성의 관계를 통해 분명히 드러난다. 이런 맥락에서, 전생담의 무대인 천상계는 작품에 담긴 부계 가문 중심 세계관의 취약함과 불완전함을 상징적으로 보여주는 의미를 갖는다.

또한 지상계에서 가문의식을 기준으로 설정된 인물간의 선악 관계도 천상계에서는 성립하지 않는다. 천상계에서 경하용녀는, 물론 이미 인연

10 위의 책, 286쪽.

이 정해진 문창성에 대해 욕망을 품고 문창성과 직녀성의 인연을 방해하는 죄를 짓기는 하였으나 그 계기가 전혀 이해하지 못할 것은 아니다. 문창성이 자신의 마음을 받아주기는커녕 바위 아래로 밀어 굴러 떨어지게 만들었기에, 오기가 발동한 용녀로서는 어떻게든 자신의 뜻을 이루어 보고자 인간세상에까지 그를 따라오게 되었다고 볼 수 있다. 물론 이런 그녀의 행동은 문창성에게 음란하다도 여겨져 배척을 당하나, 양부인의 전신인 직녀성도 이에 앞서 문창성을 흠모하여 주시하는 등 호감을 표현한 바 있음을 생각한다면 경하용녀의 행동이 절대 용납되지 못할 것이라고는 생각되지 않는다.

한편 양모-양자 관계나 양부-양자 관계만이 천상계에서 다루어지고 있는 점도 주목할 부분이다. 전생담을 통해 천상에서의 본래적 관계가 드러나는 것은 모두 양부모와 양자의 경우들이다. 위에서 살펴본 소교완·양부인과 정인성의 관계도 그러하거니와, 정잠과 정인성의 양부-양자 관계 또한 천상계에서의 특별한 인연에 의해서라고 설명된다. 이들의 전신인 문창성-태을성의 관계는 개인 간의 자발적인 호의 관계로 묘사되어 있다. 태을이 문창과 직녀에게 은혜 입은 것이 많아 자원하여 그 슬하가 되고자 했다는 것은, 얼핏 보기에는 이들 양부모-양자의 관계를 천륜에 버금가는 것으로 형상화한 것으로 보이기도 한다. 실제로 정인성은 정잠에게 전생의 은혜를 갚았다 할 만큼 많은 도움을 준다. 정인성이 태을성의 후신으로서 초월적 능력을 여지없이 발휘하는 것은 주로 정잠과 함께 출정을 나갔을 때다. 앞에서도 살펴보았듯이 교지국과 안남국의 험한 풍토를 일순간에 바꿔 군사들이 순조롭게 행군할 수 있도록 만드는가 하면, 도술을 펼쳐 승전을 이끌기도 한다. 이러한 정인성의 활약은 대원수 역할을 맡고 있던 정잠에게 큰 힘이 된다.[11]

그러나 정작 정삼-정인성이나 정잠-정인웅 등 친부자 관계에 대해서는 전생의 인연 자체가 서술되지 않으며, 특별히 상호 협력하는 상황이 없어도 자연스러운 인간적 정이 부각된다는 점을 생각해 보면 전생담을 통한 부연 설명을 필요로 한다는 것 자체가 양부-양자 관계의 불안정한 기반을 역설적으로 드러내 주는 표지로 읽히기도 한다. 〈완월회맹연〉에서는 정잠-정인성이나 정흠-정인웅 두 양부자의 관계에 한해서만 천상계에서의 인연이 설정되어 있는데, 이는 당시 양부-양자 관계가 그만큼 부담스럽고 어렵게 인식되고 있었음을 보여주는 의미가 더 크다고 생각된다.[12]

3. 천상계의 시각에서 본 양모-양자 관계의 특징

천상계가 부계 가문의식을 중심으로 한 지상계의 질서를 옹호하고 지지하는 작용을 한다는 점에 주목하여 보면, 전생담에 나타난 바 양부모와 양자의 특별한 인연은 그들이 비록 핏줄은 섞이지 않았지만 '천륜'이라 할 만한 공동의 운명으로 묶여 있음을 강조하는 의미를 갖는 것으로 볼 수도 있을 것이다. 정인성은 천상계에서의 은혜를 갚기 위해 정잠의 아들이 되었고, 천상계에서 지은 잘못을 속죄하기 위해 소교완의 아들이 되었다는 설명이 가능하기 때문이다.

11 물론 정인성 홀로 초월적 능력을 발휘하는 대목들도 있다. 예컨대 가족을 잃고 홀로 몽고국과 금국을 떠돌 때, 정인성은 가뭄에 시달리던 지역에 갑자기 비가 내리게 만들기도 하고 전염병이 사라지게 만들기도 한다(권14). 이런 대목들에서도 정인성은 '병란, 재화, 생사를 주관하는 별'인 태을성의 면모를 보여준다. 그러나 이상의 내용들은 작품의 중심 서사 전개에 큰 영향을 미치지는 않기 때문에, 다만 천상계에서의 정체성이 지상계에서도 나타날 수 있음을 뒷받침하는 근거로만 살펴두고자 한다.

12 벽수유(정인웅의 전신)도 문계공 부부에게 전세에 입은 은혜를 갚고자 자원하여 아들이 되었다고 설명된다(권14: 282쪽).

그러나 한편 이미 적대적인 관계로 시작된 것이 정인성과 소교완의 관계라는 점에 착목하면, 두 사람이 끝내 화합에 이르지 못하는 것 또한 천상의 예정에 의한 것이라 할 수 있다. 예컨대 정인성은, 천상의 기운을 타고난 존재로서 소교완의 악행을 능히 견뎌내고 그녀의 허물을 감추어 주기는 하지만 끝내 소교완의 악행을 그만두게 하지는 못한다. 오히려 그녀는 정인성의 천품으로 인해 번번이 'ᄌᆞ긔 소원을 일우디 못ᄒᆞᆯᄀᆞ 쵸쵸 착급ᄒᆞ야 밉고 분ᄒᆞ미 날로 더으며', '이 ᄋᆞ달을 듁이미 마ᄎᆞᆷᄂᆡ 뜻 ᄀᆞᆺ틀 길히 업ᄉᆞ니 ᄉᆡ로이 근심이 듕ᄒᆞ고 회픠 번ᄒᆞᆫᄒᆞ여 스ᄉᆞ로 분을 이긔지 못ᄒᆞ'여 할 뿐이다. 정인성의 건재는 소교완을 더욱 분노하게 만들며, 결국 정씨 가문의 큰사위인 조세창과 정인성 부부가 낳은 아이들까지도 분풀이 대상이 되고 만다. 이런 일들이 발각되면서 소교완은 정씨 가문에서 출거된다. 또한 그녀는 정인성의 효심에 의존하여 정씨 가문에서 간신히 버티는 처지가 되어 버리는데, 이 또한 천상계에서 경하용녀가 태을성에 의해 수모를 당했던 것과 일치한다.

원쉬 도라오ᄂᆞᆫ 날은 ᄌᆞ긔 비록 측텬의 발호ᄒᆞᆷ과 녀후의 간포ᄒᆞ미라도 ᄌᆞ녀부ᄅᆞᆯ 잔확치 못ᄒᆞ리니 져 부부ᄅᆞᆯ 맛ᄎᆞᆷᄂᆡ 업시치 못ᄒᆞ고 ᄒᆞᆫ갓 정녁을 허비ᄒᆞ여 ᄌᆞ가의 허물을 ᄡᅡ호미 졈졈 크게 되어 부ᄌᆞ의 엄명이 아모ᄃᆡ 밋ᄎᆞᆯ 줄 아지 못ᄒᆞ여 비록 ᄇᆡᆨ악을 창포ᄒᆞ나 몽현을 ᄉᆞᆯ히ᄒᆞ며 몽연을 가져져 츈츄로 밧고미 업ᄉᆞᆯ진ᄃᆡ 죄 죽기의 니ᄅᆞ지 아니려니와 냥ᄌᆡ 긔린이 임의 형영이 업ᄉᆞ니 원슈의 신춍과 명견이 엇지 구체로ᄡᅥ 닌봉을 ᄃᆡᄒᆞ여시며 ᄉᆞ셕으로ᄡᅥ 명쥬ᄅᆞᆯ 밧고아시믈 아지 못ᄒᆞ리라 ᄒᆞ리오 부ᄌᆞ의 엄노를 상상ᄒᆞᄆᆡ 격간이 열ᄒᆞ여 녈홰 치셩ᄒᆞ니 이의 밋쳐ᄂᆞᆫ ᄌᆞ긔 아모곳의 밋ᄎᆞ믈 아지 못ᄒᆞ나 다만 밋ᄂᆞᆫ 바는 냥자의 대효를 힘닙어 거죄 대단ᄒᆞ기의 느리지 아닐 듯ᄒᆞ더니 냥ᄌᆡ 다 변ᄉᆡ 진류 소임으로 도라오지 못ᄒᆞ믈 드ᄅᆞ

ᄆᆡ 청뎐의 벽녁이 ᄂᆞ리ᄂᆞᆫ 듯 간포악심이 일시의 ᄂᆡ곳치 ᄉᆞ라지고 ᄌᆡ곳치 ᄉᆞ히니 (권43)[13]

작품을 읽다보면 오히려 여유로운 쪽은 정인성이며 그를 괴롭히는 소교완이 더 고통을 당하고 있다는 인상을 받게 될 정도로 그녀의 처지는 절박하다. 사실 정인성은 과거를 통해 관직에 나아가 높은 사회적 지위를 이미 누리고 있다.[14] 더구나 정잠을 비롯해 집안 식구들 모두에게 처음부터 경계와 의심을 받고 있는 상황에서, 소교완의 운명은 오히려 정인성이 쥐고 있다고 보아야 할 것이다. 힘에 부치는 일인 줄 알면서도 결사적으로 정인성에 대하여 모해를 거듭하는 소교완의 상태는 '정신장애상태'라고까지 진단된 바 있거니와,[15] 이는 그녀가 실상 가문 내에서 소외된 약자의 처지임을 여실히 보여준다. 표면적으로는 소교완이 가해자이고 정인성이 피해자인 듯하지만 실상은 그 반대일 가능성이 농후한 것이다. 실제로 다음과 같은 대목을 보면, 정씨 가문 사람들이 소교완의 허물을 알면서도 말하지 못하는 것은 오로지 정인성이 이를 기뻐하지 않기 때문이라는 데서 알 수 있는바 소교완의 처지가 정인성에게 매여 있음을 짐작하게 된다.

좌위 ᄉᆡ로이 앙복 긔경ᄒᆞ여 소부인 불인 간교ᄒᆞ미 ᄋᆞ모 곳의 밋쳐셔도 이 ᄌᆞ제가 잇난 ᄇᆡ의 그 모부인 허물을 감히 이ᄅᆞ지 못ᄒᆞᆯ지라 늠연한 지의를 일좨 관지의 거샹ᄌᆡ 송연ᄒᆞ고 ᄌᆡᄒᆞᄌᆡ 츅쳑ᄒᆞ여 향ᄒᆞᆯ 바ᄅᆞᆯ ᄋᆞ지 못

13 김진세 역주, 『완월회맹연』 10, 서울대학교 출판부, 1994, 172쪽.
14 이를테면 정인성이 소교완의 뜻에 따라 아내인 이부인에게 무고하게 죄를 물으려 하자 태부인과 정삼은 만류하지만, 정인성이 고집을 부리자 슬퍼하면서도 그 뜻을 따라주었던 일을 예로 들 수 있다(권6: 259~260쪽).
15 이현주, 앞의 논문, 103~104쪽.

ᄒᆞ니 일신이 도시 담이오 변설이 의진 갓트여도 그 열치 아닌난 바를 식어의 빗최지 못ᄒᆞ난 고로 일가 졔인이 여러 셰월의 ᄒᆞᆫ결갓치 말이 업ᄉᆞ미라(권86)[16]

도덕적으로도 소교완은 악인으로만 단정하기 어려운 인물이다. 그녀는 정씨 가문에 시집오자마자, 남편으로부터 '혹 친아들이 아니라는 이유로 정인성을 해치는 것은 아닌가' 하는 경계를 받게 된다. 친정에서는 막내딸로 부모의 사랑을 독차지하며, '텬딜이 탁월ᄒᆞ며 ᄉᆡᆨ모 담염이 쳔고ᄅᆞᆯ 기우려도 듯히 못ᄒᆞᆫ ᄇᆡ'요 '셩힝이 총명 영달ᄒᆞ여 ᄇᆡᆨ시 인뉴의 특이'(권3)하다고 칭찬받던 소교완으로서는 시댁에서의 답답하고 우울한 생활이 견디기 어려웠음을 짐작할 수 있다.[17] 그녀는 친정아버지의 결정에 따라, 젊은 나이에 정잠의 후처로 올 수밖에 없었던 여성으로서의 처지 자체를 원망한다.

세간의 녀ᄌᆡ되오미 진실노 괴롭고 어려오믈 ᄭᆡ닷ᄂᆞ니 네 어미 비록 셩문의 승당 입실ᄒᆞᄂᆞᆫ 덕량이 업ᄉᆞ나 만일 남ᄌᆡ 되어던들 한됴의 고역후와 강좌의 쥬공근은 굿타여 불워 아니리니 거의 졔갈무후의 기ᄌᆡᄃᆡ국이라도 ᄯᆞᆯ와 ᄇᆡ호기의 밋ᄎᆞᆯ지라 그 므어시 진치 못ᄒᆞ여 소시를 흥긔ᄒᆞᆯ 착ᄒᆞᆫ 되지 못ᄒᆞ고 믄득 여ᄌᆞ 되ᄆᆡ ᄯᅩ 병도이 남 갓지 못ᄒᆞ여 교목을 낫초고 부귀를 굴하여 이팔지셰의 이모 당부를 우ᄒᆞᄆᆡ 젼ᄉᆞᄅᆞᆷ의 ᄌᆞ최를 니은 후 ᄉᆞᄅᆞᆷ의 구구ᄒᆞᆷ과 셔어ᄒᆞ믈 겸ᄒᆞ여 측쳑무광ᄒᆞ고 불쾌ᄒᆞ미 극ᄒᆞ거ᄂᆞᆯ 네 부친이 날을 초두부터 어지리 아니코 연고 업시 의심을 두어 닌셩 남ᄆᆡ를 구구

16 김진세 역주, 『완월회맹연』 6, 서울대학교 출판부, 1994, 214쪽.

17 이현주는 소교완은 후처로 정씨 가문에 처음 들어올 때부터 가문에서의 위상이 불분명하였으며, 그로 인해 가문 내에서 자신의 존재감을 찾고자 하는 강박증에 이끌려 행동하게 되었다고 분석한 바 있다. 이현주, 앞의 책, 75쪽 및 103~104쪽 참조.

계렴ᄒᆞ미 진실노 쥬을들ᄆᆡ 갓갓오니 ᄂᆡ ᄯᅩᄒᆞᆫ 마음을 결ᄒᆞᆫ ᄇᆡ 잇셔 하날을 ᄃᆡᄒᆞ여 군후의 닌셩 귀즁ᄒᆞ믈 헛곳의 도라보ᄂᆡ여 졍시 종통으로써 긔ᄌᆞ 쇼ᄉᆡᆼ이 밧들이 업고ᄌᆞ ᄒᆞ므로 젼후ᄉᆡ 어질고 덕되믈 엇지 못ᄒᆞ여 홍교 극 악ᄒᆞ믈 면치 못ᄒᆞ니 (권68)[18]

위의 대목은 소교완이 친아들인 인중 역시 자신과 마찬가지로 정인성 부부를 모해하고 있음을 알게 된 뒤, 아들의 악행에 한편 놀라면서도 그것이 모두 자신의 운명이라고 탄식하고 있는 부분이다. 인용문에 잘 나타나 있듯이 소교완은 자기 뜻과는 상관없이 정잠의 후처가 되어서 부당한 대우를 받는 것에 대해 억울함과 서러움을 표명하고 있다. 이런 점을 고려하면, 친아들 인중을 정씨 가문의 후계자로 세우려 한 것은 단순한 욕심이 아니라 피해의식을 보상받고자 하는 심리에 의해서라고도 볼 수 있다. 더욱이 쌍둥이 아들을 낳자마자 그중 하나를, 그것도 더 빼어난 아이를 남편의 사촌에게 빼앗기다시피 양자로 보내야 했던 소교완으로서는 하나 남은 친아들인 정인중을 통해 가문에서 자신만의 확고한 자리를 가져보고자 하는 욕망을 갖는 것도 무리는 아니었다고 볼 수 있다. 그녀의 행동은 단지 핏줄에 대한 사사로운 욕심만으로는 설명하기 어려운 복잡한 심리에 의해 추동되고 있다.[19]

이밖에도 소교완의 심정은 〈완월회맹연〉 곳곳에서 그녀 자신의 목소리로 토로되고 있다. 자신에게 진심으로 효를 행하는 정인성에게 미안함을 느껴 내적으로 갈등하기도 하며, 그러다가도 또 마음을 모질게 먹고

---

18 김진세 역주, 『완월회맹연』 5, 서울대학교 출판부, 1994, 288~289쪽.

19 정병설은 소교완의 악행이 죽은 전처와 계속해서 비교당하는 가운데 쌓인 열등감 때문이라고 보고, 그녀를 단순히 종통에 대한 욕심에 사로잡힌 악인으로만 보아서는 안 된다고 주장한 바 있다. 정병설, 앞의 책, 92~97쪽 참조.

정인성을 괴롭히는 소교완의 심리를 독자들은 작품 곳곳에서 접할 수 있다. 그런 점에서, 친아들을 위해 정인성을 몰아내려 애쓰는 소교완의 모습은 단순히 가문의 시각에서 악행으로만 묘사되고 있다고는 볼 수 없다. 소교완이란 인물은 한편으로는 가문의 질서에 위협을 가하는 악인으로 그려지지만, 개인적인 처지만 놓고 볼 때는 오히려 피해자처럼 그려지기도 하기 때문이다. 이런 상황과 관련지어 천상계 전생담의 의미를 해석해 보면, 자유로운 한 개인으로서 자신의 욕망에 따라 행동하던 경하용녀의 주체적인 삶이 지상계 부계 중심 가문 질서 하에서 심한 질곡을 당하고 있다고 생각할 수 있다.[20]

또한 소교완을 친모처럼 섬기는 정인성도 실상은 친부모에 대해 특별한 정을 감추지 못하는 평범한 인간일 뿐이다. 예컨대 나랏일로 먼 길을 떠날 때면 항상 친부모와 애틋한 감정을 나누는 것을 볼 때 정인성도 어쩔 수 없는 인간이며 가문에 대한 소속감 이전에 혈연 가족에 대한 자연스러운 감정적 욕구를 지니고 있는 존재임을 알 수 있다.

> 시시의 정쳐ᄉᆞ 운계선ᄉᆡᆼ이 다시 형당의 말삼 업ᄉᆞ믈 보고 시랑을 ᄂᆞ호여 금이(衿裏)의 포화ᄒᆞᄆᆡ 강보아ᄅᆞᆯ 품의 품음 갓타니 시랑이 감은 황공ᄒᆞ여 도로여 몸을 편히 쉬우디 못ᄒᆞ니 부ᄌᆞ의 유유한 졍과 텬뉸의 무한한 정을 어ᄃᆡ 비ᄒᆞ리오 시랑이 가마니 눈물을 ᄂᆞ리와 잠을 일우디 못ᄒᆞ며 원

20 이러한 소교완의 이중적 형상은 비슷한 내용을 다룬 〈엄씨효문청행록〉의 최부인과 비교해 볼 때 보다 분명히 드러난다. 최부인은 남편에게 사랑받으며 한 가문의 총부로 확고한 지위를 누리고 있음에도 불구하고 양자인 엄창을 모해하는, 전형적인 악인으로 그려진다. 반면 입후자인 엄창은 친부모와 멀리 떨어져 최부인에게 일방적으로 해를 당하기만 하는 피해자다. 즉 〈엄씨효문청행록〉에서는 인물 간의 갈등이 단일하고 명료한 선악 구도를 띠고 전개됨에 따라, 천상계-지상계가 대립적 구도를 형성하지 못한다. 즉 〈엄씨효문청행록〉에서 천상계는 악인인 최부인을 벌하고 선한 엄창을 보호하는 역할을 수행할 뿐이다.

별의 결연ᄒᆞ믈 능히 참디 못ᄒᆞ더라 (권41)[21]

시랑이 ᄇᆡ이슈명ᄒᆞ고 이의 부공을 뫼셔 취루의 안침ᄒᆞ심을 보온 후 다시 부친과 이숙의 침슈를 살피고 비로셔 ᄐᆡ젼의 드러가니 왕모ᄂᆞᆫ 님의 취침ᄒᆞ시ᄃᆡ 모친은 안ᄌᆞ 계신디라 이의 침구를 베퍼 안휴ᄒᆞ시믈 청ᄒᆞ며 스스로 모친 손을 밧들고 무릅ᄒᆡ 머리랄 더혀 갈오ᄃᆡ

"소ᄌᆡ 이제 슬ᄒᆞ를 써나오ᄆᆡ 도라오미 명년이 되올듯ᄒᆞ오ᄃᆡ ᄌᆞ위 소ᄌᆞ를 ᄉᆡᆼ각ᄒᆞᄉᆞ 구구상념ᄒᆞ실 ᄇᆡ를 ᄉᆡᆼ각ᄒᆞ오니 쇼자의 심회 일시나 편ᄒᆞᆯ ᄯᆡ 잇ᄉᆞ오리잇가 슈연이나 두 아이 인효ᄒᆞ며 당슈와 소슈 숙현ᄒᆞ와 봉시 감탕이 근심이 업ᄉᆞ올디라 ᄌᆞ위 심ᄉᆞ를 널이ᄒᆞᄉᆞ 소ᄌᆞ로ᄡᅥ 성녀의 거리ᄭᅵ디 마ᄅᆞ시고 셩휘 안강ᄒᆞᄉᆞ 소ᄌᆡ 만니의셔 ᄇᆞ라ᄂᆞᆫ ᄇᆞᄅᆞᆯ 져바리디 마르소셔"

설파의 모친 팔을 달호며 유유ᄒᆞᆫ 졍을 니긔디 못ᄒᆞᆫ니 부인이 날호여 당복을 탈ᄒᆞ고 벼개의 ᄂᆞ아갈ᄉᆡ 스ᄉᆞ로 ᄋᆞᄌᆞᄅᆞᆯ 겻ᄐᆡ 누으믈 일으며 ᄯᅩ한 무빈을 어로만져 (…)[22]

양부이자 큰아버지인 정잠과 함께 원정을 떠나기 며칠 전, 정인성은 위의 인용문에서처럼 친어머니와 그간 쌓여온 정을 나누며 밤을 샌다. 이와 같은 혈육 간의 특별한 감정이란 인간에게 없을 수 없는 것임을 생각한다면, 천상계 태을성의 자유분방하고 거침없는 행위에서도 암시되었듯이 정인성도 전적으로 가문의식으로 무장한 이념적 인간이라고만 보기는 어렵다. 요컨대 정인성과 소교완은 얼핏 보기엔 피해자와 가해자, 선인과 악인으로 그 인품이 대조를 이루는 듯하지만, 실상은 그처럼 분명하지 않다고 할 수 있다.

---

21 김진세 역주, 『완월회맹연』 3, 서울대학교 출판부, 1994, 353~354쪽.

22 위의 책, 같은 부분.

4. 가문소설의 향유 맥락과 천상계의 의미

17세기 후반 〈창선감의록〉과 〈사씨남정기〉가 창작되고 국문 · 한문을 아울러 많은 이본을 파생하며 널리 읽힌 이래로, 가문소설은 상층 여성 독자들에게 상당한 인기를 얻으며 활발히 유통되었다. 특히 〈완월회맹연〉 등 몇몇 작품들은 17세기 말 내지 18세기 초엽 사대부 가문의 여성이 직접 창작한 작품으로 인정되고 있어 가문소설에 대한 상층 여성 독자들의 호응을 실감케 한다. 그러므로 이들 작품에 나타난 천상계 또한 당시 상층 여성 독자들의 현실 인식과 관련하여 그 의미를 살펴보아야 할 것이다.

앞에서 살펴보았듯이, 가문소설에서 모계 중심의 혈연 가족과 부계 중심 가문의 논리가 상충하는 것은 상당히 중요한 문제다. 결국은 후자의 질서에 의해 모든 갈등이 해결되며, 모계 혈연의 가깝고 멂보다 더 중요한 것은 부계 가문의 종법 질서임이 작품의 주제로 부각되지만 그 과정은 간단치 않았다. 선인이든 악인이든, 혈연 간의 자연스러운 감정을 배제하고 가문의 규범과 논리에 순응하는 것이 얼마나 힘든 일인지가 상세히 묘사되는 것은 가문소설의 지향이 단지 부계 가문의식의 강화에만 있지 않다는 점을 알게 해 준다.

17세기 이후 사족 여성의 생활문화에 대한 기존의 연구에서 밝혀져 왔듯이, 부계 중심 가문 질서의 확립이 반드시 여성의 주체성 상실이나 약화를 의미하는 것은 아니었다. 여성은 가부장제에서 요구되는 미덕들을 수용하고 내면화하면서도, 한편 남성의 조력자이자 조언자로서 주체적인 역할을 수행하였으며 특히 경제 활동에 있어서는 주도적인 역할을 담당하기도 하였다.[23] 표면적인 가문의 질서는 남성 가부장을 중심으로 움직이는 것이었으나, 그것을 지탱하고 운용하는 주체로서 여성의 역할은 상당하였던 것이다. 이러한 상황 속에서 어머니를 구심점으로 하는, 모계를 중심으로 한 가족관계가 가부장제 하에서도 상당한 영향력을 발휘하였으리라는 점을 예측할 수 있다.

여러 대를 걸쳐 조직화된 부계 가문 내에서, 어머니와 어린 자녀들의 관계만으로 시작되는 모계 가족의 존재는 상대적으로 미미한 것일 수밖에 없었을 것이다. 하지만 자녀들이 성장함에 따라 그들과 친밀한 감정적 유대를 맺고 있는 어머니의 존재는 점점 더 부각될 수 있었고, 이것이 가문의 내적 질서를 이른바 '자궁가족' 중심으로 개편하는 힘이 되었으리라 볼 수 있다.

울프(Wolf, M., 1972)가 주장하였듯이 동아시아의 부계 중심 가문 안에는 모계 혈연 중심의 '자궁가족(uterine family)'도 함께 존재한다.[24] 부계 중심 가문의 관점에서만 보면 시가에서 여성의 삶이란 수동적이기만 한 것 같지만, 자궁가족의 관점에서 보면 그렇지도 않다는 것이 울프의 분석이다. 혈연으로 맺어진 모자(母子) 중심의 자궁가족은 부계 중심의 가문 질서에 노골적으로 저항하지는 않지만 내적으로 그 질서에 균열을 가한다. 여성은 표면적으로는 남편과 시부모에게 순종하면서도, 한편으로는 자신이 낳은 아이들과 강한 유대 관계를 유지함으로써 자신의 입지를 넓혀가며 그리하여 아들이 장성한 후에는 남편을 배제하고 가문의 가장 강력한 권

---

23 17세기 사족 여성들이 가문 구성원들의 기대 속에 높은 수준의 교육을 받으며 성장하였고, 출가 후에도 가정 경제활동의 주축을 담당하는 한편 자녀교육이나 남편에 대한 조언 등을 통해 간접적으로 활발한 사회 참여 활동을 전개하였던 것으로 알려져 있다. 관련 논의로는 황수연, 「17세기 사족 여성의 생활과 문화－묘지명, 행장, 제문을 중심으로」, 『한국고전여성문학연구』 6집, 한국고전여성문학회, 2003, 161～192쪽과 강혜선, 「조선 후기 사족 여성의 경제활동과 문학적 형상화 양상」, 『한국고전여성문학연구』 24집, 한국고전여성문학회, 2012, 189～219쪽 참조.

24 Wolf, M., *Woman and family in rural Taiwan*, Stanford University Press, 1972, pp.32～41.

력자로 부상하게 된다는 것이다. 이러한 '자궁가족'은 한국의 경우에도 존재했던 것으로 생각된다. 큰아들에 대한 편애, 순종적인 며느리상 등은 물론 부계 가문의 논리로도 설명될 수 있는 것이지만 더 근본적으로는 후일에 자신을 가장 강력하게 지지하고 보호해 줄 자식과 독점적인 애착관계를 형성하기 위한 여성의 무의식적 전략으로 설명된다.[25]

더욱이 조선 중기까지만 해도 부계 중심의 가문 질서는 그 기반이 불안정한 상태였음을 감안하면, 이후에도 혈연 중심의 자궁가족의 존재를 쉽게 무시하기 어렵다. 이종서(2009)가 지적하였듯이 16세기까지만 해도 '큰어머니', '작은어머니'라는 단어는 존재하지 않았다.[26] '큰아버지'나 '작은아버지'도 '외삼촌'과 마찬가지로 '아자비'로 통용되었고, 그 부인 역시 '아자비의 처'로 불리었던 것이다. 그러나 부계 중심의 가문 질서가 확산되면서 '어머니'는 혈연상의 어머니가 아닌 '아버지의 처'로 그 의미가 달라지게 되었고, 이에 따라 아버지 형제의 부인이 어머니에 버금가는 존재로 자리매김하게 되었다고 한다. 이는 실제로 자신을 낳아준 사람만을 어머니로 칭하던 이전의 관습으로는 이해할 수 없는 현상이다. 이런 상황에서 계모나 양모에게 어머니로서의 권위와 의무를 인정하기란 실제로 쉽지 않은 일이었다고 할 수 있다. 이종서가 지적하고 있듯이 조선후기 수많은 계모형 고전소설을 이러한 상황을 배경으로 삼고 있다.

그러나 혈연으로 맺어진 자궁 가족만을 가족으로 인정하는 관습이 이어지고 있는 가운데서도 성리학적 종법 질서에 따라 부계 중심의 가문 질서를 공고히 하려는 노력은 계속되었고, 여러 세대의 혈연 가족이 동거

---

25 임돈희, 여성학교재편찬위원회 편, 「여성과 가족관계」, 『여성학의 이론과 실제』, 동국대학교 출판부, 1990, 368~369쪽.

26 이종서, 『고려 · 조선의 친족용어와 혈연의식』, 신구문화사, 2009, 248~253쪽 참조.

하는 형태의 '오세동당(五世同堂)'이 이상적인 가문의 형태로 추구되기도 하였다.[27] 팔촌까지의 부계 친족은 서로 복상의 의무를 진다는 '오복(五服)'이 제도화된 것도 같은 맥락이다. 현실적으로는 조부모 이하 삼대가 함께 사는 것이 인정되었지만, 그럼에도 불구하고 동고조 친족집단 전체를 '집안'이라 부르면서 그 하위의 개별 가족을 '큰집', '작은집' 등으로 표현하는 등 가문을 하나의 집단으로 간주하는 관점은 확고히 자리잡게 되었다. 장자를 중심으로 종법 질서는 이러한 일가의 단합과 조직화를 꾀하는 데 있어서 핵심적인 것이라 하겠다.

친자, 양자를 막론하고 가장 뛰어난 아들에게 적장자의 자리를 넘겨주고 싶어 하는 〈완월회맹연〉의 정잠은 이러한 가문 중심 세계관을 다소 과장하여 표현하고 있는 인물들이다.[28] 정잠은 친아들보다 양자인 인성을 더 아끼며, 친아들이라도 가문의 명예를 훼손할 위험이 엿보이면 미워하고 거리를 두기에 주변 사람들에게 인정이 박절하다는 평을 듣곤 한다. 동생인 정삼 또한 형의 그러한 가치관을 잘 알기에 아들이 양모와의 갈등으로 고생하고 있는 줄 알면서도 모른 체한다. 나아가 정씨 가문의 모든 구성원들은 혈연의 가깝고 멂을 따지지 않고 한 가족처럼 지낸다. 그리하여 '돈목하는 졍이 엇지 동긔와 죵형뎨며 직죵이물 간격ᄒᆞ리오', '동복남ᄆᆡ 안이물 ᄭᅢ닷지 못ᄒᆞᆯ 분 아니라', '친ᄉᆡᆼ이며 아니믈 모르는디라'와 같은

27 최홍기, 『한국 가족 및 친족제도의 이해–전통과 현대의 변화』, 서울대학교 출판부, 2006, 39~41쪽 및 66~73쪽 참조.

28 『경국대전』 등 법조문에는 종가에 아들이 없을 경우 아우의 아들들 중 맏아들이 아닌 사람을 입후할 수 있다고 규정하였으나 〈완월회맹연〉 등 가문소설에서는 이러한 원칙에서 벗어나 아우의 장자를 형의 양자로 삼으며, 항렬이나 나이보다도 가문을 창달할 수 있는 능력을 입후의 가장 중요한 기준으로 제시하는 등 한층 더 강고한 가문주의적 사고를 나타낸다고 한다. 장시광, 「대하소설의 여성과 법–종통, 입후를 중심으로」, 『한국고전여성문학연구』 19집, 한국고전여성문학회, 2009, 147~148쪽 및 153~154쪽 참조.

말을 작품에서 수시로 접할 수 있다.

그러나 그런 가운데서도 혈육의 정은 특별한 것으로 묘사되며, 작품 곳곳에서 여러 인물들을 통해 강조된다. 계모에게 순종하면서도 돌아가신 어머니를 그리워하는 정월염, 사촌형제에게 입양 보낸 뒤 오랜만에 만난 친아들 인웅을 어루만지며 사랑하는 정잠의 모습 등에서 이를 확인할 수 있다. 더없는 효자인 정인성도 혈연에 대해서는 애틋한 감정을 가지고 있는 평범한 인간일 뿐이다.

천상계의 존재는 이러한 혈연 가족, 자궁 가족의 존재를 암시하는 의미를 지닌다. 천상계 전생담에서 소교완과 정인성은 서로 반감을 품고 있으면서도 문창성과의 인연으로 인해 어쩔 수 없이 한 가족으로 살게 되었다고 설명된다. 정인성은 소교완을 '아버지의 처'로서 어머니로 인정할 수밖에 없지만, 아무리 노력해도 혈연으로 맺어지지 않은 소교완이 정인성의 진짜 어머니가 될 수는 없는 노릇이다. 정인성이 태을성의 후신으로서 갖추고 있는 훌륭한 인품과 기질이 오히려 소교완의 화를 돋우며 소교완과의 관계를 악화시킨다는 점은 이들 모자 관계의 본질적인 한계를 잘 보여준다.

이런 점에서 〈완월회맹연〉에 나타난 이원적 서사세계는 상층 사대문가의 여성 독자들이 경험하고 있었을 분열된 현실을 형상화하고 있다. 지상계가 부계 가문 중심의 세계라면, 천상계는 그러한 가문 중심의 선악 구도가 강요되기 이전의 자연스러운 감정과 욕망이 인정되는 세계다. 이 두 세계는 노골적으로 충돌하지는 않지만 묘한 긴장 관계를 형성한다. 부계 가문이 지향하는 가치와, 자연스러운 혈연 중심의 감정과 욕망에 입각한 가치는 표면적으로는 일치하기 때문에 양자는 공존할 수 있었다. 그러나 후자는 전자가 표방하는 가치가 그리 공고하고 절대적인 것은 아님을 주장하며, 전자는 다시 후자를 억압하고 부정하다는 점에서 둘의 공존은 근본적인 균열을 함축하고 있다.

부계 가문 질서가 자리를 잡아가는 과정이었던 17세기 말~18세기 초의 사회적 맥락을 고려할 때, 상층 여성 독자들이 가문 내에 공존하는 두 가지 상이한 질서의 긴장과 대립을 다룬 가문소설 작품들에 관심을 가졌음은 자연스러운 결과라고 생각된다. 특히 〈완월회맹연〉은 이원적 세계관을 통해 이러한 규방 여성의 현실을 명료하게 형상화한 작품이다. 지상계가 일상적·규범적으로 통용되는 부계 가문 중심의 세계를 보여준다면, 천상계는 그에 포섭되지 않는 욕망과 감정의 세계를 형상화함으로써 당대 현실을 총체적·역동적으로 인식할 수 있게 해 준다. 문학 작품의 가치는 세계에 대한 전체적이고도 명확한 인식을 가능케 해 주는 데 있음을 생각한다면, 당대의 여성 독자들에게 〈완월회맹연〉은 그들 자신의 관점과 목소리로 현실 세계를 인식하고 그에 대해 소통할 수 있는 소중한 계기를 제공해 주었으리라고 여겨진다.

가문소설이라는 장르 자체가 영웅군담소설과는 달리 상층의 향유물로서 보수적 규범의식을 표방하는 만큼, 모든 작품들이 이원적 세계관을 통해 가문의식의 분열이나 가문 내 갈등의 심층을 조명하고 있으리라고는 기대할 수 없다. 천상계 또한 그 표면적인 기능은 어디까지나 가문을 수호하려는 선인들을 보호해 주며 그들을 해하려 하는 악인들의 횡포를 막아주는 데 있다. 다만 말할 수 있는 것은 그러한 가운데서도 가문 이데올로기의 본질적인 모순과 한계는 어떻게든 드러나게 마련이며, 그것이 천상계라는 상상적 세계의 이면적 작용을 통해 확인될 수 있다는 점이다.

5. 결론

고전소설, 특히 국문소설의 이원적 세계관은 이념적 당위를 정당화하고 지배 체제를 공고히 하기 위한 기제로 작용한다고 설명되곤 한다. 그러나 본고에서는 지상계와 천상계의 이질성과 대립 관계에 좀 더 주목하여, 두 세계를 통한 현실의 총체적 형상화 양상을 살펴보고자 시도하였다. 즉 천상계의 존재는 지상계의 일상적이고 규범화된 공간에서는 드러내놓고 인식할 수 없는 세계의 억압된 차원을 보여주기 위한 방편일 수 있다고 보고, 〈완월회맹연〉에서 그 구체적 양상과 의미를 탐색해 보았다.

하나의 현실이 규범적 차원에서 인식되는 동시에 그에 대항하는 새로운 관점에서도 포착될 수 있을 때, 세계의 분열된 상태를 총체적으로 인식하기 위한 장치로서 이원적 세계관이 출현할 수 있다. 특히 사회가 급격히 변화하는 시기에, 기존의 가치와 충돌하는 새로운 가치의 출현은 문학 작품에서 선구적으로 포착될 수 있다. 논리적 차원에서는 아직 개념화되지 않은 새로운 현상도 문학적 형상으로는 수용될 수 있기 때문이다. 그리하여 〈완월회맹연〉에 나타난 이원적 세계관은 부계 가문의 질서와 모계 혈연의 논리가 충돌하면서도 공존하였던 17세기 말~18세기 초의 규방 현실을 총체적으로 형상화하는 의미가 있다고 보았다.

참고문헌

김진세 역주, 『완월회맹연』 1~12, 서울대학교 출판부, 1994.

김진세 외 역, 『엄씨효문청행록』, 한국정신문화연구원, 1983.

송성욱, 「17세기 소설사의 한 국면－〈사씨남정기〉, 〈구운몽〉, 〈창선감의록〉, 〈소현성록〉을 중심으로」, 『한국고전연구』 8집, 한국고전연구학회, 2002, 265～266쪽.

이종서, 『고려 · 조선의 친족용어와 혈연의식』, 신구문화사, 2009, 248～253쪽.

이현주, 『완월회맹연 연구』, 영남대학교 박사학위논문, 2011, 75～104쪽.

임돈희, 여성학교재편찬위원회 편, 「여성과 가족관계」, 『여성학의 이론과 실제』, 동국대학교 출판부, 1990, 368～369쪽.

장시광, 「대하소설의 여성과 법－종통, 입후를 중심으로」, 『한국고전여성문학연구』 19집, 한국고전여성문학회, 2009, 147～154쪽.

정병설, 『완월회맹연 연구』, 서울대학교 박사학위논문, 1997, 92～97쪽, 162～186쪽.

정창권, 「〈완월회맹연〉의 여성주의적 상상력」, 『고소설연구』 5집, 한국고소설학회, 1998, 245～270쪽.

최홍기, 『한국 가족 및 친족제도의 이해－전통과 현대의 변화』, 서울대학교 출판부, 2006, 39～73쪽.

한길연, 「〈완월회맹연〉의 여성 관련 희담(戱談) 연구－남성 희담꾼 "정염"과 여성 희담꾼 "상부인" 간의 희담을 중심으로」, 『한국고전여성문학연구』 25집, 한국고전여성문학회, 2012, 273～310쪽.

______, 「〈완월회맹연〉의 정인광－폭력적 가부장의 "가면"과 그 "이면"」, 『고소설연구』 35집, 한국고소설학회, 2013, 27～64쪽.

Wolf, M., *Woman and family in rural Taiwan*, Stanford University Press, 1972, pp.3～41.

제2장

<엄씨효문청행록>의 모자 관계 형상화 양상과 그 의미

1. 서론

가문소설 중에는 입후로 인해 발생하는 양모와 양자 간의 갈등 문제를 다룬 작품들이 존재한다. 뒤늦게 태어난 친생자에게 가문의 후계자 지위를 넘겨주기 위해 입후자를 박해하는 양모를 입후자가 지극한 효성으로 감화한다는 것이 그 공통된 내용이다. 이에 해당하는 작품들로는 〈엄씨효문청행록〉, 〈성현공숙렬기〉, 〈완월회맹연〉을 들 수 있다. 이들 작품들에서는 공통적으로, 친생자를 우선시하는 양모의 음해가 실패로 돌아가며 정통론적 원칙에 입각하여 세워진 입후자의 지위가 굳건히 유지된다.

선행연구에서는 이상의 세 작품에 반영된 입후 제도의 특징에 주목하여 작품들 간의 의식적 선후관계를 구명한 바 있다. 이에 따르면 〈엄씨효문청행록〉은 다른 두 작품들에 비해 상대적으로 더 앞선 시기의 입후 관습을 반영하는 작품이다. 즉 이 작품은 입후자의 파양 가능성이 언급된다든지, 입후자에 대한 친부모의 발언권이 드러난다는 점에서 정통론적 종법주의가 아직 불안정한 상태에 있음을 보여주는 작품이라 할 수 있다.[1]

실제로 작품을 읽어보면, 〈엄씨효문청행록〉은 다른 두 작품과는 변별되는 특이한 점들이 상당히 많다. 예컨대 다른 두 작품과는 달리 〈엄씨효문청행록〉에서는 뒤늦게 태어난 친생자가 선한 인물로 그려질 뿐 아니라 가문 내 갈등 해소 과정에서도 중요한 역할을 한다. 반면 입후자는 그 정신적・신체적 고통이 상세하게 그려져, 가문의 후계자다운 비범함보다는 평범한 한 인간으로서의 연약함이 부각되는 경향을 보인다. 아울러 이들이 각자의 친모에 대해 안타까움이나 그리움의 감정을 선명하게 드러낸다는 점도 다른 작품들에서는 찾아보기 어려운 〈엄씨효문청행록〉만의 특징이다. 이러한 특징들을 고려할 때, 〈엄씨효문청행록〉은 비슷한 문제를 다루고 있는 다른 작품들과의 변별점들을 중심으로 보다 섬세하게 그 서술시각과 주제의식이 분석될 필요가 있다.

선행연구에서는 〈엄씨효문청행록〉을 대체로 종법주의적 가부장제를 지향하는 주제의식을 담고 있는 작품으로 파악해 왔다. 조광국(2004)은 이 작품이 가부장 절대 존중 의식, 가문간 불간섭 원칙 등을 통해 벌열가부장제 의식을 구현하였다고 판단하였다. 후계자를 세우는 데 있어 가부장의 의견이 절대적으로 존중되며 그 권위에 도전하는 부인의 시도는 결국 징치를 당한다는 점, 가문 구성원들이 좀처럼 가부장의 잘못을 드러내려 하지 않으며 가부장의 위신과 체면을 중시한다는 점, 한 가문의 일은 해당 가부장의 고유한 관할로 여겨 사회적 지위가 더 높은 친인척이라 해도

1 이현주(2012)에 의하면 〈엄씨효문청행록〉이 입후 시 동종의 장자는 양자로 삼지 않고, 입양 후 파양 가능성이 거론되는 등 16세기의 입후 제도와 관습을 반영하는 반면 동종의 장자를 입후하는 〈성현공숙렬기〉나 〈완월회맹연〉의 작중 상황은 18세기 이후의 입후 제도에 보다 가깝다. 한편 장시광(2009)은 〈완월회맹연〉, 〈성현공숙렬기〉에 나타난 계후갈등 양상을 분석하면서 '아우의 장자를 입후하고 국가에 계후를 고하는 절차도 생략하는 등 가부장의 권한이 상당히 강화된 시기의 현실이 반영되어 있다고 지적하였다.

함부로 간섭하지 않는다는 점 등에 주목한 것이다.[2] 이는 분명 〈엄씨효문청행록〉이 종법주의에 기반을 둔 가부장제를 지향하는 작품임을 보여주는 증표들이다. 하지만 거시적으로 볼 때에는 그러한 판단이 적확할지라도, 구체적인 인물 형상화나 서사 전개에서는 그와 상반되는 측면들도 적지 않다. 이 작품만의 특징적인 주제의식을 보다 심층적으로 구명하기 위해서는 그러한 세부적 특질들에 좀 더 주목할 필요가 있다고 본다.

한편 박영희(2001)는 〈엄씨효문청행록〉이 '혈통론에 대한 정통론의 승리'를 형상화했다고 보면서도, 혈통론적 가부장권 계승을 주장하는 최부인의 형상이 단순한 악인으로만은 보기 어려운 복합성을 띤다는 점을 지적하였다. 가문 내에서 일정한 지위에 도달하기 위해서는 친생자에게 의존할 수밖에 없었던 당대 여성들의 처지로 미루어볼 때 최부인은 공감할 만한 인물형이라는 분석이다.[3] 이는 친모자 관계에 대한 복합적 시선이 이 작품을 분석할 때 반드시 짚어보아야 할 중요한 지점임을 말해 준다.

본고에서는 이상 선행연구의 성과를 토대로, 정통론적 종법주의를 지향하는 전체적인 서사전개의 틀 가운데서 혈연상의 친모자 관계가 어떻게 형상화되는지, 그리고 그 의미는 무엇인지를 분석해 보고자 한다. 이를 위해, 먼저 〈성현공숙렬기〉나 〈완월회맹연〉과 비교하여 〈엄씨효문청행록〉의 변별적인 인물 형상들을 짚어본 뒤 이로 인해 양모·양자 관계나 친모·친자 관계가 어떤 양상을 띠게 되는지를 살펴보도록 하겠다. 이어서 작품에 거시적으로 서사구조를 통해 드러나는 주제의식과, 보다 세부적인 인물 형상화 및 서사전개에서 드러나는 서술시각을 비교해 보고

2 조광국, 「〈엄씨효문청행록〉에 구현된 벌열가부장제」, 『어문연구』 32(2), 한국어문교육연구회, 2004, 244~247쪽.

3 박영희, 「〈엄씨효문청행록〉에 나타난 갈등양상과 의미」, 『어문연구』 29(2), 한국어문교육연구회, 2001, 143~144쪽.

양자의 관계를 통해 이 작품의 주제의식과 서술시각을 입체적으로 고찰하는 것이 본고의 목표이다.

2. <엄씨효문청행록>에 나타난 모자 관계의 특징

1) 양모·양자 관계

무엇보다도 이 작품은 양모의 가문 내 지위 면에서 다른 작품들과 변별된다. 엄창의 양모인 최씨는 가부장 엄백진의 조강지처로 가문 내에서 상당한 지위를 차지하고 있다. 〈성현공숙렬기〉의 여부인이나 〈완월회맹연〉의 소부인이 후처로서 부당한 대우를 감수해야 하는 것과는 달리, 최부인은 가부장을 비롯한 가문 내 구성원들에게 존경과 신뢰를 받고 있다.[4]

> ᄐᆡᄉᆞᄂᆞᆫ 부인 최시ᄅᆞᆯ 취ᄒᆞ니 화용셩질이 졀세ᄒᆞ나 은악양션ᄒᆞ여 ᄂᆡ외다ᄅᆞ니 ᄐᆡᄉᆡ 모로지 아니ᄒᆞᄃᆡ 드러난 허믈이 업고 조강결발이라 늣도록 화락ᄒᆞ고 (권1)

> ᄂᆡ 일쟉 샹공을 결발ᄉᆞ십여년의 그믈이 조화ᄒᆞ여 일국 ᄌᆡ샹의 부인으로 ᄌᆞ녜 가ᄌᆞᆨᄒᆞ고 복녹과 귀ᄒᆞ미 일흠이 업던 거ᄉᆞᆯ (권28)

반면 여부인이나 소부인의 경우에는 처음 시집올 때부터 남편에게 환영받지 못할 뿐 아니라 입후자를 박해하여 가내에 분란을 일으킬 것이라는 근거 없는 의심을 받기도 하며, 친생자를 낳은 뒤에도 관심을 받지 못

4 또한 여부인이나 소부인이 가부장의 모친인 태부인을 섬기는 처지인 것과는 달리, 최부인은 이미 시모가 돌아가신 상황에서 가문의 실질적인 안주인 역할을 맡고 있다.

한다. 이들이 자신의 친생자를 어떻게든 가문의 후계자로 만들려 애쓰는 데에는 이러한 부당한 대우에 대한 보상심리가 상당 부분 작용하였다고 볼 것이다.[5]

그런데 이는 달리 말하면 이들의 시도가 애초부터 실현 가능성이 없음을 의미한다. 가부장을 비롯한 가문 내 모든 구성원들에게 의심과 경계를 받는 상황에서, 입후자를 음해하려는 이들의 노력은 번번이 수포로 돌아가고 말기 때문이다. 임한주와 정잠는 가내에 변고가 일어날 때마다 후처인 여부인, 소부인을 의심하며 적극적으로 입후자를 보호한다.

반면 가부장에게 신뢰를 받고 있는 최부인의 핍박은 엄창에게 실제로 큰 위협이 된다. 최부인이 아무리 악행을 저질러도 남편이 부인을 좀처럼 의심하지 않기 때문이다. 시동생인 엄백현과 엄백경이 형수의 모략을 눈치 채긴 하지만 역시 가부장인 형의 체면과 위신을 생각하여 이를 공론화하지 못한다. 이런 가운데 최부인은 남편과 시동생에게 비교적 손쉽게 요약을 먹여 판단을 흐리게 만든 뒤 엄창을 괴롭힌다. 애매한 이유로 사적인 형장을 가하기도 하고, 강상죄의 누명을 씌워 심한 국문을 받게 만들기도 한다.

> ᄌᆞ부인이 아황의 노긔 표동ᄒᆞ여 한님을 계하의 쑬니고 블초ᄑᆡ악 흉음ᄒᆞᆫ 죄목을 무슈히 쥬츌ᄒᆞ여 쑤짓고 시노ᄅᆞᆯ 호령ᄒᆞ여 슈장ᄒᆞ기ᄅᆞᆯ ᄌᆡ촉ᄒᆞ니 ᄎᆞ고 ᄆᆡ온 거동이 셜뎐의 하월이 교교ᄒᆞ여 셜상의 바ᄋᆡ고 셜풍이 늠늠ᄒᆞᆫᄃᆡ 상셜이 비비ᄒᆞᆫ 듯 사ᄅᆞᆷ의 뼈ᄅᆞᆯ 보ᄂᆞᆫ 듯ᄒᆞ니 (…) 한 ᄆᆡ의 피육이 후

5 〈성현공숙렬기〉에서 여부인과 임유린 모자에 대한 임한주의 편견과 그 문제점에 대해서는 김종철(1996), 김문희(2012), 이현주(2015)의 선행연구에서 이미 지적한 바 있다. 〈완월회맹연〉에서 소부인의 악행이 정잠 등의 냉대에 기인한 것이라는 점 또한 정병설(1997), 정창권(1998) 등에서 반복하여 지적되었다.

란ᄒᆞ여 연ᄒᆞᆫ 가족이 ᄲᅥ러지고 ᄌᆡ장의 셜뷔 미란ᄒᆞ여 셩혈이 넘니ᄒᆞ니 임의 힐난ᄒᆞᆯ ᄉᆞ이의 슈십장이 넘엇ᄂᆞᆫ지라 (…) 삼십여 장의 미쳐ᄂᆞᆫ 비록 낫빗ᄎᆞᆯ 변치 아니ᄒᆞ고 일셩을 부동ᄒᆞ나 져졈 호흡이 나ᄌᆞᆨᄒᆞ고 긔운이 엄ᄉᆡᆨᄒᆞᆯ 듯ᄒᆞ니 스ᄉᆞ로 ᄌᆞ긔 긔운이 이 ᄆᆡᄅᆞᆯ 견ᄃᆡ지 못ᄒᆞᆯ 쥴 알ᄆᆡ (…) 뉵십여 장의 나ᄅᆞ러ᄂᆞᆫ 한님이 구혈혼ᄉᆡᆨᄒᆞ니 닙으로조ᄎᆞ 븕은 피 돌돌ᄒᆞ여 보기의 놀나온지라 (권21)

일신의 긴ᄉᆞ슬노 결지ᄒᆞ고 쇽박지 ᄒᆞ여 큰칼흘 ᄡᅴ워시니 완연이 즁슈의 모양이라 일월텬졍이 운발이 어ᄌᆞ러워 보ᄇᆡ로운 긔밋희 덥혀시니 십오야 븕은 달이 구름속의 ᄇᆡᆨ혓ᄂᆞᆫ 듯 냥궁을 휘인듯ᄒᆞᆫ 가월빵미의 슈운이 니러나고 일빵봉안의 슬픈 안ᄀᆡ 모혀시니 슈췌 흉흉ᄒᆞᆫ 듯 (…) 의복을 니긔지 못ᄒᆞᆯ 듯 견ᄌᆞ로 하여곰 바라보ᄆᆡ 위ᄐᆡᄒᆞᆫ 거동이 경ᄀᆞᆨ의 업더지며 ᄉᆡ여질 듯ᄒᆞ니 (…) 일장의 모져 셜뷔 허여지고 ᄌᆡ장의 뼤 ᄉᆡ여지니 (…) 졍히 장슈 십여 장의 밋쳐ᄂᆞᆫ 옥골 셜뷔 즁상ᄒᆞ여 뉴혈이 넘니ᄒᆞ여시ᄃᆡ (권22)

엄창은 결국 이러한 고통을 견뎌내지만, 어쨌든 〈엄씨효문청행록〉에는 이러한 참혹한 장면들이 상세히 묘사되어 입후자의 억울하고 괴로운 상황이 부각된다. 위의 국문 장면에 이어서는 매부인 여한림과 화상서가 엄창의 상처를 들여다보며 "연연ᄒᆞᆫ 살이 ᄲᅥ러지고 옥갓흔 ᄲᅧ 은연이 빗최여 보기의 놀납고 셩혈이 넘니ᄒᆞ여 과의의 ᄉᆞ못ᄎᆞᆺᄂᆞᆫ"(권23) 광경에 참담해하며 눈물을 머금는 장면이 다시 한 번 서술되기도 한다.

그런데 이러한 참혹한 장면은 〈성현공숙렬기〉의 임희린이나 〈완월회맹연〉의 정인성에게서는 찾아보기 어렵다. 임희린의 경우 임한주가 운남으로 출정하여 집을 비운 뒤 본격적인 고난을 겪게 되나 비교적 담담하게 이를 극복해낸다. 한왕의 음모로 왕각에게 포로로 잡혀 감옥에 갇힌 것과, 임유린의 계교로 인해 임금의 물건을 훔쳤다는 누명을 쓰고 체포된 것이 최대의 고비였으나 임희린은 두 경우 모두 위엄있는 모습으로 대응하였다. 그는 자신을 생포한 왕각을 큰 소리로 꾸짖으며, 하옥되어 위중한 상태가 되었을 때에도 처참하기보다는 엄숙한 모습으로 그려진다.[6] 또 임금의 물건을 훔친 혐의를 받을 때에도 금오부에 잡혀갔다는 사실만이 간략히 서술될 뿐 심한 국문은 받지 않는다.

정인성의 경우에는 비범한 자질이 한층 더 강조되어, 소부인이 독이 든 음식을 주어도 태연히 먹고 해독제를 사용해 위기를 넘기는가 하면 매를 맞은 뒤에도 무난히 상처를 회복한다. 정인성 또한 소부인의 핍박으로 인해 토혈하고 혼절하는 등 고난을 겪기는 하지만, 워낙 초인적 기질을 타고난 까닭에 순조롭게 난관을 극복해 나간다. 예컨대 소부인이 오히려 누군가 상처를 볼까봐 두려워 매를 그치자, 정인성은 옷을 갈아입고 오겠다고 편안한 목소리로 대답한 뒤 스스로 상처에 약을 바른 후 곧장 다시 소부인의 처소로 돌아와 소부인을 경악케 만들기도 한다.[7]

이에 비하면 엄창은 일방적으로 고통당하는 존재이며, 연민을 불러일

6 반ᄉᆡᆼ반ᄉᆞ 즁이나 위국단튱과 ᄉᆞ친지회 간졀ᄒᆞ여 낫출 북으로 두고 편편ᄒᆞᆫ 두발이 쵸침의 어ᄅᆡ여시니 (…) ᄇᆡᆨ안셩뫼 닷치여 츄슈 그림ᄌᆡ 업고 홍협단슌의 혈ᄉᆡᆨ이 돈무ᄒᆞ여 찬난ᄒᆞᆫ 빗치 업셔 거젹 ᄀᆞ온ᄃᆡ나 혼혼잠연ᄒᆞ엿시나 엄슉단졍ᄒᆞ미 츄쳔상노 ᄀᆞᆺᄒᆞ니(권13).

7 상셰 슌슌 돈슈이사ᄒᆞ고 명광헌의 도라와 한삼을 쎠혀 뉴혈을 씃고 스ᄉᆞ로 상쳐를 어로만져 약을 쓰ᄆᆡ ᄉᆡᆯ이 옷슬 밧고와 피 무든 과의를 깁히 ᄀᆞᆷ초고 동ᄌᆞ를 명ᄒᆞ여 두어 ᄌᆞᆫ 향온을 가져오라 ᄒᆞ여 ᄆᆞ시기를 다ᄒᆞᄆᆡ 즉시 취젼의 드러가니 소부인이 상셔의 긔특ᄒᆞ며 비상ᄒᆞ믈 오날 쳐음으로 알미 아니로ᄃᆡ 그 견고 장ᄉᆡᆼᄒᆞ미 혈육지신의 능히 견ᄃᆡ여 긔거치 못ᄒᆞᆯ 바의 동디 안셔ᄒᆞ고 힝뵈 여젼ᄒᆞ여 ᄆᆞ르며 ᄂᆞ오ᄆᆡ 녜뫼 빈빈ᄒᆞ고 규귀 조디ᄒᆞ여 통효 도덕지 일신을 둘너 태산이 암암ᄒᆞ고 ᄃᆡ히 양양ᄒᆞᆫ 도량이 건원 ᄃᆡᄃᆡ의 무궁유일ᄒᆞ믈 겸ᄒᆞ여 인간 제일 독슈라도 능히 ᄉᆞᆯ히치 못ᄒᆞ고 귀신조ᄎᆞ 학(虐)ᄒᆞ여도 ᄌᆞᆫ(殘)치 못ᄒᆞ여 져를 업시키 어려오미 숀으로 교악을 문희치고 동히를 터 갈코져 ᄒᆞ미니 ᄌᆞ긔 비록 닌듕승천을 긔약ᄒᆞᄂᆞ 텬뎡이 역능승인이니 이 ᄋᆞ달을 둑이미 마츰ᄂᆡ 뜻 ᄀᆞᆺ틀 길히 업ᄉᆞ니 ᄉᆡ로이 근심이 듕ᄒᆞ고 회푀 번ᄒᆞᆫᄒᆞ여 스ᄉᆞ로 분을 이긔지 못ᄒᆞ니(권89).

으키는 약자이다. 〈엄씨효문청행록〉에는 고립무원의 처지에서 눈물 흘리며 고뇌하는 엄창의 모습이 자주 등장한다. 그는 친기(親忌)에 참석하지 못하게 되자 슬픔을 못 이겨 쓰러져 소매로 얼굴을 가린 채 소리죽여 흐느끼기도 하고,[8] 양모의 흉계로 강상죄의 누명을 쓰게 된 날 밤에는 번뇌하다가 꿈에 친부를 만나 그 옷자락을 붙들고 비탄해 하기도 한다.[9] 〈성현공숙렬기〉나 〈완월회맹연〉에서는 뜻대로 되지 않는 세상사에 억울함을 토로하고 번민하는 존재가 여부인과 소부인인 반면 〈엄씨효문청행록〉에서는 엄창이 그러한 인간적 고뇌를 자주 표출한다. 이는 임희린이나 정인성이 어떤 상황에도 흔들림 없는, 효자의 표본과 같은 모습으로 그려지는 것과는 다른 점이다.[10]

---

8 어시의 한님이 셔ᄌᆡ의 도라와 슬프믈 니긔지 못ᄒᆞ여 기리 원침의 쓰러져 ᄉᆞᄆᆡ로 낫출 덥고 쇼ᄅᆡ 업시 비읍ᄒᆞ여 눈물이 벼ᄀᆡ의 흐르믈 ᄭᆡ닷지 못ᄒᆞ더니 믄득 공ᄌᆡ 다ᄃᆞ라 형의 침과ᄒᆞ여 갓가이 나아와 보니 한님의 광슈로 옥면을 덥고 ᄌᆞᄂᆞᄃᆞ시 누어시나 셜빈의 가로 흐르ᄂᆞᆫ 눈물이 환난ᄒᆞ여 귀 밋히 한 그릇 물을 브은 듯ᄒᆞ거ᄂᆞᆯ (…) 숀을 쥐므ᄅᆞ며 슉직 셔동을 불너 온ᄎᆞᄅᆞᆯ 가져오라 ᄒᆞ여 스ᄉᆞ로 상협을 열고 회ᄉᆡᆼ단을 ᄂᆡ여 갈아 구즁의 드리오고져 ᄒᆞ더니(권20).

9 ᄉᆞ경시말의 겨유 삽몽ᄒᆞᄆᆡ 문득 부왕이 농포옥ᄃᆡ로 엄연이 드러와 손을 잡고 (…) 한님이 궁텬영모의 일만비한이 ᄉᆡ로이 겸발ᄒᆞ니 연망이 부왕의 농뎨ᄅᆞᆯ 붓드러 가업ᄉᆞᆫ 회포ᄅᆞᆯ 고ᄒᆞ고져 ᄒᆞ더니(권22).

10 창작 시기, 분량, 향유층 등에 차이가 있긴 하나, 이 점에서 엄창은 〈창선감의록〉의 화진과도 대조된다. 화진이 심부인을 보호하기 위해 강상죄의 누명을 쓰고도 묵묵히 이를 감수하려 하는 반면, 엄창은 국문 중 다음과 같이 무죄를 주장하는 발언을 하기 때문이다. "불초 죄신이 홀노 상텬긔 죄 엇ᄉᆞ오믈 ᄐᆡ산갓치 ᄒᆞ와 생뷔 즁도의 세상을 바리오니 인ᄌᆞ의 궁쳔극통이 비길 ᄃᆡ 업ᄉᆞᆸ거ᄂᆞᆯ (…) 신상의 ᄉᆡᆼ부의 텬상을 벗지 못ᄒᆞᆫ 죄인이라 스ᄉᆞ로 깁히 쳐ᄒᆞ와 궁텬을 브ᄅᆞ며 명도의 갓초 험흔ᄒᆞ올물 탄ᄒᆞ오ᄆᆡ 어ᄂᆡ 결을의 사ᄅᆞᆷ으로 더부러 교우ᄒᆞᆯ 뜻이 잇ᄉᆞ오며 ᄒᆞ물며 ᄉᆡᆼ부의 초긔 넘박ᄒᆞ오ᄃᆡ 죄신이 양부의 병이 즁하옵고 한낫 동긔 어려ᄉᆞᆸᄂᆞᆫ 고로 능히 고향의 도라가 ᄉᆡᆼ부의 초ᄉᆞᄅᆞᆯ 참예치 못ᄒᆞ오니 인ᄌᆞ의 지통이 더욱 ᄀᆡᆼ가일층ᄒᆞ와 만ᄉᆡ 무렴하온지라 몸이 이런 흉역부도의 ᄆᆡ일 쥴을 엇지 알니잇고 실노 하ᄂᆞᆯ이 죄인의 불초무상ᄒᆞ믈 진노ᄒᆞ샤 이 갓흔 참익ᄃᆡ화ᄅᆞᆯ 나리오시나 죄신이 ᄯᅩᄒᆞᆫ 일죽 사ᄅᆞᆷ의게 슈원ᄒᆞᆫ ᄇᆡ 업ᄉᆞ오니 결연이 이런 흉ᄉᆞᄅᆞᆯ ᄒᆡᆼᄒᆞᆯ ᄌᆞᄂᆞᆫ 업술 거시니 다만 하ᄂᆞᆯ과 귀신이 죄신을 뮈이 너기샤 ᄌᆡ앙을 나리오신가 ᄒᆞ나이다"(권22).

이와 관련하여, 임희린과 정인성이 상당한 정도의 초월적 능력을 갖추고 있는 반면 엄창은 단지 신령한 힘들의 보호를 받기만 한다는 점도 주목을 요한다. 임희린은 수미산 태허법사의 문하에서 3년간 수학한 후로 초월적 능력을 갖추게 되며, 아내에게 박두한 재앙을 예언하기도 하고 아내의 주성(主星)을 살펴 안위를 확인하기도 한다. 또 가뭄이 들었을 때에는 기우제관으로 제사를 지내 비를 내리게 한다. 정인성 또한 남달리 정대한 기질을 타고난 데다가, 풀과 모래로 군마(軍馬)를 만들어내고 신출귀몰한 칼솜씨로 용천태아검을 자유로이 다루는 등 비범한 무예 실력도 갖추고 있다. 반면 엄창의 경우, 신계랑의 사주를 받은 요괴들이 그 정명지기(正明之氣)에 압도되어 저절로 물러가고 하늘에서 갑자기 큰 비와 벼락을 내려 화재가 진압되는 등의 사건이 일어나기는 하지만 자의로 초월적 능력을 발휘하지는 못한다. 엄창 자신은 연약한 존재로 남아있는 가운데, 단지 신비한 힘들이 외부에서 작용하여 그를 보호할 뿐이다.

이처럼 양모가 실질적으로 양자에게 위협을 가하고 양자는 상대적으로 유약한 면모를 보이는 가운데, 이들 양모와 양자의 관계는 일방적인 가해자와 피해자의 관계로 그려진다. 엄창은 최부인에게 심한 공포감과 거리감을 느끼며 극도의 긴장감을 나타낸다. 그는 최부인에게 자신의 감정을 숨긴 채 용서를 구할 뿐, 아들로서 좀 더 가까이 다가서려는 노력은 하지 못한다.

> 부인이 발셔 영교 ᄆᆡ션으로 옥월정을 규시ᄒᆞ여 냥인의 동졍을 아랏ᄂᆞᆫ지라 한님 부부라라 보ᄆᆡ 발연 변ᄉᆡᆨᄒᆞᄃᆡ ᄐᆡᆨᄉᆡᆨ ᄌᆡᆨ좌ᄒᆞ여시니 아연 자위ᄒᆞ여 두굿기ᄂᆞᆫ 듯ᄒᆞᆫ 가온ᄃᆡ 살긔 등등ᄒᆞ여 안졍을 뒤룩이고 빵동이 호란ᄒᆞ여 안졉지 못ᄒᆞ니 한님 부뷔 가득이 송연 황괴ᄒᆞ여 지은 죄 업시 몸이 바ᄂᆞᆯ 우희 안ᄌᆞᆫ 듯ᄒᆞ더라 (권14)

형뎨 숀을 잡고 무릅흘 년ᄒᆞ여 쳬쳬ᄒᆞᆫ 우ᄋᆡ 비길 ᄃᆡ 업ᄉᆞ니 슉당 슈ᄆᆡ 등이 기특이 너기나 홀노 최부인이 ᄃᆡ진노ᄒᆞ여 그 죽지 아니코 ᄉᆞ라 도라 오믈 뮈워 반기ᄂᆞᆫ 낫갓ᄎᆡ 살긔 등등ᄒᆞ고 웃ᄂᆞᆫ 가온ᄃᆡ 뮈워 보ᄂᆞᆫ 묵ᄌᆡ ᄌᆞ 못 평안치 아니니 한님이 ᄌᆞ안을 우러러 ᄉᆡ로이 경심ᄒᆞ여 ᄇᆡ한이 쳠의ᄒᆞ 믈 니긔지 못ᄒᆞ더라 (권19)

첫 번째 인용문은 엄창이 윤부인과 합방한 후 이를 알아챈 최부인의 은근한 분노에 당황하는 대목이고, 두 번째 인용문은 부친의 장례를 마치고 돌아온 엄창이 최부인의 냉랭한 모습에 긴장하는 대목이다. 이처럼 엄창은 최부인에게 지속적으로 긴장감과 거리감을 느끼며, 때로는 아우인 엄영이 자신의 안위를 염려하며 전해주는 말을 통하여 양모의 적의를 적나라하게 전달받고는 두려워하기도 한다.[11] 심지어는 꿈을 통해 자신을 해치려는 양모의 거동을 보고 "몽즁이나 양모의 잔포ᄒᆞᆫ 거동을 보니 심혼이 경동하여 ᄇᆡ한이 쳠의"(권5)할 정도로 놀라기도 한다. 엄창과 최부인 간에는 길고 진지한 대화도 좀처럼 이루어지지 않는다.[12]

〈엄씨효문청행록〉에서는 이와 같이 양모에 대한 양자의 두려움과 거리감이 반복적으로 서술된다. 이는 양자인 엄창이 양모인 최부인을 좀처럼 어머니로 여기지 못함을 암시한다. 그는 분명 어진 성품을 지닌 인물이고, 양모에게도 시종 순종적인 태도를 보이지만 아우인 엄영과 같이 친

---

11 엄영은 아주 어렸을 때에는 형을 미워하는 어머니의 마음을 채 이해하지 못한 상태에서 그대로 형에게 전하고, 성장한 후에는 형을 염려하는 마음에서 몰래 엿들은 어머니와 시비들의 흉계를 알린다.

12 물론 이들 사이에 대화가 전혀 없는 것은 아니다. 예컨대 엄영이 형을 해치려는 모친의 계교를 알고는 번뇌하여 병이 들었을 때, 엄창은 최부인에게 아우가 다만 입맛이 없어 음식을 못 먹을 따름이라고 둘러대며 죽을 보내 달라고 청한다. 그러나 엄창과 최부인 간의 대화는 빈도가 적거니와 설혹 있더라도 이 정도의 짧고 형식적인 대화에 그칠 뿐이다.

밀하고 솔직한 태도로 최부인을 대하지는 못한다.

반면, 〈성현공숙렬기〉나 〈완월회맹연〉에서는 양모와 양자 사이의 긴장 관계가 부각되지 않는다. 두 작품에서는 양모가 후처로서 불리한 처지에 있어 입후자에게 실질적으로 위해를 가하지 못하는데다가, 입후자의 성격 또한 담대하고 강인한 까닭에 양모에게 두려움을 느끼지 않기 때문이다. 임희린은 유린의 월장(越墻) 사건 후 한탄하는 여부인에게 "친히 상을 들고 져ᄅᆞᆯ ᄌᆞᆸ아 진음ᄒᆞ시믈 ᄋᆡ걸"(권10)하기도 하며, 친정으로 출거된 뒤 질책을 받아 후당에 갇히게 된 여부인을 찾아가 "모친 나상을 붓들고 ᄯᆞ라ᄀᆞ며 쳔향뉘 옷깃ᄉᆞᆯ 적시"며 "욕ᄌᆡ 만일 태태 위를 복ᄒᆞ여 경복누의 도라가시믈 엇지 못ᄒᆞᆯ진ᄃᆡ 쳔고의 ᄆᆡᆼ셰ᄒᆞ여 셰렴을 ᄉᆞᆺᄎᆞ리니 복망 ᄌᆞ위ᄂᆞᆫ 셩톄ᄅᆞᆯ 안보ᄒᆞ샤 불쵸ᄌᆞ의 잭박한 졍유ᄅᆞᆯ 어엿비 넉이쇼셔"(권16)라고 외치기도 한다. 양모에게 이처럼 거침없이 친밀감을 표현하는 임희린의 태도는 항상 양모의 눈치를 보며 근심하기만 하는 엄창과 대조된다.[13]

정인성의 경우 첫 양모였던 양부인과는 친모자 이상으로 깊은 애착 관계를 형성하는 것으로 그려지므로, 양모와 친모를 굳이 구별 짓지 않는 작품의 서술시각이 더욱 선명히 드러난다. 또한 정인성은 두 번째 양모인 소부인에 대해서도, 한편으로는 그 적의에 "모골이 딘갱ᄒᆞᄂᆞᆫ 가온ᄃᆡ 심붕담열ᄒᆞ믈 이긔디 못ᄒᆞ고 슬프믈 ᄎᆞᆷ디 못"(권89)함을 느끼면서도 관계를 개선하기 위해 적극적으로 노력한다. 그는 소부인이 울분을 풀어 악행을 다소나마 그칠 수 있도록 스스로 몸을 묶어 매를 자청하기도 하고, 아내

13 임희린은 효와 우애를 모범적으로 실천하여 가문 내 갈등 해소의 중추적 역할을 담당하며, 명분과 자질이 겸비된 후계자의 면모를 보여준다고 평가되는 인물이다. 반면 엄창에 대해서는 선행연구에서 그러한 분석을 찾아보기 어렵다. 임희린에 대한 분석은 김종철, 「〈성현공숙렬기〉의 인물 형상에 대하여」, 『한국문화』 18, 서울대학교 규장각 한국학연구원, 1996, 120~122쪽과 이현주, 「〈성현공숙렬기〉 역사수용의 특징과 그 의미 – 정난지변과 계후문제를 중심으로」, 『동아인문학』 30, 동아인문학회, 2015, 27~32쪽 참조.

가 강상죄의 혐의를 받게 되었을 때에는 소부인과 긴 대화를 나누며 그 의중을 정확히 파악한 뒤 아내의 신변을 처리하기도 한다.[14] 아내가 억울한 누명을 썼음을 알면서도 양모의 뜻에 따라 처벌하려 하는 점은 정인성과 임희린의 공통점인데, 이는 최부인이 주로 엄창이 본가에 없는 틈을 타 그 아내 이부인을 핍박하는 것과 대조된다. 최부인은 엄창이 친부의 장례에 참석하기 위해 오국으로 떠난 사이에 이부인을 박해하는데, 이러한 설정으로 인해 엄창이 아내의 신변 문제를 놓고 최부인과 적극적으로 대화하는 장면은 나타나지 않는다.

2) 친모·친자 관계

〈엄씨효문청행록〉에서는 양모와 양자의 관계가 불완전하게 묘사되는 반면 친모와 친자의 관계는 매우 곡진하게 그려진다. 우선, 엄창의 친모인 장부인의 사연이 매우 상세히 다루어진다. 〈성현공숙렬기〉의 위부인이나 〈완월회맹연〉의 화부인이 비교적 안온한 삶을 살며 작중에서 차지하는 비중도 크지 않은 반면, 엄창의 친모인 장부인은 일찍 남편과 장남을 잃고 딸들과도 멀리 떨어져 지내는 등 굴곡진 삶을 살며 그 사연이 매우 상세히 소개된다.

장부인으로서는 엄창을 큰집에 입양 보냄으로 인해 큰 피해를 입었다고 볼 수 있다. 엄백경과 장부인은 수도에서 멀리 떨어진 봉지(封地)에서 생활하고 있으므로 다른 가족들을 자주 만나지 못한다. 남편인 엄백경은 그나

14 정인성의 아내 이부인은 소부인 측의 계교에 빠져 시모를 음해하려 했다는 누명을 쓰게 되는데, 이때 정인성은 꺼림칙해 하면서도 아내를 출거시키겠다는 뜻을 밝힌다. 하지만 정작 소부인이 이를 만류하는 태도를 취하자, 아내를 아주 내쫓는 것이 소부인에게 부담이 됨을 간파하고는 별실에 가두어 징계하는 방안을 새롭게 제안한다. 이 과정에서 정인성을 소교완과 여러 차례 긴 대화를 나누며 소부인의 의중을 파악하는 데 집중한다.

마 3년에 한 번씩 본국에 조회를 갈 때마다 큰집에 들러 형제와 조카들을 만날 수 있지만 장부인은 그나마도 여의치 못하다. 더욱이 장부인은 큰아들 엄표가 반역을 일으키다가 죽고, 남편 또한 일찍 병사하였는데도 위로가 될 만한 다른 자녀들이 멀리 떨어져 있어 만날 수가 없는 처지다. 여기에 쌍둥이 딸들 중 하나를 갓난아기 때 잃어버렸다가 오랜 시간 뒤에야 극적으로 되찾는 사건까지 발생한다. 이러한 상황에서 엄창조차 신생아 때 이미 큰집에 입양되어 좀처럼 만나볼 수 없으므로 장부인은 늘 "ᄉᆞ랏ᄂᆞᆫ ᄌᆞ식은 만니의 원별ᄒᆞ고 일흔 ᄌᆞ식은 ᄎᆞᄉᆡᆼ의 쇼식을 알 길히 업ᄉᆞ니 엇지 슬프지 아니리잇고"(권4)라며 자신의 신세를 한탄한다.

이러한 처지의 장부인에게 수년 만에 한 차례라도 친자 엄창을 만나보는 것은 매우 큰 기쁨이다. 다시 만나볼 날만을 기다리는 장부인과 엄창 모자의 애틋한 정은 작품에서 매우 핍진하게 서술되어 있다.

> 공ᄌᆡ 종일종야토록 야야의 광슈ᄅᆞᆯ 뿌드러 겻흘 ᄯᅥ나지 아니코 강보의 ᄌᆞ모ᄅᆞᆯ ᄯᅥ나 ᄎᆞ시의 당ᄒᆞ여ᄂᆞᆫ ᄌᆞ모의 안면도 긔지키 어려온지라 나히 ᄎᆡᄆᆡ 츄모지심이 효ᄌᆞ의 구촌심장이 녹ᄂᆞᆫ 듯ᄒᆞᆫ지라 화풍영모의 일단승안ᄒᆞᄂᆞᆫ 화긔ᄅᆞᆯ 곳치지 아니ᄒᆞ나 냥궁의 휘오ᄂᆞᆫ 눈셥 ᄉᆞ이의 슈운이 어ᄅᆡ엿고 츄파 빵셩의 추슈 믈결이 ᄌᆞ로 움ᄌᆞᆨ이니 (권4)

> 오왕과 당휘 비록 쳔승지귀ᄅᆞᆯ 누리나 아으라이 고국을 쳠망ᄒᆞ여 형뎨 친쳑을 ᄉᆞ모ᄒᆞ고 ᄌᆞ녀ᄅᆞᆯ 닛지 못ᄒᆞ여 화조월셕의 츅원의 ᄋᆡᄅᆞᆯ ᄉᆞᆺ쳐 누싊 망ᄌᆞ산의 어롱지니 (…) 츈하간의 홀년 깃분 쇼식이 니ᄅᆞ고 아ᄌᆞ 창이 소년이 농닌을 밧들고 손으로 계화ᄅᆞᆯ 쏫거 도라오ᄂᆞᆫ 션셩이 국즁의 니ᄅᆞ니 왕의 부뷔 깃부미 하늘노셔 ᄯᅥ러진 듯ᄒᆞ여 급히 본국 졍승과 ᄇᆡᆨ관을 명ᄒᆞ여 먼니 가 공ᄌᆞ를 마ᄌᆞ오라 ᄒᆞ고 (…) 한님은 야야와 ᄌᆞ위긔 ᄌᆡᄇᆡᄒᆞ기ᄅᆞᆯ

맛ᄎᆞᄆᆡ 우러러 ᄌᆞ안을 황홀이 반기ᄆᆡ 깃브미 넘져 도로혀 슬프미 니러나니 ᄒᆡ음업시 가월빵궁의 슬픈 안ᄀᆡ 모히고 츄파 빵성의 가을 물결이 요동ᄒᆞ믈 ᄭᆡ닷지 못ᄒᆞ더라 셩음이 오열쳐졀ᄒᆞ믈 면치 못ᄒᆞ여 능히 말ᄉᆞᆷ을 닐우지 못ᄒᆞᄂᆞᆫ지라 당휘 ᄯᅩᄒᆞᆫ 아ᄌᆞᄅᆞᆯ 보건ᄃᆡ 블과 슈세 아ᄌᆞ로 ᄇᆡᆨ슉 부부긔 의탁ᄒᆞ고 도라왓더니 훌훌ᄒᆞᆫ 일월이 하마 십여 ᄌᆡ라 쥬쥬야야의 아으라히 북녁흘 바라 ᄌᆞ녀의 영향을 ᄉᆞ모ᄒᆞ던 바의 구별단취ᄒᆞᄆᆡ (…) 흔흡히 반가오미 규하ᄆᆡ 도로혀 쳑연 함체ᄒᆞ여 ᄉᆞ월아황의 희미ᄒᆞᆫ 모운이 ᄉᆞ집ᄒᆞ고 셩안의 쥬뤼 ᄌᆡᆼ동ᄒᆞ여 년망이 평신ᄒᆞ믈 니ᄅᆞ고 아ᄌᆞ의 옥슈를 잡아 (권11)

첫 번째 인용문은 엄창이 본국에 조회를 들어온 친부를 잠시도 떠나지 않으며 멀리 있는 친모를 새삼 그리워하는 대목이고, 두 번째 인용문은 과거에 장원급제한 엄창이 오국으로 근친을 가 비로소 친모를 만나는 대목이다. 엄창은 과거에 응시하라는 양부의 명령에 "닙신을 못ᄒᆞᆫ즉 오국의 가 ᄌᆞ안을 반기미 어려온지라 흔연 슈명"(권11)할 정도로 어머니를 그리워하고 있었다. 그러다가 비로소 어머니를 만나게 되자 도리어 슬픈 감정이 일어날 정도로 황홀해 함을 인용문에서 확인할 수 있다. 근친 기간 동안 장부인은 "아ᄌᆞᄅᆞᆯ 격세 니별 후 십여 ᄌᆡ의 ᄉᆞ오삭을 슬하의 두어 (…) 져갓흔 아들을 슬하의 기리 두지 못ᄒᆞ믈 ᄋᆡ달나ᄒᆞ"(권11)며, 엄창이 떠날 때가 되자 "부뷔 셔로 후원 고루의 올나 이윽이 쳠망ᄒᆞ여 ᄌᆞ질의 형뫼 졈졈 머러가믈 보ᄆᆡ 아연 초창ᄒᆞ더니 침뎐의 도라와 망연 ᄌᆞ실ᄒᆞ여 엄연이 무어ᄉᆞᆯ 일흔 듯 ᄒᆡ음업시 희허 누체ᄒᆞ여 비뤼힝뉴"(권12)한다.

또 이와 같은 친밀한 관계 속에서 엄창은 친모인 장부인에게 진심어린 간언을 하기도 한다.

ᄎᆞ야의 ᄐᆡᄉᆞᄂᆞᆫ 셔동을 다리고 외헌의셔 허숙ᄒᆞ고 한님은 ᄂᆡ당의 드러 와 냥셔모로 말ᄉᆞᆷᄒᆞ여 모후ᄅᆞᆯ 시침ᄒᆞ여 별회와 니졍의 아연ᄒᆞᆫ 바ᄅᆞᆯ 고할ᄉᆡ 모ᄌᆞ의 닌닌쳬쳬ᄒᆞᆫ 졍담이 지극ᄒᆞ니 당휘 아ᄌᆞᄅᆞᆯ 어로만져 탄왈 여뫼 무ᄃᆡᄒᆞᆫ 지통 가온ᄃᆡ 다시 ᄑᆡᄌᆞ의 ᄌᆞᄋᆡᆨᄒᆞ믈 드ᄅᆞ니 (…) 명완불ᄉᆞᄒᆞ미 심여토목이라 능히 초상의 지보ᄒᆞ믈 어드믄 너ᄅᆞᆯ 슬하의 두어 위희ᄒᆞ미 잇ᄂᆞᆫ 고로 비환을 아지 못ᄒᆞᄂᆞᆫ ᄃᆞ시 일월을 보ᄂᆡ더니 이제 ᄯᅥ나기ᄅᆞᆯ 님ᄒᆞ니 니회 아득ᄒᆞᆫ지라 노뫼 더욱 너ᄅᆞᆯ 보ᄂᆡᄆᆡ 니별의 결연ᄒᆞ나 현마 엇지ᄒᆞ리오만은 오ᄋᆡ 경ᄉᆞ의 도라가나 편ᄒᆞᆯ 쥴 밋지 못ᄒᆞᄂᆞ니 최져제 엿지 맛ᄎᆞᆷᄂᆡ ᄌᆞ부ᄅᆞᆯ 편히 거ᄂᆞ릴 니 이시리오 노뫼 일노ᄡᅧ 더욱 깁흔 념녜 방하치 못ᄒᆞ리로다 한님이 복슈 청교의 누쉬 ᄉᆞᆷᄉᆞᆷᄒᆞ여 ᄇᆡᆨ년 용화랄 젹셔 갈오ᄃᆡ 경일누 ᄌᆞ뫼 셜ᄉᆞ 쇼쇼 허물이 계시나 ᄒᆡ아ᄅᆞᆯ ᄉᆡᆼ지강보의 거두어 양지휵지ᄒᆞ시미 모ᄌᆞ의 지극ᄒᆞᆫ 졍이 텬눈 ᄌᆡᄋᆡ로ᄡᅧ 조곰도 부족ᄒᆞ미 업ᄉᆞᆸ서ᄂᆞᆯ 엇지 이 말ᄉᆞᆷ을 언두의 일ᄏᆞᄅᆞ샤 ᄒᆡ아로ᄡᅧ ᄉᆡᆼ양을 층등ᄒᆞᄂᆞᆫ 불민ᄒᆞᆫ ᄉᆡᆼᄉᆡᆨ 낫하나게 ᄒᆞ시고 ᄌᆞ위 ᄯᅩᄒᆞᆫ 동긔지간의 감상화긔ᄒᆞ샤 혹ᄌᆞ 타인이 드ᄅᆞᆯ진ᄃᆡ ᄐᆡᄐᆡ의 실덕 시쳬하시미 제ᄉᆞ간 블목ᄒᆞ여 ᄌᆞ식을 그ᄅᆞᆫ 곳의 인도ᄒᆞ믈 괴이히 너기지 아니며 버거 ᄒᆡ아의 블쵸무상ᄒᆞ믈 ᄭᅮ짓지 아니리잇고 연즉 ᄇᆡᆨ부ᄃᆡ인과 부왕의 우ᄋᆡᄅᆞᆯ 숀상ᄒᆞ시미리 쇼ᄌᆡ ᄌᆞ교ᄅᆞᆯ 듯ᄌᆞ오ᄆᆡ 만심이 숑황ᄒᆞ여 부지쇼향이로쇼이다 (권17)

오왕 엄백경이 죽고 그 장남인 엄표 또한 반란을 일으키다 죽은 뒤, 친부의 장례식에 참예하러 왔던 엄창이 돌아갈 때가 되자 장부인은 위의 인용문에서와 같이 슬픔을 토로하며 최부인의 박해를 염려하고 원망하는 말을 한다. 이에 엄창은 도리어 장부인을 만류하는데, 이는 양모인 최부인에 대한 애착 때문이라기보다는 친모가 실언하여 위신을 잃는 일이 있을까 염려하였기 때문이라고 볼 수 있다. 이러한 간언은 최부인에게는 전혀 하지 않았던 것이다.

그런데 이처럼 장부인과 엄창 사이의 상호독점적인 친밀감이 강조될수록 이들 모자는 연민의 대상으로 그려지게 된다. 앞 절에서 살펴본 것처럼 엄창은 고통당하는 약자의 처지인데다가, 이를 가엾게 여기는 친모의 시선이 더해짐으로 인해 한층 더 연민의 대상으로 부각되기 때문이다. 최부인에게 아들을 보내는 장부인의 심정이 이후에도 거듭 토로되며 서술자의 목소리와 혼효된다.

> 일노조차 최시의 블인ᄒᆞᆫ 심용이 닙장코져 ᄒᆞᄆᆡ 여홰 무죄ᄒᆞᆫ ᄌᆞ부의게 밋고 ᄯᅩ 괴이ᄒᆞᆫ 약누로 냥 슉슉의 총명을 병드려시니 아ᄌᆞ의 위구ᄒᆞᆫ 신셰ᄂᆞᆫ 블문가지라 심하의 앗기고 슬프미 이운 간장이 다시 촌촌ᄒᆞ거ᄂᆞᆯ(권23)

> 유유창뎐아 ᄎᆞ ᄒᆞ인ᄌᆡ오 오ᄋᆡ 군ᄌᆞᄃᆡ도ᄅᆞᆯ 밋지 못ᄒᆞ나 거의 식니 셩유의 ᄌᆞ리ᄅᆞᆯ 드ᄃᆡ미 붓그럽지 아닌가 ᄒᆞ엿더니 이러틋 멸눈ᄑᆡ상의 죄인으로 국법의 ᄆᆡ이여 반셩ᄉᆞ셔의 ᄭᆞ지람을 면치 못ᄒᆞ니 (…) 오회라 ᄂᆡ 아희 이칠 충유로 약관 미년이라 그 약ᄒᆞ미 신뉴 갓고 ᄂᆞᆰ으미 어ᄅᆞᆷ 갓흐니 놉흔 집의 편히 잇셔도 오히려 두렵거든 이제 남황장녀의 슈토풍상을 ᄇᆡ포ᄒᆞᄆᆡ 졔 엇지 무ᄉᆞᄉᆡᆼ환ᄒᆞ믈 바라리오(권23)

서술자는 첫 번째 인용문에서 보듯이 '아ᄌᆞ의 위구ᄒᆞᆫ 신셰'를 염려하는 장부인의 목소리를 빌려 엄창의 상황을 요약적으로 서술하는가 하면, 장부인의 목소리를 직접 인용하여 아들을 염려하는 심정을 토로케 하기도 한다. 독자들이 엄창에게 연민을 느끼며 최부인에게 반감을 느끼게 되는 것은, 일정부분 이와 같은 친모자 간의 곡진한 정에 대한 공감과 연민에 힘입은 것이라 볼 수 있다.

물론 〈성현공숙렬기〉와 〈완월회맹연〉에도 임희린과 위부인, 정인성과 화부인이 손을 잡거나 무릎을 베고 다정하게 대화를 나누는 등의 장면들이 있으며, 아들의 처지를 근심하는 친모의 비통한 마음이 서술되기도 한다. 하지만 이들의 친모자 관계는 〈엄씨효문청행록〉의 엄창과 장부인의 경우만큼 초점화되지는 않는다. 더욱이 임희린은 여부인의 잘못을 은근히 지적하며 자신을 걱정해 주는 친모 위부인에게 다음과 같이 단호히 선을 긋기조차 한다.

> (…) 너의 ᄉᆞ모부인이 ᄉᆡᆼ각이 원대치 못ᄒᆞ여 가변이 이의 밋ᄎᆞ니 모로ᄂᆞᆫ ᄉᆞᄅᆞᆷ은 녀부인과 불공ᄃᆡ텬이라 ᄒᆞ나 내 ᄆᆞᄋᆞᆷ은 그러치 아녀 실노 원심이 업ᄂᆞ니 ᄒᆞ믈며 오ᄋᆞ의 출뉴ᄒᆞᆫ 효심으로ᄡᅧ 반ᄃᆞ시 이 병의 근위 비로셧ᄂᆞᆫ가 ᄒᆞ노라 쳬찰이 읍고 왈 원 ᄌᆞ위ᄂᆞᆫ 경복누 태태 실덕 두 ᄌᆞᄅᆞᆯ 니ᄅᆞ지마ᄅᆞ실지니 모ᄌᆞ ᄉᆞ이ᄂᆞᆫ 인쇼난언이라 ᄒᆞ엿ᄂᆞ니잇가 ᄃᆞ만 쇼ᄌᆡ ᄌᆞ위의 십삭 ᄐᆡ교ᄅᆞᆯ 밧ᄌᆞ와 ᄉᆡᆼ셰후로ᄂᆞᆫ 션비의 기ᄅᆞ시믈 닙어 믄득 친ᄉᆡᆼ부모의 졍을 버히니 실노ᄡᅧ ᄌᆞ위 계시ᄃᆡ 션비ᄅᆞᆯ 여히오ᄆᆡ 회리지은을 츄원영모ᄒᆞ와 믄득 의지업ᄉᆞᆫ 몸 ᄀᆞᄐᆞ여 남산이 녈녈ᄒᆞ고 표풍이 발발ᄒᆞ므로ᄡᅧ ᄉᆞ모ᄅᆞᆯ 의지ᄒᆞ여 무모이유모ᄒᆞ고 무의이유의ᄒᆞ니 져기 위로ᄒᆞ여 명을 븟쳣거ᄂᆞᆯ (권17)[15]

뿐만 아니라 〈엄씨효문청행록〉에서는 최부인의 친자인 엄영이 선인으로 설정된 점도 특이하다. 〈성현공숙렬기〉의 경우 여부인의 친자인 임유린은 비록 재능은 뛰어나지만 흉계를 잘 꾸미는 악인으로 그려지고, 〈완월회맹연〉의 경우 소부인의 친자인 정인중 또한 악인으로 설정되어 있

15 이는 앞서 인용한 바 있는, 장부인과 엄창 사이의 대화와 비슷하면서도 다르다. 엄창은 일면 양모의 허물을 인정하면서도 다만 친모의 실언이 바깥으로 알려질까 염려된다는 취지로 말하지만, 임희린은 양모의 허물을 지적하는 일 자체에 거부감을 표하고 있기 때문이다.

다. 소부인에게는 정인웅이라는 또 다른 친자도 있지만, 일찍이 친척집으로 입양된 상태이며 작중 갈등 해소 과정에서도 정인성을 보좌하고 지지하는 역할만을 수행한다. 반면 최부인에게는 엄영이 유일한 친자이며, 그 성품이 어질고 지혜로울 뿐 아니라 엄창을 적극적으로 보호하는 특별한 역할 또한 맡고 있다.

이러한 설정은 두 가지 효과를 불러일으킨다. 하나는, 엄영이 엄씨 가문의 후계자가 되어도 무방하다는 점이 은연중 암시됨으로 인해 엄창이 부담하고 있는 후계자로서의 고통이 한층 더 부조리하게 느껴지게 된다는 것이다. 다시 말해 엄백진이 좀 더 신중하게 엄영의 탄생을 기다렸다가 후계를 선정했더라면 아무 문제도 없었으리라는 점이 암시됨으로 인해, 비자발적으로 입후자로서의 부담을 지고 있으며 이를 잘 감당하지 못하는 엄창의 처지가 한층 더 안타깝게 여겨지게 된다.

둘째로, 친모에 대한 엄영의 지극한 효성이 부각되는 효과가 있다. 엄영은 친모인 최부인의 실덕에 진심으로 마음아파하며 이를 바로잡기 위해 부단히 노력한다. 그리하여 최부인에게 엄창을 해치려는 마음을 거두도록 거듭 간언하며, 여의치 않자 임별서를 적어두고 가출함으로써 최부인의 마음을 돌리려고까지 한다.

> 모친아 이 엇진 말ᄉᆞᆷ어니잇고 형은 문호의 즁ᄒᆞᆫ 사ᄅᆞᆷ이라 종ᄉᆞ의 막즁ᄒᆞ시거ᄂᆞᆯ 이졔 병이 즁ᄒᆞ시ᄆᆡ 조션의 블ᄒᆡᆼ과 가운의 공참ᄒᆞ미 비길ᄃᆡ 업ᄉᆞᆸ거ᄂᆞᆯ ᄌᆞ위 엇지 형장의 젼일 효우ᄅᆞᆯ 니ᄌᆞ시고 ᄌᆞ익의 박졍ᄒᆞ미 이갓흐시니잇고 형이 만일 블ᄒᆡᆼᄒᆞ면 ᄒᆡᄋᆡ 홀노 세상의 홀노 머믈 듯이 업ᄂᆞ이다 셜파의 옥뉘 방방ᄒᆞ여 옷깃ᄉᆞᆯ 젹시니 부인이 영이 창을 위ᄒᆞ여 효위 혈심이믈 노ᄒᆞ여 크게 ᄭᅮ지져 ᄒᆞ루ᄂᆞᆫ 좌하의 잇고 창의 병쇼의 가지 말나 ᄒᆞ니 영이 크게 울고 종일 블식ᄒᆞ니 부인이 ᄒᆞᆯ일업셔 도로혀 다ᄅᆡ더라 (권5)

모친아 엇지 니런 말ᄉᆞᆷ을 ᄒᆞ시ᄂᆞ니잇고 (…) ᄌᆞ위 셩덕으로ᄡᅧ 형을 ᄉᆡᆼ각지 아니시고 이ᄃᆡ도록 실덕ᄒᆞ시믈 보오ᄆᆡ 이 다 ᄒᆡ아의 죄라 ᄒᆡᄋᆡ 인뉸ᄃᆡ변을 듯ᄌᆞ오ᄆᆡ 심골 경한ᄒᆞ믈 면치 못ᄒᆞᆯ지라 복원 ᄌᆞ위ᄂᆞᆫ 아ᄒᆡ 목숨을 앗기시거든 다시 이런 거조ᄅᆞᆯ ᄒᆡᆼ치 마ᄅᆞ시미 ᄒᆡᆼ심이로쇼이다 블연즉 ᄒᆡᄋᆡ 죽어 형의 효우ᄅᆞᆯ 갑고 ᄌᆞ경 실덕을 보지 말고져 ᄒᆞᄂᆞ이다 (권10)

엄영은 최부인이 실덕하는 일이 없도록 거듭 간청하며, "모부인 과악을 쾌락ᄒᆞ미 진졍으로 슬프고 ᄋᆡ달오믈 니긔지 못ᄒᆞ여"(권21) 차라리 자신이 죽어 어머니의 흉계를 수포로 돌아가게 만드는 편이 낫겠다고 생각하기도 한다. 최부인에게 엄창의 무고함을 간언하는 엄영의 태도는 물론 형에 대한 우애로 볼 수 있지만, 그 근저에는 모친의 실덕을 바로잡고자 하는 간곡한 효심 또한 작용하고 있었다. 임별서를 적고 집을 떠나면서 "한번 거ᄅᆞᆷ의 경일누와 열일누ᄅᆞᆯ 셰번 도라보믈 면치 못ᄒᆞ"며 "경일누ᄅᆞᆯ 향ᄒᆞ여 눈믈을 흘니고 두 번 졀ᄒᆞ여 하직ᄒᆞ고"(권24) 문을 나서는 엄영의 모습에서 이를 알 수 있다. 또 엄영은 집을 나와 엄창의 적소로 가서 함께 지내던 중, 엄창을 해치려 했던 자객의 주머니에서 어머니의 필적으로 쓰인 편지를 발견하자 토혈하며 기절하기도 하는데 이 또한 "모부인 실덕을 ᄀᆡᆨ골 ᄋᆡ달나 긔혈이 왕셩치 못ᄒᆞᆫ 바의 격년 심녀ᄅᆞᆯ 만히 허비ᄒᆞ여 졸연이 울홰 층ᄉᆡᆼᄒᆞᄆᆡ 구혈 혼ᄉᆡᆨ"(권26)한 것이다.

결국 최부인의 회과는 이러한 친자 엄영의 정성에 힘입어 이루어진다. 엄창의 온유함과 겸손함은 최부인의 회과에 끝내 영향을 미치지 못하였다. 최부인은 모든 모략이 밝혀져 처벌을 받게 된 상황에서도 "ᄂᆡ 죽은 녕혼이 흣터지지 아녀 모진 흉악ᄒᆞᆫ 귀신이 되어 좃ᄎᆞ다이며 원슈의 놈 챵을 만조각의 ᄂᆡ여 죽여 지옥으로 잡아가"(권27)겠다고 다짐하는 등 전혀 개과의 조짐을 보이지 않는다. 다만 후원의 누옥에 갇혀 지내면서, 친자 영을 그리워한 나머지 그가 남기고 간 임별서를 반복해서 읽다가 자신의 잘못으로 고생하고 있을 영의 처지를 생각하여 그간의 일들을 조금씩 후회하게 될 따름이다.

분ᄒᆞᆫ ᄆᆞ음 혜ᄋᆞ려 강잉ᄒᆞ여 식음을 쥬ᄂᆞᄃᆡ로 ᄉᆞ양치 아니ᄒᆞ고 종일종야 평셕ᄒᆞ여 ᄯᆡᄯᆡ 영이 임별셔ᄅᆞᆯ 잠심ᄒᆞ여 완곡ᄒᆞᆫ 문체ᄅᆞᆯ 보ᄆᆡ 아ᄌᆞ의 아리ᄯᆞ온 화풍이 안져의 버러ᄂᆞᆫ듯 ᄌᆞᄌᆞ언언이 항직ᄒᆞᆫ ᄉᆞ의ᄂᆞᆫ 마ᄃᆡ마ᄃᆡ ᄆᆡ치이고 ᄌᆞ부인 실덕ᄒᆞ시믈 슬허ᄒᆞᄆᆡ 몸으로ᄡᅧ 집을 ᄯᅥ나며 슬하ᄅᆞᆯ 하직ᄒᆞᄆᆡ 은은이 죄발곡용ᄒᆞ며 우광ᄒᆞ여 당야음의 늙기ᄅᆞᆯ 긔약ᄒᆞ여시니 ᄉᆞ의 쳐쳐초초ᄒᆞ고 ᄋᆡᆫ연비졀ᄒᆞᆫ지라 심하의 츄연ᄒᆞ고 암연이 스ᄉᆞ로 탄식ᄒᆞ여 갈오ᄃᆡ 오ᄋᆡ 샹문 교아로 교ᄋᆡᄒᆞ고 쟝어부귀ᄒᆞ니 평ᄉᆡᆼ의 괴로오믈 아지 못ᄒᆞ고 약년쇼ᄋᆡ 무ᄉᆞᆫ 결우미 이시리오마ᄂᆞᆫ 오직 ᄉᆞ오나온 어미 죄로ᄡᅧ 인ᄒᆞ여 ᄇᆡᆨ우ᄅᆞᆯ 층ᄉᆡᆼᄒᆞᄆᆡ 혈긔 미졍ᄒᆞᆫ 아ᄒᆡ 셜홰 만만경쇽ᄒᆞ고 망녕된 거조ᄅᆞᆯ 만히 ᄒᆡᆼᄒᆞ여 집을 ᄯᅥ난지 어늬덧 쟝근 두어 ᄒᆡ가 남은지라 그윽히 ᄉᆡᆼ각건ᄃᆡ 져의 신뉴 혜초갓흔 긔질노 도로 풍샹을 ᄇᆡ블녀 연연ᄒᆞᆫ 약질이 입ᄯᆡ가지 엇지 보젼ᄒᆞ여시믈 바라리오 이러ᄐᆞᆺ 만단ᄉᆞ렴이 아니 ᄆᆡᆺᄎᆞᆫ 곳이 업셔 심회 만단ᄒᆞ니 날노 악ᄒᆞᆫ ᄆᆞ음이 져ᄉᆡᆨᄒᆞᄆᆡ 악악ᄒᆞᆫ 즐언이 긋치고 종일종야의 고와ᄒᆞ여 셰샹만ᄉᆞᄅᆞᆯ 도모지 아ᄂᆞᆫ 듯 모로ᄂᆞᆫ 듯ᄒᆞ니 (권27)

종일종야 영을 다만 ᄉᆞ렴ᄒᆞᄆᆡ 이러 근심이 만쳡인 즁 ᄯᅩ 슈월 슈간 모옥의 쳔일을 보지 못ᄒᆞ고 심쟝을 살오니 이 본ᄃᆡ 귀골약질이라 엇지 병을 일위지 아니ᄒᆞ리오 다만 괴로온 가온ᄃᆡ 영의 별셔ᄅᆞᆯ 일시도 놋치 아니ᄒᆞ니 ᄌᆞ연 날이 오ᄅᆡᄆᆡ 그 혈심을 감동ᄒᆞ여 왕ᄉᆞᄅᆞᆯ 져기 츄회ᄒᆞ나 (…) 아지 못게라 오ᄋᆡ 옥골빙ᄌᆞ로 이런 늉동셜한을 어ᄂᆡ 곳의셔 지ᄂᆡ며 어ᄂᆡ 곳의셔 유락ᄒᆞ엿ᄂᆞᆫ고 슬프다 옥갓ᄒᆞᆫ 얼골과 눈갓ᄒᆞᆫ 긔부로ᄡᅧ 은ᄒᆞᆫ 어미 과악을 간치 못ᄒᆞ고 각골 지통을 픔어 이 ᄯᆡ의 뉴락ᄒᆞᄂᆞᆫ ᄇᆡ 산ᄉᆞ 야졈 곳 아니면 두 낫 어린 셔동으로 더부러 너쥬 ᄉᆞᆷ인이 젼젼 뉴락ᄒᆞ여 경영ᄒᆞᆫ ᄌᆞ최 인가 쳠하의 잠을 빌고 셔가의 잠을 어더 ᄌᆞ며 동가의 밥을 비러 긔갈ᄒᆞ미 어ᄂᆡ 디경의 이시며 가즁 변화ᄅᆞᆯ ᄉᆡᆼ각고 ᄉᆞ오나온 어미ᄅᆞᆯ 얼마나 한ᄒᆞᄂᆞᆫ고 (…) 이러ᄐᆞᆺ 번뇌ᄒᆞᄆᆡ ᄌᆞ연 악심이 날노 스ᄉᆞ로 스러져 회한ᄒᆞ믈 마지 아니나 (권28)

〈성현공숙렬기〉에서 "모뎨의 과실을 상상컨ᄃᆡ 듕야의 눈물이 흘러 벼개의 ᄉᆞ못고 붓그리오미 모져 낫치 달호이"(권17)는, 그리하여 병이 들기까지 하는 것이 양자인 임희린인 반면 〈엄씨효문청행록〉에서는 친자인 엄영이 그 역할을 담당하고 있다. 이는 또한 〈완월회맹연〉에서 "슉야 우민ᄒᆞ와 텬디지간의 용무지지ᄒᆞᄂᆞᆫ ᄇᆡᄂᆞᆫ 태태의 실덕을 일위미니 스ᄉᆞ로 죄를 나라히 졍ᄒᆞ고져 ᄒᆞᄂᆞ 밋지 못ᄒᆞ고 ᄉᆞ람을 ᄃᆡᄒᆞᄆᆡ 괴황ᄒᆞ여 연학의 ᄲᅥ러진 ᄃᆞᆺᄒᆞ니 즁야의 가ᄉᆞᆷ을 어로만져 어린ᄃᆞᆺ 취ᄒᆞᆫ ᄃᆞᆺᄒᆞᆫ 가온ᄃᆡ 눈물이 벼개를 젹실 ᄯᆡ 만터"(권89)라고 고백하는 정인성의 모습과도 같다.

물론 〈성현공숙렬기〉나 〈완월회맹연〉에서도 친자의 존재는 여부인과 소부인의 회과에 영향을 미친다. 여부인은 지난 일들을 후회하는 임유린의 편지를 받고서, 소부인은 자신의 죄악으로 친자인 정인웅이 요절할 위기에 처했다는 계시를 받고서 각각 회과에 이른다. 하지만 두 작품에서는 친자들이 주도적으로 어머니의 변화를 이끌어내지는 못한다. 여부인이나 소부인 모자는 가장의 부당한 대우에 자존심을 상하여 이를 설욕하려 하는 모습이 부각될 뿐, 최부인과 엄영 모자처럼 친밀한 관계로 그려지지는 않는다. 최부인이 여부인이나 소부인에 비하여 좀 더 복합적인 형상을 띤다면, 악인이면서도 엄영과의 관계에 있어서만큼은 진실한 모습으로 그려지기 때문이다.

또한 여부인이나 소부인은 적어도 개과 후에는 양자의 지극한 효에 감복하며 자신의 잘못을 통회하고 양자와 적극 화합하는 모습을 보인다. 여부인의 경우 일단 자신의 잘못을 인정한 뒤로는 유린에게 편향되었던 태도를 바로잡고자 노력한다. 여부인은 "악을 ᄇᆞ리고 션도의 도라가며 효ᄌᆞ현부의 지효ᄅᆞᆯ 슈은감격ᄒᆞᄆᆡ 삼셰 구별ᄒᆞ엿던 ᄋᆞᄌᆞ 유린의 얼골을 밧비 볼 뜻이 돈무ᄒᆞ야 암암이 대죄"하며 유린으로 하여금 먼저 참회하고 부친께 용서받은 뒤 자신을 보러 오라고 명하며,[16] 희린에게는 모자의 의를 완전히 하게 된 기쁨을 표현하며 그간의 일들을 사죄한다.[17]

마찬가지로 〈완월회맹연〉에서도 정인성의 효에 감동하며 과거의 일들을 부끄러워하는 소부인의 모습이 자세히 서술된다. 소부인은 자신을 대신해 죽고자 기원을 드리는 정인성의 모습을 보고는 "불승참연ᄒᆞ고 크게 감동ᄒᆞ여 믄득 몸이 ᄇᆞ아지ᄂᆞᆫ ᄃᆞᆺ"(권164) 충격을 받으며 정인성 부부는 물론 시부모와 남편에게도 거듭 사죄한다.

> 쳡이 불용비박으로 셩문의 입승ᄒᆞ여 군ᄌᆞ의 ᄂᆡ조ᄅᆞᆯ 쳠ᄒᆞ고 부인의 ᄒᆞᆺᄌᆞ리ᄅᆞᆯ 니으ᄆᆡ ᄇᆡᆨ힝의 취ᄒᆞᆯ ᄇᆡ 업ᄉᆞ믄 니ᄅᆞ지 말고 쳔흉 만악이 뉸긔의 득죄ᄒᆞ여 부모의 ᄇᆞ리인 ᄌᆞ식이오 존고긔 무궁ᄒᆞᆫ 불표ᄅᆞᆯ 씻치오며 부ᄌᆞ

16 "내 너ᄅᆞᆯ 써나미 셰봄이 밧괴여시니 네 산 얼골이 반갑지 아니미 아니로ᄃᆡ 모ᄌᆞ의 과악은 터럭을 ᄲᆡ혀도 니로 다 혜지 못ᄒᆞᆯ 거시오 강한의 탁ᄒᆞ고 츄양의 폭ᄒᆞ여도 다 씻지 못ᄒᆞ리니 (…) 네 지금 엄정의 죄ᄅᆞᆯ 밧치지 못ᄒᆞ엿고 ᄯᅩᄒᆞᆫ 샤ᄅᆞᆯ 닙지 못ᄒᆞ엿시니 인ᄌᆞ의 안연치 못ᄒᆞᆯ ᄇᆡ어ᄂᆞᆯ 엇지 어미ᄅᆞᆯ 본져 ᄎᆞᄌᆞᄅᆞ리오 ᄲᆞᆯ니 나가 여형의 교도ᄒᆞᄂᆞᆫ ᄃᆡ로 경위의 쳐분을 힝ᄒᆞ고 우리게 혜틱이 ᄂᆞ린 후 어미ᄅᆞᆯ 보미 늣지 아니토다"(권23).

17 "오날날 우리 모ᄌᆞ의 십년 막혓던 텬뉸이 화힙ᄒᆞ니 ᄌᆞᄌᆞ 회심ᄒᆞ믈 므어ᄉᆞ로 표ᄒᆞ리오 스ᄉᆞ로 ᄂᆡ 몸을 누실의 자쳐ᄒᆞ야 텬디의 ᄌᆞ옥ᄒᆞᆫ 죄과ᄅᆞᆯ 일분이나 쇽하고 죤당셩은을 일분이나 갑ᄉᆞ오며 가국이 나의 잔젹지힝과 독부지심을 슈리안심ᄒᆞ야 내 몸 우의 슈형을 보젼케 ᄒᆞ신 은혜ᄅᆞᆯ 보답ᄒᆞ며 너의 부뷔 고ᄅᆡ의 희한ᄒᆞᆫ 지셩대효ᄅᆞᆯ 의지ᄒᆞ야 ᄇᆡᆨ년의 그ᄅᆞ미 업고자 ᄒᆞᆫ들 젼과ᄅᆞᆯ 츄회컨ᄃᆡ 니ᄅᆞᆫ바 방방이 뉴쳬ᄒᆞ고 멱나의 슈사ᄒᆞᄂᆞ 우리 모ᄌᆞ의 취명과 쳔흉극악지ᄉᆞᄅᆞᆯ 엇지 다 ᄢᅵᄉᆞ리오"(권23).

그 득죄ᄒᆞᆫ 계집이 되니 (권164)

이의 춍ᄌᆡᄅᆞᆯ 나호여 등을 어로ᄆᆞᆫ져 불승체읍 왈 네 녀등의 어미지명을 비러시나 실위구적이라 너랄 죽이지 못ᄒᆞ여 노심 초ᄉᆞᄒᆞ기의 니ᄅᆞ럿거ᄂᆞᆯ 너ᄂᆞᆫ 므ᄉᆞᆫ 뜻으로 날을 위ᄒᆞᆫ 정셩이 이ᄃᆡ도록 ᄒᆞ뇨 아지 못게라 내 ᄆᆞ음의 시호도곤 더ᄒᆞ고 ᄉᆞ갈의셔 심ᄒᆞ니 ᄎᆞ마 ᄉᆞᄅᆞᆷ의 ᄒᆞᆯ ᄇᆡ냐 상모와 민모ᄂᆞᆫ 비록 포ᄒᆞ나 나의 더으지 못ᄒᆞᆯ 거시오 왕모와 녀휘 ᄉᆞ오나미 후의 젼ᄒᆞᄂᆞᆫ ᄇᆡ로ᄃᆡ 쳔흉 만악이 더으지 아니리니 내 몸이 죽어 가ᄒᆞ냐 ᄉᆞᆯ고져ᄒᆞ나 ᄎᆞ마 낫출 드더 ᄃᆡ인치 못ᄒᆞ리니 이 몸이 ᄉᆞᄉᆡᆼ 냥지의 다 길이 업ᄂᆞᆫ지라 (···) (권165)

쳡이 하ᄂᆞᆯ을 니고 ᄯᅡ흘 드ᄃᆡ지 못ᄒᆞᆯ 죄 임의 발각ᄒᆞᆫ지라 존고의 관홍대덕과 부ᄌᆞ의 관인 대량을 므릅ᄡᅥ 고당의 안거ᄒᆞ여 부귀ᄅᆞᆯ 누리ᄃᆡ 오히려 족ᄒᆞᆫ 줄 모로고 오직 젼출을 업시지 못ᄒᆞᆯ가 근심ᄒᆞ미 되엿ᄂᆞᆫ 고로 창텬이 벌을 ᄂᆞ리샤 ᄌᆞ모ᄅᆞᆯ 구원의 영결ᄒᆞ고 내 몸의 음질을 닐위여 ᄉᆞᄉᆡᆼ이 슈유의 잇거ᄂᆞᆯ ᄇᆡᆨᄋᆞ의 대표ᄅᆞᆯ 샹텬이 감동ᄒᆞ시고 션부인 졍녕이 명명지듕의 보조ᄒᆞ샤 쳡의 ᄉᆞᆺᄎᆞᆫ 병을 니을 ᄲᅳᆫ 아니라 아득ᄒᆞ 방촌을 ᄡᅵ치고 웅ᄋᆞ의 참ᄋᆡᆨ을 두로혀 슈복이 온젼케 ᄒᆞ시니 쳡이 비록 토목 심장이나 감골치 아니리잇가 (권165)

반면 〈엄씨효문청행록〉에서 최부인은 완전히 개과하였다고는 보기에는 애매한 부분이 있다. 최부인은 후원 비실에서 친자의 임별서를 읽으며 지난 일을 후회하고 마음이 누그러지기는 하였지만, 문밖에서 형극을 베는 소리를 듣고 엄영과 엄창이 돌아왔음을 고하는 시비들의 말을 듣는 순간 "챵은 은샤ᄅᆞᆯ 맛나 ᄉᆡᆼ환ᄒᆞ미 올커니와 영이 어ᄃᆡ로조차 날을 구하"(권28)겠느냐며 엄영에 대한 반가움을 표현한다. 또 두 아들의 부축을 반아 경일루로 옮긴 뒤에도 “주야 사렴ᄒᆞ든 영이 도라오니 환흡ᄒᆞᆫ 졍신이 빗기 흔득이니 만념이 부운가시 ᄉᆞ라지ᄂᆞᆫ”(권28) 기쁨을 느낀다. 물론 이후 엄창의 손을 잡고 지난 허물을 자책하며 자애하는 모습을 보여주기는 하지만 해당 대목의 서술은 지극히 짧고 간결하여 최부인의 심정을 확인하기 어렵다.[18] 더욱이 주변 사람들조차도 “좌위 다 최부인 회션기악ᄒᆞ미 혈심쇼ᄌᆡ의 비로ᄉᆞ믈 못ᄂᆡ 깃거”(권28)할 정도로, 최부인의 심경 변화에 있어서는 친자 엄영의 귀환과 그로 인한 안도감과 기쁨이 가장 중요한 요인으로 언급된다.[19] 며느리 윤부인을 대하여 “노뫼 간인등의 어ᄅᆡ믈 임ᄒᆞ여 힝ᄒᆞᆫ 바 ᄒᆞᆫ 일이 블가ᄉᆞ문어인국이니 다시 구두의 걸미 ᄉᆞ람의 도리 아니ᄅᆞ”(권28) 말하는 모습에서는 최부인이 진심으로 엄영 부부에 대한 자신의 잘못을 뉘우치고 있는지조차도 의심케 된다.

엄창이 친모인 장부인과 친밀한 관계를 맺듯이, 최부인과 엄영의 친모자 관계 또한 이 작품을 구성하는 중요한 한 축이다. 친자를 아끼고 사랑하는 마음에 있어서는 장부인과 최부인이 다를 바 없고, 친모에 대한 애틋한 마음 또한 엄창과 엄영이 다르지 않다. 이러한 친모자간의 진심어린 정이야말로 이 작품에서 가장 공들여 묘사하고 있는 바라 할 수 있을 것이다.

---

18 최부인은 자신을 구하러 온 엄창과 엄영을 만난 직후에는 ‘다만 심신이 어지러우니 지난 일은 다시 말하지 말라’며 우선 자신을 시원한 집으로 옮겨 달라고 부탁하며, 이후 “비로소 한님을 슬하의 명ᄒᆞ고 공ᄌᆞᄅᆞᆯ 나와 집슈당탄의 ᄌᆞ긔 지ᄂᆞᆫ 허믈을 ᄌᆞ칙ᄒᆞᄆᆡ ᄌᆞ모과도ᄒᆞ”(권28)였다고만 서술된다. 이어서 남편의 질책에는 “쳡슈블혜나 일ᄌᆞᆨ 부모의 명훈을 밧ᄌᆞ와 녀도ᄅᆞᆯ 아옵ᄂᆞ니 엇지 편협ᄒᆞ미 이시리잇고 ᄉᆞᆷ가 가ᄅᆞ치시ᄂᆞᆫ 명을 바드리이다”(권29)는 짤막한 대답을 한다.

19 이후에도 최부인은 “ᄋᆞ직 도라오ᄆᆡ 만ᄉᆡ 여의ᄒᆞ고 임의 젼악을 ᄭᆡ다라 다시 ᄋᆡ체ᄒᆞᆫ ᄆᆞ음이 업ᄂᆞᆫ”(권28) 상태로 서술되는 등, 엄영의 귀환을 계기로 개심한 것으로 일관되게 서술된다.

3. <엄씨효문청행록>의 모자 관계 서술시각과 그 의미

이상에서 살펴보았듯이, 〈엄씨효문청행록〉은 큰 틀에서 볼 때에는 계후 문제에 있어서 혈통론의 저항에도 불구하고 정통론적 종법주의가 끝내 관철되는 과정을 그린 작품이지만 그러한 결말에 이르는 구체적 과정에 있어서는 혈연으로 맺어진 모자 관계가 오히려 더 뚜렷이 부각된다는 특징을 지니고 있다. 표면적으로 강조되는 것은 '대순지효(大舜之孝)'로써 양모를 감화하였다는 '효문선생(孝門先生)' 엄창의 명성이지만, 실상 최부인은 친자에 대한 그리움과 애틋함으로 인해 양자에 대한 핍박을 그치게 되며 엄창 또한 시종일관 친모인 장부인과 애착 관계를 유지한다.

독자가 엄창을 옹호하며 그를 박해하는 최부인에게 반감을 가지게 되는 것은, 엄창의 비범한 효행 때문이라기보다는 약자에 대한 연민에 기인한 것이라고 보는 편이 더 타당할 것이다. 엄창은 양모에 의해 억압된, 침중하고 우울한 성격의 인물로 그려지는데, 이는 임희린이나 정인성이 양모와 적극적으로 대화하며 갈등 해소를 위해 노력하는 모습과 대조된다.[20] 더욱이 작품에서 엄창의 친모인 장부인의 내면이 자주 표출되고, 입

20 이와 관련, 〈엄씨효문청행록〉에서 희담(戲談) 장면이 상대적으로 적게 나타나는 것도 주인공의 성격과 연관된다고 볼 수 있지 않을까 한다. 한길연에 의하면 희담은 비범한 주인공을 평범한 주변인물의 시각에서 재조명함으로써 독자에게 심리적 여유를 제공하는 역할을 하는데, 특히 〈완월회맹연〉의 경우 정씨 가문의 비범한 인물들이 대부분 시종 진지한 태도를 견지하는 까닭에 독자의 긴장을 이완해 주기 위한 희담의 역할이 중요하다고 볼 수 있다. 또한 김문희에 따르면, 〈성현공숙렬기〉에서는 평범한 인물인 임유린의 이야기가 비범한 임희린의 서사와 대조를 이루면서 독자의 재미를 확보하는 고유한 역할을 담당한다. 관련 논의는 한길연, 「〈완월회맹연〉의 서사문법과 독서역학」, 『한국문화』 36, 서울대학교 규장각 한국학연구원, 2005, 28~32쪽과 김문희, 「〈성현공숙렬기〉의 '임유린' 서사를 읽는 재미」, 『한국고전연구』 25, 한국고전연구학회, 2012, 237~240쪽 참조.
반면 〈엄씨효문청행록〉의 경우 엄창은 정인성이나 임희린처럼 비범한 인물로만 그려지

양 보낸 아들의 안위를 염려하는 친모의 목소리가 적극적으로 드러남에 따라 엄창은 더욱 연민의 대상으로 비춰지게 된다.

결과적으로는 혈통에만 집착하여 입후자를 박해하는 양모가 악인으로, 정통론적 종법질서에 입각해 세워진 입후자가 선인으로 그려지지만 인물에 대한 독자들의 심리적 거리를 조절하는 실질적 기제는 양모자 관계에 대한 은연중의 거부감과, 친모자 관계에 대한 내밀한 공감이라 할 수 있다. 달리 말하면 이 작품에는 상충하는 두 가지 서술시각이 얽혀 있다. 정통론적 종법주의를 표방하는 표면적 서술시각은 혈연관계에 중점을 둔 심층적 서술시각을 통하여 비로소 구현되고, 혈연관계에 중점을 둔 심층의 서술시각은 정통론에 입각한 표면적 서술시각의 틀 안에서 표출된다. 정통론을 표방할수록 혈통론적 관점도 함께 강조되고, 혈통론에 입각하여 서사 전개나 인물 묘사를 해 나가는 과정에서 정통론적 서술시각 또한 보다 명료하게 관철되는 구도이다.

그런데 이처럼 상반되는 서술시각이 대립적으로 공존하는 현상은 그 자체가 담당층의 양면적 현실인식의 산물이라고 볼 수 있다. 문학생산이론의 관점에 따르면, 작품의 표면적 서술시각은 담당층의 추상적이고 이념적인 현실인식과 대응하는 반면 심층적 서술시각은 보다 구체적이고 경험적인 층위의 현실인식과 관련이 깊다. 이념적 층위의 현실인식이 작가가 전체적인 서사 전개나 인물 형상을 설정하는 기획 단계에 관여하여

기는 않기 때문에 희담이 끼어들 여지가 상대적으로 적다고 볼 수 있다. 〈엄씨효문청행록〉의 경우에는 엄창의 유모인 설향, 최부인의 심복인 영원법사와 후섭 정도가 희담적 인물로 등장하나 실제로 웃음을 유발하는 장면은 한두 장면 정도이다. 윤부인의 안위를 염려하는 말에 엄창이 '충효가 중요할 뿐 부인을 걱정할 겨를은 없다'고 답하자 '남자는 다 믿을 수 없으며 여자만 불쌍하다'며 설향이 답답해하는 장면(권20), 윤부인을 해하려던 영원이 봉변을 당하여 소리를 지르며 도망가고 구렁에 거꾸러져 있는 것을 후섭이 발견하고 일으켜 세우는 장면(권21) 정도가 그에 해당한다.

작품의 전체적인 서사전개 방향이나 인물 간의 선악 구도를 결정하는 밑그림으로서의 역할을 한다면, 그러한 기획을 구체적인 서사 구성과 인물 묘사를 통해 실현하는 과정에서는 현실적인 경험 세계의 원리가 도입될 수밖에 없기 때문이다.[21] 그러므로 서사의 정교한 구성과 인물의 정밀한 묘사가 이루어지는 문학작품에서는 당대에 통용되던 이념적 지향과 경험적 현실인식 간의 간극이 선명히 드러나게 마련이다.

〈엄씨효문청행록〉에서도 두 가지 서술시각의 대립은 곧 당대의 이념적 세계관과 경험적 현실 인식 간의 대립을 반영하는 의미를 갖는다. 현실적으로는 조선 전기의 혈통론적 질서가 여전히 영향력을 유지하고 있는 상황에서, 제도와 관습을 정통론적 종법주의에 입각하여 개편하려는 움직임이 시작됨에 따라 표면적 서술시각과 심층적 서술시각이 충돌하게 되었다는 해석이 가능하다.

주지하듯이 17세기 이후 조선 사회에서는 성리학이 학문적으로 심화되고, 지배층인 사림 세력이 이념적 권위에 기대어 통치의 정당성을 확보하고자 함에 따라 제도와 관습의 변화가 일어나기 시작하였다. 정통론적 종법주의가 강화된 것도 이와 같은 맥락에서였다. 또한 정통론적 종법주의는 사족 계층이 각 가문을 중심으로 결집하여 사회적 영향력을 유지하는 데에도 긴요한 것이었다. 그러나 추상적인 이념 차원에서 정통론을 표방하는 것만으로는 가문 안팎의 다양한 현실적 문제들을 해결하기 어려웠고, 이에 실제로는 이전부터 전해 오던 혈통론적 가문 운영의 원리들이 여전히 중시되었다고 알려져 있다. 예컨대 〈엄씨효문청행록〉에서 초점화된 입후 제도만 해도, 그 명분은 어디까지나 종통을 수호하기 위한 것

21 Macherey, P., *Pour une Theorie de la Production Litteraire*, François Maspero: Paris, 1978, pp.189~224.

이었으나 실제로는 입후의 주체인 총부에게 상당한 권한을 허용함으로써 여성의 가문 내 역할을 활성화하는 의미를 띠었음이 선행연구를 통해 밝혀져 있다.[22] 조선 전기부터 이어져 온바 여성도 봉제사(奉祭祀) 권한을 가졌던 국속(國俗)에 기대어, 16세기 이후에도 총부에게는 입후를 통한 봉사권이 상당 부분 인정되었고 이를 통해 결국 장자 중심의 종법질서도 원만히 수호될 수 있었다는 해석이다. 실제로 총부는 남편 사후 그 종통을 이을 후계자를 결정하는 주체로서 입후자를 내세워 제사를 주관하며 가문 내에서 지속적으로 중요한 역할을 하였다.

이러한 관점에서 보면 종법질서는 실제로는 상당 부분 강력한 모권(母權)을 기반으로 유지되었고, 여성의 혈통을 중심으로 형성되는 친모자 관계는 실상 상당한 중요성을 유지하였다고 볼 수 있다. 동아시아의 부계중심 가문에서 실제로 가장 영향력 있는 존재는 친자와 강력한 유대 관계를 맺고 있는 여성 연장자라는 문화인류학적 연구 또한 이러한 사실을 뒷받침한다.[23]

〈엄씨효문청행록〉이 양모・양자 관계의 화합과 회복을 표방하면서도 세부적으로는 친모・친자 관계를 보다 호소력 있게 묘사하며, 부계 종법질서에 근거하여 성립되었을 뿐 혈연관계는 뒷받침되지 않는 양모자 관계의 상대적 불안정성을 드러내는 것은 이와 같은 16세기 이후 조선조

---

22 이순구, 「조선중기 총부권과 입후의 강화」, 『고문서연구』 9・10, 한국고문서학회, 1996, 258~273쪽.

23 이광규는 한국의 전통적인 부계 중심 가족 구조가 아버지 중심의 권력 구조뿐 아니라 어머니 중심의 애정 구조이기도 하였음을 지적한 바 있다. 울프(Wolf, M.) 또한 자녀들과의 애착 관계를 기반으로 한 어머니 중심의 혈연 가족이 실상 부계 중심 가문의 내적 질서를 지배한다고 보았다. 이광규, 『한국문화의 구조인류학』, 집문당, 1997, 202~205쪽; Wolf. M., *Women and the Family in Rural Taiwan*, Stanford University Press, 1972, pp.32~41.

사회 현실의 투영이라 볼 수 있을 것이다. 특히 부계 중심의 종법 질서가 새롭게 강조되기 시작한 17세기 무렵에는, 종법주의를 강조할수록 그에 수반되는 복잡한 문제들을 해소하기 위해서는 이미 오랜 기간 지속되어 온 모권과 혈연 가족의 힘을 활용하는 것이 불가피하였던바 이러한 모순이 〈엄씨효문청행록〉에는 충실히 형상화되어 있다고 본다. 즉 이 작품은 종법질서가 확산되기 시작하였던 17세기 이후의 이념적 지향을 표방하되, 그 실질적 운영 원리에 있어서는 모계가족이 영향력을 가졌던 16세기 이전의 현실을 반영한다고 볼 수 있다.

반면 〈성현공숙렬기〉와 〈완월회맹연〉은 선행연구에서도 지적하였듯이 시기적으로 좀 더 후대의 현실인식을 반영하는 작품들로서 부계 종법주의가 보다 안정적으로 정착된 상황을 보여준다. 〈성현공숙렬기〉에서 입후자를 핍박하는 여부인은 단순한 악인으로 그려지며, 〈완월회맹연〉의 소교완은 결국 양자인 정인성과 전격적으로 화해한다. 이들은 친자에 대한 애착을 끝까지 포기하지 않았던 〈엄씨효문청행록〉의 최부인에 비해 보다 단순화되고 약화된 모권의 위상을 보여준다. 〈완월회맹연〉이 창작된 것으로 추정되는 18세기 전반에 들어서면 『속대전』에서 총부권을 제한하는 조치가 내려지는 등 변화의 기류가 나타나는바, 부계 중심의 종법질서가 파급되기 시작한 후 상당 기간이 경과함에 따라 모권이 강조되었던 이전의 습속이 위축된 것으로 볼 수 있다.[24]

한편 이상의 세 작품들보다 좀 더 이른 시기의 작품으로 추정되는 〈소현성록〉의 경우까지 시야를 넓혀 보면, 혈연으로 맺어지지 않은 어머니

---

24 이순구, 앞의 논문, 264~265쪽에서는 '대종의 법' 즉 종법질서가 아직 확립되지 못하였던 시기에 총부권이 과도기적으로 확장되었으며 이후 종법질서가 정착됨에 따라 총부권에 제약이 가해지게 되었다고 하였다.

에 대한 자녀들의 태도에서 〈엄씨효문청행록〉에서보다도 한층 더 뚜렷한 혈통론적 관점을 감지할 수 있다. 예컨대 다음 장면에서 보듯이, 소현성의 아들들은 각자의 친모만을 어머니라 부른다.

> 화부인이 매우 싫어서 문득 젊은 시절 참았던 투기를 새롭게 내며 못마땅하게 여기는 일이 많았다. (…) 모든 생들이 또한 지극한 효성으로 섬기기를 친어머니보다 못하지 않았다. 그러나 늘 마음속으로는 자신의 모친을 헐뜯는 것을 한스러워하여 서로 말하였다.
>
> "어머님의 영화는 아버님의 타고난 복에서 비롯된 것이 아니고 우리들로 인한 것인데 화부인께서 꺼리시는 것이 이상하다."
>
> 운성이 말리며 말하였다.
>
> "옳은 말을 하면 우환이 생기니 너희는 참고 효에 힘쓰고 무식하게 바른 말을 하지 마라." (권12)

위의 인용문에서 석부인의 친자들은 화부인을 어머니라 부르지 않고 '화부인'이라 지칭하며 친모인 석부인과 분명히 구별하고 있다. 소운성은 그런 형제들을 말리지만, 그 자신도 이미 높은 벼슬에 오른 후 친모인 석부인에게만 집을 지어드리는 등 혈연상의 어머니에 대한 효에 집중하는 모습을 보인다.

〈엄씨효문청행록〉에 나타난 모자 관계는 위의 〈소현성록〉에 비하면 정통론적 종법질서에 보다 접근한 양상을 보여준다. 혈연으로 맺어지지 않은 엄창과 최부인이 모자 관계로 설정되고, 그러한 모자 관계가 결국 온전해지는 과정이 그려지기 때문이다. 하지만 그 과정에서 서사를 추동하고 인물의 선악 형상화를 견인하는 것은 엄창과 장부인, 엄영과 최부인 사이의 혈연관계라는 점에서 이 작품은 전대의 혈통론적 관습으로부터 자유롭지 못하다. 동시에 〈엄씨효문청행록〉은 〈성현공숙렬기〉나 〈완월회맹연〉에 비하면 종법주의의 불안정한 위상을 드러낸다는 특징을 지닌다.

4. 결론

본고에서는 양모와 입후자 간의 계후갈등 양상을 다룬 가문소설 〈엄씨효문청행록〉을 대상으로, 양모·양자 관계와 친모·친자 관계의 특징 및 그 이면의 서술시각을 고찰해 보았다. 그 결과를 요약하면 다음과 같다.

〈성현공숙렬기〉나 〈완월회맹연〉에서 혈통론에 집착하는 양모가 시종일관 이루어질 수 없는 목표를 무리하게 추구하는 약자로, 그러한 양모의 과오를 넉넉히 포용하는 입후자가 가문 안팎의 신뢰를 이미 충분히 확보한 존재로 그려지는 데 비해 〈엄씨효문청행록〉의 양모·양자 관계는 보다 역동적이다. 최부인은 잔혹하고 교활한 악인으로, 마땅히 징치되어야 할 대상으로 그려지면서도 한편으로는 작품에서 가장 안정적이고 영향력 있는 존재이다. 반면 엄창은 모든 고난을 극복하고 결국 엄씨 가문의 후계자로 인정받는 선인이지만 정작 가문의 후계자로서의 투철한 자의식이나 의지는 부족한 인물로 묘사된다.

〈성현공숙렬기〉, 〈완월회맹연〉에서 임희린과 정인성의 친모가 주변적 인물로 그려지는 것과는 달리 〈엄씨효문청행록〉에서 엄창의 친모인 장부인이 비중 있는 인물로 등장하는 것도 마찬가지이다. 혈연을 초월한 효를 표방하면서도 실은 혈연으로 맺어진 친모자 간의 깊은 정이 부각되는 모순이 발생하기 때문이다. 마찬가지로 최부인과 엄영 모자의 특별한 정 또한 감동적으로 그려져 있어, 혈연관계에 대한 작품의 서술시각이 매우 긍정적임을 알 수 있다. 인물들 간의 선악 구도나 서사전개의 전반적인 방향은 정통론적 종법주의에 기반을 두고 있지만, 이를 공고히 하고 구체화하는 실질적인 논리는 혈통론이라 할 수 있다.

이러한 작품의 특징은 점차 본격화되고 있던 정통론적 종법질서와, 이전의 혈통론적 가족제도의 관습과 의식이 대립적으로 공존하고 있었던 시대 현실의 반영으로 분석되었다. 혈연에 대한 집착은 정통론적 종법질서에 위해가 되는 악으로 형상화되지만, 동시에 선인형 인물들조차도 혈연에 대한 확고한 지향을 보여주는 것으로 묘사되어 모순이 발생한다. 또 입후자의 지위가 결국 공고히 인정되는 것은 정통론적 종법질서에 입각한 서사 전개이지만, 정작 그 당사자인 입후자 자신은 양모에 대해 거리감과 두려움을 드러내며 친모에 대해 깊은 애정을 표출하는 현상도 상충된 두 관점의 충돌로 설명할 수 있다.

가문소설의 범주에 해당하는 작품들은 대개 한 가문 내 구성원들이 직접적인 혈연관계를 초월하여 화합하는 과정을 그린다. 그러나 구체적으로 각 인물의 어떤 특성을 부각하며 인물 간 관계의 어떤 측면을 강조하여 서술하는지, 서사 전개 과정에서 어떤 대목을 부연 또는 생략하여 나타내는지는 작품에 따라 차이가 있다. 〈성현공숙렬기〉나 〈완월회맹연〉에서는 정통론적 종법주의의 시각에 충실하게 모자 관계를 형상화하는 서술시각이 감지되는 반면, 〈엄씨효문청행록〉에서는 상대적으로 혈통론적 시각이 보다 강하게 개입된다. 이는 〈엄씨효문청행록〉이 인물 형상화나 서사전개 면에서 정통론적 서술시각과 혈통론적 서술시각의 대립, 이념적 현실인식과 경험적 현실인식의 충돌을 비교적 선명히 드러낸 작품임을 의미한다.

참고문헌

〈엄씨효문청행록〉(이석래 · 김진세 · 이상택 역주, 『한국고대소설대계』 (3), 한국정신문화연구원, 1982).

〈성현공숙렬기〉(이상택 · 서대석 윤문 및 교열, 『고전작품 역주 · 연구 및 한국근대화과정 연구』 (I-1), 서울대학교 한국문화연구소, 1995).

〈완월회맹연〉(김진세 역, 『완월회맹연』 1~12, 서울대학교출판부, 1987).

〈소현성록〉(최수연 · 허순우 역주, 『소현성록』 4, 소명출판, 2010).

김문희, 「〈성현공숙렬기〉의 '임유린' 서사를 읽는 재미」, 『한국고전연구』 25, 한국고전연구학회, 2012, 233~268쪽.

김종철, 「〈성현공숙렬기〉의 인물 형상에 대하여」, 『한국문화』 18, 서울대학교 규장각 한국학연구원, 1996, 111~133쪽.

박영희, 「〈엄씨효문청행록〉에 나타난 갈등양상과 의미」, 『어문연구』 29(2), 한국어문교육연구회, 2001, 134~149쪽.

이광규, 『한국문화의 구조인류학』, 집문당, 1997, 1~228쪽.

이순구, 「조선후기 총부권과 입후의 강화」, 『고문서연구』 9 · 10, 한국고문서학회, 253~276쪽.

이현주, 「조선 후기 가문 소설의 계후갈등 변이양상 연구」, 『한민족어문학』 62, 한민족어문학회, 2012, 451~474쪽.

______, 「〈성현공숙렬기〉 역사수용의 특징과 그 의미 – 정난지변과 계후문제를 중심으로」, 『동아인문학』 30, 동아인문학회, 2015, 1~39쪽.

장시광, 「대하소설의 여성과 법 – 종통, 입후를 중심으로」, 『한국고전여성문학연구』 19, 한국고전여성문학회, 2009, 127~178쪽.

정병설, 『완월회맹연 연구』, 서울대학교 박사학위논문, 1997, 1~242쪽.

정창권, 「〈완월회맹연〉의 여성주의적 상상력」, 『고소설연구』 5, 한국고소설학회, 1998, 245~270쪽.

조광국, 「〈엄씨효문청행록〉에 구현된 벌열가부장제」, 『어문연구』 32(2), 한국어문교육연구회, 2004, 227~253쪽.

한길연, 「〈완월회맹연〉의 서사문법과 독서역학」, 『한국문화』 36, 서울대학교 규장각 한국학연구원, 2005, 25~55쪽.

제3장

영웅군담소설에 나타난 가족 유대관계의 두 양상과 그 시대적 함의

1. 서론

조선후기 영웅군담소설의 서사 전개는 가정과 국가라는 두 축을 중심으로 한다. 가족의 이합 집산과 국가의 위기 극복 과정이 맞물리면서 이야기는 복잡하게 전개되고 인물이 지향하는 가치도 복합적인 양상을 띠게 된다. 주인공은 국가에 대한 충을 실현함으로써 흩어진 가족과 다시 만나거나 가족이 겪은 억울한 일을 보복할 수 있는 기회를 마련하며, 가족을 향한 애착은 충을 실현할 수 있는 동기로 작용한다. 충과 효, 국가와 가정의 안정은 서로 긴밀히 연관되어 함께 실현된다.

그러나 그러한 가운데서도 가족의 서사에 좀 더 무게가 부여되어 있다는 점은 부인하기 어렵다. 이는 특히 〈유충렬전〉에 관한 선행연구에서 거듭 지적되어 왔던 바이기도 하다.[1] 16세기 말부터 17세기 초까지 거듭

1 신재홍, 「유충렬전의 감성과 가족주의」, 『고전문학과 교육』 20집, 한국고전문학교육학회, 2010; 김현양, 「〈유충렬전〉과 가족애」, 『고소설연구』 21집, 한국고소설학회, 2006 등을 대표적인 예로 들 수 있다. 이들 논문에서는 유충렬이 명의 충신이기 이전에 유심의 아들로서의 정체성이 더 강하다는 점, 주변 인물들도 유심의 아들로서 유충렬의 성취

된 전란으로 인해 가족 이산의 고통을 겪은 사람들이 많아지면서 가족의 가치가 절대화되었고, 국가의 공적 질서가 무너진 18~19세기에 들어와서는 계층을 막론하고 신뢰할 수 있는 유일한 생존 단위는 가족뿐이었기에 영웅이 지향하는 가치 또한 가족의 회복과 안정에 초점을 맞추게 되었다고 볼 수 있다. 〈유충렬전〉에 비해서는 덜하지만, 〈조웅전〉이나 〈황운전〉의 경우에도 가족의 원수를 갚고 일가가 번영을 누리며 황제와도 결국 가족으로 맺어지는 결말에서 가족주의가 작품을 관통하는 핵심 가치임을 알 수 있다.

그런데 이러한 가족 간의 강한 유대는 주동인물만 아니라 반동인물에게서도 발견된다. 〈조웅전〉에 등장하는 위영-위길대 부자나 삼대 형제, 〈황운전〉의 진권 삼형제와 은통-은총 형제 등이 그러하다. 이들이 부자간이나 형제간에서 보여주는 헌신만큼은 주동인물과 다름없다. 기존의 체제를 옹호하는 주동인물 측과, 체제의 변혁을 추구하는 반동인물 측에서 공통적으로 가족 지향의 가치관을 나타내는 것이다. 이는 가족 유대관계의 강화가 체제의 강화와 변혁, 두 가지 방향으로 작용할 수 있음을 시사한다.

선행연구에서는 영웅군담소설 향유층의 현실 인식을 진단하면서, 개별 가족의 문제를 국가 통치 질서의 문제와 긴밀히 연관 짓기는 하였으나 통치 질서 변혁에 대한 전망까지는 나아가지 못한 서사구조의 의의와 한계에 주목한 바 있다. 국가의 통치 질서 붕괴와 개별 가족의 고난이 서로 연관됨을 인식하였다는 점은 의미 있지만, 낡은 국가 체제를 어떻게 변혁해야 할지에 대해서는 충분히 통찰하지 못하였다는 것이다.[2] 가족의 문제

를 부러워하고 칭찬한다는 점, 천자도 권력자이기 이전에 가족의 단취를 바라는 평범한 인간으로 형상화된다는 점, 백성들 또한 전란 중 흩어진 가족과의 재회를 간절히 바라며 이를 가능케 해준 유충렬을 영웅으로 인정한다는 점 등을 지적하였다.

2 박일용, 「〈유충렬전〉의 서사구조와 소설사적 의미 재론」, 『고전문학연구』 8집, 한국고

에 함몰되어 국가 정치의 변화 가능성에 대해서는 구체적인 관심을 갖지 못하였던 것이 향유층의 한계였다고도 볼 수 있을 것이다. 하지만 반동인물이 나타내는 가족 유대관계의 성격을 좀 더 자세히 들여다본다면, 가족에 대한 애착과 체제 변혁에 대한 관심이 당대의 독자들에게 반드시 상충되는 것은 아니었을 수도 있다는 생각을 하게 된다.

이러한 문제의식 하에 본고에서는 영웅군담소설에 나타난 가족주의의 서로 다른 두 양상과, 각각에 함축된 국가 통치 질서에 대한 관점을 분석해 보고자 한다. 분석 대상으로 삼고자 하는 작품은 〈조웅전〉, 〈황운전〉, 〈유충렬전〉 세 작품이다. '정적형 영웅군담소설'로 분류되곤 하는 이 세 작품에서는 국가의 문제와 가족의 문제가 서로 긴밀히 얽혀 전개된다. 국가 체제의 운영 방안을 둘러싼 주동인물-반동인물 간의 갈등이 긴박하게 전개되는 동시에, 이 과정에서 양자가 지향하는 가족 유대관계의 성격도 선명하게 대립된다.

다만 본고에서는 이 세 작품을 개별적으로 분석하기보다는, 여러 작품들에 공통적으로 나타나는 가족 유대관계의 특징을 주로 논의하고자 한다. 세 작품은 인물의 성격이나 그들이 처한 상황이 조금씩 다른 만큼 가족 유대관계 또한 이질적인 부분들이 있다. 예컨대 〈유충렬전〉은 반동인물들 간에 혈연적인 가족 유대관계가 성립하지 않는다는 점에서 〈조웅전〉이나 〈황운전〉과는 분명 다르다. 그럼에도 불구하고 세 작품 사이에는 공통적인 부분들에 주목하는 것은, 우선 공통점을 중심으로 가족과 국가에 대한 향유층의 인식을 파악해 보고자 하기 때문이다. 이어서 그 결과에 비추어 작품 간의 차이와 그 의미를 추론해 보고자 한다.

전문학연구회, 1993, 279~280쪽.

2. 주동인물과 반동인물의 가족 유대관계

〈조웅전〉, 〈황운전〉, 〈유충렬전〉에서 주동인물인 조웅, 황운과 설연, 유충렬이 추구하는 것은 아버지의 복수와 가문의 권세 회복이다. 이들은 부친의 정적이 일으킨 역모를 제압하는 공을 세움으로써 몰락한 가문을 일으키며 동시에 부친의 원수를 갚는다. 이들은 어린 시절이나, 심지어는 태어나기도 전에 이미 아버지가 정적의 모함으로 죽거나 유배되어 고난을 겪으므로 부친의 정적에 대해 적대감을 가질 수밖에 없다. 이러한 적대감은 주동인물들이 아직 분명한 정치적 지향을 갖기 전에 이미 형성된 것이기에, 주동인물과 반동인물의 갈등은 정치적 갈등이기 이전에 가문 차원의 갈등으로 보아야 한다.

주동인물들을 움직이는 힘이 정치적 신념이 아닌 가족에 대한 애착이라는 점은 작품 곳곳에서 확인할 수 있다. 예컨대 유충렬은 유심이 쓴 것처럼 조작된 편지를 읽고서 아버지가 살아 계실지도 모른다는 생각을 하게 된 직후, 정한담을 사로잡아 아버지의 일을 물어보아야겠다는 생각으로 단숨에 도성을 탈환한다. 조웅 또한 부친의 죽마고우인 위왕을 찾아가 돕는 과정에서 자연스럽게 송을 위협해 온 서번을 평정하게 된다. 황운 또한 진권 집안의 노복들만 보아도 통분해 하는가 하면, 집이 불탄 것을 알고는 '일졍 진권위 쇼위'라 짐작하며 분노를 표출하는 등 진권에 대해 개인적인 원한을 품고 있었기에 이러한 개인적 복수심이 이후 진권 형제의 역모를 평정할 때 숨은 동기로 작용하였다고 볼 수 있다.

그런데 이들은 부친이 일찍 죽거나 유배를 떠났기 때문에, 부자 간에 정신적 교류가 부족한 상태다. 주동인물 부자는 다만 핏줄로 연결된 관계일 뿐, 공통의 정신적 가치라 할 만한 것은 채 형성되지 못한 상태에서 이별한다. 유배지로 떠나기 전 황한과 유심이 아들에게 당부하는 말을 보아도, 어린 자식을 두고 떠나는 설움과 근심을 토로한 뒤 무사히 잘 지내다가 다시 보자는 기약만 남길 뿐 아들은 아버지가 처한 정치적 상황이나 그러한 상황을 초래한 아버지의 정치적 신념에 대해 이해하지 못한다. 〈유충렬전〉과 〈황운전〉에서 아버지와 아들은 신체의 징표나 헤어질 때 나눠 가진 신표를 확인하고서야 서로 부자 관계임을 믿게 될 정도로 오랜 세월 단절된 삶을 살아간다. 그런데도 재회한 뒤에는 아무 문제없이 원만히 가족으로 화합하고 공고한 부자간의 유대 관계를 형성한다는 것이 이들 작품의 공통된 서사 전개이다.

물론 유충렬이나 황운, 조웅의 부친들은 확고한 정치적 신념을 가지고 있다. 이들은 황제를 보좌하여 국가를 안정시켜야 한다는 책임감이 강하다. 그리하여 전란 중에는 황제를 안전하게 보호하며 원군을 모아 외적을 물리치고, 중대한 국사를 결정할 때에는 거침없는 직언으로 황제가 객관적인 판단을 하도록 촉구한다. 통치 체제를 안정시키기 위해서는 신하가 황제의 과오를 바로잡고 예방해야 하며 또 그럴 수 있다고 믿는 것이 이들의 정치적 신념이라 할 수 있다.

그러나 이러한 부친 세대의 신념은 황제의 무능함으로 인해 좌절된다. 당장 듣기 좋은 말만 하는 신하들이 황제의 마음을 얻게 됨에 따라, 충심으로 황제를 보좌하고자 하는 신료들은 모함을 받고 밀려날 수밖에 없기 때문이다. 자연히 그 자녀들은 부친들이 고수하였던 순수한 '충'의 이념에 대해 거리를 두게 되는데, 이는 특히 〈유충렬전〉에서 유충렬이 황제를 비판하는 대목과 강희주의 상소를 만류하는 대목을 통해 잘 알 수 있다.[3]

3 강희주가 황제의 잘못을 직간하려 하자 유충렬은 천자가 간신들에게 둘러싸여 있어 상소를 제대로 듣지 않을 것이라고 만류하며 천자에 대한 불신을 드러낸다. 또한 황제

조웅 또한 계량도에 유폐된 태자를 구하러 가는 과정에서 전조 충신 세력들의 무기력함을 목격하게 된다. 송실에 대한 충심이 두터운 위왕은 서번국의 침략에 속수무책 당할 뿐이고, 학산의 충신들은 이두병의 허수아비만 공격하고 있으며, 계량도의 충신들 또한 태자를 모시고 한탄만 하며 세월을 보내고 있음을 직접 확인하게 되는 것이다. 황운의 경우 황제 사후 어린 태자를 대신하여 섭정왕의 역할을 맡는데, 이 또한 오직 충언으로 황실을 보좌하기만 하였던 부친과는 다르다.

주동인물들은 국가의 통치 질서에 대해 아버지와는 다른 생각을 갖고 있기에, 이들의 부자관계는 정치적 신념의 공유 없이 다만 핏줄에 대한 맹목적인 애착 관계로만 고정되어 있는 셈이다. 부자는 서로의 생각을 잘 알지 못한 채, 단지 오랫동안 떨어져 지낸 데서 비롯된 막연한 그리움으로 결속되어 있을 따름이다. 원초적인 혈육의 정을 제외하면 이들을 가족으로 묶어 줄 수 있는 정신적 기반을 상정하기 어렵다.

반면 반동인물 측의 가족 유대는 분명한 정치적 동지 관계이다. 〈황운전〉의 경우, 황한과 설영 가문을 핍박하는 진권은 아우인 진형, 진결과 긴밀히 협력하여 역모를 진행한다. 이들은 전장에서 긴박한 위기를 극복하면서 함께 정치적 신념을 실천해 나간다. 진권 삼형제는 서로의 능력과 지략에 대한 믿음을 바탕으로 한 운명 공동체로서, 이들 간의 유대는 단순히 혈연이기 때문에 발생하는 애착과는 성격이 다르다.

> 진권이 본ᄃᆡ 찬역ᄒᆞᆯ 뜻이 이스나 황한과 설연을 긔탄ᄒᆞ여 발ᄇᆡ치 못ᄒᆞ더니 이의 이르러는 작위 일품의 거ᄒᆞ엿고 그 아오 진형과 진걸의 모략과

를 위기 상황에서 구한 후에는 정한담에게 속아 황제 자리를 빼앗길 뻔한 황제의 어리석음을 면전에서 비판하기도 한다.

용ᄆᆡᆼ을 미더 화평 이십년 춘삼월의 긔병ᄒᆞ여 동관 셩즁이 웅거ᄒᆞ여 ᄌᆞ칭 동관왕이라 ᄒᆞ고 진걸노 ᄒᆞ여곰 동관 이십여 쥬군을 총독ᄒᆞ고 (…) 진형으로 ᄒᆞ여곰 셔호 십뉵 쥬군을 총독ᄒᆞ고 (521)[4]

진권이 졍히 위급ᄒᆞᆯ 즈음의 믄득 진걸이 다라드러 제 말를 진권을 ᄐᆡ화 다라나며 셩즁을 둘너본즉 ᄉᆞ면이 다 화광이오 살빌 셩이 벽녁 갓흐ᄆᆡ 향ᄒᆞᆯ 곳을 모로더니 군ᄉᆡ 보ᄒᆞ되 남문이 뷔엿다 ᄒᆞ는지라 진권이 진걸과 진셩과 슈쳔여 긔를 거ᄂᆞ리고 남문으로 향ᄒᆞᆯ ᄉᆡ 믄득 방포일셩의 ᄆᆡᆼ학신과 뉵합이 ᄂᆡ닷거ᄂᆞᆯ 진걸이 쥭도록 막으며 일면을 헤치고 구ᄒᆞ여 다라나더니 (525)

진권 삼형제는 마치 한 몸처럼 서로 헌신하면서 새로운 통치 체제를 만들어 나가기 위해 노력한다. 위의 인용문에도 나타나 있듯이, 진걸은 진권을 구하기 위해 목숨을 걸고 적을 막는데, 이는 곧 형과 함께 구축해 나가고 있는 새로운 국가 질서를 지키기 위한 투지이기도 하다. 확고한 정치적 신념 속에서 형제간의 우애는 정치적 유대의 성격을 띠게 된다.

진권 형제의 부하인 은통-은총 형제도 마찬가지다. 은총과 은통은 함께 진권의 군대에 참여하고 있는데, 아우 은통이 전투 중 죽자 은총은 아우의 죽음에 복수하려는 뜻으로 한층 더 맹렬히 활약한다. 형제는 전장에서 동고동락하며 공동의 목표를 위해 노력한다.

이ᄯᆡ 진걸이 진홍의 쥭으믈 보고 ᄃᆡ로ᄒᆞ여 좌우를 도라보아 왈 뉘 능히 진홍의 원슈를 갑흘고 ᄒᆞ니 언미필의 마군쟝 은통이 응셩출마 ᄒᆞ여 크게

4 이하 〈황운전〉의 인용은 김동욱 편, 『고소설판각본전집』 3, 연세대학교 인문과학연구소, 1973에 수록된 경판 59장본을 기준으로 한다. 단, 경판 59장본의 영인본에서 글자 판독이 어려운 부분은 같은 전집에 수록되어 있는 경판 31장본을 참조하여 보완하였다. 인용문 끝부분 괄호 안의 숫자는 전집의 해당 면수이다.

웨여 왈 송쟝 조명건은 셜니 나와 나의 칼를 바드라 ᄒᆞ거ᄂᆞᆯ (…) 조명건이 급히 달녀드러 은통의 머리를 버혀 말긔 달고 본진의 도라와 긔의 달고 북을 울녀 ᄊᆞ홈을 도도니 진걸이 불승ᄃᆡ로 ᄒᆞ여 친히 ᄊᆞ호고져 ᄒᆞ더니 믄득 일원ᄃᆡ쟝이 출마ᄃᆡ호 왈 쟝군은 잠간 머므쇼셔 닭을 쥭이ᄆᆡ 엇지 쇼 쥭이는 칼를 쓰리오 ᄒᆞ니 이는 은통의 형 은총이라 (524)

진권이 격셔를 보고 불승ᄃᆡ로ᄒᆞ여 좌우를 도라보아 왈 뉘 능히 셜연을 잡ᄋᆞ 이 욕을 씨스리오 ᄒᆞ니 은총이 ᄂᆡ다라 ᄃᆡ호 왈 소장이 ᄂᆞ아가 우시춘을 버히고 셜연을 잡아 쥬군의 근심을 덜니이다 ᄒᆞ고 (524)[5]

〈조웅전〉의 경우 이두병과 이관 부자도 공통의 신념과 의지로 결속되어 있다. 이관 등 이두병의 다섯 아들은 서두에서부터 부친 이두병과 함께 관직에 참여하며 정치적 세력을 형성하고 있었고, 부자가 함께 새로운 통치 체제를 구축하고자 하는 의지를 실천한다. 조웅이 삼대 형제를 제압하고 진격해 오는 위기 상황에서 이관 등이 이두병에게 하는 말을 보면, 이두병과 그 아들들은 자신들이 새롭게 구축한 통치 체제에 대해 확고한 신념을 공유하고 있음을 알 수 있다. 급박한 위기 상황에서도 이관은 황태자로서의 직책을 포기하지 않고 아버지가 세운 국가 체제에 끝까지 충성을 다하려는 의지를 나타낸다.

5 국립중앙도서관 소장 필사본의 경우, 다음과 같이 은통－후통 형제와 진권－진걸 형제가 서로 원수를 갚고자 분발하는 모습을 보이기도 한다.
"진권이 ᄃᆡ로ᄒᆞ여 좌우을 돌아보와 왈 뉘 능히 셜연을 ᄌᆞᆸ아 분을 셜ᄒᆞ리요 진걸이 ᄃᆡ왈 듀군은 안심ᄒᆞ쇼셔 쇼쟝이 몬져 ᄂᆞ가 우시츈을 버혀 은통의 원슈를 갑고 내거 셜연을 ᄌᆞᆸ아 휘ᄒᆞ예 드리리니 조금아ᄒᆞᆫ 필부를 엇지 근심ᄒᆞ리요 ᄒᆞ더니 쟝ᄒᆞ에 잇은 후통이 ᄂᆡᄃᆞ라 ᄃᆡ호왈 시츈이 날마다 셩ᄒᆞ의 와 즐욕ᄒᆞ다가 죵시 나지 아니ᄒᆞᄆᆡ 우리를 업슈히 녀여 이졔 젹은 군ᄉᆞ를 거ᄂᆞ려와 ᄊᆞ홈을 도도니 엇지 그져 두리요 원컨ᄃᆡ ᄒᆞᆫ 번 ᄊᆞ화 시츈을 ᄌᆞᆸ아 ᄋᆞ의 원슈를 갑하지이다 ᄒᆞ거ᄂᆞᆯ"(권지이, 4~5).

황졔와 졔신니 ᄃᆡ경 황망ᄒᆞ야 아모니 ᄒᆞᆯ 쥴를 몰로고 셔로 도라보며 니 닐를 엇지 ᄒᆞ니요 ᄒᆞ고 두셔를 졍치 못거늘 ᄐᆡᄌᆞ 니관 등 오형졔 츌반 쥬왈 폐ᄒᆞᄂᆞᆫ 근심치 말으시고 니졔 장양ᄌᆞ를 ᄐᆡᆨ취ᄒᆞ야 션봉를 ᄒᆞ시옵고 폐ᄒᆞ ᄌᆞ장젹지 ᄒᆞ옵소셔 급ᄒᆞ물 면ᄒᆞ옵소셔 죠신은 난신 젹ᄌᆞ라 보쳐ᄌᆞ ᄒᆞ기만 ᄉᆡᆼ각ᄒᆞ옵고 위국츙셩니 업ᄉᆞ오니 엇지 졀통치 안니ᄒᆞ올니가 국가를 평졍 후의 역웅로 다시여 분ᄒᆞ믈 더옵소셔 ᄒᆞᆫᄃᆡ 졔신니 묵묵부답ᄒᆞ고 머리를 슈기더라 (197)[6]

이두병 측의 군사들 중 위길대와 위영 부자도 그러하다. 서주자사 위길대가 조웅의 칼에 죽자 아들 위영이 달려들어 직접 부친의 원수를 갚겠다며 출전하는 다음 대목을 보면, 부자간의 혈연적 유대관계가 정치적 동지 관계로 확장됨을 알 수 있다.

ᄒᆞᆫ ᄒᆞᆸ니 못ᄒᆞ야 원슈의 칼니 번쓧ᄒᆞ며 길ᄃᆡ의 멀리 마ᄒᆞ의 덜어진니 창으로 길너 문긔 외의 달고 좌츙우돌ᄒᆞᆫ니 그 랄ᄂᆡ미 비호 갓더라. 길ᄃᆡ의 아들 우영니 ᄯᅩᄒᆞᆫ 만부지용니 닛ᄂᆞᆫ지라 부친 죽금ᄅᆞᆯ 보고 ᄃᆡ경질ᄉᆡᆨᄒᆞ야 통곡ᄒᆞ야 왈 부친의 웬슈를 갑플닐라 ᄒᆞ고 분를 니기지 못ᄒᆞ야 칼을 들고 ᄂᆡ달라 ᄃᆡ질 왈 반젹 죠웅은 쌜리나와 ᄃᆡ젹ᄒᆞ라 오를랄 너 목을 버히 볼 공ᄃᆡ쳔지원ᄅᆞᆯ 갑픈이라 ᄒᆞ거날 (188)

서주자사 위길대는 조웅이 서주로 오고 있다는 소식을 듣고, '오랄랄 조융ᄅᆞᆯ 잡바 울리 황ᄉᆞᆼ의 분ᄒᆞ믈ᄅᆞᆯ 시치니라'고 천명하며 출전한 상태였다. 이는 위길대가 이두병에 대해 분명한 지지 의사를 가지고 서주자사로

6 이하 〈조웅전〉의 인용은 김동욱 편, 『고소설판각본전집』 3, 연세대학교 인문과학연구소, 1973에 수록된 완판 104장본을 기준으로 한다. 인용문 끝부분 괄호 안의 숫자는 전집의 해당 면수이다.

복무하고 있었음을 뜻한다. 위영은 아버지의 이러한 정치적 신념을 평소 충분히 이해하고 있었을 것이기에, 위길대의 죽음에 분개하며 복수하려 하는 그의 행위는 아버지의 정치적 신념에 대한 동의와 지지의 의미를 내포하게 된다. 이는 조웅이 만나 본 적도 없는 아버지의 원수인 이두병을 대적하며 태자의 편에 서는 것과는 다르다.

결말 부분에 등장하는 삼대 형제의 경우도 형제이기 이전에 정치적 판단과 행동을 함께 하는 사이다. 이들 형제는 언젠가는 자신들의 재능으로 새로운 세상을 만드는 일에 참여할 것이라는 이상을 오랜 시간 품어 왔고, 이두병이 장수를 모집하는 지금이 바로 그 때라는 확신을 가지고 함께 행동한다. 이들의 숙부인 태산부 자사는 계량도에 있는 태자를 사사하도록 이두병에게 장계를 올렸다가 조웅의 손에 목숨을 잃은 인물이기에, 삼대 형제가 숙부의 죽음에 격동되었다는 것은 단순한 혈육에 대한 안타까움만은 아니다. 조웅과 정면으로 대립하였던 숙부의 일을 이들 형제가 언급한 것은, 자신들 또한 숙부와 마찬가지로 이두병의 통치 체제를 적극적으로 지지한다는 뜻을 밝힌 것으로 보아야 할 것이다.

> 신 등은 동ᄒᆡ 싸의 ᄉᆞ옵던니 신의 아ᄌᆞ비 ᄐᆡ산부 ᄌᆞᄉᆞ를 가와 반적 죠웅의 손의 쥭어ᄉᆞ온이 유부유ᄌᆞ지간의 엇지 놀납지 안이ᄒᆞ오며 ᄯᅩᄒᆞᆫ 국가 위ᄐᆡᄒᆞ오물 듯ᄊᆞ온니 신ᄌᆞ의 도리여 마음니 평안ᄒᆞ올잇가 신 등은 삼형제니 일흠은 일ᄃᆡ 이ᄃᆡ 삼ᄃᆡ라 비록 ᄌᆞ는 업ᄉᆞ오나 죠웅은 둘렵지 안니ᄒᆞ오니 복원 황ᄉᆞᆼ은 일지병를 빌니시면 반적 조웅을 ᄉᆞ로잡바 펴ᄒᆞ의 밧칠이다 (192)

삼대 형제의 스승은 아직 천시가 아니라며 이들을 만류하고 다시 산중에 들어가 때를 기다릴 것을 권하지만, 삼대 형제는 하나같이 스승의 제안을 거부한다. 특히 막내인 삼대는 '이 때를 놓치지 말고 조웅을 제거해야 한다'는 의견을 적극적으로 표명하는데, 이는 곧 이두병이 송조를 전복한 현재를 천시로 인식하고 바로 이때 자신들의 재능을 펼쳐야 한다는 판단 하에 삼형제가 함께 움직이고 있음을 말해 준다.

> 그ᄃᆡ 형졔 다 ᄂᆡ 말을 듯지 안니ᄒᆞᆫ니 ᄒᆞ릴 업스나 그ᄃᆡ 등은 쳔시를 아지 못ᄒᆞᄂᆞᆫ지라 ᄂᆡ 말를 드르면 죠흔 시졀이 닛슬 거슨니 ᄑᆡ군ᄒᆞ고 ᄉᆞᆫ즁으로 도라가미 엇더ᄒᆞ요 삼ᄃᆡ 쏘ᄒᆞᆫ 분연ᄒᆞ야 니로ᄃᆡ 션ᄉᆡᆼ은 엇지 그리 근심ᄒᆞ시ᄂᆞᆫ닛가 닛 ᄊᆡᄅᆞᆯ 닐코 치지 안니ᄒᆞ면 양호유환니라 션ᄉᆡᆼ은 의심치 마르시고 이곳의 계셔 승부ᄅᆞᆯ 귀경ᄒᆞ쇼서 ᄒᆞ겨늘 (193)

정적형 영웅군담소설로 분류하긴 어렵지만, 〈장익성전〉의 경우도 표진영 7형제가 동지 관계로 서로 협력하며 정치적 구상을 실현해 나가는 모습을 그리고 있다. 나라 안팎의 위협을 황제가 망설이기만 할 뿐 제대로 방비하지 못하는 상황에서, 표진영 형제는 각 지역의 자사로서 긴밀한 군사적 협응력을 갖추었을 뿐 아니라 남만국왕과 조공 문제를 놓고 협상하는 등 국가를 안정시킬 수 있는 분명하고도 거시적인 정치적 구상을 가지고 있었다. 이들의 반역은 이와 같은 면밀한 정치적 구상을 바탕으로 한 것이었다. 이에 평호철, 구백능, 골춘대 등의 동료들도 표씨 형제들과 힘을 합해 새로운 국가 체제를 세우는 일에 적극적으로 헌신한다.

> 표진덕이 졔 아오 죽음을 보고 분긔를 이긔지 못ᄒᆞ야 몸을 날여 ᄆᆞᆯ게 올나 ᄂᆡ다러 외여 왈 내 ᄋᆞ오 죽인 젹장은 쌜니 나와 내 칼을 밧으라 ᄒᆞ니 원수 황금쌍봉투구에 농인갑을 입고 청총ᄆᆡ에 자금안장을 지어 타고 (…) 수합이 못ᄒᆞ야 원수의 ᄎᆞᆼ이 빗ᄂᆞ면셔 진덕의 머리를 버혀들고 좌충우돌ᄒᆞ

야 대호 왈 금능 장익셩을 당ᄒᆞᆯ ᄌᆡ 닛거든 급히 나와 승부를 결단ᄒᆞ라 적진 즁에셔 ᄯᅩ ᄒᆞᆫ 장수 달녀들며 눈을 부릅ᄯᅳ고 이를 갈며 고셩ᄃᆡ왈 네 무도한 송나라를 섬겨 텬시를 모르고 ᄂᆡ 아오를 ᄒᆡᄒᆞ니 살지무셕이라 장익셩은 ᄂᆡ 칼을 밧으라 ᄒᆞ고 달녀들어 ᄊᆞ호니 이ᄂᆞᆫ 곳 표진국이라 (33~34)

이ᄯᅢ 표진영이 탄왈 적장 익셩은 만부부당지용을 가졋스니 뉘 능히 버혀 내 동ᄉᆡᆼ 삼인의 원수를 갑흐리요 언미필에 골츈ᄃᆡ 주왈 황상은 근심치 마옵소셔 엇지 ᄒᆞᆫ낫 익셩을 근심ᄒᆞ오릿가 소장이 비록 무ᄌᆡᄒᆞ나 적장을 사로잡아 삼장의 원수를 갑고 폐하의 근심을 덜니이다 (34)

구ᄇᆡᆨ능이 골츈ᄃᆡ 죽음을 보고 분긔를 ᄎᆞᆷ지 못ᄒᆞ야 쇄금주의 월룡갑을 입고 쳔리ᄃᆡ원말을 타고 원수를 마져 십여 합에 니르되 자웅을 결단치 못ᄒᆞ더니 (35)

정치적 동지 관계 속에서 재정립된 형제 관계인 만큼, 표씨 가족 외의 동료들도 표진영 형제들의 유대에 긴밀히 참여한다. 표진국이 표진덕의 원수를 갚고자 거침없이 출전하듯 골춘대는 표진영 아우들의 원수를 갚기 위해 나서고, 구백능 또한 골춘대의 죽음에 분발하여 활약한다. 혈연이 아닌 정치적 신념이 결속의 구심점이 되기에, 형제의 유대관계는 혈연의 범위를 넘어서도 확장될 수 있는 것이다.

실제로 〈유충렬전〉의 경우, 혈연관계가 아닌 정한담-최일귀-적문걸에게서 형제애를 발견할 수 있다. 이들은 혈연으로 맺어진 가족은 아니지만, 새로운 국가 체제를 만들어 나가는 과정에서 혈연상의 형제 못지않은 결속력을 보여준다.

이적의 적진즁의셔 문걸 죽으물 보고 일진이 진동ᄒᆞ야 서로 나와 싸오려 ᄒᆞᆯ ᄉᆡ 삼군ᄃᆡ장 최일귀 분긔를 이기지 못ᄒᆞ야 녹포운갑의 ᄇᆡᆨ금투고를 쓰고 장창ᄃᆡ검을 좌우의 갈나들고 적제마를 처질ᄒᆞ야 나난다시 달여드며 위여 왈 적장 유충열아 네 아직 미거ᄒᆞ야 남북강병 억만군를 통멸리 ᄉᆡᆼ각ᄒᆞ니 밧비 나와 죽어보라 원슈 장ᄃᆡ의 잇다가 최일귀란 말을 듯고 밧비 나와 응성ᄒᆞ되 정ᄒᆞᆫ담은 어ᄃᆡ가고 너만 엇지 나왓난냐 너의 두 놈의 간을 ᄂᆡ여 우리 부모 영위전의 ᄌᆡ비ᄒᆞ고 드리리라 (355)[7]

이ᄯᆡ ᄒᆞᆫ담이 일귀 죽으물 보고 분심이 츙장ᄒᆞ야 벽역 갓ᄐᆞᆫ 소리를 천동갓치 지르고 장창ᄃᆡ검 다 잡아쥐고 젼장 오ᄇᆡᆨ보를 소소와 쒸여 셔며 육정육갑을 베푸러 좌웃니장 옹위ᄒᆞ고 둔갑장신ᄒᆞ야 변화를 부쳐두고 호통을 크게 질너 원슈를 불너 왈 츙열아 가지말고 네 목을 밧비 납상ᄒᆞ라 (356)

호국을 끌어들여 황제를 몰아낼 정도로 대담하고 치밀한 정한담과 최일귀이지만, 동료의 죽음에 대해서는 크게 분개하며 동료를 죽인 적군에 대해 가족의 원수 이상으로 적대감을 나타낸다. 이는 유충렬 등 주동인물들이 동료 없이 홀로 활약하는 점과 대조된다. 부친의 원수를 갚기 위해 정한담과 대적하는 유충렬은 분명한 정치적 신념을 가진 인물로 보기 어렵고, 신념을 공유하는 형제나 동료도 등장하지 않는다. 〈조웅전〉의 경우 조웅과 강백이 협력하며, 〈황운전〉에서는 황운과 설영의 힘을 합해 송 황실을 회복시키기는 하지만 이들은 모두 각자 부친의 원수를 갚기 위해 연대할 뿐 공통된 정치적 결단에 의해 관계가 만들어진 것은 아니다. 새로운 통치체제를 구축하는 데 함께 몰두하는 반동인물들 간의 유대관계와는 달리,

7 이하 〈유충렬전〉의 인용은 김동욱 편, 『고소설판각본전집』 2, 연세대학교 인문과학연구소, 1973에 수록된 완판 86장본을 기준으로 한다. 인용문 끝부분 괄호 안의 숫자는 전집의 해당 면수이다.

주동인물들 간의 유대관계에서는 서로를 위한 절박한 희생이나 헌신이 보이지 않는다. 조웅과 강백은 개별적으로 적장을 맞아 일대일로 대결하면서 위급할 때에만 거들 뿐이다. 황운과 설영 또한 개별적으로 활약한다. 예컨대 황운이 아침에 호타하에서 진형의 손에서 황제를 구출해 내면, 그날 밤에는 설연이 진중에서 진형과 일대일로 싸워 제압하는 식이다.

마지막으로, 스승과의 관계가 가족 유대에 미치는 영향에 있어서도 주동인물과 반동인물은 차이가 있다. 주동인물의 경우, 홀로 스승 밑에서 공부하므로 동학 관계가 성립하지 않는다. 조웅, 유충렬, 황연과 설영 모두 개인별로 훈련받고 출전하여 공을 세운다. 반면 〈유충렬전〉의 정한담-최일귀나 〈조웅전〉의 삼대 형제는 같은 스승을 모시는 사이다. 특히 정한담과 최일귀는 진중에 옥관도사를 모셔두고 내내 그의 지시를 받아 행동한다. 옥관도사의 지지와 격려는 이들의 정치적 결단에 확신을 불어넣어 주고, 스승을 절대적으로 믿고 의지하는 가운데 정한담과 최일귀의 정치적 연대는 친형제 이상의 결합력을 갖게 된다. 새로운 통치 질서를 구상하는 반동인물들에게는 거시적인 정치 환경의 변화를 파악하여 알려주는 도승의 존재가 중요하므로, 이들 간의 정치적 유대관계도 도승을 중심으로 형성된다.[8]

그리하여 삼대 형제의 경우, 도사와 형제들 사이에 갈등이 생기면서 형제간의 연대 또한 무너지고 만다. 스승의 허락 없이 하산한 삼형제는

8 이는 황운과 설영의 2차 연대에서도 마찬가지이다. 형왕이 수년간 유지해 오던 체제를 황운이 다시 전복시킬 수 있었던 것은 조명건과 심원공주 부부의 도움으로 태자를 구할 수 있었기 때문이다. 그런데 조명건 부부가 자신들의 친아들을 희생시켜 가면서까지 태자를 구하게 된 것은 '오자서의 일을 본받으라'는 사명산 도인의 가르침과, '심원공주의 도움이 필요하다'는 검수산 선군의 말을 전해 듣고 난 후의 일이었다. 도승들의 말로써 황운-설영 부부와 조명건-심원공주 부부가 공동의 정치적 목적 하에 확신을 가지고 연대하게 된 것이다.

결국 각개 전투를 전개하다가 외롭게 죽음을 맞는다. 스승은 삼형제를 떠나면서 조웅에게 각각의 약점을 알려주는데, 개인의 약점은 스승 아래 단결하여 지낼 때에는 극복될 수도 있는 것이지만 스승이 떠나고 형제가 개별적으로 행동함에 따라 치명적인 단점이 된다. 삼대 형제의 비극적 결말은 반동인물들이 정치적 유대관계를 유지하는 데 스승의 존재가 필수적임을 시사한다.

반면 주동인물들은 산중에서 일정 기간 수련을 받은 뒤에는 스승과 분리되어 활동한다. 이들도 위기 상황에서는 일시적으로 스승의 도움을 받지만, 평소에는 스승과 단절되어서도 능력을 발휘한다. 주동인물이 지향하는 바는 대체로 가족의 재회와 복수에 국한되기 때문에, 도승이 제공해주는 거시적인 정치적 상황 판단이 긴요하지 않다고 볼 수 있다.

3. 두 가지 가족 유대관계의 시대적 함의

소설에서 반동인물은 주동인물과 갈등하며 주동인물이 지향하는 가치를 명료화하고, 이를 실현하기 위해 주동인물이 극복해야 할 과제를 구체적으로 제시하는 역할을 한다. 주동인물과 반동인물은 적대자인 동시에 동반자의 관계이기도 하다. 서로 도전하여 상대의 쇄신을 이끌어 내며 함께 성장해 나가는 관계이므로, 주동인물과 반동인물에 대한 이해는 통합적인 시각에서 이루어질 필요가 있다.

〈조웅전〉, 〈황운전〉, 〈유충렬전〉과 같은 영웅군담소설 작품들에서는 중국 황제 중심의 정치 질서가 위기를 맞이한 상황에서 주동인물은 기존 체제의 유지를, 반동인물은 체제의 변혁을 각각 선택한다. 즉 반체제적 성향은 반동인물의 지표라 할 수 있다.[9] 기존 체제를 전복하여 자신의 야

망에 부합하는 사회적 지위를 획득하고자 하는 것이 반동인물들이 바라는 바인 것이다. 황제의 무능함과 무기력함이 분명히 드러나 국가 전체가 위기에 처한 상황에서, 이와 같은 반동인물의 반체제적 욕망은 상당한 설득력을 지니게 된다.

이에 대한 주동인물의 대응은 곧 반동인물이 제기하는 도전에 대한 향유층의 일차적 답변이라고 볼 수 있다. 부친 세대가 무조건적으로 옹호하던 황제 중심 체제의 한계를 반동인물들을 통해 경험한 조웅, 유충렬, 황운은 무너진 통치 질서를 가족 유대관계를 통해 지탱하는 방식으로 대응한다. 국가의 공적 질서를 근본적으로 변혁할 구체적 전망은 갖지 못한 상태에서, 기존 체제를 유지하되 가족 간의 무조건적 결속 관계를 체제 유지의 새로운 기반으로 삼는 것이다. 이는 주동인물의 가족 유대가 서사 전개 과정에서 지속적으로 확대되는 데서 확인할 수 있다. 조웅은 태자와 나란히 위왕의 사위가 되고, 유충렬은 황태후의 손녀사위가 된다. 황운은 딸이 황후가 됨에 따라 황실의 외척이 된다. 기존의 통치 질서를 안정적으로 운영하는 데 필요한 정치 세력을 모두 가족으로 규합함으로써 체제를 안정시키는 것이다. 국가 체제를 통해 가족의 이익과 결속을 도모하는 세태는 실제로 19세기 세도정국 시기 외척 중심의 국정 운영을 통해 드러났던 바이기도 하였다. 평민층 또한 국가의 공공질서가 무너져 보호와 지원을

9 선행연구에서는 영웅군담소설 반동인물의 기능을 정리하면서 ① 적극적인 행동으로 서사 전개를 주도한다는 점(서사 전개의 기능), ② 사실성과 현실감이 강해 작품의 흥미를 높여준다는 점(흥미 유발의 기능), ③ 현실의 근원적 문제와 변화 필요성을 제시한다는 점(주제 구현의 기능)을 지적한 바 있다(김수봉, 『서사문학의 반동인물 연구』, 국학자료원, 2002, 88~129쪽). 그런데 이러한 세 가지 기능은 결국 모두 반동인물이 반체제적 정치 성향을 띤다는 점과 관련 있다. 낡은 체제 하에서 억압되어 왔지만 현실적으로는 부정하기 어려운 욕망을 생생히 드러내어 체제를 변혁시키려는 적극적 시도를 한다는 점에서, 반동인물은 서사 전개나 흥미 유발 측면에서 주도적일 뿐 아니라 현실 비판적인 주제 구현의 측면에서도 중요한 역할을 한다고 볼 수 있다.

받지 못하는 상황에서 개별 가족을 중심으로 생존을 모색해야 했기에, 가족주의는 계층을 막론하고 19세기 이후 보편화된 가치관이 되었다.[10]

그러나 평민층이 처한 현실은 가족의 결집을 통해 극복될 수 있는 것은 아니었다. 외척 세도가의 전횡은 가족주의의 폐단을 여실히 보여주었고, 그에 대한 반발로 체제 자체의 혁신을 요구하는 농민 항쟁도 활발히 일어나고 있었던 것이 18세기 후반 이후의 사회적 상황이었다. 이는 가족주의로써 체제의 위기를 돌파하고자 하는 주동인물들의 시도에 대해 향유층이 이미 비판적으로 인식하고 있었음을 함의한다. 반동인물 측이 혈연 중심의 가족 유대관계를 사회적 연대로 확장하고 쇄신하는 방식으로 주동인물과 대립하는 영웅군담소설의 전개는 향유층의 이러한 현실 인식을 반영한다고 봄직하다. 가족 간의 유대를 더 넓은 사회적 맥락에 접목하고 확장한다면 사회의 근본적인 변화를 이끌어 낼 수도 있다는 전망이 반동인물 측의 가족 유대를 통해 제시되는 것이다.[11]

---

10 최우영, 「조선시대 국가-사회 관계의 변화와 가족주의의 기원」, 『가족과 문화』 18집 1호, 2005, 21~25쪽.

11 서사물을 구성하는 요소들 간의 부정과 반대 관계에 주목하는 그레마스의 도식을 활용하여 이상의 주동인물-반동인물 간 가족 유대관계와 국가관의 차이를 정리해 보면 다음과 같다.

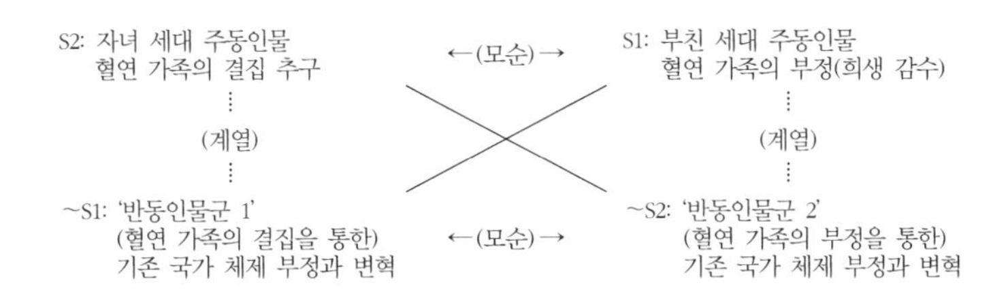

그레마스의 기호학 사각형 도식에서는 S1를 부정함으로써 ~S1가 생성되고, ~S1을 긍정함으로써 S1의 반대항인 S2가 만들어진다. S2를 다시 부정한 것이 ~S2이며, 이를 긍정함으로써 생성된 S1는 S2와 반대 관계가 된다. 이러한 그레마스의 도식은 부정을 통해 반대항을 도출해 내는 변증법적 의미 생성 과정(S1→~S1→S2→~S2)을 밝히는 조정인, 유심, 황한과 설영 등 주동인물의 부친들이 지향하던, 황제의 무능함에도 불구하고 혈연 가족을 희생시켜 가면서까지 국가의 공적 질서를 수호하는 데에만 몰두하였던 순전한 충의 이념은 이두병 부자, 정한담과 최일귀, 진권 형제 등의 체제 전복으로 인해 부정된다. 조웅, 유충렬, 황운과 설연은 이러한 현실 상황을 수용하여 부친 세대와는 다른 체제 유지 논리를 제시하는데, 이는 사실상 국가의 공공성을 부정하고 가족의 사적 질서로 국가 질서를 대체하려는 것이므로 혈연 가족의 희생을 감수하면서까지 국가에 충성하려 하였던 부친 세대의 국가적 충 이념과는 반대 관계가 된다. 가족의 생사를 위태롭게 하면서까지 충신으로서의 정체성에 충실하였던 부친 세대의 이념적 지향은 자녀 세대에 의해 부정된다.

부친 세대와의 반대 관계 속에서 볼 때, 자녀 세대에 결여된 것은 국가의 공적 질서를 가족 중심의 사적 질서보다 우선하는 태도이다. 자녀 세대는 표면적으로는 기존의 국가 질서를 옹호하지만, 실질적으로는 국가 체제가 가족보다 상위에 오는 것을 부정하고 국가의 공적 질서를 가족 유대관계로 대체해 버린다. 이 점에서 자녀 세대의 주동인물들은 반동인물들이 시도하였던 '국가 체제 변혁'의 자장 내에 포함된다. 이들이 표방하는 가족주의는 부친 세대와 맞서는 반동인물들(이하 '반동인물군 1')의 논리를 특정한 관점에서 수용하여 구체화한 지점으로 볼 수 있는 것이다. 그레마스 식으로 말하자면 주동인물(자녀 세대)은 반동인물('반동인물군 1')과 '계열 관계(deixis)'를 형성한다.

결국 국가의 공적 질서에 대한 신념과 의지가 결여된 점에서 자녀 세대 주동인물은 자신들의 한계를 드러낸다. 자녀 세대 주동인물들과 맞서

데 유용하다(A. J. Greimas, 김성도 편역, 「기호학적 제약의 놀이」, 『의미에 관하여』, 인간사랑, 1997, 53~61쪽).

는 반동인물들(이하 '반동인물군 2')은 이러한 약점을 공격한다. '반동인물군 2' 내부의 공고한 유대관계는 자녀 세대가 내세우는 '혈연 가족 우선'의 원칙을 부정함으로써 성립한다. 혈연 중심의 좁은 가족 개념을 부정하고 정치적 동지 관계로 맺어진 새로운 가족 개념을 수용함으로써 체제 변혁의 새로운 동력과 방향을 찾아보려는 시도가 '반동인물군 2'를 통해 전개되는 양상이다.

기존 체제를 부정하는 반동인물의 시도는 처음부터 새로운 통치 질서에 대한 명료한 이상에 기반을 둔 것은 아니었다. 이두병 부자나 진권 형제의 경우에서 보듯이, 이들도 처음에는 단순히 혈연 가족의 단결된 힘을 이용하여 사적인 야망을 달성하려 했을 뿐이다. 반동인물들이 혈연을 넘어서는 좀 더 거시적인 정치적 연대를 구축하고, 어려운 고비들을 맞닥뜨려 서로 희생하면서 정치적 신념을 강화해 나가는 과정은 이후 자녀 세대와의 대결 과정에서 비로소 본격적으로 진행된다.

'반동인물군 1'이 체제 옹호 여부를 놓고 주동인물의 부친 세대와 대립하였다면, '반동인물군 2'는 혈연 가족에 대한 태도 면에서 주동인물 본인들과 대립한다는 차이가 있다. 자녀 세대 주동인물의 가족주의적 체제 구축 단계에 와서야 반동인물의 대응도 그 다음 단계로 발전한다. 같은 인물들이지만 서사 전개 과정에서 주동인물 측의 변화에 따라 그 내적 성격은 변화한다. 이는 영웅군담소설 향유층의 현실 인식이, 처음부터 명료한 전망의 형태를 띠는 것이 아니라 부정과 반대의 과정을 통해 쇄신되어 나감을 뜻한다.[12]

---

12 물론 정한담이나 이두병, 진권 등은 근본적인 체제 변혁을 추구한 인물들이 아니며, 사회 변화의 당위적인 방향에 대해 구체적인 상을 가지고 있지도 않다. 이들은 다만 개인적인 욕심과 야망으로 기존 체제에 도전한 인물들로 그려질 뿐이다. 하지만 기존 체제를 부정하고 전복하려 한 것은 분명한 사실인데다, 특히 정한담 같은 경우는 배후

그런데 기실 '반동인물군 2'가 지향하는 정치적 동지 관계는 기존 부친 세대 주동인물들인 유심-강희주의 유대관계나 황한-설영의 유대관계, 학산과 계량도에 모인 충신들의 유대관계에 이미 존재하던 것이다. 즉 부친 세대의 이념은, '반동인물군 2'가 추구하는 새로운 국가 체제가 안정기에 도달하였을 때 나타날 수 있는 한 형태로서 '반동인물군 2'의 논리 내에 포섭된다. 이러한 주동인물(부친 세대)과 반동인물(반동인물군 2)의 관계는 역시 그레마스 사각형에서 '계열 관계'에 해당하는 것으로, 영웅군담소설 서사의 거시적인 전개가 결국은 기존 관점의 확장과 쇄신으로 정리될 수 있음을 보여준다.

영웅군담소설 '반동인물군 2'가 나타내는 확장된 가족 유대관계의 지향은 소설 향유층 내에서 주동인물의 가족주의 가치관에 대한 부정의 논리가 일정하게 존재하였음을 시사한다. 이는 가족의 테두리를 넘어 종교·정치적 결사에 참여하며 통치 체제의 근본적인 변혁을 추구하였던 18세기 후반 이후 민중 운동의 동향을 통해서도 알 수 있다. 이 시기에는 조선 왕조의 멸망과 새로운 통치 체제의 출현을 예언하는 정감록 등의 비기류가 확산되기 시작하였고, 실제로 이러한 예언서를 근거로 한 체제 전복 운동이 점점 더 활발히 시도되고 있었다.[13]

인물인 옥관도사에게 새로운 세상에 대한 확신과 구상이 있었다고 볼 여지가 충분하다. 비록 작품에 그 내용이 구체적으로 소개되지는 않지만, 옥관도사는 '천명(天命)'과 '천시(天時)'에 대한 믿음을 바탕으로 정한담을 통해 자신의 구상을 실현해 나가는 인물인 것이다. 아울러 당시 도교적 예언을 내세워 체제 전복을 주장했던 지도자들 중에는 자신을 믿고 따르던 참여자들의 재산을 갈취하여 사익을 채우는 등 비리를 일삼는 경우도 적지 않았기에(19세기 초 청주 지역에서 체제 전복 운동을 주장하며 군자금을 모아 착복했던 정상채와 박형서를 그러한 예로 볼 수 있으며, 20세기 초 사회 혼란을 틈타 확산되었던 '백백교'의 지도자 전정운과 전해룡 부자도 비슷한 부류로 볼 수 있다. 백승종, 「정감록과 혹세무민」, 『서울신문』, 2005.6.15), 소설에서 반체제 세력의 모습이 정한담이나 이두병과 같은 악인으로 형상화되었을 가능성도 있다.

반동인물 간 유대 관계의 구축에서 도인의 존재가 중요한 역할을 한다는 점도 당대의 상황과 연관이 있다. 새로운 사회를 꿈꾸며 체제 변혁을 추구했던 18세기 후반 이후의 종교 결사가 실제로 도교 신앙에 바탕을 두고 있었기 때문이다. 평민들 사이에서는 신비한 도술 능력을 갖춘 진인의 군대가 출현하여 조선왕조를 무너뜨리고 새로운 시대를 열 것이라는 예언이 빠르게 퍼져 나가고 있었다.[14] 18~19세기에 발생한 왕조 전복 운동 가운데 상당수는 『정감록』, 『도선비기』 등 도교적 예언서의 영향 아래 일어났던바,[15] 이에 가담했던 이들이 훗날 조정의 국문을 받으면서 답한 내용에 따르면 신선 또는 이인이 신이한 능력으로 예언서를 해석해 주고 도술을 가르쳐 주며 변란을 배후에서 조종한다는 믿음이 널리 퍼져 있었다.[16] 정한담-최일귀나 삼대 형제의 성패가 이들을 지도하는 도사의 능력과, 도사에 대한 이들의 신뢰도에 달려 있음은 당대의 분위기를 일정하게 반영한다고 볼 수 있다. 당시 도교적 신비주의는 사회 변화에 대한 민중의 희망을 고취할 수 있었던 요인 중 하나였으며,[17] 정한담-최일귀나 진권 형제와 같은 지배층 인사들 중에서도 이에 가담하는 경우가 실제로 존재하였다.[18]

이러한 당대의 시대상을 고려할 때, 영웅군담소설 향유층의 현실 인식

13 고성훈, 「조선 후기 민중사상과 정감록의 기능」, 『역사민속학』 47집, 역사민속학회, 2015; 김윤경, 「조선후기 민간도교의 전개와 변용」, 『도교문화연구』 39집, 한국도교문화학회, 2013; 백승종, 「18~19세기 정감록을 비롯한 각종 예언서의 내용과 그에 대한 당시대인들의 해석」, 『진단학보』 88집, 진단학회, 1999; 우윤, 「19세기 민중운동과 민중사상-후천개벽, 정감록, 미륵신앙을 중심으로」, 『역사비평』 2, 역사문제연구소, 1988 등 참조.

14 우윤, 위의 논문, 236쪽.

15 고성훈, 앞의 논문, 119~129쪽; 백승종, 앞의 논문, 268~289쪽.

16 고성훈, 앞의 논문, 137쪽; 백승종, 앞의 논문, 281~287쪽.

17 김윤경, 앞의 논문, 113~115쪽.

18 천주교 신앙과 정감록의 예언을 토대로 기존 통치 체제를 부정하고 변혁을 추구하다가 처형된 강이천, 김건순, 김이백 등을 예로 들 수 있다.

은 '주동인물(부친세대)'－'반동인물군 1'－'주동인물(자녀세대)'－'반동인물군 2'에 이르는 전체적인 과정을 조망할 때 온전하게 파악할 수 있다고 본다. 낡은 체제를 유지하는 힘이 가족의 결속과 유대에서 비롯된다면, 새로운 체제를 창출해 낼 수 있는 힘 또한 가족의 확장과 쇄신을 통해서라는 인식까지도 이 과정 속에는 담겨 있다. 새로운 통치 체제 건설에 함께 참여하는 가운데 만들어지는 가족 유대관계는 그러한 전망의 산물로 볼 수 있다. 혈연 가족은 정치적 신념을 공유하는 유대관계로 다시 구성될 수 있으며, 이를 통해서만 체제의 근본적 변화가 가능하다는 생각을 반동인물 측의 가족 유대관계에서 읽게 된다.[19]

물론 당대 영웅군담소설의 향유층의 현실 인식이 이처럼 명료하게 네 가지 관점으로 도식화되어 있었다고는 생각되지 않는다. 향유층의 현실 인식은 체계적으로 정리되었다기보다는 혼란을 겪고 있는 상태였을 것이며, 더욱이 영웅군담소설과 같이 통속성과 흥미가 중시되는 대중문학 장르에서 작중 인물들이 일관되고 명료한 기표로서 향유층의 현실인식을 투명하게 그러낸다고 보기도 어렵기 때문이다. 그러나 적어도, 가족주의에서 모순을 발견하고 좀 더 확장된 새로운 가족 유대의 가능성을 탐지하는 인식의 변화는 이루어지고 있었으리라고 본다. 가족주의에 찬동하면

19 본고에서 다루는 영웅군담소설에는 해당하지 않으나, 조선후기 유행하였던 작품 중 〈봉신연의〉에서도 유사한 발상을 발견할 수 있다. 〈봉신연의〉에서 이정과 나타는 부자 관계인데, 나타는 이정의 통제를 벗어난 행동을 한 뒤 '뼈와 살을 발라 돌려주고 부친과 인연을 끊으면 된다'는 논리를 펴며 실제로 그렇게 한다. 그러나 이후 이정과 나타는 함께 주나라 건국에 참여하며 다시 부자 관계를 회복하는데, 최귀묵(2018)은 이러한 서사 전개가 혈연으로 이어진 부자 관계의 정리보다는 사회적 정의에 대한 공통의 인식이 중요하다는 메시지를 전달한다고 분석한 바 있다. 〈봉신연의〉와 같은 작품의 인기로 미루어볼 때, "육친의 관계를 넘어선 '대효'"에 대한 새로운 인식이 조선후기 당시 상당한 설득력을 얻고 있었으리라고 추정해 볼 수 있다. 최귀묵, 「봉신연의에 나타난 이정 · 나타 부자의 형상」, 『문학치료연구』 48집, 한국문학치료학회, 2018, 263쪽 참조.

서도 그 모순을 인식하는 가치관의 충돌이 영웅군담소설 작품들에서 주동인물과 반동인물 간 가족주의의 균열로 드러난다고 볼 수 있는 것이다.

반동인물의 가족 유대관계에서 수직적 효나 열보다는 수평적 형제애가 부각되는 것도 같은 맥락에서 해석해 볼 수 있다. 효나 열과 같은 수직적 윤리는 가족의 내적 결속을 강화한다. 가부장 중심의 수직적 위계를 통해 단일하고 강력한 질서가 만들어지고 계승되는 것이 가족의 내적 단합을 가능케 하는 요인이기 때문이다. 반면 형제간의 우애와 신뢰는 효나 열과는 달리 자발적인 성격을 띠며, 일정한 신념을 공유하고 이를 함께 실천하는 가운데 자연스럽게 강화될 수 있는 덕목이다.[20] 이러한 형제애는 혈연이 아닌 신념과 그 실천에 기반을 두기 때문에, 혈연 가족의 범위를 넘어 사회적 연대로 확장될 수 있는 더 넓은 의미의 가족 유대관계라 할 수 있다.

이러한 맥락에서 세 작품의 차이를 생각해 보면, 주동인물 측이 보여주는 혈연 중심의 가족 유대관계가 확고할수록 반동인물 측도 혈연의 범주를 넘어선 사회적 차원의 형제애를 더 선명하게 나타낸다고 정리해 볼 수 있다. 〈유충렬전〉의 경우 아버지의 원수를 갚고 가족의 재회를 이루려는 유충렬의 의지가 분명한 만큼, 이에 맞서는 정한담 측에서는 정한담-최일귀-적문걸 사이의 혈연에 구애받지 않는 형제애가 부각된다. 반면 〈조웅전〉에서는 조정인과 이두병 사이의 개인적 원한 관계도 불분명하고, 조웅 또한 유충렬만큼 심각하게 가족 이산의 고통을 겪지는 않으므로

20 이는 18세기 들어 비판적 지식인들을 중심으로 우애론이 활발히 전개되었던 점을 통해서도 확인할 수 있다. 우애는 본래 가문 내 형제 관계에서 비롯된 윤리적 덕목이지만, 조선후기에 들어서는 벗 사이의 신뢰와 존경을 바탕으로 한 사회적 우애론이 확산되었다. 박수밀, 「18세기 우도론의 문학 · 사회적 의미」, 『한국고전연구』 8집, 한국고전연구학회, 2002, 89쪽.

〈유충렬전〉에 비해 주동인물들에게서 혈연 중심 가족 유대관계가 부각되지 않는다. 그렇기에 반동인물들도 혈연 가족의 범위를 크게 벗어나는 연대 의식은 나타나지 않는 양상이다. 반동인물들 간의 유대 또한 이두병-이관 부자, 위길대-위영 부자, 삼대 형제 등 혈연 가족 중심의 비교적 좁은 범위에 머물러 있다.

〈황운전〉의 경우에는 혈연가족에 대한 애착이 더욱 약화되어 있다. 황운과 설영은 부부라기보다는 군대 내 동지 관계로 서로 협력하며, 적어도 표면적으로는 각자의 부친보다 황제에 대한 충성심을 더 분명히 나타낸다.[21] 이러한 까닭에 후반부에서는 오히려 이들 황운-설영 측에서 혈연을 넘어서는 광범위한 정치적 연대가 형성되기도 한다. 〈황운전〉 후반부에서는 주동인물들 사이에서도 긴밀한 협력 관계가 형성된다.[22] 황운-설연-황희 가족이 다함께 출전한 가운데 우시춘, 조명건, 엄숭패, 서하규, 홍윤 등이 가담하여 일사불란한 조직적 전투를 펼치는 것이다.

> 엄평이 왈 몬져 셜연의 진을 치리라 ᄒᆞ니 황희 암희ᄒᆞ여 가마니 셩샹의 홍긔를 ᄭᅩᄌᆞ ᄃᆡ진의 알게 ᄒᆞ엿더니 ᄎᆞ시 승샹이 초인을 ᄆᆡᆫ드러 ᄌᆞ긔 복ᄉᆡᆨ

---

21 김도환, 「〈황운전〉에 나타난 서사 관습의 변용 양상과 의미」, 『동양고전연구』 60집, 동양고전학회, 2015, 46~54쪽. 이 논문에서는 〈황운전〉이 정적에 의한 가문의 몰락 상황을 설정하였으면서도 개인의 복수심보다는 국가에 대한 충성심을 부각한다는 점, 황운과 설영이 개인적 원수인 진권의 처형을 황제에게 맡긴다는 점, 가족 이산의 고통과 재회의 감동보다는 국가의 위기 극복 과정에 서사 전개의 초점이 맞추어져 있다는 점에서 기존의 정적형 영웅군담소설 작품들과는 차별화된다고 보았다.

22 각주 8번에서도 언급하였듯이 황운과 설영의 연대는 두 차례에 걸쳐 이루어지는데, 첫째 번 연대가 진권 형제의 반란을 평정하는 체제 옹호적 성격의 연대였다면 둘째 번 연대는 형왕 즉위 후 이미 8년이 지난 시점에서 황제의 정통성을 부정하며 국가 체제를 전복시키고자 하는 성격의 연대이다. 실상 둘째 번 연대는 체제를 부정하고 변혁하고자 한다는 점에서 반동인물 연대의 성격을 띠는바, 혈연 가족의 범위를 넘어서 여러 동료 장수들이 참여하는 양상을 나타낸다.

> 을 입혀 게교를 베퍼 도라오고 황황ᄒᆞᆫ 모양을 반포ᄒᆞ다ᄀᆞ 믄득 셩샹의 홍긔 세우믈 보고 가마니 슝녹후의게 ᄉᆞ연을 통ᄒᆞ여 군ᄉᆞ를 푸러 각쳐의 ᄆᆡ복ᄒᆞ다 이날 엄평이 황희로 ᄒᆞ여곰 셩즁을 직희오고 ᄃᆡ군을 모라 셜연의 ᄃᆡ치의 이르러 즛쳐 드러갈ᄉᆡ 좌우의 삼녈ᄒᆞᆫ 거시 다 초인이오 ᄒᆞᆫ ᄉᆞ람도 업는지라 급히 군을 물니더니 믄득 일셩포향의 함셩이 이러ᄂᆞ며 우시츈이 ᄂᆡ닷거ᄂᆞᆯ 엄평이 놀ᄂᆞ 졍히 마ᄌᆞ ᄊᆞ홀ᄉᆡ ᄯᅩ 셜연이 드러와 엄평의 부쟝 둘를 버혀 나리치거ᄂᆞᆯ 엄평이 ᄃᆡ경ᄒᆞ여 쥭기로 ᄊᆞ화 일면을 헷쳐 다라나는지라 이ᄯᆡ 황희 이믜 셔북문을 여러 뉵우를 마ᄌᆞ드릴 ᄉᆡ 형왕이 ᄃᆡ경ᄒᆞ여 시신을 거ᄂᆞ려 셔문을 열고 엄평을 ᄎᆞᄌᆞ가더니 쟝달이 ᄂᆡ다라 유셩퇴로 형왕의 말를 쳐 업지르니 형왕이 말긔 써러지는지라. (541)

황운의 아들 황희가 성중에 숨은 엄평을 유인해 내자 우시춘과 설연이 상대하고, 그 사이 황희가 성문을 열어 아군을 끌어들이고 장달은 형왕을 상대하는 등 모든 장수들이 한 몸처럼 움직인다. 합동 작전의 유기적 면모는 정치적 연대의 확고함을 상징적으로 드러낸다.

이들의 적인 형왕은 황제의 친동생인데다, 황위를 찬탈하고 연호를 정한 지 이미 8년이 지난 상황이다. 태자의 섭정이었던 황운이 이러한 형왕의 통치 체제를 다시 무너뜨리려 하는 것은, 자신과 주변 신료들이 좀 더 영향력을 미칠 수 있는 이전의 통치 체제로 돌아가겠다는 분명한 정치적 입장을 나타낸 것으로 볼 수 있다. 북흉노까지 아군으로 끌어들이고, 검수산 도사를 찾아가 전략을 묻는 등의 모습도 통치 체제를 변혁하고자 하는 반동인물 연대의 모습이다. 실제로, 승전 후 황운 측의 장수들은 모두 제후가 되고, 황운 또한 국구 겸 초왕이 되어 이전의 정치적 영향력을 회복하게 된다.

전반부에서는 부친의 원수를 갚는 데 목적이 있던 황운 부부였지만,

후반부에서는 정치 결사로서의 성격이 강해지면서 가족 유대관계의 성격 또한 개방적인 방향으로 변화한다는 것을 알 수 있다. 주동인물이든 반동인물이든, 정치 결사적 성격의 정도에 따라 가족 유대관계의 성격이 달라진다고 할 수 있는 것이다.[23] 다만 통상적으로는 반동인물 측이 기존 체제를 부정하고 새로운 정치 체제를 구축하려는 시도를 하게 마련이므로, 주동인물 측에 비해 정치적 신념의 공유도가 높고 따라서 좀 더 광범위한 가족 유대관계를 갖게 된다고 정리할 수 있다.

4. 결론

선행연구에서 논의되어 왔듯이, 영웅군담소설은 중층적 서술시각을 내포한다. '충'을 지향하는 명분론이 표면적 층위의 서술시각이라면, 이를 통해 구현되는 심층적 서술시각은 하층민의 고난 극복 의지와 소망이라 할 수 있다. 가족 유대 회복의 의지 또한 후자, 즉 심층적 서술시각의 중요한 한 부분으로서 주목되었다.

그러나 주동인물과 반동인물이 각각 추구하는 가족 유대관계를 종합해 보면, 향유층의 심층적 현실 인식이 꼭 혈연 중심의 가족주의에 머물렀다고 단정하기는 어렵다. 외척 세도가 중심의 통치 체제에 대한 반감과, 그 결과 발발한 종교 결사적 성격의 농민 봉기는 가족주의의 범주를 넘어 사회의 근본적인 변화를 요구하였던 당대의 동향을 말해 준다. 가족 단위로 체제 변혁 운동에 참여하는 반동인물군의 유대관계와 그 파급력이 작품 속에 구체적으로 그려져 있는 것은, 가족주의적 가치관에 의해

23 이는 〈장백전〉이나 〈유문성전〉에서 주동인물 측이 변혁을 시도하면서 서로 결의형제하여 혈연을 초월한 연대의식을 보이는 점과도 비슷하다.

지탱되고 있는 현재의 체제를 변혁할 수 있는 방안에 대해서도 향유층이 상당한 관심을 가지고 있었음을 시사한다. 다만 체제의 근본적 변혁이란 당시로서는 전폭적인 지지를 받기는 어려운 것이었고, 대다수의 향유층은 이들의 논리에 공감하는 만큼 두려움도 느꼈을 것이기에 반동인물이 결국은 패망하는 과정을 확인하면서 현실 세계의 정치적 혼란에 대한 두려움을 해소할 필요가 있었으리라고 생각해 볼 수 있다.

영웅군담소설의 중층적 서술시각을 어떻게 해석할 것인지는 민감하고 어려운 문제다. 다만 본고에서는 진보와 보수, 국가와 가족의 가치를 이분법적으로 파악하기보다는 대립적인 가치들이 서로 자극을 주고받으며 함께 쇄신되어 나가는 전체적인 과정을 역동적으로 살펴보고자 하였다. 주동인물과 반동인물의 대결은 어찌 보면 향유층 내부에서 진행되고 있던 가치관의 갈등을 문학적으로 형상화한 것일 수도 있다. 이러한 관점에서 볼 때, 향유층의 현실 인식이 어떤 내적 구조로 구성되어 있으며 어떤 발전의 계기와 가능성을 내포하고 있는지를 좀 더 세밀하게 짚어 볼 수 있을 것이다.

참고문헌

〈유충렬전〉(완판 86장본)
〈조웅전〉(완판 104장본)
〈황운전〉(경판 59장본)
〈황운전〉(경판 31장본)
〈황운전〉(국립중앙도서관 소장 필사본)
〈장익성전〉(광문서시 발행 구활자본)

고성훈, 「조선 후기 민중사상과 정감록의 기능」, 『역사민속학』 47집, 역사민속학회, 2015,

113～146쪽.
김도환, 「〈황운전〉에 나타난 서사 관습의 변용 양상과 의미」, 『동양고전연구』 60집, 동양고전학회, 2015, 37～71쪽.
김성도 편역, 『의미에 관하여』, 인간사랑, 1997.
김수봉, 『서사문학의 반동인물 연구』, 국학자료원, 2002.
김윤경, 「조선후기 민간도교의 전개와 변용」, 『도교문화연구』 39집, 한국도교문화학회, 2013, 99～123쪽.
김현양, 「〈유충렬전〉과 가족애」, 『고소설연구』 21, 한국고소설학회, 2006, 311～334쪽.
박수밀, 「18세기 우도론의 문학・사회적 의미」, 『한국고전연구』 8집, 한국고전연구학회, 2002, 85～108쪽.
박일용, 「〈유충렬전〉의 서사구조와 소설사적 의미 재론」, 『고전문학연구』, 8, 한국고전문학연구회, 1993, 265～296쪽.
백승종, 「18～19세기 정감록을 비롯한 각종 예언서의 내용과 그에 대한 당시대인들의 해석」, 『진단학보』 88집, 진단학회, 1999, 265～290쪽.
신재홍, 「유충렬전의 감성과 가족주의」, 『고전문학과 교육』 20집, 2010, 169～193쪽.
우 윤, 「19세기 민중운동과 민중사상; 후천개벽, 정감록, 미륵신앙을 중심으로」, 『역사비평』 2, 역사문제연구소, 1988, 219～250쪽.
장시광, 『조선시대 대하소설의 여성반동인물』, 한국학술정보, 2006.
최귀묵, 「봉신연의에 나타난 이정・나타 부자의 형상」, 『문학치료연구』 48집, 한국문학치료학회, 2018, 243～273쪽.
최봉영, 「한국의 가족주의와 권력욕」, 『한국사회학회 사회학대회 논문집』, 한국사회학회, 2004, 41～46쪽.
최우영, 「조선시대 국가－사회 관계의 변화와 가족주의의 기원」, 『가족과 문화』 18집 1호, 한국가족학회, 2005, 1～32쪽.

제3부

고소설의 여성 인물과 부부 서사

제1장

<현씨양웅쌍린기>에 나타난 여성 인물의 신분 위상과 부부 갈등

1. 서론

18세기 후반 창작된 것으로 알려져 있는 〈현씨양웅쌍린기〉는 부부 갈등을 중심으로 남녀 인물의 성격과 심리를 섬세하게 묘사하여 인기를 얻었던 작품이다. 이 작품의 특징은 가문 안팎의 심각한 위기 상황을 전제하지 않고, 현수문-현경문 형제의 부부 갈등에만 초점을 맞춰 색다른 흥미를 자아냈다는 점이다. 몇몇 한정된 인물에 집중하여 치밀하고 세련되게 이야기를 전개하였다는 점에서 전문 작가의 손길이 닿은 작품으로 추정되기도 한다.[1]

부부 갈등에서 흔히 문제로 제기되는 것은 남성 인물들의 성격적 결함이다. 현수문과 현경문 형제는 사회적 지위는 높지만 아내와의 관계에서는 존중과 배려가 부족한 '문제적 남성'으로 묘사된다.[2] 한편 그들과 갈등

1 김지연, 「〈현씨양웅쌍린기〉의 단일 갈등 구조와 인물 형상의 관계」, 『민족문학사연구』 28권, 2005, 221~247쪽.

2 이영택, 『〈현씨양웅쌍린기〉 연작 연구』, 한국외국어대학교 박사학위논문, 2012, 158~162쪽.

을 벌이는 윤혜빙과 주여교는 자존감이 강한 여성들로서 남편의 부당한 요구를 거부하며 친정에 대해서도 온당한 대우를 요구하는 주체적 여성들이다. 이러한 여성 인물들의 주체적 형상은 가문소설을 즐겨 읽었던 당대의 여성 독자들에게 많은 공감을 얻었을 것으로 추정되고, 나아가 부부관계라는 사적 생활 영역에 대한 내밀한 소통의 욕구를 충족시켜주기도 하였으리라고 생각되고 있다.[3]

특히 호방한 형 현수문과 냉담한 아우 현경문의 성격 대비는 부부 갈등의 흥미를 높이는 요소이다. 형제의 판이한 성품이 서로 다른 양상의 부부 갈등을 촉발하면서 이야기는 한층 다채롭고 입체적으로 전개된다. 형제가 모두 일정한 성격적 결함을 가진 인물로 그려지되, 그 구체적 양상은 서로 대조를 이루게 함으로써 작품에서는 실로 여러 가지 사건이 벌어질 수 있게 되는 것이다.

그런데 여기서 특이한 점은, 부부간의 기질 또는 성격 대립 상황을 설정하였으면서도 작품에서 두 부부의 갈등이 같은 비중으로 다루어지지는 않는다는 점이다. 현경문-주여교의 갈등이 작품의 중심축을 차지하면서 지속적으로 전개되는 반면, 현수문-윤혜빙의 갈등은 다소 산발적으로 서술되면서 부차적 흥미소로 작용한다. 또 주여교의 주체성이 일광대사의 도움을 받아 '운유자'라는 여성 영웅의 형상으로까지 발전하며 결말에 이르기까지 지속적으로 남편과 대립하는 반면, 윤혜빙은 산중에 숨어 현수문의 핍박을 피할 뿐 별다른 사회적 활약은 보이지 못하며 결국 시아버지의 설득으로 현부로 돌아와서는 현수문에게 굴욕을 당하게 된다.

3 최기숙, 「〈현씨양웅쌍린기〉에 나타난 '부부 관계'와 '결혼 생활'의 상상적 조율과 문화적 재배치 - '현경문-주소저' 부부 관련 서사분석을 중심으로」, 『한국고전여성문학연구』 20집, 2010, 332~334쪽.

만약 작품에서 다루고자 하는 것이 부부간의 개인적 기질 대립이라면, 이와 같이 현경문 부부의 이야기에 초점을 두게 된 까닭은 쉽게 이해하기 어렵다. 일종의 상업적 오락물인 소설 텍스트에서 시종일관 심각한 긴장감만 자아낼 수는 없는 일이기에, 긴장과 이완을 적절히 조화하고자 두 부부의 이야기에 비중과 역할을 달리 부여했다고 볼 수는 있으나,[4] 왜 현수문 부부가 부차적 역할을 맡고 현경문 부부의 이야기가 중심적인 위치를 차지하게 되었는지에 대해서는 좀 더 생각해볼 필요가 있다. 〈현몽쌍룡기〉에서처럼 한쪽이 모범 사례로 제시되고 다른 한쪽이 비판 대상으로 설정된 것이 아닌 이상, 두 부부의 이야기에는 단지 성격 대립담의 여러 유형으로만 환원할 수 없는 근본적인 차이가 내재한다고 생각된다.

그러므로 이 글에서는 〈현씨양웅쌍린기〉에 나타난 두 부부의 갈등서사를 남녀 개인 간의 강한 기질 대립으로만 보지 않고 각각의 이야기가 지닌 사회적 의미의 차이에 좀 더 천착해보려 한다. 다시 말해 소설의 주요 독자층이었을 당시 여성들의 사회적 처지에서 볼 때 두 부부의 계가 의미하는 바가 같지 않았으리라는 점, 현수문-윤혜빙 부부 갈등의 경우 독자들이 쉽게 공감하기만은 어려운 특수한 상황을 반영하고 있었으리라는 추정이 이 글의 출발점이다.

이러한 추정하에 이 글에서는 먼저 개인 간 성격 대립으로 작품을 이해하는 시각의 성과와 한계에 대해 살펴본 뒤, 당대의 사회적 맥락에서 재해석해볼 만한 부분들을 탐색하여 두 부부의 갈등이 서로 다른 비중을 차지하게 된 까닭을 생각해보는 순서로 논의를 전개하고자 한다.

〈현씨양웅쌍린기〉의 이본들 중 이 글에서 연구 대상으로 삼는 것은 선행연구를 통해 선본으로 추정된 낙선재본이다. 낙선재본은 내용이 풍부

4 이지하, 『〈현씨양웅쌍린기〉 연작 연구』, 서울대학교 석사학위논문, 1992, 45쪽.

하며 서사 전개가 합리적이라는 점에서 〈현씨양웅쌍린기〉 이본들 중 최선본으로 알려져 있다.[5] 한편 서울 동호 일대에서 유통된 세책본으로 밝혀진 연세대본의 경우 낙선재본에 비해 중하 계층 남성들에게도 많이 읽혔을 것으로 추정되는바, 독자층과 수용 맥락에 대한 분석과 관련해서는 필요한 경우 제한적으로나마 낙선재본과 연세대본의 차이도 다루어보기로 한다.

2. 남성 인물의 성격 요인을 중심으로 한 부부 갈등 해석의 성과와 한계

〈현씨양웅쌍린기〉에서 부부 갈등은 일차적으로 인물 개인의 성격 탓으로 그려진다. 장자인 현수문은 지나치게 호방한 성격으로 인해 문제를 일으킨다. 그는 정실부인이 있음에도 불구하고 사촌 장시랑의 집에서 우연히 마주친 윤혜빙에게 매혹되어 그녀를 위력으로 겁탈하려 한다. 윤혜빙은 수치심을 이기지 못하고 자결을 시도하는 등 결사적으로 저항하지만, 현수문은 아랑곳하지 않고 윤혜빙을 자신의 첩으로 대우한다. 윤혜빙이 윤추밀의 잃어버린 딸임이 밝혀진 뒤에도 현수문의 태도는 변함이 없다. 정식 혼인 절차가 논의되기도 전에 그는 또다시 남몰래 윤혜빙을 찾아가 굴복을 받아내려 하는데, 이러한 위압적 태도로 인해 윤혜빙은 점점 더 현수문에게 반감을 품게 된다.

반면 현경문은 형과는 반대로 냉담하고 고집스러운 성격의 인물이다.[6]

5 이다원, 『「〈현씨양웅쌍린기〉 연구 - 연대본 〈현씨양웅쌍린기〉를 중심으로」』, 연세대학교 석사학위논문, 2001, 15쪽.

6 서두에서 현수문은 활달하고 온화한 성품으로, 현경문은 엄숙하고 냉정한 성품으로 각각 묘사된다. "장ᄌᆞ 슈문은 활달대도ᄒᆞ고 침묵언희ᄒᆞ여 화긔온ᄌᆞᄒᆞ고 ᄎᆞᄌᆞ 경문은 여일엄숙ᄒᆞ며 셩되 강밍ᄒᆞ여 미온 거동이 한풍렬일 ᄀᆞᆺᄒᆞ니"(1a~1b).

그는 아내의 아름다운 외모를 대하고서도 미색을 경계하려는 생각에 본체도 않는가 하면, 그런 자신의 냉정함을 질책하는 장인과 장모의 언행을 조소하여 아내의 마음에 상처를 주기도 한다. 이러한 현경문의 단엄한 성품은 딸을 애중히 여겨 경솔한 행동을 일삼곤 하는 장인 장모와 대조를 이룸으로써 더욱 선명히 부각된다. 장인 주명기는 현경문이 자신의 질녀 육취옥과 음란한 짓을 벌였다고 오해한 나머지 사돈댁에 찾아와 혼인을 물리자고 소동을 피우고, 장모인 후부인은 주여교가 잠시 행방불명되었을 때 현경문이 철소저를 재취하자 분을 품고 사돈 현택지에게 모욕적인 편지를 보내기도 한다. 아내에 대해 애정이 없는 현경문은 이러한 장인 장모의 경솔함을 전혀 용납하지 못하고, 애꿎은 주여교에게 화를 돌리기만 한다. 뜻하지 않게 남편과 계속해서 불화를 겪던 주여교는 결국 유배를 떠나는 친정아버지를 수행한다는 핑계로 시댁을 떠나게 되고, 이후 우여곡절 끝에 남장을 하고 남편에게 자신의 정체를 감춘 채 친정에 은신하게 된다.

작품에서는 윤혜빙이나 주여교에게도 편벽된 면이 없지 않음을 인정하면서도, 대체로 두 남성 인물의 성격적 결함에 초점을 맞춰 부부 갈등의 문제를 조명하고 있다. 권위적인 태도로 여성을 억누르려는 두 남성의 태도는 여성들의 만만찮은 항거에 부딪쳐 희화화되곤 한다. 현수문은 윤혜빙을 자신의 첩으로 곁에 두려고 위력을 부리다가 윤혜빙의 계교에 세 번이나 속아 사람들 앞에서 도리어 망신을 당하고, 현경문은 주여교를 냉대하며 부부관계를 맺지 못한 채 지내다가 '순양동자(純陽童子)'임이 발각되어 팔에 홍점을 찍히는 등 수난을 당한다. 작중에서 적지 않은 비중을 차지하는 외사촌 장시랑 형제의 역할이 바로 여기에 있다. 작중에서 장시랑 형제는 아내를 지배하려 하지만 번번이 실패할 따름인 현수문 형제의 부부관계를 폭로하며 희화화하는 역할을 수행하여, 경직된 남성 중심의 가

문 질서를 상대화하고자 하는 작품의 서술시각을 드러내준다.[7]

두 아들과 대조를 이루는 이상적인 남성상은 가장이자 시아버지인 현택지이다. 그는 아들 형제와는 달리 위엄을 갖추었으면서도 자상한 성품을 지녀 며느리들의 마음을 위로해주는 이상적 가부장이다. 현택지는 며느리 주씨를 딸처럼 대하여 손을 잡고 머리를 쓰다듬어주며 애정을 표현하는가 하면, 남장을 하고 전쟁터까지 나아가 이미 부녀자의 도를 잃었다며 시집으로 돌아오기를 거부하는 주여교를 오히려 위로하여 돌아오기를 청하며 아들의 잘못을 대신 사과하기도 한다.

> 셕년의 ᄋᆞᄌᆞ의 박힝ᄒᆞᆫ 허물노 말미아마 현뷔 허다 풍ᄑᆞ를 지ᄂᆡ고 노변의 십ᄉᆡᆼ구ᄉᆞᄒᆞ여 도라와시니 녁냥이 심원한 쟝뷔라도 한ᄒᆞ리니 부인 여ᄌᆞ의 심지 엇지 그러치 아니리요마ᄂᆞᆫ 인명이 재텬ᄒᆞ고 화복이 관슈ᄒᆞ미니 ᄌᆞ고 셩현도 오ᄂᆞᆫ ᄋᆡᆨ을 면치 못ᄒᆞ샤 공부ᄌᆡ 쳘환 텬하ᄒᆞ시고 ᄆᆡᆼ의자복을 누리지 못ᄒᆞ여시며 셔ᄇᆡᆨ이 뉴리의 고초ᄒᆞ시고 셩탕이 하되의 곤ᄒᆞ시니 그ᄃᆡ 비록 삼쳑 녀ᄋᆡᄌᆡ나 아는 거시 족히 싀아뷔노 흔ᄒᆞᆫ 말을 기다리지 아닐 거시로ᄃᆡ 아직 셰ᄉᆞ를 널이 경녁치 못ᄒᆞ여 남복을 입고 도로의 분쥬ᄒᆞ믈 큰 누덕을 삼아 다시 ᄎᆡ강ᄎᆡ미의 소임을 아니려 ᄒᆞ거니와 텬디됴판 이ᄅᆡ로 자텬자 달어셔인 ᄒᆞ여 남녜 무고이 폐륜ᄒᆞ믈 드지 못ᄒᆞ여시니 이의 만셰 황애 현부를 위ᄒᆞ샤 지어 졍문 표뎡ᄒᆞ시고 돈ᄋᆞ의 졍실노 도라보ᄂᆡ시니 (권6, 51b~52a)

또한 현택지는 윤혜빙에 대한 현수문의 무례한 태도도 엄하게 다스림으로써 아들의 방자함을 징계한다. 현수문이 윤혜빙을 자신의 첩으로 취급하여 함부로 대하자, 현택지는 사류 가문의 풍교를 어지럽혔다며 이를

7 한길연, 「대하소설의 능동적 보조인물 연구 – 〈임화정연〉, 〈화정선행록〉, 〈현씨양웅쌍린기〉를 중심으로」, 서울대학교 석사학위논문, 1997, 55~56쪽.

준엄하게 단죄한다. 현수문이 윤혜빙을 단지 남성의 뜻에 복종해야 할 어린 여성으로만 여겨 멸시하였다면, 현택지는 윤혜빙이 강력히 주장하는 바 사문의 딸을 대하는 예우를 앞세워 아들의 행위가 완악하고 교만한 것임을 명시하고 규문을 대하는 데 지켜야 할 법도를 강조한다.

> 승상이 발연 대노ᄒᆞ여 진목 슈죄 왈 네 나히 하마 십오셰 지나시니 슉ᄆᆡᆨ 불변이 아니어ᄂᆞᆯ 명가 규문의 돌입ᄒᆞ니 그 죄 쥭엄 ᄌᆞᆨᄒᆞᆫ지라 내 텬은을 입사와 외람이 상위의 거ᄒᆞ여 풍화ᄅᆞᆯ 가다롭거ᄂᆞᆯ 너ᄀᆞᆺᄐᆞᆫ 난류 ᄑᆡ자ᄅᆞᆯ 두어시니 하면목으로 ᄉᆞ류를 ᄃᆡᄒᆞ리요 어ᄉᆡ 고두부복 쳥죄왈 해ᄋᆞ의 죄ᄇᆡᆨ사무셕이오나 ᄯᅩ한 무고히 남의 규문의 드러가 작란ᄒᆞ미 아니라 윤시ᄂᆞᆫ 해ᄋᆞ의 고인이라 맛춤 져곳 지븨여 다ᄅᆞᆫ 녀ᄌᆡ 업ᄉᆞᆸᄂᆞᆫ 고로 소ᄌᆞ의 쳐쳡 ᄎᆞᄌᆞ미 ᄒᆞᆫᄂᆞᆫ 죄 아닌가 ᄒᆞ와 가오미오 남의 부녀의 도장 쇽의 드러가미 아니오니 야야ᄂᆞᆫ 셩노ᄅᆞᆯ ᄂᆞᆺᄎᆞ시고 다만 쳐음 쇼ᄌᆞ의 역명ᄒᆞᆫ 죄로ᄂᆞᆫ 일ᄇᆡᆨ 장을 마자도 감슈ᄒᆞ리로쇼이다 승상이 쳥파의 어히업셔 다시 말을 아니하고 좌우로 의관을 벗겨 ᄭᅮ리고 ᄆᆡ를 ᄂᆞ와 ᄃᆞᄉᆞ릴ᄉᆡ (…) 승상이 드ᄅᆞᆫ 체 아니코 즁히 치기를 ᄌᆡ촉ᄒᆞ여 이십여 장의 밋ᄎᆞ나 샤ᄒᆞᆯ 뜻이 업샤니 장시랑이 말녀 왈 슈ᄋᆞ의 넘ᄂᆞᆫ 죄 이시나 다시 ᄉᆡᆼ각컨ᄃᆡ 제 말이 오른지라 형은 그만ᄒᆞ여 사ᄒᆞ라 승샹이 불쳥 왈 그 완만ᄒᆞᆫ 말이 더욱 통히ᄒᆞ니 오십 장을 더어 ᄂᆡ치라 (권3, 19b~20b)

이러한 현택지와 두 아들의 대조적 인물됨에 주목하면, 〈현씨양웅쌍린기〉에서 부부 갈등은 상당 부분 현수문-현경문 형제의 성격적 결함에 기인한다고 보는 것이 타당할 것이다. 두 형제의 성격이 판이하게 그려져 상호 대비를 이루는 것은 이를 강조하려는 서술전략의 일환으로 볼 수 있다. 개인이 지니고 있는 기질에서 문제의 단초를 찾는 한편, 그것을 교정할 수 있는 바람직한 준거로서 이상적 인물상이 함께 제시되어 있는 것이 〈현씨양웅쌍린기〉의 인물 형상화 구도이며 작품의 전반적인 주제의식이라 볼 수 있는 것이다.

선행연구를 통해서도 여러 차례 지적되었듯이 〈현씨양웅쌍린기〉는 남성 인물들의 권위주의를 비판하고 이에 대한 여성 인물들의 주체적 항거를 부각한 작품이다. 호방하고 호색한 성격 탓에 여성을 함부로 대하고 무시하는 남성 인물과, 지나치게 엄격하고 고집스런 성격으로 인해 여성의 자존심에 상처를 입히는 남성 인물이 형제의 모습으로 나란히 제시됨은 이러한 성격 요인을 더욱 돋보이게 만드는 장치이다. 당시 독자들이 흥미를 느꼈던 지점도 이러한 개인의 독특한 기질과 그로 인해 빚어지는 다양한 사건들이었을 터이다.

하지만 이러한 시각으로만 작품을 대하다 보면, 정작 여성 인물들이 처한 사회적 처지에 대한 섬세한 탐구는 차단될 우려가 있다. 윤혜빙과 주여교의 경우 남편들의 권위에 쉽게 굴복하지 않는 주체적 여성들이라는 점에서는 같지만, 각각의 사회적 처지는 상이하다. 주여교는 어사 주명기의 무남독녀로서 유복한 환경에서 사족 여성다운 교육을 받고 자라 현경문의 정실부인이 된 처지이지만, 윤혜빙은 어려서 부모를 잃고 장시랑 집안의 하녀 설구에게 양육되어 현수문의 부실이 된 처지이다. 즉, 윤혜빙은 여성으로서의 정체성뿐만 아니라 신분정체성과 관련해서도 갈등을 겪고 있는 인물이다. 그럼에도 불구하고 남성 형제의 성격 차이에만 초점을 두어 두 부부의 갈등을 해석한다면, 이들 여성 인물들이 남성에 대해 항거하고 주장하는 바가 무엇인지를 온전히 파악하기는 어려워질 것이다.

부부 갈등의 구체적 양상을 보다 섬세하게 이해하고, 그 안에서 주체적 여성상이 갖는 사회적 의미를 보다 깊이 있게 탐색하기 위해서는 이러한 여성 인물들의 서로 다른 처지와 요구에 대한 고찰이 필요하리라고 본다. 이에 다음 장에서는 주여교와 윤혜빙 두 여인이 겪고 있는 부부 갈등의 상황을 각 인물의 사회적 처지와 관련하여 비교해보고자 한다.

3. 여성 인물의 사회적 처지에 따른 부부 갈등의 발생과 전개

주여교는 주어사의 무남독녀로서 유복하게 자란 인물이다. 그녀는 사족 여성다운 문재(文才)와 예모(禮貌)를 갖추고 있으며, 이로써 남편에게도 인정을 받는다. 현경문은 주여교를 냉대하면서도 간간이 그녀가 쓴 시나 편지를 볼 때면 감탄해 마지않는다. 일례로, 그는 자기 집안을 모욕한 장모의 죄를 속죄하려면 당장 자결하라며 주여교에게 칼을 보냈다가도 주여교가 보낸 준절한 답신을 보고는 "일변 심복 공경"하기조차 한다.[8] 즉, 현경문은 주여교의 재능과 인품에 대하여 내심 존중하는 마음을 지니고 있다. 이 밖에도 화가 나서 독주를 마시라고 명했다가도 주여교가 실제로 술을 마시고 혼절하자 "일시 그ᄅᆞᆺ ᄒᆞ여 부인의 귀톄를 불안케 ᄒᆞ"였다며 즉시 사죄하는 등,[9] 현경문과 주여교 부부의 관계는 일정한 상호 대등성을 전제로 하고 있다.

> ᄉᆡᆼ이 역소ᄒᆞ고 ᄒᆞᆫ가지로 드러와 부모의 침슈ᄅᆞᆯ 살핀 후 ᄌᆡ셩각의 드러가니 렴전의 시의 영졉ᄒᆞ여 슈하를 열고 눈을 들ᄆᆡ 소졔 날호여 니러 동서

8 "……ᄉᆞᆼ이 글을 보고 일변 심복 공경ᄒᆞ고 너모 녈녈ᄒᆞ믈 분연ᄒᆞ더니……"(권7, 52b). 연세대본에서는 주여교의 편지에 대해 "찬난ᄒᆞᆫ 필법이 ᄉᆞ람의 안목을 놀ᄂᆡ고 현황ᄒᆞᆫ지라 총ᄌᆡ 간필의 일변 공경ᄒᆞ고 ᄆᆡ모ᄒᆞᄂᆞᆫ 즁의 ᄯᅩᄒᆞᆫ 노ᄒᆞ더니"라 서술하여 그녀의 문재를 더욱 강조하였다(권17).

9 "……ᄉᆡᆼ이 우으며 사죄왈 앗가 일시 그ᄅᆞᆺᄒᆞ여 부인의 귀톄ᄅᆞᆯ 불안케 ᄒᆞ니 더욱 날을 염증ᄒᆞ리로다……"(권7, 14a~14b).

분좌홀ᄉᆡ 총ᄌᆡ 그 ᄇᆡᆨ만 염광이 암실 가운ᄃᆡ 됴요ᄒᆞ믈 보고 심하의 반갑고 ᄋᆡ즁ᄒᆞᄃᆡ 져의 긔ᄉᆡᆨ이 ᄂᆡᆼ담ᄒᆞ여 매화의 찬 셔리 ᄲᅳ려짐 ᄀᆞᆺᄐᆞ니 슈작ᄒᆞ미 무익ᄒᆞ여 묵연단좌ᄒᆞ엿더니 (권7, 8a)

차일 상세 ᄉᆡᆼ을 불너 ᄌᆡ셩각으로 보내니 ᄉᆡᆼ이 노ᄒᆞ미 ᄋᆡᆨ구즌 소져의게 도라가 크게 치부ᄒᆞ고 이시나 부명을 항거치 못ᄒᆞ여 즉시로 상대ᄒᆞᄆᆡ 그 ᄌᆡ용 셩덕을 감동치 아니미 아니로ᄃᆡ 그 아뷔 죄ᄅᆞᆯ ᄯᆞᆯ의게 아니 ᄡᅳ고 어ᄃᆡ 년좌ᄒᆞ리오 ᄒᆞ미 금셕 ᄀᆞᆺᄐᆞᆫ 구든 ᄆᆞᄋᆞᆷ이 더욱 어려오니 대강 부부 량ᄋᆡᆨ이 기리 가리엿시미라 (권1, 40a)

위의 인용문들에서 알 수 있듯이, 현경문은 주여교의 예기(銳氣)를 못마땅해 하면서도 그녀의 재능과 인품에 대해서는 존중하는 마음을 품고 있다. 이는 형인 현수문이 윤혜빙의 미모에만 탐닉했던 것과는 분명 다른 점이다. 주여교로 변장했던 형아의 정체가 발각되고 주여교의 시신이 발견되는 과정에서 현경문이 "그 용색을 못 잊음이 아니라 그 맑고 높은 뜻과 청연한 성덕에 맞설 자가 없음"을 탄식하는 대목에서도 이를 알 수 있다.

샤인이 비록 신혼 죠의 은ᄋᆡ 불합ᄒᆞ나 경즁ᄒᆞᄂᆞᆫ ᄯᅳᆺ이 비길 ᄃᆡ 업더니 이제 구텬의 도라간 넉슬 도시 부ᄅᆞ기 어려온지라 이날은 능히 강잉턴 ᄆᆞᄋᆞᆷ이 오라지 못ᄒᆞ여 참ᄉᆞ하고 긔운이 오ᄅᆞᄂᆞᆫ지라 몸을 ᄢᅢ혀 외당의 ᄂᆞ와 쟘간 긔운을 슈습홀ᄉᆡ 당쥬ᄉᆞ 등이 ᄯᅩ한 이의 왓더니 그 긔ᄉᆡᆨ을 보고 비록 ᄎᆞᆷ연ᄒᆞ나 그으이 보ᄎᆡ고져ᄒᆞᆫᄃᆡ 경업셔 잠잠ᄒᆞ니 샤인이 졔복을 입은 ᄎᆡ 광슈로 ᄂᆞᆺ출 덥고 누어스ᄆᆡ ᄌᆞ연 안싊 호ᄅᆞ믈 면치 못ᄒᆞ고 스ᄉᆞ로 장뷔 아닌 ᄃᆞᆺ 시븐지라 가마니 탄왈 쥬시 작인을 그러ᄐᆞ시 하고 엇지 홀노 박복ᄒᆞ미 그ᄃᆡ도록 ᄒᆞ여 십오 세도 ᄎᆞ지 못ᄒᆞ여 타향 고혼이 되거나뇨 내 비록 일ᄉᆡᆼ 환거치 못ᄒᆞ여 취쳐ᄒᆞ나 의가의 낙이 업ᄉᆞ리니 굿ᄐᆡ여 그 용색을 못 니잠이 아니라 ᄆᆞᆰ고 놉흔 뜻과 청연ᄒᆞᆫ 셩덕이 대뒤 업술지라 (권4, 21b~22b)

주여교가 친정 부모에 대한 태도를 문제 삼아 현경문과 대립하는 것은 이러한 상호 대등한 관계를 전제로 한 것이다. 현택지는 주명기를 오랜 벗으로서 극진히 대우하고 있다. 그는 혼인관계를 끊자며 혼서를 들고 달려온 주명기를 오히려 달래며 아들을 대신해 사과하기도 하고, 딸을 잃고 상심한 주명기에게 직접 약시중을 들며 건강을 염려하기도 한다. 주여교가 친정 부모에 대한 남편의 무례한 언행에 즉각 문제를 제기할 수 있었던 데에는 이러한 가문 간의 오랜 상호 대등한 관계가 배경으로 작용하고 있다고 볼 수 있다.

더욱이 주여교는 무남독녀로서 친정 부모에게 각별한 애정을 받고 자란 만큼 친부모에 대한 효심도 남다르다. 절벽에서 떨어져 죽은 채 위장하고 물외객 운유자로 변장하여 떠돌면서도 그녀는 오직 친정 부모님이 자신이 정말 죽은 줄로 알고 지나치게 슬퍼할 것을 염려할 뿐이다. 그녀는 친정 부모가 육취옥의 말만 듣고 현경문을 탕자로 몰아세우는 등 경솔한 행동을 하는 것을 안타까워하면서도, 남편이 그러한 장인 장모의 행위를 조소하는 데 대해서는 한을 품는다.

소제 모친이 ᄌᆞ기로 말미암아 졈졈 실덕ᄒᆞ시믈 애돏아 ᄒᆞ고 진실노 ᄉᆡᆼ의 무졍하믈 한ᄒᆞ여 뻐 져로 더브러 부뷔 되믈 원치 아니코 기뫼 규즁의 뫼셔 종ᄉᆞ코져 ᄒᆞ나 (권1, 20b)

소제 쳥파의 다ᄅᆞᆫ 말은 니르지 말고 자가 모친으로뻐 대악 투부로 지졈

ᄒᆞ여 조곰도 반ᄌᆞ의 례 업난지라 노ᄒᆞ며 ᄋᆡᄃᆞᄅᆞ믈 이긔지 못ᄒᆞ여 긔운이 강ᄀᆡᄒᆞ여 ᄀᆞᆯ오ᄃᆡ 군이 그ᄅᆞ다 내 모친이 일시 도쳥도셜의 와언을 신청ᄒᆞ사 존위를 쵹범ᄒᆞ여시니 맛당이 쳡으로 하여금 부월의 쥬ᄒᆞ나 한치 아니려니와 군ᄌᆡ되여 엇지 ᄎᆞ마 대인자ᄒᆞ야 엇지 이대도록 욕ᄒᆞ리오 (권7, 30a～30b)

반면 윤혜빙에게는 주여교와 같은 사족 여성으로서의 면모가 잘 부각되지 않는다. 그녀는 아름다운 외모로 인해 현수문을 매혹시키기는 하지만, 어려서 부모를 잃고 장시랑의 집 하인인 설구에게 양육되었던 까닭에 명문 규수다운 문재나 예모를 수련하지는 못하였다. 이러한 그녀의 사회적 처지에 현수문의 호색한 성격 요인이 더해지면서 두 인물 간에는 위압적인 관계가 형성된다. 작품에서 부각되는 것은 후자의 요인이지만, 이는 전자, 즉 윤혜빙의 신분적 처지 요인을 전제로 발현된 것이다.

현수문은 "옥을 보면 그ᄅᆞᆺ마다 채오고져 ᄒᆞ고 꼿을 보면 가지마다 썩고져 ᄒᆞ"는 호방한 인물이며,[10] "오ᄂᆞᆯ 술이 이시면 취ᄒᆞ고 ᄂᆡ일 일이 이시면 당ᄒᆞ"면 된다 말하며 자기 마음대로 행동하는 등 일체의 예법이나 규범보다도 자신의 욕망을 앞세우는 호색한 인물로 그려지는 것이 사실이다.[11] 그러나 결코 모든 여성에 대해 그처럼 강압적인 것은 아니다. 그는 본처 하부인에 대해서는 예의를 갖추며, 첩을 들이는 일에 대해서도 형식적으로나마 미리 의논한다. 또한 그는 조정에서 어사의 직임을 맡고 있는 고관으로서 그 지위에 해가 될 정도로 색을 밝히는 행동을 하는 것도 아니다. 그가 윤혜빙을 함부로 대하는 것은 분명 그녀가 장씨 집안의 여종(소차두)이라 불려 무방한, 천한 신분의 여성이라고 단정한 뒤의 일이었다.

10 권2, 35a.
11 권2, 46a～46b.

당ᄉᆡᆼ이 셜구를 불너 녀ᄌᆞ의 근본을 무ᄅᆞ니 셜귀 일이 요란ᄒᆞ믈 두려 ᄡᅧ치고져 ᄒᆞ나 본ᄃᆡ 언변이 업ᄂᆞᆫ 고로 실노 ᄡᅧ 고ᄒᆞ니 본ᄃᆡ 질녜 아니라 노상의셔 어더 길넌 지 뉵칠 년이니 나히 이제야 십이 셰라 ᄒᆞ니 학ᄉᆡ 웃고 왈 연즉 더욱 쉬오리니 졔 ᄉᆡᆼ각ᄒᆞ여도 용부 슉ᄌᆞ의 졍실 되니의셔 낫지 아니랴 내 부모긔 엿자와 취하리라 ᄒᆞ니 셜귀 민망ᄒᆞ여 ᄃᆡ왈 그 녀ᄌᆡ 비록 나히 어리나 뜻이 놉고 어려오니 일러도 듯지 아니ᄒᆞ면 엇지 ᄒᆞ리잇고 당ᄉᆡᆼ 등이 ᄀᆞᆯ오ᄃᆡ 어미ᄂᆞᆫ 우은 말을 말나 졔 비록 즐겨 아니나 ᄃᆡ장뷔 뜻을 둔 후 엇지 소챠두의 졀졔를 바드리오 (권2, 36b)

ᄉᆡᆼ이 소ᄅᆡ를 엄히 ᄒᆞ여 왈 네 근본을 드ᄅᆞ니 불과 노변 질ᄋᆞ로 셜구의 양휵ᄒᆞᆫ 배라 ᄒᆞ거늘 감히 노야의 말을 답지 아니니 즁히 다스릴 거시로ᄃᆡ 나히 어리다 ᄒᆞᄆᆡ 용셔ᄒᆞ노니 ᄂᆞ아와 의건을 벗기라 (권2, 45a)

이후 윤혜빙이 명문가의 딸임을 확인하고서도 계속해서 그녀를 하대하며 함부로 하려 했던 것은, 현수문이 그녀를 여전히 정실 하부인과 대등한 사족 여성으로는 생각하고 있지 않음을 의미한다. 이는 매우 의문스러운 현상이다. 윤혜빙을 천한 여성이라 단정하고 함부로 대하는 현수문의 태도는 분명 신분 차별적 성격을 띠고 있지만, 그녀가 사족 출신임을 알고서도 태도에 큰 변화를 보이지 않는다는 점, 심지어 윤추밀과 그 아들들이 보고 있는 가운데서도 윤혜빙을 '비첩'이라 부르며 위협하는 점은 쉽게 이해하기 어렵다.

츄밀이 크게 잔잉하여 손을 잡고 위로ᄒᆞ며 어ᄉᆞ를 어셔 모라 ᄂᆡ치라 ᄒᆞ니 ᄉᆡᆼ이 죠금도 노ᄒᆞᆫ 빗치 업셔 다암 소져의 겻ᄒᆡ 드러 안자니 소졔 더욱 흉히 녀겨 왈 야애 소녀ᄅᆞᆯ 한 째나 더 살과져 ᄒᆞ시거든 광ᄀᆡᆨ을 물니치시고 그러지 아니면 졔형의 침소로 올마지이다 어ᄉᆡ 미소ᄒᆞ고 눈으로 ᄡᅧ

소져를 보며 닐오ᄃᆡ 그ᄃᆡ 날노뻐 광ᄀᆡᆨ이라 ᄒᆞ나 임의 나의 비쳡지녈의 이시니 엇지코져 ᄒᆞᄂᆞᆫ다 츄밀이 힘으로 져를 물니칠 계교 업셔 녀아를 ᄂᆡᆺ그러 ᄂᆡ려 ᄒᆞ니 ᄉᆡᆼ이 ᄂᆡᆼ소ᄒᆞ고 문을 막아셔니 삼윤이 분녁ᄒᆞ여 밀치나 어ᄉᆡ굿ᄐᆞ여 방차ᄒᆞ미 업사ᄃᆡ 잠ᄌᆞ리 ᄐᆡ산을 지음 갓ᄐᆞ여 그런 굿시 업더라 (권3, 16b~17a)

선행연구에서 이러한 현상은 현부와 윤부 간의 문벌의 고하에 따른 결과로 설명된 바 있다.[12] 하지만 문벌의 고하만으로 이를 온전히 설명하기는 어려운 일이다. 윤추밀이 현승상보다 지체가 낮은 점, 윤부가 현부에 비해 벌열로서의 위상이 떨어지는 면은 물론 인정할 수 있지만 그렇다고 해서 현수문인 추밀의 딸인 윤혜빙을 마음대로 농락해도 좋은 것은 아니기 때문이다.

보다 중요한 원인은, 윤혜빙이 비록 윤부 태생임은 확인되었으나 그에 걸맞은 사족 여성으로서의 정체성은 이미 잃어버린 상태라는 점에서 찾아야 하지 않을까 싶다. 그녀는 윤추밀이 잃어버린 친딸임은 분명하나, 오랜 세월 장시랑 댁에서 하인 대우를 받고 양육되면서 본래의 신분과 현재의 실상이 부합하지 못하게 된 처지이다. 현수문과 마주쳤을 때에도 그녀는 행랑(익랑)에서 베를 짜고 있었고 그런 까닭에 외간 남성과 마주쳐서도 얼굴만 돌릴 뿐 쉽게 자기 방어를 할 수 없었다.

일일은 외구 장시랑 ᄐᆡᆨ즁의 니ᄅᆞ러 말ᄉᆞᆷᄒᆞ다가 여측ᄒᆞ라 나오더니 동녁 ᄂᆡᆨ낭의 일위 소녀ᄌᆡ 등도라 안자 뵈를 ᄧᆞ거ᄂᆞᆯ 뒤흐로 보니 구름 ᄀᆞᆺᄐᆞᆫ 머리 싸희 지혓고 ᄆᆞᆰ은 귀미ᄐᆡ 영긔 ᄌᆞ인ᄒᆞ지라 ᄉᆡᆼ이 고이히 너겨 기춤ᄒᆞ고 나아가니 그 녀ᄌᆡ 놀나 도라보고 밧비 뵈틀의 나려 ᄂᆞᆺ출 두로혀니 옥

12 이영택, 앞의 논문, 113~114쪽.

면 쥬슌과 년협 단슌의 ᄇᆡᆨᄐᆡ 승졀ᄒᆞ니 ᄉᆡᆼ이 ᄃᆡ경 황홀ᄒᆞ여 무러 왈 내 이곳의 자로 츌입ᄒᆞ나 일작 보니 못ᄒᆞ여더니 근본이 엇던 녀ᄌᆞᆫ다 두어 번 무ᄅᆞᄃᆡ 응답지 아니ᄒᆞᄂᆞ뇨 졍언 간의 안흐로셔 당셩긔 유모 셜귀 나오다가 놀나왈 노애 엇지 더러온 방의 와 겨시니잇고 (권2, 35a)

이런 처지에서 윤혜빙은 현수문에게 일방적으로 능욕을 당할 수밖에 없었고, 이는 친부모와 상봉한 뒤에도 돌이킬 수 없는 사건으로 남는다. 윤추밀 부부로서는 상심하면서도 자신들의 딸이 부실로나마 현수문의 아내가 되는 것을 다행스럽게 여길 수밖에는 없는 것이다.

츄밀이 쳔만 몽외라 대경ᄒᆞ여 말을 못ᄒᆞ니 소져의 ᄎᆞᆷ슈ᄒᆞ미 ᄯᅩᄒᆞᆯ 파ᄒᆞ고 듣고 시브니 시랑이 웃고 왈 형이 질녀를 일흐미 가운의 ᄎᆞᆷ담ᄒᆞ미니 져 소년 남ᄌᆞ의 일시 호방을 현마 엇지ᄒᆞ리요 형은 모로미 과도히 놀나지 말나 나의 질ᄋᆡ ᄯᅩᄒᆞᆫ 하등이 아니라 그ᄃᆡ 쥬류ᄉᆞ방ᄒᆞ나 ᄋᆞ질 ᄀᆞᆺᄐᆞᆫ 영웅 군ᄌᆞᄂᆞᆫ 엇기 어려오니 지위 비록 ᄂᆞᄌᆞ나니 ᄯᅩ 녕ᄋᆞ의 팔ᄌᆡ니 엇지리오 윤공이 기리 탄왈 ᄯᆞᆯ흘 일허실 졔ᄂᆞᆫ 혹 류리 비쳔ᄒᆞ엿더니 요ᄒᆡᆼ ᄌᆞ녀의 유신ᄒᆞ미 잇다ᄒᆞ니 만분 다ᄒᆡᆼᄒᆞ니 엇지 한ᄒᆞ리오 상셔를 향ᄒᆞ여 녀ᄋᆞ의 무휼ᄒᆞ믈 사례ᄒᆞ니 상셰 블감ᄒᆞ믈 일ᄏᆞᆺ고 크게 불평ᄒᆞ여 ᄒᆞ더라 츄밀이 쇼부를 ᄌᆡ촉ᄒᆞ여 녀ᄋᆞ를 더브러 도라오니 두부인이 쳔만 의외예 일흔 ᄯᆞᆯ흘 어드니 그 슬프며 깃부미 일필 난기라 부인이 녀ᄋᆡ 현ᄒᆞᆨᄉᆞ의 비쳡 되엿던 줄을 듯고 녀ᄋᆞ를 비록 어드나 향방의 아름다온 ᄌᆞ미를 보지 못ᄒᆞ여 남의 ᄌᆡ취로 도라가니 엇지 한홉지 아니리오 츄밀이 탄왈 부인은 아직 모로ᄂᆞᆫ도다 ᄌᆡ취로 마즐진ᄃᆡ 무어슬 탄ᄒᆞ리오마ᄂᆞᆫ 현공 집의 여ᄎᆞ여ᄎᆞ하여 셕일 군상 면젼의셔 가모 ᄒᆞ나 두믈 결단ᄒᆞ여시니 소녜 당당이 비쳡이 되려니와 져를 죽은 가슬 허하더니 이졔 비록 위ᄎᆡ 나ᄌᆞ나 셔낭의 풍ᄎᆡᄂᆞᆫ 녀ᄋᆞ의 불감망이라 부인은 과녀치 말나 부인이 더욱 놀나 용숙지 아닌지라 기리 탄홀 분이오 (권3, 4b~6a)

윤혜빙은 설구에게 양육되면서도 어린 시절 부귀한 집에서 자랐던 기억을 간직하고 있으며 언젠가는 친부모를 만날 수 있으리라는 기대를 품고 있다. 그리하여 자신은 "결단코 상한 쳔뉘 아니어ᄂᆞᆯ" 현수문에게 부당한 횡포를 당하고 있다고 생각하여 분노한다. 그러나 그녀를 기른 설구가 현수문에게 윤혜빙이 혹 잘못한 일이 있더라도 너그러이 용서해달라고 말하는 대목에서 알 수 있듯, 다른 사람들의 눈에 비친 그녀는 "본ᄃᆡ 향촌의 ᄉᆡᆼ장ᄒᆞ여 례모를 아지 못ᄒᆞ"는 여인일 뿐이다. 윤혜빙에 대해 "문득 아주 정정한 규수인 체하지만 나의 첩밖에 지나지 않는다"고 호령하는 현수문의 태도는 이러한 시각에서 비롯된 것이라 볼 수 있다.

> 어ᄉᆡ 청파의 어히업고 무안분노ᄒᆞ여 슉모를 향ᄒᆞ여 쥬왈 윤시 비록 슉모 친질이나 오만방ᄌᆞ 근즁ᄒᆞ미 태심ᄒᆞ니 셔로 얼골만 보고 언어 상통만 ᄒᆞ여도 의법 부부지의 당연커ᄂᆞᆯ 문득 아죠 정명ᄒᆞᆫ 규쉰 톄ᄒᆞ고 쥰졀이 칙ᄒᆞ엿거니와 윤가 녀ᄌᆡ 승텬입디ᄒᆞᄂᆞᆫ ᄌᆡ조 이시나 슈문의 쳡 밧긔ᄂᆞᆫ 지ᄂᆞ지 아니ᄒᆞ리이다 (권3, 11a~11b)

실상 〈현씨양웅쌍린기〉에는 사족 출신이지만 현재는 몰락한 처지가 된 여성이 여럿 등장한다. 귀형녀 또한 본래는 유생의 딸이었으나 가난으로 인해 윤부의 시녀가 된 경우이며, 주여교의 사촌인 육취옥도 유생의 딸이었으나 부모가 구몰한 뒤 비슷한 처지에 처한 인물이다. 특히 육취옥은 유생의 딸이라고는 하나 행실이 매우 경박하게 그려져, 사족 여성으로서의 예모를 확인하기 어렵다. 그러면서도 그녀는 부모가 일찍 돌아가신 탓에 사문벌열에는 시집갈 수 없게 된 자신의 처지를 불평하는 등 사족으로서의 정체성을 나타내기도 한다. 그녀가 스스로 등문고를 울려 현경문의 부실이 되게 해달라고 황제에게 하소연하는 대목은 이러한 복잡한 정체성이 복합적으로 작용한 결과라 할 수 있다.

> 신 뉵취옥은 유생 뉵완의 ᄯᆞᆯ이라 신의 팔ᄌᆞ ᄀᆞ박ᄒᆞ여 부뫼 구몰ᄒᆞ고 어ᄉᆞ 쥬명ᄀᆡᄂᆞᆫ 신의 외귀니 ᄉᆞ랑ᄒᆞ물 녑지 아니케 ᄒᆞ고 뫼 귀일녀ᄅᆞᆯ 두어시니 츈방혹사 현경문의 쳬라 현ᄉᆡᆼ의 위인을 보ᄆᆡ ᄒᆞᆫᄀᆞᆺ 옥면 유풍의 ᄀᆡ특ᄒᆞᆯ ᄲᅮᆫ 아니라 덕ᄒᆡᆼ ᄀᆡ질이 당당이 타일 일인지하요 만인지상이 되리니 부영쳐귀ᄂᆞᆫ 자고 상ᄉᆡ오 냥금 틱목과 현신틱쥬ᄂᆞᆫ 뜻잇ᄂᆞᆫ 자의 ᄒᆞᆯ ᄇᆡ니 신의 부뫼 구몰ᄒᆞ고 뉵친이 희소ᄒᆞ여 외구의게 의지ᄒᆞ여시니 고문벌녈은 바라지 못ᄒᆞᆯ지라 그으이 종신대사ᄅᆞᆯ ᄉᆡᆼ각ᄒᆞᆯ진ᄃᆡ 비록 ᄌᆡ실이 될지라도 현경문의 ᄀᆡ질 ᄀᆞᆺ 아니면 규방의 ᄒᆞᆯ노 늙을지언졍 용부속ᄌᆞ의게 허신치 아니리니 (…) (권1, 45b~46b)

육취옥은 재실로나마 벌열사족과 혼인하기를 바라고 있는데, 이는 몰락한 사족 여성의 형편을 보다 현실적으로 반영한다고 볼 수 있다. 그녀는 사촌인 주여교와 자신의 처지를 비교하여 불만을 표하며 자신도 현경문과 같은 전도유망한 벌열가 남성과 혼인하고 싶고, 부모가 일찍 돌아가시지만 않았어도 그럴 만한 자격이 있었으리라는 주장을 제기한다. 하지만 천자의 주선으로 혼인이 성사된 뒤에도 남편인 현경문은 육취옥을 경박하다 하여 상대조차 하지 않는다. 이런 점에서 육취옥은 윤혜빙과 마찬가지로, 스스로 생각하는 신분 정체성과 그에 대한 남편의 대우가 어긋남에 따른 고통을 겪고 있다 할 수 있다.

이러한 보조적 여성 인물들과의 비교를 통해 보면, 사족으로서의 자의식은 분명히 지니고 있었지만 실상은 그러한 대우를 받을 수 없었던 여성들이 당시 실제로 적지 않게 존재했음을 짐작할 수 있다. 17~18세기 당시에는 당쟁이 심화되면서 한 가문이 급격히 몰락하는 일이 적지 않았고, 몰락했던 가문이 환국이나 왕권 교체를 계기로 신원되는 일도 빈번히 일어났다. 이러한 숙종대 이후의 불안정한 정치 상황이 가문소설의 사회적 배경으로 작용했으리라 추정해볼 수 있을 것이다. 이건명이나 조태채 가족들의 사례에서 알 수 있듯, 본래는 벌열 가문이었으나 왕권이 교체되면서 역문(逆門)으로 몰려 가산을 적몰당하고 가족 구성원들이 죽거나 유배되고 심지어 관비로 정속되는 일도 실제로 발생하였다.[13]

윤혜빙이 어려서 부모를 잃고 하층민으로 살게 되었다는 것은 이러한 정치적 상황의 우회적 반영일 수 있다. 정치적 사건은 소설에서 직접적으로 다루기에는 꺼림칙하기 때문에 그러한 변형이 이루어졌을 가능성을 생각해볼 수 있는 것이다.

당시 몰락한 사족 집안의 딸이 벌열가의 첩이 되는 일은 실제로 드물지 않았던 것으로 보인다. 〈사씨남정기〉나 〈임화정연〉 등에서 가난한 양반의 딸이 벌열가의 첩이 되는 상황을 찾아볼 수 있고, 좀 더 나중의 작품들이긴 하지만 〈채봉감별곡〉이나 〈귀의 성〉 등에서도 벼슬이나 재물을 얻기 위해 딸을 벌열가에 첩으로 보내려 했던 몰락 양반들의 사정을 엿볼 수 있다. 이런 상황에서 윤혜빙이 현수문에게 천대를 받으며 수모를 당했던 일도 당시에는 현실적으로 받아들여졌으리라고 볼 수 있다. 주문갑제의 화려한 집에서 생활하던 기억을 분명히 지니고 있으나, 어느 한날 갑자기 부모를 잃고 하녀의 신세가 되어버린 윤혜빙의 사연이 사회적으로

13 실록에 서술된 신임사화 관련 내용을 참고하면 노론 4대신 가문에서는 여성들도 상당한 화를 입었다. 일례로 『영조실록』 원년(1725년 4월 19일)의 기록에 의하면 이건명의 며느리인 이술지의 처는 옥구(군산)의 관비로 편입되어 심한 곤욕을 당하였다. 또 『경종실록』 3년(1723년 12월 17일)의 기록에 의하면 조태채의 딸은 신임사화 직후는 아니었으나 결국 아버지의 일과 관련하여 흑산도에 유배되었다. 국사편찬위원회 조선왕조실록 DB 참조(http://sillok.history.go.kr).

공감을 얻을 수 있었던 데에는 그러한 당대의 상황이 자리하고 있었으리라고 생각된다.

마찬가지로 잦은 환국 정국에서 역적 가문이 몇 년 만에 충신 가문으로 뒤바뀌는 사례도 적지 않았음을 상기할 때, 윤혜빙이 극적으로 잃어버린 부모를 되찾은 것 또한 당시의 사회적 현실을 우회적으로 반영한 결과일 수 있다. 벌열가의 경우에는 대개 무사히 본가로 돌아와 빼앗긴 가산을 돌려받고 옛 신분이 회복되었을 것이지만,[14] 연좌되어 처벌을 받은 일가의 부녀자들 중에서는 유배생활을 하거나 가산을 빼앗겨 생계에 어려움을 겪는 가운데 사족으로서의 정체성을 잃어버린 이들도 있었을 것이고 그러한 처지가 〈현씨양웅쌍린기〉에서 윤혜빙의 모호한 신분 정체성을 통해 표현되었을 가능성이 있다.

그런데 그녀가 평소 열망해온 바 부모를 되찾기는 하였지만 그것이 현수문의 잉첩이 된 처지를 벗어나는 데 실질적으로는 아무 힘이 되지 못하였음을 감안하면,[15] 윤혜빙의 극적인 신분 회복은 그녀가 지닌 사족으로서의 자의식이 허탄한 것이 아님을 보여주기 위한 장치일 뿐 실상 그녀의 형상은 육취옥이나 다름없는 몰락 사족으로 보는 것이 타당하다고 생각되기도 한다. 작품에서는 유난히 윤혜빙의 미모를 부각함으로써 그녀가 육취옥과는 다른 류의 인물임을 강조하지만, 외모상의 차이를 제외하면

14 예컨대 〈엄씨효문청행록〉에서도 벌열가(오왕 엄백경의 가문)에서 어릴 때 딸(엄월혜)을 잃었다가 되찾는 이야기가 나오는데, 이 경우에는 딸이 어려운 환경 속에서도 사족으로서의 품위를 유지해온 것으로 묘사되며, 인연을 맺고 아이까지 낳은 벌열가의 남성(윤창린)과 원비의 자격으로 혼인하게 된다.

15 윤혜빙은 윤추밀의 딸임이 밝혀짐에 따라 정식 육례를 갖추어 현수문과 혼인하게 되나, 현수문에게 멸시당하는 사정은 달라지지 않는다. 혼례 후 현수문은 부하를 보내 도망간 윤혜빙을 노상에서 잡아오라고 명하는가 하면, 결국 시집으로 돌아오는 윤혜빙의 가마를 뭇사람들 앞에서 깨뜨리기도 한다.

남편에게 무시당하는 인물들의 처지에는 큰 차이가 없다고 볼 수 있다.

이들은 모두 상층 사족 남성의 부실로 생활하면서 심적 고통을 겪는다. 남편이 찾아주지 않아서 마음고생을 하기도 하고, 외모만 탐하는 남편의 고압적인 태도로 인해 고통을 겪기도 한다. 남편으로부터 인격적 대우를 기대하기 어려운 상황에서, 이들이 직면한 '부부 갈등'이란 남성의 일방적인 모멸과 핍박에 대한 인내 혹은 소극적 회피에 지나지 않았던 것으로 그려진다. 육취옥이 자포자기하는 심정으로 남편의 냉대를 감내할 수밖에 없었던 것은 이를 반영한다.

물론 몰락한 처지의 여성들이라고 해서 남편의 하대를 참고 견디기만 한 것은 아니다. 윤혜빙의 경우 계략을 써서 현수문을 세 번이나 통쾌하게 곯려주는 대목에서 육취옥 등과는 달리 적극적 면모를 찾아볼 수 있다.[16] 이는 오히려 예법에 얽매여 있는 주여교나 하부인에게는 기대할 수 없는, 윤혜빙이기에 가능한 현실 대응 방식이라고도 할 수 있다. 물론 그녀는 결국 자신의 처지를 받아들여 현수문에게 굴하고 말지만, 이를 거부하고자 안간힘을 썼으며 그 나름대로의 방식으로 저항하였다고 볼 수 있다.

어쨌든 여성 인물의 구체적 처지에 주목하여 작품의 각 부분들을 다시 읽어보면, 남편의 억압에 반발하여 윤혜빙과 주여교 두 여성이 나타내는 주체적 행보에도 일정한 차이가 나타남을 알 수 있다. 먼저, 주여교의 행적에서 두드러지는 것은 일광대사와의 만남 및 그의 도움을 통한 전쟁 출전이다. 주여교는 친정아버지의 유배에 따라 나섰다가 형아의 흉계로 실절할 위기에 처하자 절벽에서 투신한다. 이에 그녀의 직성인 '천상 옥

16 윤혜빙은 혼인 초야에 시녀인 귀형녀를 자기 대신 신방에 들여보내 취한 현수문을 속이는가 하면, 현수문의 부하들을 속여 노파나 인형을 자신으로 착각해 잡아가도록 만들기도 한다.

녀성'의 위기를 감지하고 찾아온 일광대사가 주여교를 구해 자신의 처소로 데려가 도술을 가르치며, 전쟁터에 나아가 남편과 시아주버니를 돕도록 지시한다. 이후 전쟁터에서 공을 세운 운유자가 실은 주여교였음이 밝혀지면서 그녀는 개인적으로 나라의 정표를 하사받을 뿐 아니라 시댁과 친정의 영예 또한 드높이게 된다.

> 상이 크게 기려 ᄀᆞᆯᄋᆞ샤ᄃᆡ 쥬가 녀ᄌᆞ 삼쳑 쇼녀ᄌᆞ로 요도의 독ᄒᆡ를 버셔나 국가의 호ᄃᆡᄒᆞᆫ 공을 셰오니 짐이 ᄆᆡ양 운유쟈를 닛지 못ᄒᆞ여 복이 열뷔 됴명의 두지 못ᄒᆞ믈 ᄒᆞᆫᄒᆞ더니 이졔 쥬시 줄 알ᄆᆡ 국가의 큰 ᄌᆡ죠를 일흐믈 ᄒᆞᆫᄒᆞ거니와 짐이 만승 쳔ᄌᆞ 되어 여 이런 일을 군율 표치 아니면 엇지 녜의와 졀효를 권쟝ᄒᆞ리오 ᄒᆞ시고 특지로 쥬시를 지셩인현렬효정숙비의 다시 의렬군을 더으시고 녀총ᄌᆡ를 졔슈ᄒᆞ시고 다시 쥬쇼ᄉᆞ를 뻐 아름다온 ᄯᆞᆯ 두어시므로 녕남 무쥐 닐곱 고을 식읍을 더어 존춍ᄒᆞᄂᆞᆫ 뜻을 뵈시고 젼일 운유쟈 봉직ᄒᆞ신 서령ᄇᆡᆨ을 뻐 총ᄌᆡ를 쥬어 웃고 갈오샤ᄃᆡ 고인이 부영쳐귀를 닐넛거니와 경은 쳐영부귀ᄒᆞ미 엇더ᄒᆞᄂᆞᆫ다 ᄎᆞᆨ 이십사읍으로 뻐 경을 주ᄂᆞ니 모로미 어진 안ᄒᆡ 두어시믈 알고 슈이 마ᄌᆞ 도라와 부뷔 화락ᄒᆞᆯ지어다 (권6, 46a~46b)

이처럼 주여교는 목숨을 걸고 정절을 지킨 결과 여성에게 허락되는 최대치의 사회적 보상을 얻게 된다. 처음 실절할 위기에 처해 절벽에서 자결했을 때 이미 금자어필로 정표를 하사받았던 그녀는 연이어 전장에서 남편을 도와 승전을 이끌어낸 공로로 열행을 표창 받는다. 또한 그녀는 일광대사가 준 봉서의 도움으로 이후에도 두 번이나 더 남편을 위기에서 구한다. 봉서의 지시에 따름으로써 그녀는 병든 남편의 목숨을 구하고, 봉서 안의 선약을 활용하여 남편 행세를 하는 월청 도사를 처단하기도 한다. 이러한 행위들 또한 어김없이 주여교 본인과 양가에 큰 영광을 불러온다.

> 상이 이의 경문을 본직 니부총ᄌᆡ 평남후를 봉ᄒᆞ시고 이번 월청 잡으미 쥬시의 공이라 ᄒᆞ샤 소ᄉᆞ로 ᄡᅥ 태ᄌᆞ소ᄉᆞ 동평장ᄉᆞ를 졔슈ᄒᆞ샤 ᄯᆞᆯ을 잘 나흔 공을 갑흐시니 (…) 쥬소ᄉᆞᄂᆞᆫ 비록 일개 녀ᄋᆞ를 두어시나 쳐음 닐곱 고을 식읍을 엇고 두 번 놉흔 상쟉을 어드니 ᄇᆡᆨ인의 열아ᄃᆞᆯ 두니도곤 더은지라 시인이 탄ᄒᆞ더라 (권9, 43a~44a)

이처럼 주여교는 규범적 열을 실천함으로써 가문에서 존재 가치 및 존엄성을 인정받게 된다. 표면적으로는 남편을 위해 희생하고 시댁의 명예를 높이는 일에 망설임 없이 참여하는 모습이지만, 이를 통해 궁극적으로 주어지는 것은 주여교 자신의 가문 내에서의 입지 강화와 친정의 명예, 그리고 남편으로부터의 후대이다.[17] 스스로 남편에 대한 열행을 마땅한 도리로 받아들여 실천할 뿐 아니라 그에 대해 충실한 사회적 보상도 뒤따른다는 점에서 그녀는 시댁 및 남편과 대립하며 끝까지 자존심을 굽히지 않을지언정 한편으로는 상호 협력적인 관계 또한 맺고 있다고 볼 수 있다.

생각해보면 윤혜빙 또한 현수문과 어쨌든 정식으로 혼례를 올린 사이

17 일례로 천상계는 현경문의 꿈에도 나타나 주여교가 범상한 존재가 아님을 일러주며 후대할 것을 당부하기도 한다.
"어시의 현총ᄌᆡ 음혼이 유유탕탕이 한 곳의 니ᄅᆞ니 쥬궁픽궐과 금옥난간이 휘황ᄒᆞ고 청의 동ᄌᆞ와 홍의 녀선이 날년ᄒᆞ거ᄂᆞᆯ 칠보 쥬렴을 놉히 걸고 냥위 텬션이 금옥 교의 우희 단좌하엿다가 총ᄌᆡᄅᆞᆯ 보고 청ᄒᆞ여 동녁 슈셕의 좌를 명ᄒᆞ거ᄂᆞᆯ (…) 상션이 이의 갈오ᄃᆡ 본ᄃᆡ 아ᄅᆞᆷ다온 보ᄇᆡ와 긔특ᄒᆞᆫ 사ᄅᆞᆷ은 찻기를 슈이 ᄒᆞᄂᆞᆫ지라 군이 하셰ᄒᆞ연지 오ᄅᆡ지 아니ᄃᆡ 상데 그 인ᄌᆡᄅᆞᆯ 앗기사 금년의 도라올 쉬러니 월궁녀션은 인간 쥬명긔 녜라 즉금 몸으로 ᄡᅥ 그 명을 대코져 ᄒᆞᄆᆡ 텬데 감동ᄒᆞ샤 군의 슈복을 더어 영복을 누리게 ᄒᆞᄂᆞ니 군은 너모 긔망ᄒᆞᆫ 톄모로 현쳐유 底 박히 말고 ᄒᆞᆫ굿 범연ᄒᆞᆫ 쳐ᄌᆞ로 아지 말나……"(권8, 21b~22b).

이기 때문에, 열을 행함으로써 사회적 인정과 보상을 받을 만한 여지가 없었다고는 볼 수 없다. 그녀에 대해서도 천상계 전생담이나 천상적 존재의 도움이 개입될 만하고, 이를 통한 열행과 보상의 서사가 전개될 수 있었을 것이다. 하지만 부실의 처지에서 그녀가 행하는 열행은 비록 기특하다는 평가는 받을지언정 본처인 하부인을 제치고 높은 사회적 명예나 지위를 초래할 가능성은 낮다고 볼 수 있다.

주여교에 대한 천상계의 개입을 통해 알 수 있듯 당시 여성이 열행을통해 사회적으로 명예를 얻는 일은 현실적으로는 거의 불가능한 일이었던 바, 그나마 가문 내에서의 위상이 확고한 주여교에 대해서는 그러한 상상이 이루어질 여지가 있었으나 윤혜빙의 경우에는 그러한 낭만적 환상이 아예 차단된다. 가문의 핵심 구성원으로 인정받지 못하는 그녀로서는 남성의 횡포를 피하여 최소한의 자존감을 지키는 것도 힘겨운 일이었기 때문이다. 그녀는 현씨 가문과 협력적인 관계를 형성하지 못하고 있으며, 현부에서 부실로 대우받는 삶은 그녀 자신의 신분 정체성을 훼손할 따름이다.

조선 후기 들어 신분을 막론하고 열녀에 대한 표창이 적극적으로 이루어졌다고는 하나, 실상은 남편을 위해 목숨을 버리는 극단적인 행위만 사후 정표의 대상이 되었음을 상기하면 대부분의 여성들에게 '열'이란 강요된 규범에 지나지 않았다고 볼 수 있다. 물론 〈춘향전〉이나 〈옥루몽〉에서처럼 하층 여성이 자신의 존엄성을 지키기 위해 주체적으로 열을 실천하는 이야기들이 있었지만, 그러한 이야기들이 곧 실제 현실이었다고 볼 수도 없거니와 〈현씨양웅쌍린기〉의 윤혜빙의 경우는 오히려 상층 남성에게 선택을 당해 자신의 신분 정체성을 부정당하는 경우이므로 '열'의 실천에 주체적 의미를 부여하기 어렵다. 윤혜빙은 현수문과의 관계에 강한 거부감만을 나타낼 따름이며, 이 점에서 주여교와 다른 양상의 부부 갈등을 보여준다. 현수문과의 부당한 혼인관계 자체를 거부하고 부정하는 것만이 그녀에게는 자존감을 지키는 방안이었던 까닭이다.

즉, 주여교와 윤혜빙은 남편에게 저항하는 주체적 여성이라는 점에서는 동질적이지만, 저항의 방식이나 결과 면에서는 다른 점이 더 많다고 볼 수 있다. 주여교가 남편에 대한 열행을 통해 가문 내에서 자신의 명예와 지위를 확보하며 아울러 가문 전체의 위상도 높이는 방식으로 그녀다운 주체성을 발휘한다면, 윤혜빙은 남편과의 위계적인 관계를 일절 거부함으로써 자신의 신분 정체성을 지키려는 주체적 노력을 보여준다. 두 여성은 모두 사족 출신으로 그려져 있으나, 한쪽은 상층 사대부 가문에서 성장하여 벌열가의 정실부인으로 들어와 있는 처지인 반면 다른 한쪽은 사족으로서의 정체성 자체가 확고하지 못한 처지이다. 전자의 경우 열의 실천은 가문 내에서 자신의 권한을 향유하고 지위를 보장받기 위한 조건으로서 필요한 것이지만 후자의 경우 열이란 미화된 관념일 뿐 실질적으로는 무의미한 가치였다 하겠다. 작품에서 두 여성의 주체성이 서로 다른 방식으로 발현됨은 이러한 사회적 처지의 차이와 밀접하게 관련된다고 본다.

4. 결론

주지하다시피 〈현씨양웅쌍린기〉는 가문소설의 대중화 양상을 보여주는 사례로서, 부부 갈등과 관련하여 폭넓은 독자들의 흥미를 끌 만한 다양한 내용을 흥미롭게 다루고 있다. 그 과정에서 육취옥, 귀형녀와 같은 몰락한 사족 출신 여성들의 삶이 함께 다루어지고 있음은 이러한 인물들이 실제로 상층 여성 독자층의 주변에 존재하였으리라는 추정을 가능케 한다. 윤혜빙과 같이 신분이 다소 애매한, 사족 출신임을 스스로 자부하고 객관적으로도 그 혈통이 인정되지만 현실적 여건이 뒷받침해주지 않는 처지의 여성들이 겪었을 부부 갈등의 상황 또한 독자들이 직·간접적으로 경험했던 것으로 생각할 수 있다. 독자들 스스로 그런 일들을 겪어보지는 않았다 하더라도, 주변의 사연을 통해 비슷한 사례를 접해본 경험은 드물지 않았을 것이다.

물론 그러한 처지의 여성 인물들은 낙선재본 〈현씨양웅쌍린기〉를 즐겨 읽었을 상층 여성 독자들이 강하게 스스로 동일시할 수 있는 대상은 아니었을 것이다. 독자들로서는 사족으로서의 사회적 정체성이 분명한 주여교가 보다 편안한 공감 대상이었을 것이고, 남편 현경문에게 자기 존재의 중요성을 일깨워주며 부부관계를 주도해나가는 주여교의 당당함이 한층 매력적으로 다가왔음직하다. 현수문의 핍박을 아슬아슬하게 피하긴 하지만 결국은 그에게 굴복할 수밖에 없는 윤혜빙의 처지는 여성 독자들에게는 연민과 쾌감은 불러일으켰겠지만 동일시하고 싶은 핵심적인 대상은 아니었을 것이다.

이 글의 논의 범위를 넘어서는 부분이지만, 선행연구에서 밝혀진 바 동호 소재 세책점에서 유통된 연세대본에서 윤혜빙의 형상이 변화됨은 이러한 향유 맥락에 변화가 초래된 결과로 볼 수 있다. 연세대본의 경우 평민 남녀층에까지 독자층이 확대된 상업적 세책본으로서, 여성과 하층민에 대한 공감적 시선이 확대되어 있음이 밝혀진 바 있다.[18] 윤소저나 귀형녀와 관련한 희담이 약화되어 있고 현수문의 횡포가 가감 없이 노출된다는 것이다.[19] 중하층 독자들에게는 몰락한 처지의 사족 여성들을 주

18 이다원, 앞의 논문, 84~86쪽.

변에서 발견하고 그들의 처지에 공감하는 일이 상대적으로 더 용이했던 것으로 볼 수 있다. 물론 주여교-현경문 부부 갈등을 중심으로 구성되어 있는 작품의 뼈대는 쉽게 바뀌기 어려웠을 테지만, 그런 가운데서도 윤혜빙을 비롯한 주변부 여성 인물들의 삶에 대한 공감이 강화되었음은 상당히 의미 있는 현상이다.

같은 맥락에서 좀 더 생각해보면, 낙선재본의 경우에도 윤혜빙이 적은 비중으로나마 등장하는 것은 상층 독자들 또한 주변에서 발견할 수 있는 몰락한 사족 여성들에 대해 동질감과 유대감을 느꼈던 까닭일 것이다. 독자들은 이들의 처지를 통해 사족 집단 전체가 직면한 신분질서의 전반적인 위기를 감지하지 않을 수 없었을 것이며, 또 당시의 정치적 상황에서 언젠가는 자신도 그와 같은 처지가 될 수 있음을 생각하지 않을 수 없었을 것이기 때문이다. 남편에게 억압당하면서도 끝까지 저항하는 윤혜빙의 모습을 통쾌하게 그린 것은 이러한 독자들의 심리를 반영한다고 볼 수 있다.

요컨대 〈현씨양웅쌍린기〉의 부부 갈등은 개인 간의 기질 대립에서 비롯되는 섬세한 재미를 일차적으로 제공하는 작품이나, 그러한 부부 갈등의 구체적 전개가 인물들의 사회적 처지를 전제로 하여 이루어진다는 점 또한 간과해서는 안 될 것이다. 현수문에 대한 윤혜빙의 저항은 단순히 여성의 주체성이란 측면만으로는 포착하기 어려운 사회적 현실을 반영한다. 작중에서 주여교의 형상이 중심적 위상을 차지함은 사족 여성으로서의 정체성을 지닌 가문소설 독자들의 존재를 고려할 때 자연스러운 현상이지만, 그와 함께 부차적으로나마 윤혜빙과 같은 하층 사족 혹은 몰락 사족의 처지와 부부 갈등을 다룬 것은 그러한 처지의 여성들이 독자들의 주변에 존재하고 공감의 대상이 되었음을 말해준다. 그런 점에서 〈현씨

19 위의 논문, 72~83쪽 참조.

양웅쌍린기〉가 보여주는 가문소설의 대중화라는 성과는, 단순히 재미를 추구하는 수준을 넘어서 다양한 사회적 현실을 구체적으로 담아냄으로써 산출되는 현실감의 강화라는 점에서 상당한 의미를 갖는다고 생각된다.

참고문헌

낙선재본 〈현시량웅쌍린긔〉(왕실도서관 장서각 디지털 아카이브: http://yoksa.aks.ac.kr).
이윤석 · 이다원 교주, 『현씨양웅쌍린기』 Ⅰ · Ⅱ. 경인문화사, 2006.
조선왕조실록(국사편찬위원회 조선왕조실록 데이터베이스: http://sillok.history.go.kr).

김지연, 「〈현씨양웅쌍린기〉의 단일 갈등 구조와 인물 형상의 관계」, 『민족문학사연구』 제28권, 2005, 220~247쪽.
이다원, 「'현씨양웅쌍린기' 연구 – 연대본 '현씨양웅쌍린기'를 중심으로」, 연세대학교 석사학위논문, 2001, 1~99쪽.
이영택, 『〈현씨양웅쌍린기〉 연작 연구』, 한국외국어대학교 박사학위논문, 2012, 1~214쪽.
이지하, 「〈현씨양웅쌍린기〉 연작 연구」, 서울대학교 석사학위논문, 1992, 1~93쪽.
최기숙, 「〈현씨양웅쌍린기〉에 나타난 '부부 관계'와 '결혼 생활'의 상상적 조율과 문화적 재배치 – '현경문-주소저' 부부 관련 서사분석 중심으로」, 『한국고전여성문학연구』 제20집, 2010, 301~337쪽.
한길연, 「대하소설의 능동적 보조인물 연구 – 〈임화정연〉, 〈화정선행록〉, 〈현씨양웅쌍린기〉를 중심으로」, 서울대학교 석사학위논문, 1997, 1~93쪽.

제2장

<화문록>의 여성 인물 형상화와 그 서술 시각

1. 서론

〈화문록〉은 독특한 여성인물 형상화로 인해 주목 받아 온 작품이다. 자신의 애정 욕구를 분명히 표현하며 적극적으로 추구하는 '호홍매'가 주인공으로 등장하고, 또 그런 그녀의 모습이 상당히 긍정적으로 그려졌다는 점에서 이 작품은 근대적이며 여성 옹호적이라는 평가를 받아 왔다.[1]

1 정병욱(1969)은 이 작품이 각각 윤리와 애정을 지향하는 두 여성 인물의 성격 묘사가 뛰어나며, 이를 통해 유교의 피상적 선악관을 탈피하고 애정과 윤리가 공존하게 마련인 현실을 사실적으로 묘사한 근대적 작품이라고 평가하였다. 이수봉(1981)도 이 작품이 관념적 선악관을 벗어나 등장인물의 성격을 개성 있게 묘사한 새로운 작품이라고 보았으며, 차충환(2003) 역시 유교 이념을 절대화하지 않고 여러 인물들로 하여금 각자의 처지와 의견을 표현토록 하였다는 점에서 이 작품이 기존 작품들의 한계를 넘어 본격적인 '규방소설'에 접근한 작품이라고 평가하였다(정병욱, 「낙선재문고 목록 및 해제」, 『국어국문학』 44·45, 국어국문학회, 1969, 2~65쪽; 이수봉, 「화문록 연구」, 『개신어문연구』 1, 개신어문학회, 1981, 248쪽; 차충환, 「〈화문록〉의 성격과 장편규방소설에 접근 양상」, 『인문학연구』 7, 경희대학교 인문학연구소, 2003, 127~128쪽 참조).
한편 이순우(1996)는 남편을 대신하여 가문의 문제를 해결해 나가는 이소저의 모습에서 여성의 주체성을 옹호하고자 하는 서술시각이 엿보임을 지적하였으며, 이후로도 여러 연구자들이 이 작품의 여성 옹호적 성격을 강조하였다. 이승복(2000)은 가문 질서 유지를 위해 지나친 애정 추구를 경계한 작품의 중심 내용에 주목하여, 방탕한 남편의 여성편력을 부부 갈등의 주된 원인으로 설정하고 비판적으로 조명한 데에 여성의 시각이 반영되

실제로, 〈화문록〉처럼 남주인공에 대한 여성 인물의 애정을 진실하게 묘사한 작품은 유례를 찾기 어렵다. 화경의 아내가 될 수 있다면 재실(再室) 자리도 꺼리지 않으며, 그에 대한 정절을 지키기 위해서라면 목숨조차 아끼지 않는 호홍매의 모습은 〈옥린몽〉의 여교란 등에 비해서도 한층 더 인상적이다. 더욱이 화경을 그리워하는 호홍매의 내면 심리를 핍진하게 묘사한 점, 호홍매 자신은 물론 주변 인물들을 통해서도 그녀를 저버린 화경의 무책임한 태도를 비판토록 한 점은 〈화문록〉의 서술시각이 여성 옹호적이라는 판단의 근거가 되어 왔다. 당시 소설의 주 독자층이었던 상층 여성들로서는 자신들의 억압된 애정 욕구를 대변해 줄 호홍매와 같은 인물이 필요하였으리라 추정되기도 한다.[2]

또한 화경의 본처인 이혜란 역시 남편의 강압적인 요구를 거부하고 별거를 고집하는 등 주체성이 강한 여성이다. 남편의 애정을 갈구하거나 그에 의존하려 하지 않는다는 점에서, 이혜란은 호홍매와는 다른 측면의 주체적 여성상을 나타낸다고 해석되어 왔다. 수차례의 고난을 통해 화씨 가문의 위기 극복 과정을 이끌어 나간다는 점에서, 그녀는 남성을 능가하는 여성의 능력과 가문 내 역할을 보여주는 인물로 이해되기도 한다.[3]

이러한 맥락에서 〈화문록〉은 특히 〈사씨남정기〉와 자주 비교되었다.

어 있다고 해석하였다. 고혜연(2000)은 이소저와 호소저가 각각 남녀평등과 주체적 애정을 추구하는 여성 의식을 반영한다고 보고 두 인물의 화합과 동류의식을 높이 평가하였으며, 정영신(2006) 또한 남성의 횡포에 대한 두 여성 인물의 저항과 연대에 주목하여 이 작품의 여성주의적 성격을 강조하였다(이순우, 「〈화문록〉 연구」, 『한국고전연구』 2, 한국고전연구학회, 1996, 221쪽; 이승복, 『고전소설과 가문의식』, 월인, 2000, 102~118쪽; 고혜연, 「화문록에 나타난 갈등 양상과 여성의식 연구」, 숙명여자대학교 석사학위논문, 2000, 34~45쪽; 정영신, 「〈화문록〉의 인물 갈등과 옹호에서 보여지는 "환상성"과 페미니즘적 성격」, 『동방학』 12, 한서대학교 동양고전연구소, 2006, 76쪽 참조).

2 고혜연(2000), 앞의 논문, 60쪽.

3 위의 논문, 33쪽.

두 작품 모두 처와 첩을 각각 선인과 악인으로 형상화하며, 악한 첩이 선한 본처를 음해하지만 결국 진실이 밝혀져 징치를 당하게 되는 과정을 줄거리로 삼고 있다. 하지만 교채란이 주체적이지 못하고 주변 인물들의 충동에 쉽게 휘둘리는 반면, 호홍매는 자신만의 애정관이 뚜렷하고 그에 대한 서술자의 시선 또한 비교적 우호적이라는 점에서 두 작품은 분명 다르다고 할 수 있다.[4] 이혜란도 남편에 대해 심리적으로 거리를 두며 독립적인 삶을 살고 싶어한다는 점에서 사정옥과는 다른 성격의 인물로 평가된다.[5]

그러나 이러한 여성 인물들의 개성적 형상화를 반드시 여성 옹호적 서술시각의 표현으로 볼 수 있을 것인지는 좀 더 논의해 보아야 할 문제이다. 호홍매의 애정 욕구에 대한 긍정적 형상화는 남성적 시각의 산물이라는 새로운 해석이 근래 제기된 바 있거니와,[6] 기실 이 작품에서 화경을 향한 호홍매의 애정은 결국 화경 그 자신에 의해 극심한 좌절을 당하며 부정되기 때문이다. 화부(花府)의 일원으로 포용되고 화경과 동거하게 되었다고는 해도, 그 이전에 호홍매는 자신에 대한 화경의 태도 변화를 인정해야 했으며 그의 애정을 독점하려던 집념도 포기해야 했다. 이혜란 역시 화경의 강압적인 태도에 저항하긴 하지만 결국 그에게 순복하고 말기에, 두 여성의 화합을 선행연구의 주장처럼 가부장제의 억압에 저항하는 여성들 간의 주체적 연대로 파악할 수 있을지 의문이다.

물론 기존의 규범적 여성상을 벗어난 새로운 인물형을 제시한 것만으로도 〈화문록〉의 의의는 적지 않지만, 이것이 당대 여성 독자들에게 어

4 김정아, 「〈사씨남정기〉와 〈화문록〉 비교 연구」, 충북대학교 석사학위논문, 2013, 37~38쪽.
5 위의 논문, 25~26쪽.
6 이지영, 「〈화문록〉의 텍스트 형성 및 서술시각에 대한 고찰」, 『한국고전여성문학연구』 23, 한국고전여성문학회, 2011, 392~393쪽.

떻게 받아들여졌을 것이며 그들의 처지에 비추어 어떤 의미를 지녔을지를 좀 더 구체적으로 살피기 위해서는 호홍매와 이혜란의 인물 형상을 보다 면밀히 고찰해 볼 필요가 있다. 이들이 추구하는 주체적인 삶의 욕구가 서사 전개 과정에서 어떻게 변화되는지, 그러한 변화가 어떤 구도 속에서 이루어지고 있는지를 따져 보아야 하는 것이다.

이에 본고에서는 호홍매와 이혜란의 인물 형상을 좀 더 자세히 살펴보는 한편, 그 이면의 서술시각을 보다 거시적인 관점에서 파악하여 보고자 한다. 이를 위해 호홍매와 이혜란의 인물 형상이 서사 전개에 따라 변화되어 가는 과정을 상세히 살펴볼 것이며, 이들의 변화 양상과 방향, 계기를 화경 등 주변 인물들과의 관계 속에서 포괄적으로 파악하여 보고자 한다.

2. 여성 인물의 대조적 형상화와 융화

선행연구에서도 거듭 지적되었듯이, 호홍매와 이혜란은 성격과 가치관 면에서 대조적이다. 호홍매가 남편의 애정을 다른 무엇보다도 중시하는 반면, 이혜란은 화경에 대해 냉담하며 화경과 다른 여성들의 관계에 대해서도 무심하다.[7] 호홍매가 자신을 저버린 화경을 끝까지 그리워하고 그와 재결합하기를 소망하는 반면, 이혜란은 자신에게 매달리는 화경을 불편하게 여기며 다른 여성과의 재혼을 재촉할 정도다.

두 인물의 성격 차이는 근본적으로 애정 욕구에 대한 태도의 차이라

7 두 인물은 각각 부부관계에서 '윤리'와 '애정'을 대조적으로 상징한다고 분석된 바 있다. 정병욱, 이상택 · 성현경 편, 「조선조 말기 소설의 유형적 특징」, 『한국고전소설연구』, 새문사, 1983, 194~195쪽.

할 수 있다. 남편에 대한 애정 욕구 면에서 호홍매와 이혜란은 서로 대립되는 양극단의 인물들이다. 화경의 사랑을 독차지하면서도 이혜란의 존재를 혐의하여 모해하는 호홍매도, 혼인한 첫날 밤 남편이 자신을 외면한 것을 다행스럽게 여기는 이혜란도 평범한 여성은 아니다. 이 작품에는 이 외에도 다양한 여성 인물들이 등장하는데, 이들은 애정 욕구를 극단적으로 긍정하지도, 부정하지 않는 중도적 입장이다. 예컨대 이혜란이 친정 언니, 올케들과 대화를 나누는 장면을 보면, 호홍매에 대해 전혀 질투심을 느끼지 않는 이혜란의 성격은 이들 사이에서 희담(戱談)의 소재가 될 정도로 유별난 것임을 알 수 있다.

> 남쇼졔 아미를 씽그고 탄왈 현뎨의 덕ᄒᆡᆼ이 아름다오믄 우형의 밋ᄎᆞᆯ ᄇᆡ 아니라 일단 투긔지심이 업ᄉᆞᄆᆡ 원녀ᄅᆞᆯ 아지 못ᄒᆞᆫ ᄇᆡ로다 날노ᄡᅧ 혜건ᄃᆡ 장부의 ᄯᅳᆺ이 화한님 ᄀᆞᆺ고 타인이 목하의 잇ᄉᆞ면 스ᄉᆞ로 ᄌᆞ진ᄒᆞᆯ가 시브니 엇지 적인의 현불초ᄅᆞᆯ 의논ᄒᆞ리오 쇼졔 잠쇼 왈 져져의 골돌ᄒᆞᆫ 마음과 결ᄇᆡᆨᄒᆞ신 ᄯᅳᆺ이 평일의 뎍인 두 ᄌᆞᄅᆞᆯ ᄎᆞ마 듯지 못ᄒᆞ시더니 남슉 ᄀᆞᆺ흔 단즁ᄒᆞᆫ 군ᄌᆞᄅᆞᆯ 맛나ᄉᆞ 일ᄀᆡ 희쳡이 업ᄉᆞ니 화ᄉᆡᆼ을 고이히 넉이지 마르쇼셔 쇼ᄆᆡ의 쇼활용녈ᄒᆞᆫ ᄯᅳᆺ으로ᄂᆞᆫ 투긔ᄅᆞᆯ 고이ᄒᆞᆫ 닐노 아더니 이졔 강젹을 맛ᄂᆞ미 신명이 밝은 경계ᄅᆞᆯ 뵈오미로쇼이다 니ᄉᆡᆼ의 쳐 당시 등이 낭낭 ᄃᆡ쇼 왈 남져졔 화ᄆᆡ의 형셰ᄅᆞᆯ 맛나면 초됴ᄒᆞ여 구텬 길을 ᄇᆡ여실 듯 ᄒᆞ여이다 남쇼져 역쇼ᄒᆞ고 갈오ᄃᆡ 과연 당졔의 말과 ᄀᆞᆺ흐여 ᄂᆡ 져런 일을 당ᄒᆞ면 엇지 일시나 견ᄃᆡ리오 ᄎᆞᆯ하리 쥭을지연졍 용납지 아니리라 화졔ᄂᆞᆫ 가위 쳘셕심장이라 니르리로다 쇼졔 간간 ᄃᆡ쇼ᄒᆞ고 왈 남형의 말ᄉᆞᆷ이 당연ᄒᆞᄉᆞ이다 녀ᄌᆡ 되어 ᄎᆞᆷᄋᆞ 엇지 적인의 동횡ᄒᆞ믈 보고 셰월을 견ᄃᆡ여 ᄋᆡᄅᆞᆯ ᄉᆞᆯ오고 지ᄂᆡ리오 이ᄂᆞᆫ ᄉᆞᄅᆞᆷ마다 견ᄃᆡ지 못ᄒᆞᆯ 경계로ᄃᆡ 화형은 타연 무심ᄒᆞ시니 진실노 황영이라도 밋지 못ᄒᆞ리로다 (권지일, 30a~31b)

올케인 장소저가 '만약 남소저(이교란: 이혜란의 친정언니)에게 호홍매 같은 적국(敵國)이 생기면 초조해서 죽을 것만 같다'고 농담을 하자, 남소저 역시 '과연 내가 그런 일을 당한다면 차라리 죽고 말 것'이라며 웃음으로 대꾸한다. 이러한 웃음은, 실제로는 장소저나 남소저나 남편이 첩을 들인다고 해서 함부로 질투심을 보일 수는 없음을 잘 알고 있기 때문에 발생하는 웃음이라 할 수 있다. 웃음이란 평소 억압되어 온 욕구를 표출하되 이를 비현실적으로 과장함으로써 다시금 부정하도록 만드는 심리적 기제라 한다면,[8] 장소저와 남소저는 남편의 애정을 독점하고 싶은 욕구를 지니고 있으면서도 절제하고 있는 상황이라고 볼 수 있다. 그런 까닭에 가상의 연적(戀敵)에게 질투심을 과도하게 발현하는 상황을 상상하여, 억압된 감정을 해소하면서 동시에 이를 웃음거리로 미루어 부정해 버리는 것이다. 즉 이들은 애정 욕구에 대해 부정적이지만도, 긍정적이지만도 않다.

이에 비해 이혜란은 오히려 투기심을 전혀 느끼지 못하는 자신의 성격을 과장하며, 천지신명의 작용이 아니고서는 자신이 호홍매를 질투할 리가 없다고 응수한다. 다른 여성에 대해 전혀 질투심을 느끼지 못하는 이혜란의 태도는 남소저나 장소저 같은 평범한 여성들로서는 도무지 따르기 어려우므로, 이를 비현실적으로 과장함으로써 부정해 버리는 농담이 웃음을 유발할 수 있다. 평범한 여성들이 이혜란을 '하늘의 도움 없이는 질투심을 느낄 수 없는' 비현실적인 존재로 묘사하는 말에 '낭낭 ᄃᆡ쇼'할 수 있다는 것은, 그만큼 이혜란의 성격이 극단적이고 유별남을 의미한다. 이혜란은 스스로도 자신의 특이한 성격을 잘 알고 있기에 위와 같은 농담을 던질 수 있었던 것이고, 주변 인물들도 이에 호응할 수 있었던 것이다.

8 Wolfenstein, M., "Joking and Anxiety", *Children's Humor–a psychological analysis*, Bloomington: Indiana University Press, 1978, pp.23~61.

실제로 그녀는 호홍매는 물론 녹섬이나 태아공주가 화경과 관계하는 것에도 전혀 동요하지 않는 냉담한 인물로 그려진다.[9]

반면 호홍매는 애정지상주의적인 가치관을 지니고 있다. 화경과 혼인하겠다는 집념 하나로 재실이 되는 설움을 감수하기까지 하며, 단지 미모가 뛰어나다는 이유만으로 이소저를 경계하여 음해하기도 한다. 화부에서 내쫓긴 뒤에도 그녀는 화경과 재결합할 가능성을 끈질기게 모색하며 이혜란을 제거하려 하는데, 이 또한 화경의 애정을 독차지하려는 강한 질투심 때문이다. 심지어 호홍매는 이혜란과 화경의 사이를 갈라놓고자 어머니를 통해 만귀비를 충동하여 화경을 부마로 삼도록 유도하기까지 한다.

> 부부와 부ᄌᆡ 완취여구ᄒᆞᆯ 바ᄅᆞᆯ ᄉᆡᆼ각ᄒᆞ니 심간의 불이 닐고 흉격의 한이 ᄊᆞ혀 쳔만 계교ᄒᆞ나 일이 이리 된 후 ᄌᆞ기 화문의 다시 드러갈 모칙이 업ᄂᆞᆫ지라 ᄎᆞᆯ하리 그 부부의 원앙ᄎᆡᄅᆞᆯ ᄭᆡ쳐 한을 풀고 달니 셔셔히 긔모비계ᄅᆞᆯ 운동코ᄌᆞ ᄒᆞᆯᄉᆡ (…) 소녜 니시로 더브러 불공ᄃᆡ텬지슈라 다시 보슈ᄒᆞᆯ 모칙이 업ᄉᆞ니 이졔 ᄉᆡᆼ각건ᄃᆡ ᄐᆡ아공쥬 장셩ᄒᆞ여 장ᄎᆞ 부마ᄅᆞᆯ 간ᄐᆡᆨᄒᆞᆯ지라 모친이 쇼덕궁의 드러나 낭낭의 마음을 도도와 기울게 ᄒᆞ시면 응당 셩지ᄅᆞᆯ ᄂᆞ리시리니 여ᄎᆞ즉 ᄒᆡᄋᆞ의 원이 풀닐가 ᄒᆞ나이다 (권지오, 13b~14a)

위의 인용문에서 알 수 있듯, 호홍매는 화경과 재결합할 희망이 거의 없는 상황에서도 어떻게든 그 가능성을 높이기 위해 이혜란과 화경 사이를 멀어지게 만들 궁리를 한다. 태아공주는 자신의 친정 가문이 정치적으로 크게 의지하고 있는 만귀비의 딸이므로, 호홍매가 공주와 연적 관계가

---

9 이혜란은 화경과 관계한 죄로 남소저에게 징치를 당하는 녹섬을 용서해 달라고 청하며, 이후 화경에게 태아공주와 혼인하라는 황명이 내렸을 때에도 "드ᄅᆞᄆᆡ 놀나옴도 업고 반가옴도 업셔 무ᄉᆞ무려ᄒᆞ"(권지오, 21b)며 황명을 순종하라고 권고할 뿐이다.

되기로 한 것은 위험한 판단이 아닐 수 없다. 그럼에도 불구하고 호홍매는 일단 이혜란과 화경 사이를 갈라놓기 위해 태아공주를 이용할 생각을 한다. 이는 호홍매가 오직 화경과의 애정 관계를 회복하는 데에만 몰두해 있음을 알게 해준다.

이처럼 호홍매와 이혜란은 애정 욕구 면에서 선명히 대비된다. 실제로 이와 같이 극단적인 인물들이 존재할 가능성은 높지 않지만, 어쨌든 이 작품 내에서는 그러한 대조적 인물형을 설정해 두고 있다.[10]

그러므로 이처럼 대조되는 두 여인을 모두 긍정적으로 그린다는 것은 모순일 수밖에 없다. 여성의 애정 욕구를 극단적으로 긍정하는 동시에 부정하는 결과가 되기 때문이다. 그럼에도 불구하고 이 작품은 이혜란과 호홍매 사이에서 교묘히 균형을 맞추고 있다. 이를테면, 서술자는 표면적으로는 이혜란이 고난을 극복하고 본처로서의 지위를 공고히 하는 과정을 부각하면서도, 호홍매와 화경이 우여곡절 끝에 부부의 인연을 이어가게 되는 과정을 조명하는 데에도 상당한 공을 들이고 있다.

'천명(天命)'에 대한 언급만 해도 그러하다. 서술자는 표면적으로는 호홍매의 악행을 통해 이혜란의 덕을 돋보이게 하려는 것이 하늘의 뜻이라 설명하면서도,[11] 실제로는 호홍매와 화경의 극적인 재회를 서술하는 과정에서의 천명의 작용 또한 설득력 있게 묘사하고 있다. 정절을 지키기

10 이수봉(1981), 앞의 논문, 246~247쪽에서는 두 인물이 성장 배경에서부터 큰 차이를 나타낸다고 지적한 바 있다. 호홍매가 적극적이고 저돌적인 성격의 어머니 아래서 자란 반면, 이혜란은 호홍매와 화경의 혼인을 거들 정도로 체면과 예의를 중시하는 아버지 아래 자랐다는 것이다. 이는 두 인물의 성격 차이가 쉽게 극복될 수 없는 것임을 시사한다.

11 "셩장단일ᄒᆞ여 뇨됴슉녀의 덕힝은 예로부터 덧덧ᄒᆞᆫ 닐이라 니쇼져의 ᄋᆡ운이 건둔ᄒᆞ미니 엇지 ᄒᆞᆫ갓 호시의 간ᄉᆞᄒᆞᆷ과 역비의 쵸ᄉᆞ로써 정녕ᄒᆞ다 밀월 ᄇᆡ리오 호시 ᄯᅢᄅᆞᆯ 타 큰 계교ᄅᆞᆯ 힝ᄒᆞ여 니쇼졔ᄅᆞᆯ 폐츌ᄒᆞ고 원위ᄅᆞᆯ 아스려 ᄒᆞ미요 하ᄂᆞᆯ이 니쇼져의 어진 셩덕슉힝이 쳔고의 업ᄉᆞ믈 ᄂᆞᆺ타ᄂᆡ신지라"(권지이, 18b).

위해 강물에 투신한 호홍매는 여승 청원에게 구조된 뒤 그의 인도에 따라 화부로 돌아가게 되나, 자신을 냉정히 대하는 화경의 태도에 놀라고 절망하여 자결하려 하다가 큰 상처를 입는다. 이때 청원은 호홍매를 간호하며 모든 것이 천명이니 순응하라고 이른다.

> 그ᄃᆡ ᄭᆡ다르되 오히려 통치 못ᄒᆞ고 회과ᄒᆞ되 ᄉᆞ셰ᄅᆞᆯ ᄉᆡᆼ각지 못ᄒᆞ미니 ᄉᆞᄅᆞᆷ이 살며 죽으미 그 ᄯᆡ의 맛당ᄒᆞ미 잇고 ᄯᅩᄒᆞᆫ 막비 하ᄂᆞᆯ이라 그ᄃᆡ 구가의 바리이고 집이 파ᄒᆞᆯ ᄯᆡ 부모의 뒤흘 똧지 못ᄒᆞᆷ도 명이오 투강닉ᄉᆞᄒᆞ여 만ᄉᆞ천ᄉᆡᆼ의 ᄉᆞ라남도 명이오 션도의 도라감도 명이라 이졔 회과ᄎᆡᆨ션은 셩인도 허ᄒᆞ신 ᄇᆡ니 그ᄃᆡᄂᆞᆫ 모로미 ᄀᆡ심슈덕ᄒᆞ여 몸을 보젼ᄒᆞ라 (권지칠, 34b~35a)

청원의 권유에 호홍매는 마음을 돌이켜 화부에 머물게 되며, 결국 소망하던 대로 화경과도 화해하여 자녀를 낳고 부부의 인연을 이어가게 된다. 서술자는 청원의 입을 빌려, 이러한 호홍매와 화경의 극적인 재결합을 '천명'이라 일컫고 있다. 어찌 보면 이혜란의 귀환은 호홍매를 화부로 다시 돌아오게 만드는 수단이라고도 할 수 있는바, 이혜란의 설득을 통해 호홍매와 화경이 결국 화해하게 되기 때문이다. 더욱이 청원 니고는 〈사씨남정기〉에도 등장하였던 고승(高僧)이기에, 천명에 관한 그의 언급은 더욱 신뢰할 만한 것으로 들리게 된다. 사정옥이 관음보살의 뜻에 따라 청원에게 의지하여 결국 유연수와 재회하게 되었듯이 호홍매 또한 청원을 통해 화경과 재회하게 되는바, 이러한 서사 전개는 천명이 호홍매의 편에서도 작용한다는 믿음을 전달한다.[12]

12 이 작품에서 초월계의 존재는 적극적으로 긍정되지는 않는다. 예컨대 화경이 흉몽을 핑계로 이혜란과의 혼인을 거부하는 데 대해 화승상이 "몽ᄉᆞᄂᆞᆫ 극히 허탄"하다며 질책

그렇다면 이처럼 두 여성 인물을 모두 긍정하는 작품의 서술시각은 어떻게 이해해야 할까? 애정에 대해 극단적으로 대조적인 견해를 가지고 있는 두 인물이 모두 〈화문록〉의 주인공이 될 수 있다면, 여성의 애정 욕구에 대한 서술자의 궁극적인 판단은 어떠하다고 보아야 할 것인가? 선행연구에서는 두 여성 인물의 존재가 '윤리와 욕망이 공존하는 현실'을 사실적으로 그리기 위함이라고 본 바 있으나,[13] 호홍매와 이혜란은 단순히 공존하는 차원을 넘어서 상호 간의 경계가 불분명해지며 서로 닮아간다는 사실에 주목하여야 할 것이다.

독립심이 강하며, 남편과 떨어져 친정에 머무르려 하였던 이혜란은 병중(病中)에 화경과 강제로 동침하게 되면서 "부뷔 화락ᄒᆞ미 극진"(권지오, 12b) 한 인물로 변화하게 된다. 물론 이혜란의 천성이 하루아침에 뒤바뀌었다고는 볼 수 없다. 그녀는 화경의 강압적인 태도에 여전히 불쾌하고 불안해하지만, 적어도 외면적으로는 화경과 다정한 부부로 보이는 삶을 살게 된다.[14]

마찬가지로 호홍매는 화경의 애정을 독점하려던 열망을 단념하게 된다. 화경의 냉정한 태도를 원망하며 자결을 시도할 정도로 그의 애정만을 갈구하던 호홍매가 갑자기 이혜란에게 순종적인 태도를 보이며 '젼일보다 어진 부인'이 되었다는 것은 역시 납득하기 어렵다. 그럼에도 불구하고 서술자는 호홍매의 갑작스러운 변화를 긍정적으로 서술한다.

서술자가 강조하는 것은, 호홍매는 이혜란의 모습을 닮아 화경에 대한 애정 욕구를 절제하게 되었고, 이혜란은 호홍매를 대신하여 화경과 애정

하는 대목에서 이를 알 수 있다. 하지만 이혜란이 예운암에서 점을 쳐 보고 화재를 피한다든지, 이혜란과 호홍매가 위기의 순간마다 극적으로 구조되는 설정 등으로 미루어볼 때 '천명'의 존재는 실상 긍정적으로 형상화되고 있다고 생각된다.

13 정병욱(1983), 앞의 논문, 195쪽.

14 이는 이혜란의 친정 어머니인 유부인이 "녀ᄋᆡ ᄋᆡᆨ회 푸러져 화락ᄒᆞ여 다른 근심이 업ᄉᆞ믈 영힝ᄒᆞ"(권지오, 20b)는 대목에서도 확인할 수 있다.

을 나누는 상대의 역할을 수행하게 되었다는 점이다. 이처럼 두 인물의 동화와 융합이 강조되고 이전의 대립적 성격은 중화되기에, 양자를 모두 긍정하는 작품의 서술시각은 무리 없이 성립할 수 있게 된다. 애정을 최고의 가치로 여기던 여성은 이를 절제할 수 있게 되고, 남편과의 애정을 기피하던 여성은 이를 긍정적으로 수용할 수 있도록 변화됨에 따라 두 여성은 공존하고 화합할 수 있게 된 것이다. 즉 서술자는 애정에 대한 두 여성의 상반된 태도를 모두 긍정한 것이 아니라, 한 여성이 양 극단 사이를 얼마든지 오갈 수 있고 또 그래야만 한다고 본 것이다.

3. 여성의 애정 욕구에 대한 이중적 시각과 그 시대적 맥락

인물의 본성을 거슬러 이루어지는 호홍매와 이혜란의 성격 변화는, 당사자인 두 여성의 입장에서 보면 매우 어색하고 부자연스러운 일이지만 화경은 이를 전혀 이상하게 여기지 않는다. 화경은 이혜란과 재회한 뒤로 “부인으로 더브러 화락ᄒᆞ여 화됴월셕의 쾌활ᄒᆞᆫ 의ᄉᆡ 만심이 환열”(권지오, 20a)할 정도로 그녀를 총애하게 되는데, 이는 “날마다 니화당의 드러와 호시로 더브러 부부의 화락이 극진ᄒᆞ여 어슈지락이 흡연하던”(권지이, 25a) 태도 그대로이되 그 대상만 호홍매에서 이혜란으로 바뀐 것이다. 또한 그는 호홍매를 미워하며 결코 용납하지 않으려 하다가 부모와 처의 노력으로 인해 겨우 마음을 누그러뜨리게 되는데,[15] 이는 이혜란을 ‘수인(讎人)’이라 칭하며 혼인을 거부하려다가 부모의 질책을 받고서는 어쩔 수 없이

15 “평장이 셰셰히 드러오ᄆᆡ 부인의 인ᄋᆡ현심이 이의 밋ᄎᆞ믈 심즁의 암탄ᄒᆞ고 호시의 경ᄉᆡᆨ을 일변 측연ᄒᆞᄂᆞᆫ 즁 (…) 부인이 공으로 더브러 의논ᄒᆞ고 셩남 별업을 허ᄒᆞ니 평장은 묵연ᄒᆞᆯ ᄲᅮᆫ이러라”(권지칠, 33b~36b).

마음을 돌리던 과거의 모습 그대로이다.[16]

이처럼 화경은 갑자기 태도를 바꾸되, 단순히 호홍매와 이혜란 사이에서 친소(親疏)를 바꾸는 것이 아니라 두 여성을 대하는 태도를 뒤바꾼다. 단순한 여성 편력이라면 호홍매와 이혜란에게 모두 이끌리는 화경의 심리를 남성의 이중성으로 규정하고 넘어갈 수 있겠지만, 호홍매에게 이혜란의 면모를 요구하고 이혜란에게서는 호홍매의 모습을 찾는 화경의 태도는 '남성의 욕망'으로만은 설명되기 어렵다. 물론 화경으로서는 호홍매가 이혜란을 해치려 했고 이혜란은 그로 인해 무고히 고난을 당하였음을 깨달은 것이 이러한 태도 변화의 계기로 설정되어 있지만, 그렇다고 해서 호홍매와 이혜란에 대한 태도를 서로 뒤바꾸는 화경의 행위가 완전히 해명되는 것은 아니다. 만약 호홍매의 악행을 발견한 것이 태도 변화의 주된 계기였다면, 호홍매를 징치하고 이혜란을 높이는 것만으로도 충분하였을 것이기 때문이다.

좀 더 자세히 살펴보면, 화경의 태도 변화는 자신을 향한 호홍매의 애정 욕구가 가장 강하게 발현되었을 때 시작된다. 호홍매는 혹여 이혜란에게 남편의 사랑을 빼앗길까 두려워 이혜란을 모해하고 화경의 본처 자리를 차지하며, 이후 화경과 더불어 극진한 부부애를 나누게 된다. 그러던 중 화경은 갑자기 하남 순무사로 떠나게 되고, 임지(任地)에서 양진을 만나 미혼단의 존재를 알게 된 후 호홍매의 행적을 의심하게 된다. 이후 화경은 갑자기 호홍매를 냉대하기 시작하는바, 이전에는 긍정적으로 평가하였던 호홍매의 적극적인 애정 욕구가 이 시점부터는 부정적인 요소로 평가되기 시작한다.[17]

---

16 화경은 이혜란과의 혼사를 앞두고 호홍매를 만난 뒤, 꿈을 핑계로 삼아 혼인를 물리고자 부모를 설득하려다가 실패하고 부친의 뜻에 따라 이혜란을 본처로 맞았다.

호시의 간ᄉᆞᄒᆞᆫ 첨녕을 겸ᄒᆞ여 맛난 ᄇᆡ 졍되 아니라 독히 월장규벽의 ᄒᆡᆼᄉᆡᆨ 이실지니 어지 상두 원비ᄅᆞᆯ 모함치 아닐 니 잇ᄉᆞ리오 (권지삼, 14a)

마찬가지로 이혜란에 대한 화경의 태도 역시, 독립적인 삶에 대한 그녀의 욕구가 최대화된 시점에서 갑자기 변화하기 시작한다. 이혜란은 죽을 고비를 넘기고 우여곡절 끝에 친정으로 돌아온 뒤 다시는 화부로 돌아가지 않겠다고 선언한다. 그녀는 자신을 찾아온 화경에게 '다른 실가를 얻어 규방을 빛내고 자신을 찾을 생각은 꿈에도 말라'며 거부하는가 하면 친정 오빠들에게도 '화군이 타문 숙녀를 맞이하면 시부모님께 진심을 아뢰고 친정 부모 슬하에 돌아와 평생을 보내겠다'는 뜻을 진지하게 밝힌다. 그러나 바로 이때부터 화경은 갑작스럽게 이혜란에 대한 애정을 전에 없이 적극적으로 표출하기 시작한다. 이혜란은 화경을 만나보라는 친정 어머니의 권유에도 "죽기ᄅᆞᆯ 결단ᄒᆞ여 아니 상면ᄒᆞ기로"(권지사, 29a) 고집하는데, 화경은 처남들의 도움으로 그런 이혜란에게 몰래 접근해서는 몹시 황홀해 하며 애틋한 정을 표현한다.

가뱌야히 니러ᄂᆞ니 니ᄉᆡᆼ 등이 통치 아니ᄒᆞ고 화ᄉᆡᆼ으로 더브러 쇼져 침당의 니르나 (…) 쇼졔 거거의 문병ᄒᆞ민가 ᄒᆞ여 쇼두ᄅᆞᆯ 어루만ᄌᆞ며 의ᄃᆡᄅᆞᆯ 슈렴ᄒᆞ여 맛고ᄌᆞ 하더니 우연이 눈을 드니 ᄯᅳᆺ 아닌 화ᄉᆡᆼ이 만면희ᄉᆡᆨ으로 ᄇᆡᆨ의 당건을 단졍이 ᄒᆞ여 압ᄒᆡ 니려 심심이 녜ᄒᆞ니 쇼졔 쳔망무망의

17 화경은 애초에 자신에게 은근히 정을 표현하는 호홍매의 태도에 호감을 느껴 그녀와 혼인하겠다는 결심을 한 바 있다. 즉 그는 "미인이 아연이 넉술 일코 암암이 졍이 뉴동ᄒᆞ여 화용이 빗출 변ᄒᆞ고 ᄋᆡᆼ슌의 말이 업셔 냥구슉시ᄒᆞ니 ᄉᆡᆼ이 미인의 유졍ᄒᆞᆷ을 보ᄆᆡ 심신이 더옥 황난ᄒᆞ여"(권지일, 4a) 말을 건네보려 하였던 것이다. 또 혼인 첫날밤에도 화경은 "전일의 약속을 성취하니 어찌 다행스럽지 않겠느냐"며 자신과의 혼인을 기뻐하는 호홍매의 다정한 말에 흡족해 하며 그녀를 친근히 대하였다.

> 이 광경을 당ᄒᆞ여 심골이 경한ᄒᆞ여 욕ᄉᆞ무지라 놀ᄂᆞ믈 진졍를 도아 더옥 ᄌᆞ약쇼담ᄒᆞ니 광념이 이목의 현황ᄒᆞ고 월ᄐᆡ화안의 화향이 보욱ᄒᆞ며 무ᄉᆡᆨ ᄒᆞᆫ 의상이 방신을 ᄀᆞ리왓고 ᄆᆞᆰ은 향ᄂᆡ 코흘 거ᄉᆞ리니 넉시 놀납고 눈이 황홀ᄒᆞ여 ᄉᆞᆷ이며 상시믈 분변치 못ᄒᆞ여 ᄒᆞᆫ갓 어린 듯ᄒᆞ여 부인을 바라보와 말ᄉᆞᆷ이 업ᄉᆞ니 (권지사 29b~31b)

이혜란은 극구 거부하지만, 화경은 그녀의 손을 잡고 "부인이 오ᄅᆡ 견집ᄒᆞᆯ진ᄃᆡ ᄉᆡᆼ을 초갈ᄒᆞ여 쥭"(권지사, 34a)을 것이라 애원하기조차 한다. 자신에 대해 한껏 애정을 표현하는 호홍매를 견제하는 한편, 냉정한 이혜란에게는 애정을 요구하기 시작하는 것이다. 즉 화경은 두 여성의 상반된 기질이 극대화되는 것을 경계하고, 이들로 하여금 각자의 천성과는 반대되는 성향을 나타내도록 요구하고 있다.

물론 화경은 이러한 모순된 태도로 인해 두 여성에게 강하게 항의를 받기도 하고, 제가(齊家)를 잘못하였다 하여 부모에게 꾸중을 듣기도 한다. 자신을 비난하는 화경에게 '동로동혈과 청산녹수로 언약하던 때는 언제고 이제 와서 홀로 준절한 체하느냐'고 반문하는 호홍매의 발언과,[18] '호씨의 죄는 전혀 너의 불명함으로 말미암음이니 어찌 호씨에게만 책임을 묻겠느냐'며 아들을 비판하는 화승상의 발언에서 이를 확인할 수 있다.[19]

18 호홍매는 화경을 자신을 용납할 뜻이 없음을 알게되자, "명공의 말이 비록 쾌ᄒᆞ나 촐노 쳡의게 다다라 잔혹ᄒᆞ미 시ᄒᆞ도다 셕일 쳡이 허물 지음도 명공이 졔가의 편벽ᄒᆞ무로 비로ᄉᆞ미라 (…) ᄋᆞ녀ᄌᆞ로 ᄒᆞ여금 졈졈 교긍ᄒᆞ믈 길너 동노동혈과 청산녹슈로 언약ᄒᆞ니 어린 녀ᄌᆡ 독ᄒᆞᆫ 쥴 몰나 졈졈 ᄃᆡ죄의 ᄲᆞ지미 ᄯᅩᄒᆞᆫ 명공의 허물이로ᄃᆡ 이졔 다다라 홀노 쥰졀ᄒᆞ미 이ᄀᆞᆺᄒᆞ니 쳡이 원컨ᄃᆡ 그ᄃᆡ 압히셔 쥭여 마음을 쾌히 ᄒᆞ리니 ᄉᆞ오년 은의ᄅᆞᆯ 뉴련ᄒᆞ거든 시슈ᄅᆞᆯ 걷어 무드믈 청ᄒᆞ노라"고 답한다(권지칠, 31a~31b).

19 화승상은 호홍매를 비난하는 화경에게 "죄ᄂᆞᆫ 남은 터이 업거니와 젼혀 너의 불명ᄒᆞ무로 말ᄆᆡ암으시니 엇지 호시의 죄 ᄲᅮᆫ이리오 이졔 너ᄅᆞᆯ ᄉᆞᄒᆞᆫ 후ᄂᆞᆫ 호시ᄅᆞᆯ ᄯᅩᄒᆞᆫ 슌히 도라보ᄂᆡᆯ ᄯᆞ름이라"고 답한다(권지삼, 25a).

하지만 이러한 비판은 말에 그칠 뿐이다. 화경은 실제로는 어떤 고통도 당하지 않는다. 황제의 사혼을 거부하였다가 유배를 가긴 하지만 고관 출신인 까닭에 유배지에서도 지방관들의 예우를 받아 호화롭게 생활하며,[20] 호홍매와 이혜란의 비난에도 사죄하거나 자성(自省)하는 일은 전혀 없다. 애정에 침혹되어 첩을 편애하였던 호각로나 황제는 이로 인해 비참하게, 혹은 후회를 남긴 채 죽음을 맞게 되지만 여성에 대하여 이중적 태도를 보이는 화경은 그런 징치의 대상이 되지 않는다.[21]

화경의 모순된 태도가 아무런 제지를 받지 않는 만큼, 그의 요구에 순응하여 이루어지는 호홍매와 이혜란의 성격 변화 또한 긍정적으로 서술될 수밖에 없다. 두 여성은 그런 면에서 이질적이라기보다는 동질적이다. 애정 욕구를 나타내다가도 거두어들여야 하고, 부정하다가도 긍정해야 한다는 점에서 두 여성 인물은 모두 자신들의 본래적 정체성을 부정당하고 있다.

그런데 이러한 서술시각, 즉 양극단의 여성 인물들을 내세워 상호 간의 동화와 융합 과정을 긍정적으로 부각하는 서술시각은 당대 여성 독자들의 심리와 관련이 있다고 본다. 작품이 창작되었을 것으로 추정되는 18세기 후반 당시, 상층 여성들은 공식적으로는 애정 욕망을 절제하고 다른 여성에 대해 질투심을 드러내지 않도록 교육받았다. 사족 혹은 왕실 여성들이 즐겨 읽던 대하소설에서 애정 욕구에 적극적인 여성 인물들이 '탕녀'

---

20 "시시의 화상셰 쵹도를 향ᄒᆞ여 삼삭만의 신고히 니르니 본쥐 ᄐᆡ쉬 화상셰 조정 즁신으로 일시 텬위를 맛나 이의 니르나 감히 경만치 못ᄒᆞ여 너른 집을 잡ᄋᆞ ᄃᆡ졉이 지극ᄒᆞ니"(권지뉵, 9a~9b).

21 이런 맥락에서 볼 때 〈화문록〉이 남성의 애욕을 긍정하는 시각에서 씌어졌다고는 단언하기 어렵다. 호각로의 비참한 최후나 황제의 후회 등을 감안한다면, 남성의 무분별한 애정 욕구는 경계되고 있다고 보아야 할 것이다. 다만 이 작품에서는 여성의 애정 욕구에 대해 이중적 잣대를 적용하는 남성의 불합리한 태도에 대해서는 비판적인 관점을 취하고 있지 않다고 판단된다.

로 규정되어 배제당하고 있음은 그러한 시각의 반영이라 할 수 있다.[22] 애욕과 부덕을 철저히 이원화하여 전자를 옹호하는 시각에서 씌어진 일부 작품 또한 같은 맥락에서 이해할 수 있다.[23]

그러나 한편으로는 '탕녀'나 '애욕형 인물'의 형상이 선망의 대상으로 그려지기도 한다는 점도 주목을 요한다. 투기하지 않는 정대한 성품의 부인은 남편에게 애정의 상대로 여겨지지 않는 반면, 탕녀들에게 끌리는 남성의 모습은 생생히 서술되어 있기 때문이다.[24] '애욕과 부덕의 이원화' 또한, 심층적으로는 '남편이 애욕 추구형 여성들과 외도하여 문제를 일으키지 않기를 바라는' 여성 독자들의 숨은 소망을 나타낸 것이라고 해석 가능하다.[25] 그만큼 상층 여성 독자들은 애정 욕구에 대해 복잡한 심리를 가지고 있었고, 일종의 딜레마적 상황에 처해 있었다고 볼 수 있다. 부덕(婦德)을 함양하는 것만으로는 남편과 유대관계를 구축하는 데 현실적으로 어려움을 겪었을 것이기에, 애정 욕구를 부정하면서도 그 필요성을 전혀 부인할 수만은 없었다고 생각되는 것이다.

실상, 예교를 지나치게 중시하여 남편과 서먹하게 지내거나 불화하는 여주인공이 등장하는 작품은 〈화문록〉 외에도 많다. 〈명주기봉〉의 현월염, 〈유씨삼대록〉의 양벽주 등이 그러한 예이다. 다만 이들 작품에서는 그러한 여성 인물들이 결국 남편에게 인정받고 자존감을 회복하게 된다는 점이 다르다. 애정 욕구에 대한 상반된 관점들 사이에서, 결국은 공식

22 한길연, 「몸의 형상화 방식을 통해서 보 고전대하소설 속 탕녀 연구 – 〈쌍성봉효록〉의 '교씨'와 〈임씨삼대록〉의 '옥선'을 중심으로」, 『여성문학연구』 18, 한국여성문학회, 2007, 217~219쪽.

23 조광국, 「벽허담관제언록에 구현된 상층 여성의 애욕 담론」, 『고소설연구』 30, 한국고소설학회, 2010, 298~301쪽.

24 한길연(2007), 앞의 논문, 222~223쪽.

25 조광국(2010), 앞의 논문, 303쪽.

적 가치관 쪽으로 서술시각이 기울어진 결과이다. 반면 〈화문록〉에서는 당대 여성이 처한 갈등 상황이 보다 핍진하게 그려진다. 이는 유흥 문화가 발달하고 유교적 가치관의 통제가 느슨해져 상층 남성들에게 더 이상 엄격한 도덕적 기준을 요구하기 어려워진 시대적 상황 탓이기도 할 것이며,[26] 낙선재본 소설이 향유된 궁중의 특수한 상황을 감안할 때 왕실 여성이나 궁인 독자들이 유독 애정 욕구의 딜레마를 더욱 민감하게 느꼈기 때문일 수도 있다. 이들로서는 왕실 내의 애정 관계에 대해 초연하기만은 어려웠을 것이기 때문이다. 낙선재본 작품들 중 〈낙천등운〉, 〈천수석〉 등 남녀 간의 애정과 질투를 생생하게 그린 작품들이 적지 않다는 점 또한 그러한 추측을 가능케 한다.

선행연구에서는 〈천수석〉 등 장서각 유일본으로 전해지는 작품들의 경우 궁중 내의 한정된 독자들을 위해 신속히 창작되었을 가능성이 있다고 본 바 있다.[27] 혹은, 세책가를 통해 외부의 작품이 궁중으로 유입되었더라도 왕실 내 독자들의 취향에 맞게 개작되고 새롭게 필사되었을 가능성도 제기되었다.[28] 〈화문록〉이 그러한 특수본에 해당한다면,[29] 부덕을

26 이순우는 개인의 욕망을 따르는 화경의 형상이 사대부에 대한 윤리 기준이 완화된 당대 현실을 반영한다고 보았다. 이순우, 「〈화문록〉 연구」, 『한국고전연구』 2, 한국고전연구학회, 1996, 230~231쪽.

27 송성욱은 낙선재본 작품 중 하나인 〈천수석〉을 예로 들어, 한정된 독자들의 필요에 맞추어 신속히 작품을 창작하는 과정에서 실수가 발생하고 서사 전개에 허점이 생기게 되었을 가능성을 거론한 바 있다. 송성욱, 「〈천수석〉의 텍스트 결함에 대하여」, 『한국고전연구』 10, 한국고전연구학회, 2004, 25쪽.

28 낙선재본 소설 작품들이 세책가로부터 유입된 것이라는 주장은 발굴 당시부터 제기되었다. 이는 왕실의 인척이었던 윤백영의 진술, 즉 '가난한 선비가 세책가에 판 것이 궁중까지 흘러들어온 것'이라는 진술을 근거로 한다(중앙일보, 1966년 8월 25일). 그러나 한편으로는, 독특한 한문역어체나 서술자의 객관적 태도 등으로 미루어 낙선재본 소설만의 특수성을 강조하는 논의도 있어 왔다(정하영, 「낙선재본 소설의 서술문체 연구 - 〈천수석〉을 중심으로」, 『정신문화연구』 44, 한국학중앙연구원, 1991, 82~84쪽).

29 이지영은 〈화문록〉, 〈천수석〉 등 일부 낙선재본 소설들 작품들의 특수성을 지적하며

함양하는 것뿐만 아니라 궁중 내의 복잡한 애정 관계에도 마음을 쓸 수밖에 없었을 왕실 여성들의 특수한 처지가 작품 창작 혹은 개작 과정에 반영되었으리라고 추정해 볼 수 있다. 이들의 처지와 심리를 잘 이해하던 궁인들이나 환관들이 그러한 창작 또는 개작에 관여하였을 가능성이 있는 것이다. 후손을 출산할 공통된 의무를 가지고 서로 경쟁 관계에 있었던 왕비와 후궁들로서는 궁중 내의 애정 관계에 내밀한 관심을 둘 수밖에 없었을 것이고, 궁녀들의 경우도 왕의 총애를 받는 것은 곧 신분상승을 의미하였던 만큼 궁중 내 애정 관계에 대한 은밀한 관심이 적지 않았을 것이라 추측할 수 있다.

그런데 주목할 점은, 이러한 여성 독자들의 내적 갈등은 물론 남성의 모순된 태도에 기인한 것이지만 〈화문록〉의 초점이 그러한 남성의 모순된 태도를 비판하는 데 맞추어져 있지는 않다는 점이다. 그보다는, 남성의 이중적 요구에 직면하여 분열된 여성의 자의식을 나타내는 데 작품의 초점이 맞추어져 있다. 천성을 고집하면서도 자기 뜻과는 무관하게 본성과는 반대되는 변화를 겪게 되는 호홍매와 이혜란의 형상을 묘사한 것 자체가 여성들이 겪는 정체성의 혼란을 반영한다고 볼 수 있는 것이다. 애정 욕구에 대해 상반된 태도를 동시에 요구받고 있었고, 그로 인한 갈등과 혼란을 어떻게든 극복해야만 했던 여성 독자들로서는 호홍매와 이혜란을 서로 대립시키면서도 융화케 하는 〈화문록〉과 같은 서사가 필요하였다. 나아가 호홍매가 이혜란에게 감화되고 이혜란이 호홍매에게 친근감을 느끼도록 처리된 것은,[30] 자신의 기질과는 상반된 성향을 자기 일

공통된 창작자, 창작 환경의 가능성을 언급한 바 있다. 이지영(2011), 앞의 논문, 395~396쪽.

30 예컨대 이혜란은 "즁심의 ᄆᆡ양 년측ᄒᆞ여 아모됴록 구ᄒᆞᆯ 도리ᄅᆞᆯ ᄉᆡᆼ각"(권지칠, 21a)할 정도로 호홍매를 연민하며, 호홍매 또한 이혜란의 호의에 "눈물이 ᄂᆞᆺ치 덥혀 ᄉᆞ례"(권지

부로 받아들일 수밖에 없는 여성의 처지를 투영하고 있기도 하다.[31]

이러한 〈화문록〉의 서술시각은 남성의 요구에 비추어 자신을 평가해야 했던 여성의 분열된 자기인식을 반영한다고 볼 수 있다. 남성의 시각만을 직접적으로 반영했다면, 부덕과 애정 욕구를 동시에 갖춘 여성 인물을 등장시키는 편이 더 자연스러웠을 것이나, 〈화문록〉은 그러한 남성 중심의 여성상에 부응하여 매우 급작스럽고 또 부자연스럽게 변화해 가는 두 여성의 모습을 그리는 데 초점을 맞추고 있다. 이는 〈화문록〉이 18세기 후반 당시 여성 독자들의 애정 욕구에 대한 내적 갈등과 그로 인한 정체성 혼란을 여성 자신의 시각에서 묘사한 작품이라 볼 수 있는 근거가 된다.

4. 특징적 서사 장치들의 기능과 의미

이상에서 살펴본 〈화문록〉의 특징적인 서술시각을 염두에 둘 때, 이 작품이 지니고 있는 서사적 장치의 특수성 또한 그 의미가 보다 명료해질 수 있다. 〈화문록〉은 '사씨남정기계 소설'의 범주에 속하는 작품으로 간주되는데, 그 이유 중 하나가 가문 내 갈등과 국가 내 갈등을 유기적으로 연계시켰기 때문이다.[32] 즉 호홍매와 이혜란은 화씨 가문 내에서 대립하는 두 인물일 뿐 아니라 정치적으로도 각각 귀비당과 황후당 가문에 속하는 인물들로서 대치하고 있다. 이혜란의 부친 이광운은 황후당이라는 이유로 만귀비의 핍박을 받으며, 호홍매는 어머니인 만부인을 통해 이런 만

칠 29b)할 정도로 감동한다.

31 그러므로 고혜연(2000), 앞의 논문, 34~45쪽의 주장처럼 두 여성의 화합을 곧 여성적 '동류의식'이나 '자매애'의 발현으로는 보기는 어렵다는 생각이다.

32 최근 김용기(2014) 또한 양진-화경-황제의 서사가 유사한 내용으로 반복되며 주제의식을 강화함을 지적한 바 있다. 김용기, 「〈화문록〉의 서술방식과 주제의식의 관계」, 『한민족어문학』 66, 한민족어문학회, 2014, 309쪽 참조.

귀비를 충동함으로써 이광운 부녀를 곤경에 몰아넣는다. 하지만 곧 황후의 친자인 태자가 즉위함에 따라 귀비당은 몰락하고 이광운 부녀는 어려움을 벗어나게 된다.

정치적으로 대립하는 가문의 여성들이 한 집안에 시집와 함께 지낸다는 것은 역시 다소 무리가 있는 설정이다. 남성 관료들이 처가와 정치적 부침을 함께 하는 일이 적지 않았던 당대의 상황을 감안한다면 더욱 그렇다. 하지만 이러한 모순은 일거에 해소되는데, 이는 황제에 의해 두 당파의 화해가 신속히 이루어지기 때문이다. 황제는 처음에는 자신의 친모를 핍박했던 귀비당 세력을 징치하지만, 또 별안간 만안과 호번 등에게도 관전을 베푼다.

> 이ᄣᆡ 상이 츙냥현신을 가랍ᄒᆞ시ᄆᆡ ᄉᆞ방이 무ᄉᆞᄒᆞ고 만민이 낙업ᄒᆞ여 협화만방ᄒᆞᆫ지라 군신이 ᄯᅩᄒᆞᆫ 어슈의 즐기믈 어든지라 일일은 상이 졔신을 ᄃᆡᄒᆞᄉᆞ 문득 갈오ᄉᆞᄃᆡ 만귀비 비록 죄 역즁이나 션뎨의 춍우ᄒᆞ시던 ᄇᆡ라 오ᄅᆡ 폐치ᄒᆞ미 짐심이 불안ᄒᆞ니 ᄂᆡ궁의 안치ᄅᆞᆯ 푸러 별궁의 잇게 ᄒᆞ고 ᄐᆡ아공쥬의 작호ᄅᆞᆯ ᄂᆞ리오고 만안 뉴길 등을 ᄯᅩᄒᆞᆫ ᄉᆞᄒᆞ여 치귀젼니ᄒᆞ게 ᄒᆞ미 엇더ᄒᆞ뇨 군신이 상의 지효 셩덕을 감복ᄒᆞ여 감히 다시 닷토지 못ᄒᆞ고 오직 셩덕을 칭하ᄒᆞ니 좌반 연국공 니광운이 쥬왈 만안 등이 부월의 주ᄒᆞᆷ도 오히려 부족ᄒᆞ거ᄂᆞᆯ 셩상의 은ᄐᆡᆨ이 극ᄒᆞᄉᆞ 부월도 면ᄒᆞ엿ᄉᆞᆸᄂᆞᆫ지라 이졔 ᄯᅩ ᄉᆞ명이 ᄂᆞ리시니 더옥 고골이 부육ᄒᆞ오미니라 죄신 호빈이 탁난됴정ᄒᆞ온 죄 즁ᄒᆞ오나 만안 뉴걸 등의 더으미 업ᄉᆞ오니 은ᄉᆞᄅᆞᆯ ᄀᆞᆺ치 닙ᄉᆞ오미 올ᄉᆞ올가 ᄒᆞᄂᆞ이다 상이 동기언ᄒᆞᄉᆞ 간당을 다 ᄉᆞᄒᆞ여 젼니로 도라가라 ᄒᆞ시니라 (권지칠, 22b~23a)

표면적으로는 이광운이 자신의 정적이었던 호부(胡符)를 너그럽게 변호하는 것으로 보이지만, 실상 이는 황후당을 복권하기로 결정한 황제의 뜻에 따른 것이다. 새 황제는 즉위 직후 황후당을 전격적으로 기용하며 이광운의 직위를 연국공으로까지 높인 바 있다.[33] 그러나 신황제로서는 정치 세력들 간에 균형을 회복하여 불안정한 황권을 공고히 할 필요가 있었기에, 결국 귀비당 세력에 대한 복권이 이루어진 것이라고 볼 수 있다. 이광운은 그러한 황제의 뜻을 알아채고, 자신과 적대관계인 호번에게도 은전을 베풀도록 청함으로써 황제의 뜻에 순응하는 자세를 보인 것이다.

서로 대립되는 두 세력 간의 화합이 이들을 통어하는 상위 권력의 의지에 따라 이루어진다는 점에서, 두 당파의 관계는 호홍매와 이혜란의 관계와 유사하다. 갑작스러운 황제의 태도 변화가 어느 한 당파에 권력이 편중되는 것을 막기 위함이듯, 화경 또한 두 부인이 애정 욕구에 있어 극단적인 태도를 취하지 못하도록 제어한다. 대립 세력 간의 화합과 융화는 이들 스스로 원해서가 아니라 상위 권력의 필요에 따른 것이다.

이처럼 〈화문록〉의 중첩적 서사구조는 상호 조명적 관계에 있다. 서로 대립되는 존재들이 보다 상위의 권력 아래서 그 필요에 따라 불가피하게 화합하고 공존하는 모습이 가문과 국가 두 차원에서 반복적으로 그려지고 있다. 달리 말하자면, 애정 욕구를 부정할 수만도, 긍정할 수만도 없는 여성이 처한 모순된 상황이 정치 세력들 간의 대립적 공존에 빗대어져 보다 분명히 드러난다고 할 수 있다.[34]

33 "ᄐᆡᄌᆞ 이의 위에 오르시니 시위 홍치황뎨라 (…) 상이 즉위ᄒᆞ시ᄆᆡ 션데의 유교ᄅᆞᆯ 밧ᄌᆞ와 젹겨ᄒᆞᆫ 바 일반 문무ᄅᆞᆯ 다 승지가하여 역마로 부르실ᄉᆡ 젼승상 화운녕으로 다시 승상을 ᄒᆞ이시고 포졍ᄉᆞ 니광운으로 문현각 ᄐᆡ학ᄉᆞ 좌승상 연국공을 봉ᄒᆞ시고"(권지뉵, 30a).

34 이점에서 〈화문록〉의 중첩적 서사구조는 〈사씨남정기〉의 그것과 유사하면서도 다르다. 〈사씨남정기〉에서도 사씨 - 유한림 - 교씨의 가문 내 관계는 유한림 - 천자 - 엄숭의 군신 관계와 대응되지만, 선악의 구분이 뚜렷하며 이를 제대로 분별하지 못한 가장과 군왕의 반성이 나타난다. 반면 〈화문록〉에서는 가문이나 국가 내 권력에 대한 비판이

다음으로 이 작품의 또 다른 특징적 서사 장치로 유머의 활용을 살펴보자. 2장에서도 살펴보았듯이 유머의 초점이 되는 것은 이혜란이다. 여성의 애정 욕구를 금기시하는 규범적 관점에서만 보면 이혜란은 이상적인 인물일 뿐이지만, 서술시각의 이면에서는 이와 함께 현실적 관점도 작용하고 있기에 그 지나친 냉담함은 종종 유머의 소재가 된다. 앞에서 살펴보았듯이 이혜란의 성격은 은연중 비정상적인 것으로 간주되어 웃음거리가 되는가 하면, 화경과의 원만한 재결합을 방해하여 한바탕 소동을 일으키는 요인으로서 희담의 소재가 되기도 한다.

〈화문록〉에서 이혜란과 화경의 재결합은 '속고 속이기'의 희담적 장치를 통해 유쾌한 분위기 속에서 진행된다. 이혜란의 친정 오빠들이 작당하여 화경에게 이혜란이 이미 죽었다고 속이자, 놀림을 당한 화경은 이들을 다시 속여 다른 여성과 재혼할 것처럼 가장함으로써 보복한다. 유머가 평소 억압되어 온 심리적 갈등의 해소 기제로 기능한다고 보면, 이러한 희담 역시 단순한 재밋거리로만 치부하기 어렵다. 친정 식구들과 남편 사이의 갈등을 희학적으로 풀어낸 이면에는 여성 독자들의 불안이 숨어 있다고 볼 수 있는 것이다.

이혜란의 친정 형제들은 화경과 이혜란이 예법에 따라 정식으로 혼인한 부부 관계임을 굳게 믿고 있고, 그러한 확고한 믿음이 있기에 화경과 이혜란의 관계를 장난거리로 삼을 수 있었다. 즉 이들은 화경과 누이동생이 결국 원만히 재결합할 것이라는 전제 하에 이들 부부의 관계를 일시적인 웃음거리로 삼은 것이다. 이는 막상 화경이 이혜란을 단념하고 재혼할 의사를 비치자 몹시 놀라며 당황해 하는 이들의 모습을 통해 드러난다.

나타나지 않으며, 인물들 또한 선악으로 이원화되기보다는 권력자의 필요에 따라 화합하고 공존하는 방향으로 움직인다.

남쇼졔 놀나 ᄀᆞᆯ오ᄃᆡ 아니 긔미ᄅᆞᆯ 뉘 닐너 화ᄉᆡᆼ이 쇼ᄆᆡ의 쇽이믈 미온ᄒᆞ여도다 가ᄆᆡ 여영이 바릴 ᄯᅳᆺ을 두미라 졔 본ᄃᆡ 쇼ᄆᆡ로 더브러 위곡ᄒᆞᆫ 졍이 업ᄉᆞ니 엇지 구구히 쇡이믈 밧고 ᄯᅩ 말녀 머무르믈 깃거ᄒᆞ리오 반ᄃᆞ시 닐노됴ᄎᆞ 화ᄆᆡ의 신셰ᄅᆞᆯ 아됴 함ᄒᆞ미라 ᄒᆞ니 부인과 졔ᄉᆡᆼ이 놀나믈 마지 아녀 갈오ᄃᆡ 화ᄉᆡᆼ이 가기ᄅᆞᆯ 의논ᄒᆞ연지 슈일이 되엿시나 이러틋 밧바하믈 아지 못ᄒᆞ더니 엇지 니럿틋 ᄆᆡ몰ᄒᆞᆫ고 졔ᄉᆡᆼ이 급히 ᄂᆞ와보니 남ᄉᆡᆼ이 역시 당황괴ᄋᆞᄒᆞ여 ᄀᆞᆯ오ᄃᆡ 화ᄉᆡᆼ이 녕ᄆᆡᄅᆞᆯ 위ᄒᆞ여 통셕ᄒᆞᄂᆞᆫ 졍이 지극ᄒᆞ여 동신의 마음이 변치 아닐가 ᄒᆞ엿더니 이졔 도라가 츄쳐ᄒᆞ믈 밧바ᄒᆞ고 ᄯᅩ 날ᄃᆞ려 닐오ᄃᆡ 니형 등의게 이 말을 ᄂᆡ미 불가ᄒᆞ여 아… 졔니 놀나 닐오ᄃᆡ 우리 화ᄉᆡᆼ의 당년ᄉᆞᄅᆞᆯ 뮈이 녀겨 일장 심녁을 허비ᄒᆞ여 죄ᄅᆞᆯ 쇽ᄒᆞ거든 부뷔 화락하기ᄅᆞᆯ 허코ᄌᆞ ᄒᆞ엿더니 엇지 도로혀 무신ᄒᆞᆫ 탕ᄌᆞ의 의심을 니우혀 쇼ᄆᆡ의 빙옥방신을 요얼노 지목ᄒᆞ고 ᄯᅩ 니러틋 박졍ᄒᆞᆯ 쥴 알니오 ᄲᆞᆯ니 이 놈을 잡ᄋᆞ다가 쇼ᄆᆡ의 귀ᄆᆡ 되지 아니믈 ᄒᆡ셕ᄒᆞ리라 (권지사, 19a~20b)

화경이 짐짓 이혜란을 버리고 재취할 뜻을 비치자, 이혜란의 친정 형제들은 자신들이 웃음거리로 꾸민 부부 간의 '영별(永別)'이 실제가 될 가능성을 염려하기 시작한다. 한순간 유머의 주객이 뒤바뀌게 되는 것인데, 이는 이들의 생각처럼 화경과 이혜란의 혼인 관계가 안정된 것만은 아니라는 사실을 환기한다. 남소저가 지적하듯 둘 사이에는 '위곡ᄒᆞᆫ 졍'이 없기 때문이다. 이는 남편과 돈독한 애정 관계를 형성하지 못하고 있는, 다만 예법에 의한 혼인 관계에만 의존하고 있는 여성들의 불안감과 두려움을 반영한다. 비록 희담의 형식을 빌려 가볍고 일시적인 웃음거리로 꾸미고 있긴 하지만, 그 이면에서는 기혼여성이 처한 현실 문제에 대한 각성이 이루어지고 있는 것이다. 부부 관계에서 남편과 적극적으로 애정 관계를 구축해 나아가지 못하는 데 대한 경각심이 이러한 유머의 바탕이 되고 있는 셈이다.

이혜란의 친정은 대단한 사회적 명성과 지위를 갖추고 있고, 실제로 그녀는 어디에서나 친족을 만나 도움을 받을 정도로 그 후광을 누리고 있다. 하지만 이러한 친정의 지원만으로는 원만한 혼인 생활을 유지하는 것이 어려울 수 있다는 두려움이 〈화문록〉의 희담 장면에는 투영되어 있다. 같은 황후당으로서 긴밀한 유대를 맺고 있는 이광운과 화운의 관계, 즉 친정과 시가 간의 가문적 유대관계 이전에 남편과의 개인적인 애정 관계가 필요하다는 인식을 여기에서 읽을 수 있다.[35]

5. 결론

이상 본고에서는 낙선재본 소설 〈화문록〉의 특징적인 여성 인물 형상화 양상을 살피고 그 이면의 서술시각을 분석해 보았다. 그 결과, 호홍매와 이혜란은 비록 주체적이고 개성적인 면모를 지니고 있으며 서로 뚜렷한 대조를 나타내지만 이러한 구도는 서사 전개 과정에서 붕괴되고 만다는 점을 지적할 수 있었다. 두 여성은 본성을 거슬러 상호 동화와 융합의 과정을 거치게 되는데, 이러한 갑작스러운 인물 형상의 변화는 전적으로

35 〈명주기봉〉의 경우 유사한 '속고 속이기' 화소가 나타나지만 그 양상은 〈화문록〉과 다르다. 현흥린은 현천린 등에게 속아 화옥수가 죽었다고 믿으며 이로 인해 놀림을 당하지만, 이에 대해 화경처럼 보복을 하진 않는다. 결국 그가 어른들의 훈계 받는 것으로 희담이 마무리되는 것이다. 최수현(2014)에 따르면 가문소설에서 유희적 속임수 화소는 이처럼 당사자의 수긍을 동반하여 모두 함께 웃는 것으로 마무리됨으로써 가문의 결속력을 강화하는 것으로 종결되는 경우가 일반적이라 할 것이다(최수현, 「〈명주기봉〉의 유희적 속이기의 특징과 기능」, 『고전문학연구』 45, 한국고전문학회, 2014, 119~120쪽 참조). 물론 화옥수는 냉담한 성격은 아니며, 친정아버지에 대한 남편의 태도 때문에 부부 갈등을 빚고 있었기에 이혜란과 비교하기 어려운 면도 있다. 하지만 남편과 애정 관계가 소원하였다가, 속임수 화소를 통해 부부 관계가 개선된다는 것은 사실이다. 이에 비하면 〈화문록〉의 속임수 화소는 화경을 다시 속임수 주체로 내세운다는 점에서 특이한 점이 있다.

남주인공인 화경에 의해 추동되었다. 즉 여성으로 하여금 애정 욕구에 대하여 모순된 태도를 취하도록 하는 남성의 요구로 인해 호홍매와 이혜란의 상호 동화적인 성격 변화가 이루어짐을 알 수 있었다.

그러나 서술자는 이러한 화경의 태도를 문제삼지 않는다. 표면적으로는 여성과 주변 인물들의 발언을 통해 화경의 불합리함을 비판하지만, 이는 상황을 실제로 변화시키지는 못한다. 결국 서술자는 애정 욕구에 있어 양 극단에 위치하는 두 여성 인물들이 서로 융화되어 가는 과정을 긍정적으로 그리고 있는바, 이는 당대 상층 여성 독자들이 처한 자의식의 분열 상태를 반영한다고 볼 수 있었다.

〈화문록〉이 당대 여성 독자들에게 위안을 줄 수 있었다면, 이는 단순히 남성의 여성 편력을 비판적으로 묘사하였기 때문은 아닐 것이다. 이 작품에서 남주인공은 탕아(蕩兒)로만 그려지지 않았고, 여성 인물들 또한 주체적인 모습으로만 그려지지는 않았다. 인물들은 현실의 부부 관계에 내포된 문제를 보다 사실적으로 반영하고 있으며, 여성 독자들에게 그러한 현실에 대한 각성과 자기 인식의 계기를 제공한다.

이런 맥락에서 호홍매나 이혜란을 여성들의 억압된 욕구를 대변하는 인물들로 평가하는 기존의 시각은 재검토될 필요가 있다. 이들은 여성의 욕구를 가상적으로 충족하는 인물들이라기보다는, 여성의 욕구가 이중으로 억압되는 현실을 반영하는 인물들이기 때문이다.

참고문헌

〈화문녹(花門錄)〉 7권 7책(장서각 디지털아카이브: http://yoksa.aks.ac.kr).

고혜연, 「화문록에 나타난 갈등 양상과 여성의식 연구」, 숙명여자대학교 석사학위논문, 2000, 1~79쪽.

김용기, 「〈화문록〉의 서술방식과 주제의식의 관계」, 『한민족어문학』 66, 한민족어문학회, 2014, 299~322쪽.

김정아, 「〈사씨남정기〉와 〈화문록〉 비교 연구」, 충북대학교 석사학위논문, 2013, 1~63쪽.

송성욱, 「〈천수석〉의 텍스트 결합에 대하여」, 『한국고전연구』 10, 한국고전연구학회, 2004, 5~28쪽.

이수봉, 「화문록 연구」, 『개신어문연구』 1, 개신어문학회, 1981, 225~249쪽.

이순우, 「〈화문록〉 연구」, 『한국고전연구』 2, 한국고전연구학회, 1996, 206~231쪽.

이승복, 『고전소설과 가문의식』, 월인, 2000, 1~436쪽.

이지영, 「〈화문록〉의 텍스트 형성 및 서술시각에 대한 고찰」, 『한국고전여성문학연구』 23, 한국고전여성문학회, 2011, 371~398쪽.

정병욱, 「낙선재문고 목록 및 해제」, 『국어국문학』 44·45, 국어국문학회, 1969, 2~65쪽.

______, 이상택·성현경 편, 「조선조 말기 소설의 유형적 특징」, 『한국고전소설연구』, 새문사, 1983, 177~213쪽.

정영신, 「〈화문록〉의 인물 갈등과 옹호에서 보여지는 "환상성"과 페미니즘적 성격」, 『동방학』 12, 한서대학교 동양고전연구소, 2006, 45~98쪽.

정하영, 「낙선재본 소설의 서술문체 연구－〈천수석〉을 중심으로」, 『정신문화연구』 44, 한국학중앙연구원, 1991, 73~86쪽.

조광국, 「벽허담관제언록에 구현된 상층 여성의 애욕 담론」, 『고소설연구』 30, 한국고소설학회, 2010, 285~314쪽.

차충환, 「〈화문록〉의 성격과 장편규방소설에 접근 양상」, 『인문학연구』 7, 경희대학교 인문학연구소, 2003, 103~131쪽.

최수현, 「〈명주기봉〉의 유희적 속이기의 특징과 기능」, 『고전문학연구』 45, 한국고전문학회, 2014, 85~130쪽.

한길연, 「몸의 형상화 방식을 통해서 보 고전대하소설 속 탕녀 연구－〈쌍성봉효록〉의 '교씨'와 〈임씨삼대록〉의 '옥선'을 중심으로」, 『여성문학연구』 18, 한국여성문학회, 2007, 197~234쪽.

Wolfenstein, M., "Joking and Anxiety", *Children's Humor-a psychological analysis*, Bloomington: Indiana University Press, 1978, pp.23~61.

제3장

애정전기소설에 나타난 여성 인물의 애정 의지 유형과 그 의미

1. 서론

조선시대 애정전기소설에서 여성 주인공들은 스스로 결연 상대를 선택하여 주변의 반대를 무릅쓰고 혼인을 추진하는 주체적 인물들이다. 〈이생규장전〉과 같은 초기 작품에서부터 여주인공이 주도적으로 남성과 결연을 추진하는 모습을 볼 수 있으며, 17세기 작품인 〈최척전〉이나 〈운영전〉에서도 옥영과 운영이 먼저 편지를 보내 남녀가 만나게 된다.

나아가 이들 작품에서 여주인공은 자신이 선택한 상대에 대해서만 애정 관계를 유지하고자 하며, 주변의 강한 반대에도 아랑곳하지 않고 자기 뜻을 관철한다. 이때 주변의 반대라 함은 대개 문벌의 차이나 신분의 제약 등 사회 제도나 관습으로 인한 것이므로, 이에 대한 여주인공의 저항은 곧 세계에 대한 자아의 대결 의지를 의미하는 것으로 해석되어 왔다.[1]

1 박일용은 조선시대 애정소설이 중세의 이념적 질곡에 대한 대결 의식을 나타낸다고 보았다. 즉 애정소설은 '두 남녀의 결합을 방해하는 현실적 질곡을 부각시키고, 그것을 극복하려는 인간의 의지를 그림으로써, 서사세계의 갈등을 부각시키는 데 서술 시각의 초점이 놓여지는 소설'로서 '강압적인 중세사회에서 이들 소설에 나타나는 애정문제는

특히 〈주생전〉의 배도나 〈운영전〉의 운영과 같이 여주인공의 신분이 기녀 또는 궁녀로 설정되어 있는 경우, 궁관(宮官)에 예속된 처지임에도 불구하고 자유로운 애정 욕구를 나타내며 그것의 실현을 추구했다는 점에서 사회 비판적인 주제의식이 상당히 심중하다고 여겨져 왔다.[2]

이러한 해석은 조선시대 애정전기소설을 당대의 현실과 관련지어 사실적으로 읽어내는 데 있어 매우 긴요한 관점이며, 애정전기소설의 역사적 전개 양상을 일관성 있게 파악하는 데에도 유용하였다. 애정을 좌절시키는 부조리한 제도와 관습, 이에 맞서는 남녀 주인공의 강한 의지는 당대의 정치적 불의에 대한 지식인들의 비판적 인식과 저항 의지의 우회적 표현으로 이해되어 왔다. 김시습, 조위한, 권필 등 소외된 처지의 지식인 작가들이 한문으로 창작하여 향유한 작품이라는 점도 이러한 해석을 뒷받침해 주었다.

그러나 그렇다고 해서 인물들의 애정 의지를, 당대 현실에 대한 작가의 저항 의지와 곧바로 동일시하는 것은 적절치 않다. 이는 애정이란 개인적이고 본성적인 것이며, 사회 제도나 관습 이전에 존재하는 자연적인 것이라는 관점을 전제한 것이기 때문이다. 하지만 실상 애정이란 그 자체가 현실의 산물이며, 사회 제도나 관습의 영향으로부터도 자유로울 수 없게 마련이다. 그러므로 애정전기소설에서 단지 현실과의 대결 의식만을 읽어

대사회적인 문제제기적 성격을 갖는'다는 것이다. 박일용, 『조선시대의 애정소설 -사실과 낭만의 소설사적 전개양상』, 집문당, 1993, 14쪽.

2 조광국은 기녀나 궁녀의 애정 의지를 그들의 자의식의 일단으로 파악하였으며, 이는 〈운영전〉이나 〈주생전〉에서 이미 강하게 표현되기 시작하였다고 분석하였다. 그리하여 조선후기 〈춘향전〉, 〈옥단춘전〉 등에 이르러서는 기녀들의 자의식과 그에 입각한 애정 의지가 양반들의 풍류의식에 맞서 승리를 거두게 되며 이는 사회의 근대 지향적인 변화의 흐름과 맥락을 같이 하는 현상이라고 설명하였다. 관련 논의는 조광국, 『기녀담 기녀등장소설 연구』, 월인, 2000, 312~327쪽 참조.

내는 것은 불가능하며, 인물이 추구하는 애정의 성격 자체가 그를 둘러싸고 있는 현실의 질곡을 암시할 수 있다는 점이 좀 더 주목될 필요가 있다.

이는 특히 작품 속 여성 인물의 관점에서 작품 읽기를 시도할 때 더욱 선명히 드러난다. 여성 인물들이 추구하는 애정은 역설적으로 그들이 회피하고자 하였던 현실의 혼인 관습을 드러내 주며, 당대 여성들이 실제 남성과의 관계에서 어떤 좌절과 결핍에 직면해야 했는지를 알게 해 주기 때문이다. 비록 여성의 문제는 작가가 작품을 통해 형상화하고자 한 핵심적인 문제는 아니었겠지만, 소설에는 작가의 의도를 벗어나 당대의 다양한 목소리가 담기게 마련이며 이를 통해 작품의 함의는 더 깊고 새로워질 수 있다.

본고에서는 이와 같은 맥락에서, 애정전기소설에 나타난 애정의 특성과 그 의미를 여성 인물의 현실적 처지에 비추어 해석해 보고자 한다. 여성이 애정의 대상을 스스로 선택하며 그에 대한 의지를 끝까지 밀고 나가는 주체적인 모습을 확인하는 데서 그치는 것이 아니라, 여성 인물이 상대에게 애정을 느끼게 되는 이유는 무엇이며 애정을 통해 궁극적으로 추구하는 관계의 성격은 무엇인지를 인물의 현실적 처지와 연관 지어 구체적으로 해명해 보려는 것이다.

본고에서 분석하고자 하는 작품은 〈이생규장전〉, 〈최척전〉, 〈주생전〉, 〈운영전〉의 네 작품이다. 이들은 애정전기소설을 대표하는 작품들로서,[3] 여성 인물의 주체적인 결연담이 분명히 나타나 있으며 그러면서도 인물의 신분적인 처지가 조금씩 다르게 설정되어 있다. 그런 점에서 애정전기

3 박일용은 조선시대 애정전기소설을 발생기의 명혼소설, 17세기의 사실적인 한문 애정전기소설, 그리고 조선후기 기녀신분갈등형 애정전기소설로 나눈 바 있다. 본고에서 다루고자 하는 작품들은 이 중 첫 번째와 두 번째 단계에 해당하는 애정전기소설 작품들로, 소외된 지식인들 비판적인 현실 인식과 관련하여 인물들의 주체적 애정 의지에 대해 상당한 의미를 부여하고 있는 작품들이다. 관련 내용은 박일용, 앞의 책, 13~18쪽 참조.

소설에 담긴 애정의 다양한 성격과 의미를 서로 비교하여 살펴보기에 적절하다고 본다.

이상의 작품들을 대상으로, 본고에서는 여성 인물의 주체적 애정 추구의 의미를 각 인물의 현실적 처지와 관련지어 구체적으로 밝혀 보고자 한다.

2. 애정전기소설에 나타난 여성 인물의 애정 의지 유형

1) 자아실현 중심의 애정 의지 유형 — <이생규장전>과 <최척전>

먼저 〈최척전〉과 〈이생규장전〉의 경우, 여성 인물은 귀족 집안 출신으로서 오랫동안 상대를 관찰한 뒤 시를 보내 결연을 추진한다. 남성에 대한 이들의 애정은 순간의 감정적 충동이 아닌, 오랜 기간의 신중한 관찰을 통해 결정된 것이며 이 과정에서 남성 인물의 성실함과 유순함이 중요한 기준으로 작용한다.

〈최척전〉에서 옥영은 먼저 시를 보내 최척과 결연을 추진하는데, 이는 오랜 시간 몰래 최척을 관찰하고 숙고한 끝에 내린 결정이었다. 친척인 정상사의 집에 머물고 있던 옥영은 최척이 정상사의 집에 공부를 하러 올 때마다 글 읽는 소리를 엿듣다가 마침내 시를 보내 만남을 추진하게 된다.

> 최척이 정상사의 집에서 공부를 할 때마다 문득 어떤 계집아이가 창밑에 숨어서 책 읽는 소리를 몰래 엿듣곤 하였다. 그녀의 나이는 겨우 16살 정도로 보였는데, 머릿결은 구름을 드리운 듯 아름다웠고 얼굴은 꽃처럼 어여뻤다. 하루는 상사가 식사를 하기 위해 내당으로 들어가고 최척이 홀로 앉아

서 시를 읊고 있는데, 갑자기 조그만 종이쪽지 하나가 창틈으로 들어왔다. 최척이 주워서 읽어보니, 곧 〈표유매〉의 마지막 장이 씌어 있었다.[4]

옥영이 한 순간의 감정에 이끌린 것이 아니라 오랜 기간 숙고한 끝에 최척을 배우자로 선택하였다는 점은, 최척과의 혼인을 반대하는 어머니를 설득하는 내용이 다음과 같이 분명하며 조리있다는 점을 통해서도 잘 알 수 있다.

어머니께서 저를 위해 사위를 고르시되 반드시 부유한 사람만을 구하려고 하시니, 그 마음이 안타깝습니다. 집안이 부유하고 사윗감마저 어질다면 얼마나 다행이겠습니까? 그러나 만약 집안은 비록 먹을 것이 풍족하더라도 사윗감이 어질지 못하다면, 그 집안을 보존하기 어려울 것입니다. 사람이 어질지 못한데 제가 그를 남편으로 섬긴다면, 비록 곡식이 있다고 한들 그가 능히 우리를 먹여 살릴 수 있겠습니까? 제가 최생을 몰래 살펴보니, 그는 하루도 빠지지 않고 매일 우리 아저씨께 와서 성의를 다하여 성실하게 배웠습니다. 이로 보건대, 그는 결코 경박하거나 방탕한 사람은 아닙니다. 이 사람을 배필로 삼을 수만 있다면 저는 죽어도 여한이 없습니다. (…) 하물며 지금 제 처지는 다른 사람들과 달라 집에는 엄한 아버지가 계시지 않고 왜적이 가까운 곳에 있습니다. 진실로 참되고 믿음직스런 사람이 아니라면 어떻게 우리 두 모녀로 하여금 우리 가문의 운명을 온전하게 보존할 수 있도록 하겠습니까? 지금은 차라리 안 씨가 결혼을 요청하고 서매가 스스로 낭군을 선택한 것을 본받아야 할 때입니다. 그런데 어떻게 여자의 속마음을 숨긴 채 단지 남의 입만 바라보면서 가까운 곳에 있는 배필을 가만히 놓아두어야 하겠습니까?[5]

4 이상구 역주, 〈최척전〉, 『17세기 애정전기소설』, 월인, 2003, 200쪽. 講學之時, 輒有丫鬟, 年纔二八, 雲鬟花顔者, 隱伏於窓底, 潛聽誦聲. 一日, 上舍因食入內, 陟獨坐詠詩, 忽於窓隙投一小紙. 取而視之, 乃摽有梅之末章也.

위의 인용문에서 알 수 있듯이 옥영은 스스로 관찰하여 확인한 바 최척의 성실함을 높이 평가하고 있다. 실제로 최척은 어렸을 때에는 활을 쏘거나 말을 타고 놀며 호방한 기개를 보이기도 했지만, 아버지에게 한 번 꾸지람을 들은 뒤로는 '즉시 책을 옆구리에 끼고 문을 나서'[卽承命, 挾冊踵門] 공부를 시작하였으며 이후 하루도 빠지지 않고 학업에 힘써온 인물이다. 최척의 성실함이란 곧 아버지의 뜻에 유순히 순종하는 유순함을 뜻한다.

타인의 뜻에 유연하게 순응하는 그의 인물됨은 옥영을 대하는 태도에서도 드러난다. 최척은 옥영이 보낸 편지에 즉시 화답하여 동의하는 뜻을 나타내며, 이어서 정식 청혼을 요구하는 옥영의 두 번째 편지를 받자 곧 아버지께 간절히 아뢰어 통혼을 요청한다. 옥영 또한 편지에서 최척이 '온화하고 단정하며 성실하고 진솔하다'는 점을 칭찬한 바 있어서, 뛰어난 능력이나 호방한 성품보다는 주변 사람들의 뜻을 존중해 주는 유순한 성품을 최척의 장점으로 보고 있음을 알 수 있다.

> 여자의 백년고락은 실로 남자에게 달려 있으니, 진실로 교목처럼 훌륭한 남자가 아니라면 제가 어떻게 결혼할 마음을 둘 수 있겠습니까? 가까운 곳에서 낭군을 뵈오니, 말씀이 온화하고 행동거지가 단정하며, 성실하고 진솔한 빛이 얼굴에 넘쳐흐르고, 우아한 기품이 보통 사람보다 한결 빼어났습니다. 만약 제가 어진 남편을 구하고자 한다면 낭군 외에 달리 누가 있겠습니까?[6]

---

5 위의 책, 205~206쪽. 母親爲我擇壻, 必欲求富, 其情慽矣. 而第惟家富而壻賢, 則何幸如之? 如或家雖足食, 而壻若不賢, 則難保其家. 人之無良, 我以爲夫, 而雖有束, 其得而食諸? 竊覸崔生, 日日來學於我叔, 忠厚誠信, 決非輕薄蕩子也. 得此爲配, 則死無恨矣. (…) 況今我身, 異於他人, 家無嚴父, 賊在隣境. 苟非忠信之人, 何以使母女之身, 全一家之命乎? 寧從安氏之請嫁, 不避徐媒之自擇, 豈可隱匿閨情, 徒望人口, 而置之相望之域乎?

최척의 아버지가 최척을 만류하는 대목에서도 알 수 있듯이, 옥영 모녀는 잠시 타향에 더부살이를 하고 있기는 해도 분명한 귀족으로 주변 사람들에게 인정받고 있다.[7] 옥영 또한 위의 인용문에서 알 수 있듯이 자신의 출신에 대해 자부심을 가지고 있으며 집안을 보존하려는 의지도 강하다. 이러한 처지에서 옥영이 자기 주도적으로 배우자를 고르며, 자신의 뜻에 부응하는 유순함을 혼인 상대의 중요한 미덕으로 여기고 있음은 자연스러워 보인다.

이런 맥락에서 보면 옥영이 한미한 가문 출신인 최척을 선택한 것도 우연한 일만은 아니다. 옥영은 부유한 양생을 거절하고, 극빈한(朝不謀夕, 東貸西乞) 최척과의 혼인을 끝까지 고집한다. 부유한 사람과 결혼하여 그의 뜻에 자기를 맞추며 살기보다는, 가난하더라도 자기 뜻을 존중해 주는 배우자와 결혼하고자 하는 것이 옥영의 바람인 것이다.

옥영이 자기 의지가 강하며 그것을 분명히 표현하는 인물이라는 점은 이어지는 내용을 통해서도 확인할 수 있다. 최척이 군대에 끌려가 생사를 기약할 수 없게 되고, 혼인에 대한 그의 생각을 알 수 없게 된 상황에서도 옥영은 최척과 혼인하겠다는 생각을 바꾸지 않는다. 나아가 어머니가 양생의 청혼을 받아들이자 옥영은 자결을 시도하기까지 한다. 최척의 처지나 의사가 어떠한지를 확인하기도 전에 혼인을 고집하여 자결까지 시도한다는 것은 옥영이 상당히 강하고 확고한 자아를 바탕으로 애정을 추구하고 있음을 알게 해 준다.

마찬가지로, 옥영이 상대인 최척보다도 자신의 판단을 더 우선시한다

6 위의 책, 203쪽. 百年苦樂, 實由他人, 苟非其人, 豈意結緣? 近觀郎君, 言辭雍容, 擧止端祥, 誠信之色, 藹然於面目, 閑雅之氣, 拔萃於凡流. 若求賢弼, 捨此其誰?

7 위의 책, 204쪽. 父曰, 彼以華族, 千里僑倚, 其志必欲求富, 而吾家素貧, 彼必不肯.

는 점은 이후 최척 앞에서 또 한 번 자결을 시도하는 장면에서도 확인할 수 있다. 최척과 옥영은 혼인한 후에도 전란으로 인해 헤어졌다가 우여곡절 끝에 다시 만나게 되는데, 얼마 지나지 않아 최척이 재차 징병되어 전쟁터로 가게 되자 옥영은 '밤낮으로 근심하느니 죽겠다'며 최척이 보는 앞에서 자결하려 한다.

> 최척이 거절을 할 수 없어 행장을 꾸려 가려고 할 때, 옥영이 손을 잡고 눈물을 흘리며 작별하여 말했다.
>
> "저는 타고난 운수가 좋지 않아 일찍이 난리를 만나 천신만고 끝에 간신히 목숨을 부지하였습니다. (…) 그런데 또 이렇듯 이별하게 되었으니, 이제 수만 리나 떨어진 요양으로 가시면 다시 살아서 돌아오기 어려울 것입니다. 원컨대, 불미스러운 제가 이별하는 자리에서 자결하여 한편으로는 낭군께서 아내를 그리워하는 마음을 끊고, 다른 한편으로는 밤낮으로 겪게 될 제 근심에서 벗어나고자 합니다. 아아! 이제 낭군을 영영 이별하게 되었으니, 낭군께서는 천금같이 귀중한 몸을 스스로 잘 보존하시기를 간절히 바라옵니다."
>
> 옥영은 말을 마치고 칼을 뽑아서 목을 찌르려고 하였다.[8]

또한 옥영이 자아가 강한 인물이라는 점은 최척과 한시를 주고받는 장면에서도 확인할 수 있다. 옥영은 처음 최척과 결연할 때부터 먼저 시를 보내며 화답시를 요구한 바 있거니와, 최척과 부부가 된 뒤에도 먼저 시를 읊어 최척의 화답을 이끌어내는 장면이 나온다. 최척에게 화답시를 받

8 위의 책, 224~225쪽. 陟拒逆不得, 治裝將行, 玉英執手, 流涕爲決曰, 妾身險釁, 早罹閔凶, 千辛萬苦, 十生九死. 賴天之佑, 幸遇郎君, 繼絃復續, 分鏡重圓, 更結已絶之緣. 幸得託後之兒, 合歡同居, 二紀于玆. 顧念疇昔, 死亦足矣. 常欲身先溘然, 以答郎君之恩, 不憂垂老之年. 又作此別, 此去遼陽數萬餘里, 生還難期. 願以不美之身, 自決於離席之下, 一以斷郎君幽房之戀, 一以免妾身晝夜之愁矣. 嗟嗟! 郎君從此永訣, 千金一身, 珍重自保區區之望. 言訖, 抽刀擬頸.

아본 뒤 옥영은 더없이 기뻐하는데, 앞서 거론된 옥영의 성격과 관련지어 생각해 볼 때 이는 최척의 뛰어난 재주에 대한 감탄이라기보다는 자신의 시에 적절히 공감하고 호응할 줄 아는 유연한 태도에 대한 흡족함이라고 볼 수 있다.[9]

> 이에 최척과 옥영은 술병을 열고 술을 따라 마신 후, 침상에 기대어 피리를 세 곡조 부니 그 여음이 하늘거리며 퍼져나갔다. 옥영이 한동안 침묵에 잠겨 있다가 말했다.
>
> "저는 본래부터 아녀자가 시 읊는 것을 싫어했습니다. 그런데 이처럼 맑은 정경을 대하니 도저히 참을 수가 없군요."
>
> 옥영은 마침내 절구 한 수를 읊었다. (…) 최척은 애초에 자기 아내가 이렇듯 시를 잘 읊조리는 줄 모르고 있었던 터라 놀라고 또 감탄을 한 후, 즉시 그 시에 화답하여 읊었다. (…) 최척이 읊기를 마치자 옥영은 더없이 기뻤다.[10]

이러한 옥영의 자기중심적인 성향은 〈이생규장전〉의 최랑과 흡사하다. 〈이생규장전〉에서도 여주인공인 최랑이 먼저 시를 읊어 이생의 반응을 이끌어내며, 화답시를 접하고는 기뻐하여 만남을 주선한다.

---

9 김지영은 애정전기소설에서 남녀 주인공은 상대의 시에 감탄하는 모습으로 그려져 있긴 하지만, 시의 실상을 들여다보면 그것은 품평의 대상이라기보다는 남녀간 의사소통과 감정 교류의 매체로 보는 것이 적절하다는 견해를 피력한 바 있다. 이를 본고의 논의에 적용해 보면, 애정전기소설에서 여성이 남성의 시에 감탄하고 기뻐하는 것은 남성의 시를 짓는 수준이 높아서라기보다는 자신의 감정을 잘 이해하고 호응해 준 데 대한 호감이라 볼 수 있다. 관련 논의는 김지영, 「조선시대 애정전기소설에 나타난 사랑과 성」, 『한국고전여성문학연구』 10집, 2005, 348~349쪽 참조.

10 이상구 역주, 〈최척전〉, 앞의 책, 211~212쪽. 開壺酌酒而飮, 據床三弄, 餘音嫋嫋, 玉英沈吟良久曰, 妾素惡婦人之吟詩, 而待此情景, 不能自已, 遂詠一絶句曰, (…) 陟初不知其妻吟詠之若是, 且警且歎, 卽和其詩曰, (…) 吟罷, 玉英歡喜未洽.

사창에 기대 앉아 수놓기도 더디구나
활짝 핀 꽃떨기에 꾀꼴새는 지저귀고
살랑이는 봄바람을 부질없이 원망하며
가만히 바늘 멈추고 생각에 잠겨 있네

저기 가는 저 총각은 뉘 집 도련님고
푸른 깃 넓은 띠가 버들 새로 비치네
이 몸이 환신하여 대청 안의 제비 되면
주렴을 사뿐 걷고 담장 위를 넘어가리

이 서생은 그녀가 읊은 시를 듣고는 자기의 재주를 급히 시험하고자 안달이 났다. 그러나 그 집의 담장은 높고 가파르며, 안채는 깊숙한 곳에 있었으므로 다만 서운한 마음으로 학교에 갔다. 그는 돌아올 때에 흰 종이 한 폭에다가 시 3수를 써서 기와 조각에 매달아 담 안으로 던져 보냈다. (…) 최처녀가 시비 향아를 시켜 주워보니 이서생이 보낸 시였다. (…) 최처녀는 그 시를 읽고 또 읽은 후 마음속으로 기뻐하면서 자기도 종이쪽지에 짤막한 글귀를 적어서 담장 밖으로 던져 주었다.

"도련님은 의심치 마십시오. 황혼에 뵙기로 합시다."[11]

〈이생규장전〉에서 최랑은 수많은 시의 화자로 등장한다. 누각에 걸려 있는 수많은 벽상시들까지 포함하면, 최랑은 작품에서 시의 형식으로 상당한 분량의 발언을 한다. 서정시 특유의 주관적인 독백체의 발화를 즐겨 구사한다는 점에서 최랑은 〈최척전〉의 옥영과 마찬가지로 자기만의 세

11 이재호 역, 〈이생규장전〉, 『금오신화』, 솔, 1998, 62~65쪽. 獨倚紗窓刺繡遲, 白花叢裏囀黃鸝. 無端暗結東風怨, 不語停針有所思. 路上誰家白面郎, 青衿大帶映垂楊. 何方可化堂中燕, 低掠珠簾斜度牆. 生聞之, 不勝技癢, 然其門戶高峻, 庭闈深邃, 但怏怏而去. 還時以白紙一幅, 作詩三首, 繫瓦礫投之曰, (…) 崔氏, 命侍婢香兒, 往取見之, 卽李生詩也. 罷讀再三, 心自喜之. 以片簡, 又書八字, 投之曰, 將子無疑, 昏以爲期.

계를 확고히 구축하고 있는 인물이다.

잘 알려져 있듯이 최랑의 벽상시편들은 외로움을 호소하는 내용이 주를 이루고 있는데, 그 외로움은 주변 사람들에게 사랑받거나 존경받지 못함으로 인한 소외감이라기보다는 최랑 자신의 내면세계가 그만큼 깊고 섬세함을 나타내는 정신적 깊이의 표현이라 할 수 있다. 벽상시의 내용을 보면 최랑은 자신을 '무궁한 조화 자취를 가슴 속에 지닌 고목'[胸中自有造化窟]에 비유하며, '기묘한 이 경지를 누구에게 말해 볼 것인지'[妙處豈與傍人說] 탄식하고 있다.[12] 이러한 외로움은 단순히 일상생활에서 타인과의 친밀한 관계를 요구하는 외로움과는 차원이 다르다.

그러므로 이생과 시를 주고받을 때 최랑이 기뻐하는 것은, 이생의 시 짓는 솜씨가 훌륭했기 때문이라기보다는 자신만의 주관적인 독백을 이해하고 공명해 줄 수 있는 사람을 만난 기쁨이라 할 수 있다. 그리하여 그날 저녁 만나서도 최랑은 이생을 보자마자 먼저 시 두 구절을 읊으며, 이어서 술을 권하면서도 또 다시 먼저 시를 읊어 이생의 화답을 들은 뒤 비로소 그와 인연을 맺는다.

> 좌우를 살펴보니 최처녀는 벌써 꽃떨기 속에서 시녀 향아와 함께 꽃을 꺾어 머리에 꽂고 구석진 곳에 자리를 펴고 앉아 있었다. 그녀는 이서생을 보자 방긋 웃으며, 시 두 구절을 먼저 읊었다. (…)
>
> 최처녀는 좋은 술을 따라 이서생에게 권하면서 시 한 편을 읊었다. (…) 이 서생도 곧 시를 지어 화답했다.[13]

---

12 위의 책, 71쪽.

13 위의 책, 65~68쪽. 回眄左右, 女已在花叢裏, 與香兒, 折花相戴, 鋪罽僻地, 見生微笑, 口占二句, 先唱曰, (…) 生續音曰, (…) 女酌綠蟻一巵勸生 口占古風一篇曰, … 生卽和之曰 (…)

최랑은 시를 지어 자신만의 공간인 누각에 걸어두고 음미하는 등, 이미 창작을 통해 자아를 실현하며 자기만족을 추구하는 삶을 살고 있다. 귀족 집안의 외동딸로 부모님의 사랑을 받으며 물질적으로도 여유롭게 자란 최랑의 처지에서, 애정의 초점은 친밀한 관계 자체보다는 상대로부터 자기 세계를 이해받고 존중받는 것이었다고 볼 수 있을 것이다. 그러므로 최랑이 이생에게 시를 보내고 화답을 얻어 호응을 확인한 뒤 결연을 추진한다는 것은, 〈최척전〉의 옥영과 마찬가지로 배우자를 선택할 때 자신의 독자적인 삶을 인정하고 존중해 줄 수 있는 유연한 성품을 중시함을 뜻한다.

작품에는 명시되어 있지 않지만, 최랑 또한 옥영과 마찬가지로 오랫동안 이생을 관찰하며 그의 성실함을 확인했을 가능성이 높다. 이생은 일찍부터 국학에 다녔고, 매일 학교에 오가면서 최랑의 집을 늘 지나다녔기 때문이다. 최랑과 같이 자기 세계가 확고하며 독립적인 인물에게, 주어진 과업에 성실한 이생의 유순한 태도는 바람직한 배우자의 조건으로 받아들여졌으리라고 생각된다.[14]

요컨대 이생에 대한 최랑의 애정 욕구는, 물론 친밀한 관계 그 자체에 대한 욕구보다도 자신의 독립적인 성향을 이해하고 존중해 줄 수 있는 혼인 상대에 대한 욕구였다고 생각된다. 이점은 최랑이 이생의 반응과는 상관없이 혼인을 고집하는 대목을 통해서도 알 수 있다. 이생이 자신과의 만남을 포기하고 아버지의 뜻에 따라 울주로 떠났음을 알게 된 뒤에도 최랑은 이생과 혼인하겠다는 뜻을 바꾸지 않는다. 이생의 반응과는 상관

14 주체적인 여성이 배우자로 유연한 성격의 남성을 선택한다는 점은 설화에서도 찾아볼 수 있다. 정병헌은 설화에서 주체적으로 자신의 배우자를 선택하는, 고귀한 신분의 여성이 등장하는 이야기들을 분석하여, 여성이 선택하는 남성의 공통점은 타인의 견해를 수용하여 자신을 변화시킬 줄 아는 '유연성'임을 밝힌 바 있다. 정병헌, 「여성영웅소설의 서사 방식과 소설 교육적 자질」, 『한국문학논총』 24집, 1999, 12~13쪽 참조.

없이, 자신은 그가 아니면 결혼하지 않겠다고 고집하는 것이다. 아래 인용문에서 볼 수 있듯이 최랑은 자기 뜻대로 이생을 만나 인연을 맺고는 그 인연을 무조건 끝까지 지키겠다고 고집을 부리면서도, 정작 이생의 입장이나 태도는 크게 상관하지 않는다.

> 최처녀는 저녁마다 화원에 나와서 이생을 기다렸으나 두서너 달이 지나도 돌아오지 않았다. 그녀는 이서생이 병이 나지나 않았나 염려되어 향아를 시켜 몰래 이웃 사람에게 물어보게 했더니 이웃 사람들은 이렇게 말했다.
>
> "이도령은 아버지께 죄를 얻어 영남으로 내려간 지가 벌써 두서너 달이 되었네." (…)
>
> "저를 고이 길러주신 아버님과 어머님께 어찌 감히 사실을 숨기겠습니까? 가만히 생각하옵건대 남녀가 서로 사랑을 느낌은 인간의 정리로서 가장 중요한 일입니다. (…) 저는 장난꾸러기 도련님과 정을 통한 후에야 도련님께 원망이 첩첩이 쌓이게 되었습니다. 저의 연약한 몸으로 괴로움을 참고 살아가려니 사모하는 정은 날로 깊어가고 아픈 상처는 날로 더해가서 죽을 지경에 이르렀으니 원한 맺힌 귀신으로 화해버릴 것 같습니다. 부모님께서 제 소원을 들어주신다면, 남은 생명이나마 보전되겠습니다만, 만약 저의 간곡한 청을 거절하신다면 죽음만이 있을 뿐입니다. 도련님과 저승에서 다시 함께 만날지언정 절대로 다른 가문에는 시집가지 않겠습니다."[15]

이상 옥영과 최랑의 비교를 통해, 자아의 독립이 우선인 여성의 입장에서 주체적인 애정이란 친밀한 관계에 대한 욕구라기보다는 독자적인

15 이재호 역, 〈이생규장전〉, 앞의 책, 79~81쪽. 女每夕, 於花園待之, 數月不還, 女意其得病, 命香兒, 密問於李生之隣, 隣人曰, 李郎, 得罪於家君, 去嶺南, 已數月矣, (…) 父親母親, 鞠育恩深, 不能相匿. 竊念男女相感, 人情至重. (…) 然而彼狡童兮, 一偸賈香, 千生喬怨, 以眇眇之弱軀, 忍悄悄之獨處, 情念日深, 沈痾日篤, 濱於死地, 將化窮鬼. 父母如從我願, 終保餘生, 倘違情款, 斃而有已. 當與李生, 重遊黃泉之下, 誓不登他門也.

삶을 존중받을 수 있는 혼인 생활에 대한 욕구로 보는 것이 타당하다는 결론에 이르게 된다. 물론 이러한 자기 주도적인 애정 욕구는 귀족 집안의 여성이라고 해서 누구나 가지고 있는 것도 아니며, 또 반드시 귀족이어야만 가질 수 있는 것도 아니다. 다만 생존의 욕구나 관계의 욕구가 일정하게 충족되면서, 학업이나 예술 활동 등을 통한 자아실현의 기회가 허락되어 있고, 이를 통해 이미 일정 수준의 자아실현을 달성한 여성일 경우 그가 추구하는 주체적 애정은 결국 자아실현의 욕구와 좀 더 관련이 깊다고 볼 수 있을 것이다.

2) 관계 중심의 애정 의지 유형 ― <주생전>과 <운영전>

애정전기소설 작품들 중에는, 앞의 두 작품과는 달리 여성 인물의 애정 의지가 그들의 위축된 자아를 반영하는 경우도 있다. 이러한 경우 여성 인물의 애정 의지는 현실에서 결핍된 친밀감과 존중감을 충족하고자 하는 욕구의 표현으로 보인다. 또한 여성 인물의 애정 의지는 오랜 기간의 관찰을 거친 신중한 판단보다는 순간적인 판단의 결과로 나타나며, 상대에게 호감을 느끼는 지점 또한 여성 자신의 세계와 원만히 조화될 수 있는 성실함이나 유순함보다는 오히려 여성을 자기 세계로 흡인할 수 있는 호방함과 활달함을 위주로 한다.

〈주생전〉의 배도나 〈운영전〉의 운영은 각각 기녀와 궁녀로서, 앞서 살펴본 〈이생규장전〉의 최랑이나 〈최척전〉의 옥영에 비하여 자유롭지 못한 처지이다. 배도의 경우, 본래는 귀족이었지만 집안이 몰락하면서 부모를 잃고 기녀가 되었기 때문에 가족의 사랑이나 타인의 존중에 대한 욕구가 완전히 충족되지는 못하였다고 볼 수 있다. 다음 인용문에서 볼 수 있듯이, 배도는 어려서부터 남의 손에 길러졌으며 자기 의지와는 상관없이 기생으로서의 삶을 강요받으며 살아왔기 때문에, 타인으로부터 사랑과 인정을 받는 관계 형성에 관한 욕구를 충족하는 것이 우선적으로 필요한 상황이다.

> 제 조상은 본래 호족이었습니다. 할아버지인 모(某)는 천주시박사라는 벼슬을 하고 있었는데, 죄를 짓고 서인으로 폐출되었습니다. 이때부터 저희 집안은 가난하게 되어 능히 떨치고 일어날 수가 없었으며, 저는 어려서 부모를 여의고 남의 손에 길러져 지금에 이르렀습니다. 비록 깨끗이 순결을 지키고자 했으나, 이름이 이미 기적에 올라 부득이 사람들을 상대로 즐기며 놀아야만 했습니다. 그러나 저는 매번 혼자 한가롭게 있을 때마다 꽃을 보면 눈물을 흘리고, 달을 대하면 넋을 잃지 않은 적이 없었습니다.[16]

이러한 상황에서 배도가 주생에게 애정을 느끼게 되는 이유는, 위의 인용문에도 나와 있듯이 그가 성실하고 유순한 사람이어서가 아니라 '풍채와 거동이 빼어나며 재주와 생각이 뛰어난'[風儀秀郎, 才思俊逸] 사람이기 때문이다. 즉 배도는 자신의 뜻에 원만하게 호응해 주며 자신의 독립적인 삶을 존중해 줄 사람보다는, 스스로 존경하고 의지하며 동일시할 수 있는 사람을 찾고 있었던 것으로 보인다.

좀 더 구체적으로 살펴보면, 배도는 주생의 시를 듣고 그 뛰어난 재능에 감탄하여 그를 마음에 두게 되었음을 알 수 있다.

> 배도는 재주와 용모가 전당에서 가장 뛰어나 사람들이 배랑(徘娘)이라고 불렀다. 그녀는 주생을 보고는 자기 집으로 이끌고 갔는데, 두 사람은 오랜만

16 이상구 역주, 〈주생전〉, 앞의 책, 41쪽. 妾先世, 乃豪族也. 祖某提擧泉州市舶使, 因有罪廢爲庶人, 自此貧困, 不能振起. 妾早失父母, 見養于人, 以至于今. 雖欲守淨自潔, 名已載於妓籍, 不得已而强與人宴樂. 每居閑處, 未嘗不看花掩淚, 對月銷魂.

에 만난 터라 매우 반가웠다. 이에 주생은 시를 지어 배도에게 주었다. (…)

배도가 매우 놀라며 말했다.

"낭군께서는 이처럼 재주가 뛰어나면서도 어찌하여 오래도록 남에게 몸을 굽혀 벼슬을 구하지 않으시고, 이렇듯이 노를 저으며 부평초처럼 떠다니십니까?"

이어서 배도가 또 물었다.

"아직 장가는 들지 않으셨는지요?"[17]

또한 주생은 배도의 방으로 들어가 배도가 짓던 시를 이어 쓰기도 하는데, 이는 배도의 시에 주생이 화답한 것이라기보다는 배도가 미처 완성하지 못하고 있던 시를 주생이 훌륭하게 완성해 주는 상황이라 할 수 있다. 이는 앞서 〈이생규장전〉의 최랑이나 〈최척전〉의 옥영이 먼저 시를 짓고 그에 대한 상대의 호응을 살폈던 것과는 다른 양상이다.

몰래 가서 엿보니, 배도가 혼자 앉아서 오색 종이를 펼쳐놓고 접련화의 가사를 쓰고 있었다. 그러나 단지 전첩만 썼을 뿐 후첩은 아직 시작도 못 하고 있었다. 이에 주생은 창문을 열고 말했다.

"주인의 글에 나그네가 덧보태도 괜찮겠소?"

배도가 짐짓 화를 내며 말했다.

"어떤 미친 나그네가 어떻게 여기에 왔소?"

주생이 말했다.

"나그네가 본래 미친 것이 아니라, 주인이 나그네를 미치게 한 것일 뿐이오."

배도는 비로소 미소를 지으며 주생에게 그 글을 완성하라고 했다. 그래

17 위의 책, 37~38쪽. 有妓俳桃者, 生少時, 所與同嬉戲者也. 以才色獨步於錢塘, 人號之爲俳娘. 引生歸家, 相對甚歡. 生贈詩曰, (…) 俳桃大驚曰, 郎君爲才如此, 非久屈於人者, 何泛梗飄蓬若此哉? 乃問曰, 娶未?

서 주생은 시를 지었다. (…) 주생이 글을 다 짓자, 배도는 자리에서 일어
나 약옥선에 서하주를 따라서 주생에게 권했다.[18]

배도가 주생의 문학적 재능에 매력을 느낀 것은, 표면적으로는 주생이 훗날 과거에 합격하고 벼슬길에 올라 자신을 기적에서 빼 주리라는 기대 때문이라고 생각되기도 한다. 하지만 선행연구에서도 지적되었듯이, 이후 배도는 주생에게 학업을 권장하기보다는 주생과의 애정 관계 자체에서 환락을 누리는 데 집중하므로 오직 신분상승에 기대만으로 주생에게 마음을 빼앗겼다고 보기는 어렵다.[19] 그보다는 주생과의 독점적인 관계 그 자체에 집착하는 것이 배도가 나타내는 애정 의지의 특징이다.[20]

배도는 주생과의 친밀한 관계에서 만족을 얻는 데 집중하고 있다. 앞에 인용한, 배도가 주생에게 결연의 뜻을 밝히는 부분을 살펴보면 배도는 기녀로서 자기 의지와는 상관없이 다른 사람들의 비위를 맞춰야 하는 자기의 처지를 한탄하다가 갑자기 '이제 낭군을 뵈니 풍채와 거동이 뛰어나다'며 평생 함께하기를 청한다. 이러한 갑작스러운 심리의 전환은 배도의 애정 욕구가 현실에서의 좌절을 위로받기 위한 선택일 수도 있다는 점을 암시해 준다.

18 위의 책, 39쪽. 生潛往窺之, 見桃獨坐, 舒彩雲牋, 草蝶戀花詞, 只就前疊 未就後疊. 生啓窓曰, 主人之詞, 客可足乎? 俳桃怒曰, 狂客胡乃至此? 生曰, 客本不狂, 主人使客狂耳. 桃方微笑, 令生足成其詞. (…) 生詞罷, 桃自起, 以藥玉船, 酌瑞霞酒, 勸生.

19 주생에 대한 배도의 애정이 신분상승보다는 환락을 즐기는 데 있었다는 분석에 대해서는 지연숙, 「〈주생전〉의 배도 연구」, 『고전문학연구』 28집, 2005, 332~333쪽 참조.

20 예를 들어 배도는 주생의 시에 '선아(仙娥)'라는 단어가 나오자 누구를 가리키는 말이냐고 따져 묻기도 하고, 주생이 국영을 가르치기 위해 거처를 옮기려 하자 다른 뜻이 있는 게 아니냐며 의심하기도 한다. 주생에 대한 배도의 욕망이 애정 관계 그 자체를 유지하고 강화하는 데 초점을 두고 있다는 점에 대해서는 엄태웅, 「17세기 전기소설에 나타난 남녀 관계의 변모 양상 - 〈위생전〉,〈주생전〉의 남녀주인공을 중심으로」, 『한문학논집』 29집, 근역한문학회, 2009, 146~148쪽 참조.

물론 배도는 용모와 재주가 뛰어난 명민한 여성으로서 자존심이 강한 인물이고, 바로 그렇기 때문에 주생과 같은 훌륭한 남성을 만날 때까지 배우자를 쉽게 정하지 못하고 있었다. 그러나 그 자부심의 양상은 앞서 살펴본 최랑이나 옥영의 경우와는 다르다. 그들과는 달리 배도는 자신의 삶을 존중하고 이해해 줄 수 있는 사람보다는 자기보다 더 훌륭하고 뛰어나 의지할 수 있는 사람을 만나길 원했고, 결연 이후의 관계에 있어서도 상대와 밀착된 관계를 유지하는 데 집중하였던 것이다. 이러한 점에서 그가 주생을 선택한 것은 단지 자신의 용모나 능력의 수준에 걸맞은 상대를 고르려 했기 때문이라고는 보기 어려우며, 오히려 자신의 삶에 결핍된 요소들에 대한 보상의 욕구가 표현된 결과가 아닌가 생각하게 된다.

최랑이나 옥영이 자부심이 강하고 주변의 사랑과 존경을 충분히 받고 있었던 것과는 달리, 자존감이 부족하고 외로움에 시달리던 배도로서는 주생과의 친밀한 관계 그 자체가 욕구의 대상이었던 것으로 보인다. 〈이생규장전〉이나 〈최척전〉에서와는 달리 〈주생전〉에서 시를 통한 남녀의 교유는 여성의 감성에 남성이 호응하는 양상을 띠지 않으며, 반대로 남성의 감정이 일방적으로 표출된 후 여성이 그에 감탄하는 방식으로 전개된다. 시라는 독백체의 서정적 양식으로 자신의 주관적인 세계를 먼저 뚜렷이 제시하는 주체가 〈주생전〉의 경우에는 배도가 아닌 주생인 것이다.

반면 선화는 승상의 외동딸로서 비록 아버지를 일찍 여의긴 했지만 어머니에게 사랑을 받고 자랐으며, 풍요로운 환경에서 마음껏 시를 지으며 자신의 자아실현에 집중할 수 있는 여건을 갖추고 있었다. 배도가 기생으로서 남들이 원하는 노래를 불러야만 하는 것과는 달리, 선화의 시와 음악은 스스로 즐기기 위한 것이다. 주생이 찾아갔을 때에도 선화는 음악을 연주하며 사곡을 읊고 있었다.

주생은 기둥 사이에 엎드려 선화가 타는 악곡 소리를 가만히 듣고 있었다. 선화는 악곡을 다 연주하고 나서 작은 소리로 소자첨의 〈하신랑(賀新郎)〉이라는 사곡을 읊었다.

주렴 밖에 누가 와서 비단 창을 두드리는고?
안타깝게도 요대에서 노니는 꿈 깨뜨리네.
아아, 대밭을 스치는 바람이런가.

주생은 곧바로 주렴 밖에서 낮게 읊었다.
바람이 대밭에 스친다고 말하지 말라.
바로 고운 님이 온 것이라네.

선화는 짐짓 못 들은 체하면서 즉시 촛불을 끄고 잠자리에 들었다.[21]

여기서 선화와 주생의 시를 통한 교유는 앞서 살펴본 〈이생규장전〉이나 〈최척전〉의 경우와 마찬가지로 여성의 시에 남성이 화답하는 형식으로 되어 있다. 화답시는 선화에게 주생이 자신의 정서를 얼마나 잘 이해하고 호응해 줄 수 있는지를 살필 수 있는 계기가 되었다고 볼 수 있다. 더욱이 이때 주생은 선화의 남동생인 국영에게 글을 가르치고 있었고, 선화의 집으로 거처를 옮겨온 지도 10여 일이 지난 시점이었기 때문에 선화로서는 주생의 인품을 파악할 만한 시간적 여유가 있었으리라는 추정도 가능하다. 배도가 주생을 만난 바로 그 날 인연을 맺기로 결심한 것과는 다른 상황인 것이다. 더욱이 선화에게 주생은 남동생에게 글을 가르치며 학문에 열중하

21 이상구 역주, 〈주생전〉, 앞의 책, 50~51쪽. 生伏在楹間, 聽其所爲. 仙花理曲罷, 細吟蘇子瞻賀新郎詞曰, 簾外誰來推繡戶, 枉教人夢斷瑤臺曲, 又却是風敲竹. 生卽於簾微吟曰, 莫言風動竹, 直是玉人來. 仙花佯若不聞, 卽滅燭就睡.

는 성실한 모습으로 비쳤을 것이므로, 선화가 주생에게 느낀 매력은 배도의 경우와는 그 초점이 달랐으리라고 볼 수 있다.

이런 맥락에서 보면 〈주생전〉의 선화는 〈이생규장전〉의 최랑이나 〈최척전〉의 옥영과 마찬가지로 이성적이고 독립적인 인물이며, 애정을 추구하는 데 있어서도 친밀한 관계보다는 자신의 자아를 존중받을 수 있는 혼인 생활의 가능성을 우선 고려하는 인물이라 할 수 있다. 옥영과 마찬가지로 선화도 주생에게 정식으로 예를 갖춰 청혼하겠다는 약속을 받아내는데, 이로써 미루어보면 선화 또한 결연 당시에 혼인을 분명히 염두에 두고 있으며 이상적인 혼인 생활에 대한 구상과 관련하여 주생을 배우자를 선택하였음을 알 수 있다.

시의 화자로서도 선화는 〈주생전〉에서 큰 비중을 차지한다. 선화는 주생과 처음 대면한 후에도 창밖에 시를 써 보이며, 주생의 주머니에 자신이 쓴 시를 넣어 두기도 한다. 물론 이는 배도가 주생에게 준 시를 지우고 그 대신 채워 넣은 것이지만, 작품에서는 배도의 시는 인용되지 않으며 배도가 시를 쓰는 장면도 나오지 않는다. 다만 선화가 쓴 '안아미(眼兒媚)'만 전문이 인용되어 있을 뿐이다. 즉 배도가 주생과의 친밀한 관계 자체를 원하는 것과는 달리 선화는 그 자신만의 독립적인 정서와 심미적 안목을 지닌 인물로 형상화되며, 주생에 대한 애정 또한 자신에게 적극적으로 호응해 줄 수 있는 배우자로서의 호감으로 나타난다.

물론 선화도 주생과의 밀착된 관계 자체를 중시하는 태도를 나타내며, 주생의 주머니에서 배도의 시를 발견했을 때 질투심을 참지 못하고 먹으로 지워버리는 등 감정적으로 반응하기도 한다. 그러나 주생에 대해 직접 질투나 원망의 기색을 보이는 일은 없으며, 주생과 배도를 굳이 떼어놓을 생각도 하지 않는다. 반면 배도는 주머니에서 선화의 시를 발견하고는 주생을 추궁하며 선화의 집에서 주생을 억지로 끌고 나온다.

같은 맥락에서 〈운영전〉의 경우를 보면, 운영 또한 배도와 마찬가지로 한 순간 김 진사에게 매료되었음이 먼저 눈에 띈다. 배도와 마찬가지로 운영 또한 오랫동안 상대를 관찰하며 자기 뜻에 부합하는 인물인지를 살필 시간을 갖지 못했으며, 그럴 생각도 없었다. 운영은 김 진사의 남다른 용모와 재능에 순간적으로 매료당하며, 성실함이나 유순함보다는 호방하고 활달한 기상 때문에 김 진사에게 매력을 느낀다. 김 진사는 일찍이 안평대군과 궁녀들 앞에서 이백을 옹호하는 문학관을 피력함으로써 자유분방하고 탈속한 성향을 드러낸 바 있다.

> "매일 문사들과 함께 시에 대해서 논할 때마다 두초당을 으뜸으로 삼는 사람이 많은데, 자네는 어찌하여 이렇게 말을 하는가?"
>
> 진사가 대답했네.
>
> "그렇습니다. 속된 선비들이 좋아하는 것으로 말한다면, 회와 구운 고기가 사람의 입을 즐겁게 하는 것과 같습니다. 두자미의 시는 짐짓 회와 구운 고기입니다." (…)
>
> "제가 어떻게 감히 두보를 가벼이 여기겠습니까? (…) 그러나 이백과 비교한다면, 하늘과 땅을 비교할 수 없고 강과 바다가 다른 것과 같습니다."[22]

운영의 눈에 이러한 김 진사의 모습을 보고는 '마치 새가 날개를 편 듯하고 (…) 그 용모가 신선 같았다'[如鳥舒翼, 容儀若仙中人]고 말하며, 그런 김 진사의 활달한 모습을 알게 된 후로 제대로 잠을 잘 수도, 음식을 먹을 수도 없게 되었다고 고백한다.

22 〈운영전〉, 위의 책, 123~124쪽. 日與文士論詩, 以草堂爲首者多, 此言何爲也? 進士曰, 然, 以俗儒所尙言之, 猶膾炙之悅人口, 子美之詩, 眞膾與炙也. (…) 小子何敢輕之? (…) 至比於李白, 則不啻天壤之不侔, 江海之不同也.

운영이 매력을 느낀 김 진사의 자유분방한 성향은 〈이생규장전〉의 이생이나 〈최척전〉의 최척에게서 찾아볼 수 있는 성실함, 단정함과는 거리가 있으며 주생의 모습에 더 가깝다. 운영은 안평대군의 서당에서 김 진사를 처음 만나 그의 문학관과 시를 접한 바로 그날, 그의 진솔함과 활달한 기상에 이끌려 사모하는 마음을 갖게 된다. 김진사에 대한 운영의 애정은, 오랜 기간에 걸쳐 상대의 성실함을 시험한 결과라기보다는 상대의 뛰어난 재능과 용모에 순간적인 이끌림이었다. 이는 김진사에게 보낸 운영의 편지에서도 드러난다.

> 무릇 빈객들이 지은 시들은 하나도 눈에 들지 않았으니, 재주가 성하게 되면서 그러한 것이 아니겠습니까! 그래서 남자가 되어 입신양명하지 못하고, 홍안박명의 몸이 되어 깊은 궁궐에 한 번 갇힌 뒤 마침내 고목처럼 썩게 된 것을 한스럽게 여겼습니다. 어찌 슬프지 않으리오! 사람이 한 번 죽으면 누가 다시 알아주겠습니까? 이 때문에 한이 마음속에 맺히고, 원망이 가슴의 바다를 메웠습니다. 매번 수를 놓다가 멈추고 등불을 바라보았으며, 비단을 짜다가도 북을 던지고 베틀에서 내려와 비단 휘장을 찢거나 옥비녀를 꺾어버리곤 하였습니다. 잠시 술을 마시고 흥이 나면 신발을 벗고 산보를 했으며, 섬돌의 꽃도 떨어뜨리고 뜰의 풀도 꺾으면서 바보나 미치광이처럼 마음을 억제할 수 없었습니다. 그런데 지난 해 가을밤에, 한 번 그대의 용모를 보고는 마음속으로 천상의 신선이 속세에 적강했다고 생각했습니다. 저의 용모 또한 아홉 사람보다 못하지 않습니다. 전생에 무슨 인연이 있었던지, 붓끝의 한 점이 마침내 흉중에 원한을 맺는 빌미가 될 줄을 어떻게 알았겠습니까? 주렴 사이로 바라보면서 봉추지연을 맺고자 바랬으며, 꿈속에서 보면은 장차 잊지 못할 은혜를 잇고자 했습니다. 비록 한 번도 이불 속에서 사랑의 기쁨을 나누지는 못했지만, 옥처럼 빼어난 용모가 제 눈 속에 황홀하게 어립니다.[23]

운영은 궁녀이기 때문에 물질적으로는 안정된 생활을 하고 있으며, 특별히 안평대군이 기르는 궁녀로 뽑혀 시를 배우면서 대군 부부에게 총애를 받고 동료들에게도 재능을 인정받고 있기에 인간관계의 욕구도 어느 정도 충족되어 있다. 주생과 만나기 전에는 마음을 터놓을 만한 친구도 없고 재주를 인정해 줄 후원자도 없던 〈주생전〉의 배도보다도 운영은 주변 사람들에게 더 많이 사랑과 인정을 받고 있었다고 볼 수 있다.

이런 상황에서 운영의 욕구는 자연히 시를 통해 자신의 능력을 펼쳐 보이려는 더 높은 단계의 욕구를 갖게 되지만, 이러한 시도는 자신이 원하는 시를 마음대로 지을 수 없는 현실에 대한 절망으로 귀결되고 만다. 안평대군은 궁녀들에게 시를 가르치되 철저히 자신의 취향에 맞는 시를 쓰도록 훈련한다. 그러므로 운영을 비롯한 궁녀들에게 시는 예술적 자아실현의 수단이 될 수 없었다. 안평대군이 원한 시는 자신의 감정을 억제하며 사물 자체의 아름다움을 묘사하는 시였고, 주군에 대한 충성심을 담은 시 정도만이 예외로 인정될 뿐이었기 때문이다.[24]

> 대군은 궁에 돌아오면 항상 우리를 안전에 앉히고 시를 짓게 하여 잘못된 곳을 바로잡아 주었으며, 시의 고하를 차례대로 매기고 상과 벌을 내려서 우리를 격려하였습니다.[25]

23 위의 책, 143~144쪽. 凡賓客所製之詩, 無一掛眼, 才難不其然乎! 恨不得爲男 立身揚名, 而爲紅顔薄命之軀, 一閉深宮, 終成枯落而已. 人生一死後, 誰復知之? 是以恨結心曲, 怨塡胸海. 每停刺繡, 而付之燈火, 罷織錦, 而投杼下機. 裂破羅幃, 折其玉簪. 暫得酒興, 則脫舄散步, 剝落階花. 手折庭草, 如癡如狂, 情不自抑. 上年秋月之夜 一見君子之容, 意謂天上神仙, 謫下塵寰. 妾之容色, 最出九人之下, 而有何宿世之緣, 那知筆下之一點, 竟作胸中怨結之祟. 以簾間之望, 擬作奉箒之緣, 以夢中之見, 將續河忘之恩. 雖無一番衾裏之歡, 玉貌手容, 恍在眼中.

24 안평대군이 궁녀들에게 시를 가르치며 평가한 의도와 그 이념적 함의에 관한 해석은 박일용, 앞의 책, 168~174쪽 참조.

안평대군은 말로 자신이 본 경치를 궁녀들에게 설명해 주며 그 풍경을 시로 읊도록 하는가 하면, 그렇게 해서 지어진 작품들을 일일이 평가하여 자신의 기준에 맞추려 한다. 이러한 상황에서 운영은 많은 시들을 배워 알게 되고[窺盛唐詩人之藩籬], 스스로 기발한 표현을 찾기도 하면서[搜奇] 시에 대한 자신만의 안목을 길러 나가지만, 자기 생각과 감정을 진솔하게 표현한 시는 대군에게 의심만 사게 마련이었다. 오히려 시를 짓는 일은 운영으로 하여금 자아실현의 욕구가 반복하여 좌절되는 경험을 안겨주었다고 볼 수 있다. 이런 상황에서 운영은 자신에게는 허락되지 않은, 자기 생각을 솔직히 담은 시를 대군 앞에서 거리낌 없이 읊는 김진사의 자유분방함에 강하게 매료될 수밖에 없지 않았는가 생각된다.

운영은 김진사에게 결연의 뜻을 전하기 위해 먼저 시를 지어 보내지만, 운영이 보낸 시는 김진사가 자신의 감정에 얼마나 잘 부응하는지를 확인하기 위한 방편은 아니었다. 〈이생규장전〉이나 〈최척전〉에서 여주인공이 보내는 시가 결연의 뜻을 암시하여 상대의 반응을 이끌어내는 역할을 하는 반면, 운영의 시는 '얼굴을 씻으면 눈물은 물줄기를 이루고, 거문고를 타면 한은 줄이 되어 우네'[洗顔淚作水, 彈琴恨鳴絃]와 같은 대목에서도 알 수 있듯이 김진사에 대한 그리움을 이미 절실하게 드러낸 것이었기 때문이다. 운영은 이미 김진사와의 관계를 열망하던 상황에서, 어떻게든 김진사와의 만남의 기회를 한 번 더 마련해 보기 위해 시를 써 보냈다고 할 수 있다.

이처럼 운영이 배도는 상대와의 친밀한 관계를 중심으로 애정에 대한 욕구와 의지를 드러낸다. 둘은 모두 자유분방하고 활달하게 자기감정을 표현할 줄 아는 남성에 대해 순간적으로 이끌려 그와의 결연을 추진하게

---

25 이상구 역주, 〈운영전〉, 앞의 책, 110쪽. 大君入, 則使妾等, 不離眼前, 作詩斥正, 第其高下, 用賞罰, 以爲勸奬之地.

되는데, 이러한 애정 욕구는 표면적으로는 주체적인 것이지만 그 실상을 들여다보면 자아실현이 불가능한 처지에 대한 좌절감이 상대에 대한 애착의 욕구로 일정 부분 전이된 측면을 엿볼 수 있다. 그러므로 배도와 운영의 강렬한 애정 욕구는 그 자체가 이미 비극적인 성격을 내포하고 있다.

3. 각 유형에 투영된 여성의 처지와 문제

애정전기소설에서 남녀의 자유롭고 주체적인 결연은 중세 사회의 이념적·제도적 질곡에 대한 저항의 의미로 해석되어 왔다. 재능은 있지만 소외된 처지의 남주인공을 내세워 현실에 대한 비판적 인식을 나타내고 있는 전기소설의 경우, 남녀의 애정을 잘못된 현실 세계에 대한 부정과 대결의 의미로 해석하는 것은 적절한 해석이라 할 수 있다.

하지만 여기서 더 나아가, 인물이 추구하는 애정 자체가 이미 그들의 현실을 반영한다는 점에 대해서도 주목할 필요가 있다. 개인의 애정과 사회 현실을 대립 관계로만 파악할 것이 아니라, 때로는 각 인물이 추구하는 애정 자체에 이미 그들의 처지가 투영되어 있다는 점에 대해서도 관심을 둘 필요가 있다.

앞서 살펴본 것처럼 〈이생규장전〉이나 〈최척전〉에서 여주인공이 추구하는 주체적인 애정은 친밀한 관계뿐 아니라 그들 자신의 독립적인 삶을 보호받고 존중받을 수 있는 혼인 생활에 대한 욕구이기도 하다. 이는 그만큼 당시 여성들이 자신의 독립적인 삶의 가치를 인정받지 못하는 경우가 많았으며, 특히 상류층 여성의 경우 결혼 전에 소중하게 가꾸어 오던 자신의 세계를 온전히 보존하고 계속해서 발전시켜 나갈 수 있는 결혼

생활을 보장받는 것이 상당히 중요한 문제였을 수 있다는 점을 알게 해준다. 〈이생규장전〉의 최랑이나 〈최척전〉의 옥영이 추구하는 애정은 이러한 맥락에서 이해할 때 그 의미를 좀 더 충실히 이해할 수 있게 된다.

더욱이 애정전기소설이 본격적으로 창작되고 향유되었던 17세기 무렵은, 성리학적 예교가 강화되면서 혼인 풍습이 변화하고 남성 중심의 종법주의가 자리 잡아 가던 시기였다. 이러한 과정에서 당대 여성들은 실제로 심각한 정체성 갈등을 겪었으리라고 볼 수 있다. 친정 중심의 혼인 생활이 더 이상 당연시되지 않게 되었고, 폐쇄적인 생활환경 속에서 시나 그림 등의 창작 활동도 위축되기 시작하였기 때문이다.[26]

이러한 상황에서 당대의 상층 여성들에게는 〈이생규장전〉의 최랑이나 〈최척전〉의 옥영과 같이 기존의 독립적인 삶을 존중받을 수 있는 혼인이 이상적으로 여겨졌으리라고 볼 수 있다. 자신의 세계를 이해하고 지지해 줄 수 있는 배우자를 만나는 것이 당시 그들로서는 가장 현실적인 문제였을 것이기 때문이다. 남성 또한 누이나 딸을 통해 이와 같은 여성의 소망을 익히 알고 있었기에, 소설에서 여성 인물의 언행을 통하여 이를 자연스럽게 표현할 수 있었으리라고 생각된다.

한편 〈주생전〉이나 〈운영전〉에서도 여주인공들은 주체적으로 애정을 추구하지만, 앞의 작품들에서와는 달리 자기 정체성이 다소간 분열된 상태에서 자유분방하고 자신감 넘치는 상대에게 순간적으로 이끌린다. 또

26 기실 〈이생규장전〉이 창작되었던 15세기부터 이미 여성에 대한 국가의 통제는 본격화되고 있었다. 이 시기에 여성을 중심으로 한 재산 갈등 사례가 빈번했음은 이러한 사정을 잘 보여준다. 고려 때부터 유지되어 온, 남녀 간의 경제적 평등이 관습적으로는 계속해서 효력을 발휘하였지만 이러한 전통을 국법이 수용하지 않음으로 인해 상당한 마찰이 빚어질 수밖에 없었던 것이다. 전명수, 「15세기 재산상속의 갈등 양상에 대한 사회학적 고찰 – 태조-성종 간 조선왕조실록에 나타난 사례를 중심으로」, 『한국학연구』 23집, 2005, 255~280쪽 참조.

한 이들은 결연 이후에도 상대와의 친밀하고 독점적인 감정 교류에 의미를 부여한다. 이는 이들이 기생 또는 궁녀의 처지에서 자유롭게 자신의 자아를 실현할 기회를 충분히 갖지 못하였거나, 또는 상대로부터 인정받고 사랑받는 인간관계를 충분히 경험하지 못한 데서 비롯된 결과로 볼 수 있다.[27]

〈주생전〉이 창작되었던 16세기는 아직까지 기녀들의 애정 의지가 양반 사대부의 풍류 의지에 꺾여 부정되던 시기였다. 상당한 문예 소양을 갖춘 기녀들은 양반 사대부들과 교감하며 이들에 대해 '애정 희구 의식'을 나타냈으나 양반 사대부들은 '풍류 의식'으로 기녀들을 대하였음을 〈주생전〉은 보여준다.[28] 그러나 한편, 〈주생전〉을 창작하고 향유하였던 남성 사대부들은 기녀들과 가까이 교류하는 가운데 그들의 애정 의지와 좌절감을 포착하였으며 이에 대해 어느 정도 연민도 느끼고 있었다고 보아야 할 것이다. 배도의 절망적인 심리에 대한 섬세한 묘사와, 배도의 죽음에 죄책감을 느끼는 주생의 모습에서 이를 감지할 수 있다.

안평대군 또한 운영에 대해 양면적인 심리를 드러낸다. 안평대군은 운영을 자신의 소유물로 생각하여 통제를 가하면서도 한편으로는 운영의 재능을 인정하고 존중하는 태도를 보이는데, 이 또한 궁녀들의 기대와 요구가 남성 사대부 향유층을 통하여 작품 속에 은연중 투영된 결과라고 볼 수 있다. 배도의 죽음에 대한 주생의 죄책감과, 운영의 고통에 대한 안평대군의 연민은 기녀 또는 궁녀 신분 여성의 현실에 대해 남성 사대부

27 운영과 같은 궁녀의 경우 주군 한 사람에게만 충성하면 되었다는 점에서 배도 등 기녀들과는 상황이 달랐지만, 지배계층의 풍류 대상이었다는 점에서는 궁녀와 기녀가 처지가 서로 비슷하였다고 볼 수 있다. 조광국, 앞의 책, 164~165쪽.

28 조광국, 「〈주생전〉과 16세기 말 소외 양반의 의식 변화와 기녀의 자의식 표출의 시대적 의미」, 『고소설연구』 8집, 1999, 159쪽.

들도 일정한 문제의식을 가지고 있었음을 시사한다.

애정전기소설은 남성 사대부 작가들의 창작이므로 작품에서 여성의 처지와 욕망만을 읽어내는 것은 무리일 수 있지만, 그러나 그렇다고 해서 해당 작품들에 오직 남성 사대부들의 욕망만이 일방적으로 반영되어 있다고는 보기 어렵다. 선행연구에서 지적하였듯이 〈이생규장전〉은 주체적으로 혼인 상대를 선택할 수 없던 당대 규방 여성의 질곡에 대한 문제제기를 포함하고 있고,[29] 〈주생전〉 또한 신분제 하에서 고통 받던 기녀의 억압된 애정 욕망을 비판적으로 조명한 작품이라 할 수 있다.[30] 이들 작품들의 가치는 작가들의 비판적 현실 인식 속에 당대 여성의 질곡에 대한 문제의식도 일정하게 담겨 있었다는 점에서도 찾을 수 있을 것이다.

더욱이, 『묵재일기』에 수록된 〈주생전〉 국역본의 사례에서도 알 수 있듯이 애정전기소설은 이른 시기부터 국역되어 여성들에게까지 수용되었으리라 추정되고 있다.[31] 애정전기소설의 작자들이 여성 독자들의 반응을 생각하며 작품을 창작하였을 가능성도 배제할 수는 없는 이유이다. 애정전기소설에서 여성의 현실적 처지와 삶의 문제를 발견하고, 그 연장선상에서 여성 인물들이 추구하는 애정의 성격을 구체적으로 탐색해 보는 것은 17세기와 그 이전 소설사의 실상을 보다 면밀히 구명하는 데 필수적인 작업이라 할 수 있다.

29 박일용, 「〈이생규장전〉의 밀회 장면에 나타난 환상성과 그 현실적 의미」, 『고소설연구』 20집, 2005, 20쪽.

30 박일용, 「〈주생전〉의 환상성과 남녀 주인공의 욕망」, 『고전문학과 교육』 25집, 2013, 416~417쪽.

31 소인호, 「〈주생전〉 이본의 존재 양태와 소설사적 의미」, 『고소설연구』 11집, 2001, 196~197쪽 참조.

4. 결론

애정전기소설에서 여성 인물의 애정 의지는 각자의 신분과 사회적 처지에 따라 지향하는 바가 서로 다르다. 스스로 자신의 결연 대상을 선택하고, 그 사람만을 자신의 배우자로 인정하며 외부의 압력에 저항하는 모습에 있어서는 서로 비슷하다 할지라도 각자가 구체적으로 추구하는 애정의 성격은 상이하다. 이를 테면 상대에게 애정을 느끼게 되는 이유, 애정을 확인하고 결연에 이르는 과정, 결연 이후 두 사람의 관계에 있어서 애정의 성격은 작품에 따라, 그리고 인물에 따라 차이를 보인다. 여성 인물들은 각기 조금씩 다른 삶의 문제에 봉착해 있으며 남성과의 결연에 대해서도 서로 다른 결핍과 욕구를 지니고 있기 때문이다.

그러므로 단지 표면적인 애정 의지의 주체성만을 근거로 하여, 서로 처지가 다른 여성들을 같은 범주로 묶는 시각에는 문제가 있다. 주체성, 적극성, 능동성과 같은 개념들은 애정전기소설에 등장하는 여성 인물들의 구체적인 현실을 잘 드러내 주지 못한다. 인물들이 추구하는 애정의 구체적 성격이 각자의 현실적 처지에 따라 다르다면, 애정의 의미를 현실 부정이나 비판이라는 차원으로 단순화하는 것은 여성의 현실과 그에 대한 당대 향유층의 인식을 간과하는 결과를 초래할 수 있다.

애정전기소설은 한문으로 쓰였다는 장르적 특성이나, 남성 지식인이 주로 창작하고 수용하였다는 향유층의 특성으로 인해 당대 여성의 문제와는 다소 거리가 있는 작품들로 여겨지곤 하였으나, 이러한 시각은 재고될 필요가 있다. 작가가 누구이고 주된 독자층이 어떠하든, 문학 작품은 당대의 사회적 상황을 총체적으로 반영하기 때문이다. 특히 '애정' 문제는 여성의 현실 문제를 예민하게 반영해 줄 수 있는 소재이다. 그렇기에, 애정이 성취

되면 그것이 곧 긍정적이고 진취적인 세계관의 표현이며, 애정의 좌절은 곧 비극이라는 시각만으로는 애정전기소설에 담긴 현실 인식의 깊이를 온전히 탐색하기 어렵다. 인물이 추구하는 애정 그 자체에 내포되어 있는 현실의 문제에 대해 좀 더 구체적인 관심이 필요한 이유이다.

참고문헌

이재호 역, 〈이생규장전〉, 『금오신화』, 솔, 1998.
이상구 역, 〈최척전〉, 〈주생전〉, 〈운영전〉, 『17세기 애정전기소설』, 월인, 2003.

김지영, 「조선시대 애정전기소설에 나타난 사랑과 성」, 『한국고전여성문학연구』 10집, 2005, 325~367쪽.
박일용, 『조선시대의 애정소설』, 일지사, 1993, 1~474쪽.
_____, 「〈이생규장전〉의 밀회 장면에 나타난 환상성과 그 현실적 의미」, 『고소설연구』 20집, 2005, 5~35쪽.
_____, 「〈주생전〉의 환상성과 남녀 주인공의 욕망」, 『고전문학과 교육』 25집, 2013, 399~426쪽.
서혜은, 「고전소설에 나타난 기녀의 애정 성취 기반과 그 의미」, 『어문논총』 42집, 2005, 217~244쪽.
소인호, 「〈주생전〉 이본의 존재 양태와 소설사적 의미」, 『고소설연구』 11집, 2001, 177~200쪽.
엄태웅, 「17세기 전기소설에 나타난 남녀 관계의 변모 양상 - 〈위생전〉,〈주생전〉의 남녀 주인공을 중심으로」, 『한문학논집』 29집, 근역한문학회, 2009, 133~162쪽.
전명수, 「15세기 재산상속의 갈등 양상에 대한 사회학적 고찰 - 태조-성종 간 조선왕조실록에 나타난 사례를 중심으로」, 『한국학연구』 23집, 2005, 255~280쪽.
정병헌, 「여성영웅소설의 서사 방식과 소설교육적 자질」, 『한국문학논총』 24집, 1999, 91~116쪽.
조광국, 「〈주생전〉과 16세기 말 소외 양반의 의식 변화와 기녀의 자의식 표출의 시대적 의미」, 『고소설연구』 8집, 1999, 137~163쪽.
_____, 『기녀담 기녀등장 소설 연구』, 월인, 2000, 1~390쪽.
지연숙, 「〈주생전〉의 배도 연구」, 『고전문학연구』 28집, 2005, 317~350쪽.

제4장

고소설에 나타난 공주혼 모티프의 문학치료적 함의

—<소현성록>과 <유씨삼대록>을 중심으로—

1. 서론

고소설 작품들 중에는 사대부 가문의 남성과 공주의 혼인을 중요한 사건으로 다룬 경우가 상당 수 존재한다. 〈구운몽〉, 〈소현성록〉, 〈유씨삼대록〉 등에서 남주인공은 이미 결혼했거나 결혼을 앞둔 상태에서 부마로 선택되어 황제와 갈등을 벌인다. 남주인공은 황제가 신하의 인륜을 훼손하려 한다며 강하게 반발하지만 결국 공주와 혼인하게 되는데, 대개 혼인이 이루어진 후에도 공주에 대한 반감을 해소하지 못하여 심각한 부부 갈등이 뒤따르게 된다.

선행 연구에서는 이러한 공주혼 모티프가 조선후기 사대부 가문의 엄정한 예법 의식을 반영한다고 해석해 왔다. 수차례에 걸친 예송 논쟁이 결국 '천하동례'를 표방하는 서인의 승리로 종결된 것에 대응하여, 사대부 가문의 여성 독자들이 즐겨 읽었던 소설 작품들에서도 혼례의 법도와 질서를 무너뜨리는 왕실의 횡포에 대하여 비판적인 인식이 나타나게 되었다는 분석이다. 〈구운몽〉에서 양소유와 먼저 혼약을 맺은 정경패가 끝내

난양공주보다 윗자리를 차지하도록 한 것, 〈소현성록〉에서 본처인 형소저를 핍박하며 시부모를 무시하고 사치와 방종을 일삼던 명현공주가 결국 시가 구성원들의 냉대 속에 병을 얻어 죽게 만든 것, 〈유씨삼대록〉에서 진양공주가 남편과 먼저 정혼하였던 장소저를 동렬로 수용하는 미덕을 보임으로써 주변의 칭송을 받고 결국 남편과도 화합하게 되는 것은 모두 '사(士)' 중심의 보편적 예법 질서가 작품에 구현된 예로 볼 수 있다.[1]

한편 공주혼 모티프는 작품에 따라 가문 창달 의식을 나타내는 수단으로 기능하기도 하고, 가부장제적 규범에 대한 옹호의 시각을 보여주거나 그에 입각한 이상적 여성상을 제시하기도 한다는 점도 논의된 바 있다.[2]

이처럼 공주혼 모티프는 조선후기의 정치·사회적 상황과 관련하여 볼 때 그 의미를 충실히 파악할 수 있다. 공주혼 모티프는 왕실과 사대부 가문의 관계가 수평적으로 설정됨을 보여주는 하나의 수단이자, 가문에 대한 소속감과 자부심을 고양하고자 했던 가문소설의 주제의식을 잘 보여주는 핵심적인 소재라 할 수 있을 것이다.

그러나 한편으로는 그러한 시대적 맥락을 벗어나, 보편적인 부부 갈등의 한 사례로서 공주혼 모티프에 접근하려는 시도도 필요하다고 본다. 공주혼 모티프에는 황족이라는 높은 신분을 과시하며 자기중심적으로 행동하는 공주의 모습과 그에 대한 부마의 불만, 혹은 황족은 으레 교만할 것

1 공주혼 모티프를 서인의 예론 및 신권 의식과 관련지어 해석한 연구로는 다음을 참조할 수 있다. 정출헌, 「〈구운몽〉의 작품 세계와 그 이념적 기반」, 정규복 외, 『김만중 문학 연구』, 국학자료원, 1993, 182～184쪽; 박영희, 「〈소현성록〉에 나타난 공주혼(公主婚)의 사회적 의미」, 『한국고전연구』 12집, 한국고전연구회, 2005, 22～27쪽; 심재숙, 「고전소설에 나타난 공주혼 삽화의 양상과 그 의미」, 이수봉 외, 『한국가문소설연구논총』 3, 경인문화사, 1999, 303～304쪽.

2 이수희, 「공주혼 모티프의 모티프 결합 방식과 의미 - 〈구운몽〉, 〈소현성록〉, 〈유씨삼대록〉을 중심으로」, 『한국고전연구』 19집, 한국고전연구회, 2009, 251～278쪽.

이라는 편견을 가지고 있는 부마의 모습과 그로 인한 공주의 수난 등 성장 배경이 서로 다른 부부 간에 발생하곤 하는 다양한 갈등의 양상들이 구체적으로 담겨 있다. 현대의 독자들이 고전문학 작품에서 얻을 수 있는 효용을 생각한다면, 이를 단지 조선후기의 정치·사회적 현실 반영으로만 보는 것은 아쉬운 일이다. 성장 과정에서 굳어진 자기중심적 세계관을 내세워 배우자나 그 가족들과 대립하는 아내의 모습, 그런 아내의 행동에 적절히 대처하지 못하고 갈등을 심화시키는 남편의 모습이 담긴 〈소현성록〉과 같은 작품은 부부 갈등의 한 단면을 객관적으로 들여다 볼 수 있는 계기를 제공해 준다. 또한 남편과 아내가 편견과 소통 부재로 인해 처음에는 불화하지만 차차 상대의 처지를 이해하고 화합을 이루어 나가는 〈유씨삼대록〉과 같은 작품의 경우 부부 갈등의 원만한 해결 방안에 대해 일정하게 시사하는 바가 있다.

또한 부부서사를 중심으로 줄거리를 해석할 때, 작품별로 조금씩 다르게 나타나는 공주혼 모티프의 차이와 그 의미도 더 구체적으로 분석될 수 있다. 사대부 가문과 왕실의 갈등이라는 점에서 보면 공주혼 모티프를 포함한 작품들은 모두 서로 비슷하게만 보인다. 하지만 자세히 살펴보면 작품마다 부부 갈등이 전개되는 구체적 원인과 경과는 조금씩 다르다. 예컨대 〈유씨삼대록〉에서 유세형은 진양공주가 장소저와 자신의 혼인을 방해하였다는 이유만으로 무조건적인 반감을 품는 반면, 〈소현성록〉에서는 명현공주의 성품과 기질이 보다 문제적인 것으로 묘사된다. 이러한 부부 갈등의 구체적 양상은 왕족과 사족이라는 신분의 차이만으로는 온전히 설명하기 어렵다.

왕권과 신권의 갈등의 차원에서 보면 〈소현성록〉이나 〈유씨삼대록〉은 크게 다를 것이 없는 이야기다. 시댁인 사대부 가문의 예법을 존중하고 잘 지킨 공주 며느리는 보상을 받고(〈유씨삼대록〉), 시댁의 법도를 어지럽힌 교만한 공주 며느리는 벌을 받는다는(〈소현성록〉) 점에서 두 이야기의 주제의식은 동일하다고 볼 수 있기 때문이다. 하지만 부부서사라는 점에서 보면 한 쪽은 부부가 극심한 갈등을 극복하고 신뢰를 회복한 이야기인 반면(〈유씨삼대록〉), 다른 한 쪽은 부부 갈등이 끝내 해소되지 못한 이야기라는 점에서(〈소현성록〉) 큰 차이가 있다. 두 작품에 나타난 공주혼 모티프의 차이를 부부서사와 문학치료라는 차원에서 보다 구체적으로 해석해 보고자 하는 것은 이러한 까닭에서다.

이에 본고에서는 부부서사라는 측면에서 고소설에 나타난 공주혼 모티프의 양상과 의미를 분석해 보고, 그것이 현대의 독자들에게 갖는 효용을 논의해 보고자 한다. 대상 작품은 공주혼이 이루어지기까지의 과정과, 그 이후 부부 갈등의 전개 과정이 구체적으로 서술되어 있는 〈소현성록〉과 〈유씨삼대록〉으로 한다. 이들 작품에서는 공주혼으로 인한 부부 갈등이 작품에서 상당한 분량을 차지하며 비중 있게 묘사된다. 때문에 작품 전반에 걸친 서술시각이나 주제의식, 향유맥락의 차이를 충분히 고려하는 가운데, 두 작품에서 공주혼 모티프의 구체적 양상과 함의를 비교해 나가는 방식으로 논의를 진행하도록 하겠다.

2. <소현성록>과 <유씨삼대록>에 나타난 공주혼과 부부 갈등의 양상 비교

1) <소현성록>에 나타난 공주혼과 부부 갈등의 양상

주지하다시피 〈소현성록〉이나 〈유씨삼대록〉과 같은 가문소설 작품들은 가문의 창달을 추구했던 중세 사대부 계층의 가치관에 기반을 두고 있으므로, 부부 갈등에 대한 서술 또한 서술자 혹은 작가의 일정한 의도를 전제하고 있다. 예컨대 명현공주가 극도로 교만한 인물로 설정되어 형부인과 대조를 이루도록 배치된 것, 진양공주가 지극히 겸손하고 온유한 인물로 그려져 장부인과 대조를 이루도록 배치된 것 등은 모두 일정한 교훈적 의도를 염두에 둔 것이라 할 수 있다. 그런 까닭에 이들이 관여된 부부 갈등을 현실에서의 부부 갈등의 모습 그대로라고 받아들이기는 어렵다. 즉 두 부부의 갈등을 비교함에 있어서 중요한 것은, 인물들 개인의 인품 요인보다는 그러한 차이에 앞서 더 우세하게 작용하는 갈등 발생의 보편적 기제와 해결 원리라고 볼 필요가 있다. 이를 염두에 두고, 본고에서는 두 작품에서 부부 갈등이 발생한 원인과 그것이 악화 또는 해소되는 데 계기로 작용한 요소를 객관적으로 비교하여 살피고자 노력할 것이다. 다시 말해 본고에서는 부부 갈등을 인격적 결함의 문제라기보다는 객관적 상황의 문제로 다루고자 하며, 특정 인물을 전제하지 않더라도 비슷한 상황에서라면 누구에게나 발생할 수 있었을 사건 전개의 국면들을 짚어 보고자 한다.

먼저, 갈등의 발생 요인을 살펴보면, 누가 혼인을 주도했는지가 중요한 변수로 작용한다. 〈소현성록〉에서 명현공주와 소운성의 혼인은 공주의 주도로 이루어진다. 명현공주는 우연히 소운성을 본 뒤 그 용모와 재능에 반해 그를 자신의 혼인 상대로 정한다.

> 황후가 3자 1녀를 낳았는데 공주는 명현공주였다. 자색이 탁월하고 성품이 총명하니 황제와 황후가 지극히 사랑하시어 부마를 택하려 하는데 마땅히 재주 있는 선비가 없었다. 나이가 15세 되었을 때에 어느 날 전(殿)에 나와 황제를 뵈려 하였다. 궁녀를 거느리고 자정 전에 이르렀는데, 궁

녀가 안에 들어가 보고하였다.

"황제께서 소학사에게 글을 쓰게 하고 계십니다.

공주가 듣고 나서 그 문체를 보려고 궁녀를 거느리고 궁전 위로 올라갔다. (…) 공주가 저 젊은이가 한림원의 재주 있는 사람으로 빛나고 시원스러움이 비바람 같음을 보았다. 비록 그가 엎드려 있어 얼굴은 자세히 보지 못하였지만 단지 오사모 아래의 흰 귀밑머리가 옥이 윤택한 듯하고 꽃이 반쯤 핀 듯한 것을 보고도 황홀하여 황제께 물었다.

"황제 앞에서 붓을 잡고 빛나고 시원스럽게 금 글씨로 시사를 짓는 사람이 누구입니까?"

황제가 웃으며 말하였다.

"이 사람은 한림학사 소운성이다." (…)

공주가 그가 가는 모습을 보니, 풍류가 시원스럽고 기운이 하늘까지 퍼져 이으며 몸이 날아갈 듯 날렵하고 용모가 수려하여 옥 같은 시냇가의 가는 버들 같고 바람 앞에 나부끼는 모란 같았다. 고운 손으로 상아홀을 받치고 흰 얼굴에 사모를 숙여 썼으며 봉황 날개 같은 어깨에 붉은 도포를 더하였으니, 태을진인이 구름 사이를 배회하는 듯하였다. 보고 또 보니 마음이 흘러나오는 듯하고 뜻이 무르녹았다. 정신을 가다듬어 황제께 아뢰었다.

"제가 폐하의 은택을 입어 부귀가 지극하고, 또 부마를 가려 뽑으려 하시니 삼종지도를 저버리지 않겠다고 생각했습니다. 그런데 소운성을 보니 이는 곧 제가 평소에 원하던 사람입니다. 그러니 아버지는 자식의 소원을 좇아 운성을 부마로 정해 주십시오." (126~128)[3]

황제는 소운성에게 이미 조강지처가 있다며 난색을 표하지만, 명현공주는 아랑곳하지 않고 소운성과 혼인하겠다는 뜻을 보인다. 이에 황제는

3 정선희 · 조혜란 · 최수현 · 허순우 역주, 『소현성록』(이화여자대학교본) 2, 소명출판, 2010, 126~128쪽.

교지를 내려 소운성을 비롯한 젊은이들을 불러모으고, 명현공주로 하여금 직접 방울을 던져 신랑감을 택할 수 있게 해 준다.

이후에도 명현공주는 자기중심적 성향을 계속해서 드러낸다. 그녀는 소운성의 창첩들을 잡아다 잔인한 형벌을 가하기도 하고, 소운성이 형소저를 잊지 못한다는 이유로 궁궐에 편지를 써서 그의 관직을 삭탈하고 하옥시키는가 하면 병든 소운성을 저주하기도 한다. 그러면서도 공주는 "부마가 내게 와서 형씨를 만나게 해달라고 청하면 내가 허락할 것"이라며 소운성의 굴복을 요구한다.

그런데 명현공주의 이러한 자기중심성은 그녀의 특이한 성격 탓이라기보다는 성장 배경 탓으로 볼 수 있다. 그녀는 위세 높은 부황후의 외동딸로서 친정의 후광을 믿고 거리낌 없이 행동한다. 황제를 포함해 누구도 그녀의 뜻을 거스른 적이 없었기에 혼인 후에도 남편에게 무조건적인 복종을 요구하는 것이다. 명현공주의 경우는 황족이라는 신분 설정으로 인해 성장 배경의 영향이 극단적으로 강조된 경우지만, 사실 혼인 전 성장환경의 특수성으로 인한 부부 갈등은 보편적인 것이라 할 수 있다. 누구라도 그녀와 같은 환경에서 성장하였다면, 정도의 차이는 있겠지만 부부간의 갈등은 불가피했으리라고 생각할 수 있다.

그녀는 친정에서의 정체성이 결혼 후에도 계속 유지된다고 믿지만, 시집 식구들은 이를 인정하지 않음으로 인해 갈등이 발생한다. 특히 남편인 소운성은 "차라리 죽을망정 어찌 아내에게 빌 수 있겠느냐"며 공주에게 굴복하지 않겠다는 뜻을 분명히 한다. 소운성은 "대장부가 어찌 한 여자의 손바닥 안에 평생을 걸겠느냐"며 분을 못 이기고 혼절하는 등 공주가 자신을 제압하려 할수록 더 극단적으로 대응하는데, 이는 그가 명현공주를 자기 아내로 대우할 뿐 황족으로 예우하려는 생각은 가지고 있지 않음을 뜻한다.

더욱이 그 또한 소부의 촉망받는 자손으로서 어렸을 때부터 아버지와 스승에게 능력과 도량을 인정받으며 기대를 모아 왔고, 실제로 형제들 중 글재주와 무예 실력이 가장 뛰어난 인물이기도 하다. 형들이 종종 그의 방탕함을 나무라지만 소운성은 귀담아 듣지 않는데, 이 또한 집안에서 그의 위상을 잘 말해준다. 그는 몰래 엿본 형소저와 끝내 혼인을 이루고야 마는 등 매사에 자기 뜻을 관철하며 성장해 왔다.

명현공주에 대해서나 형소저에 대해서나 소운성은 상대를 자신의 뜻에 따라 지배하려 들며, 그러한 요구가 충족되지 못하는 상황을 좀처럼 받아들이지 못한다. 예컨대 그는 공주를 두려워하여 자기 뜻을 거스르고 피하는 형씨를 끝내 굴복시켜 "망극하여 울며 빌면서" 순종하도록 만드는가 하면, 공주를 찾아가 보라고 권하는 형소저를 꾸짖으며 칼로 물건들을 부수기도 한다. 결국 형소저는 "운성의 고집은 소진·장의라도 달래지 못하고 임금과 아버지의 위엄으로도 제어하지 못할 것이기에 자기가 간절히 권하거나 그를 거절하는 것이 무익함"을 깨닫게 되는바, 소운성은 명현공주 이상으로 자아가 강하고 고집 센 인물임을 알 수 있다.

흥미로운 것은, 작품에서는 공주가 시댁의 가풍을 무시하여 시댁 어른들과 불화하는 것도 문제로 지적되나 정작 소운성 자신은 공주가 가문의 법도나 규범을 위반하는 데 대해서는 크게 문제를 제기하지 않는다는 것이다. 작품 전체를 관통하는 작가의식이나 서술시각을 고려하면, 이는 명현공주가 아예 책망의 대상도 되지 못할 정도로 남편에게 무시당하고 있음을 의미하는 것으로 볼 수 있을 것이다. 그러나 그러면서도 한편으로는, 소운성이라는 인물 자신이 가문의 법도나 규범에 크게 얽매이지 않는 인물임이 해당 대목을 통하여 암시되기도 한다.

원래 명현공주가 금지옥엽같이 귀하기는 하지만 아황과 여영의 꽃다운 덕이 없고, 여씨가 여자들을 인체로 만든 일을 본받는 행실이 있었다. 하물며 궁궐에서 나고 자라 뜻 높음이 하늘같고 여자의 온순한 네 가지 덕은 하나도 없는데 소씨 가문에 시집온 것이다.

소승상이 절개 있고 정직하며 맑고 소박하여, 부녀자의 용모를 다듬게 하지 않으며 비단에 수를 놓거나 진주로 장식하지 못하게 하였다. 또 태부인도 덕과 검소함을 숭상하며 공손하여 우뚝 높이려 하지 않으니, 집안의 부녀들이 칠보를 얽지 못하였고 의복에 금사와 수를 더하지 않았다. 그리하여 정결한 비단으로 소잠하게 하며 노리개도 다만 옥패 한 줄만 하였다. 원래 유생의 아내는 향패 한 줄만 하게 되어 있으니, 감히 추호도 더하는 일이 없었다.

공주가 만약 어질다면 그러한 맑고 소담한 가풍을 어찌 탄복하지 않겠는가마는 교만하고 무서운 것이 없어 예의를 모르는 데에 가까웠다. 그래서 도리어 가풍을 비웃고 자기는 찬란한 비단 옷을 입고 화려한 장식을 하였으며, 칠보로 장식하고 붉은 치마를 입은 시녀 백여 사람을 거느리고 부귀를 자랑하였다. 또 공주는 항렬대로 앉지 않고 늘 자기 자리를 높여 태부인과 마주하고 앉으니, 소승상이 처음에는 운성이 뭐라고 말을 할 거라고 생각하였다. 그러나 아들의 기색이 갈수록 공주와 소원하고 공주의 거동은 날로 교만해지니 마음속으로 개탄하였다. (157~159)[4]

인용문에서 소운성은 명현공주를 멀리할 뿐, 집안 어른들에 대한 그녀의 태도를 문제 삼지는 않고 있다. 그러고 보면 예부의 교지를 받고 퇴혼을 당해 친정으로 돌아가는 형소저에게 개가를 권하는 모습에서도, 소운성은 이미 예법이나 규범에 얽매이지 않는 면모를 보여준 바 있다. 또 황제의 특명으로 형소저가 소운성의 부인으로 다시 받아들여진 뒤에도 소

4 정선희 · 조혜란 · 최수현 · 허순우 역주, 『소현성록』(이화여자대학교본) 2, 소명출판, 2010, 157~159쪽.

운성과 명현공주의 갈등은 전혀 해소되지 않는데, 이 역시 이들 부부의 갈등이 가문의 법도나 예법 문제와 직접 관련된 것이 아님을 시사한다.

나아가 가장인 소현성도 끝내 규범과 원칙만을 고집하는 인물은 아니다. 소현성은 아들이 부마로 간택되자 거절하는 상소를 올리기는 하지만, 스스로 "내가 내 뜻을 펴는 것이 그르지만 상께서 총애하심을 믿고 한 번 발설한 것"이라 해명하는 등 사혼 자체를 극렬히 거부하는 태도는 보이지 않는다. 이후 소현성은 며느리 형씨를 친정으로 돌려보내되 혼인의 명분만은 이어가게 하는 선에서 문제를 해결한다. 이런 유연한 분위기 속에서 성장한 소운성에게는 예법이나 규범보다도 자신의 뜻이 관철되는 것이 우선적이기에, 명현공주에 대한 불만도 그녀로 인해 혼인의 법도가 깨어진 상황에 대한 불만이라기보다는 그녀의 방자한 행동거지에 대한 불만이라 봄이 타당하다.[5] 이러한 상황에서 소운성과 명현공주 부부의 갈등은, 결혼 전 성장과정에서 형성된 강한 자의식과 자존감이 충돌하면서 발생된 것으로 판단된다.

그리고 이처럼 성장 과정을 통해 형성된 자기정체성은 좀처럼 변화되기 어려운 것이기에, 두 사람의 갈등은 결국 한 쪽이 죽음에 이를 때까지 심각하게 지속된다고 볼 수 있다. 흔히 부부 갈등의 해결책으로는 상호 존중이나 공감 등의 덕목들이 제시되곤 하지만, 이러한 덕목들이 쉽게 효력을 발휘하기 어려운 요인 중 하나가 성장 과정에서 형성된 자존감과 정체성의 영향이라 볼 수 있을 것이다. 소운성과 명현공주의 부부 갈등은 이에 해당하는 다양한 하위 요소들을 모두 포함하고 있다. 즉 이들은 높

5 물론 그 또한 부마 간택 직후에는 그것이 형소저와의 혼인을 인정하지 않고서 이루어진 비정상적인 결정임을 들어 항거하지만, 이후 형소저에게 개가를 권유한다든지 명현공주의 비례에 대해 무시하는 태도로 일관한다든지 하는 대목들을 보면 예법을 추구하는 것이 그의 핵심적 가치관이라고는 보기 어렵다.

은 사회적 · 경제적 지위, 뛰어난 재능과 성취 경험, 부모의 양육 태도 등에 의해서 형성된 성장 과정에서의 높은 자존감이 부부 간의 관계 지속을 방해하는 상황을 여실히 보여준다.

2) <유씨삼대록>에 나타난 공주혼과 부부 갈등의 양상

〈유씨삼대록〉에서 유세형과 진양공주의 혼인은 공주 자신이 아닌 태후와 황제의 주도로 이루어진다. 진양공주는 다만 태후와 황제의 뜻에 따를 뿐, 유세형에게 정혼자가 있다는 사실도 모르는 상태에서 그와 혼인하게 된다.

> 정덕 황제에게 어린 누이가 있었으니 나이가 12세였다. 왕가의 귀하고 빼어난 혈통으로 평범한 사람들과 차이가 현격하고, 가을물 같이 밝은 정신은 제왕의 기맥을 이었다. 씩씩하고 맑은 풍채가 태양과 달의 빛까지도 빼앗을 정도였다. 태후가 매우 사랑하시고 천자도 천하를 기울여 대접할 만큼 우애가 깊으셨다. (…)
>
> 태후께서 이때 공주가 장성함을 보시고 부마를 뽑음에 조정의 모든 관리들의 자손과 지방 군현의 자제들을 다 가려서 10만 여 사람 가운데 수백 사람을 추렸다. 태후께서 발을 드리우시고 상과 더불어 친히 보셨는데, 다 공주의 짝이 아니었다. 심기가 매우 불평하여 다 물러가 명을 기다리라고 하고 조회를 끝내려 하셨다. 그런데 문득 보니 옥 같은 두 소년이 검은 깁으로 된 모자와 보라색 도포를 입고 옥으로 만든 허리띠를 돋우면서 손에 사필을 잡고 좌우로 엎드려 있었다. 놀라서 자세히 보니 둘 다 한림이었다. 한 쌍의 가장 어린 소년들로 아름다운 모습이 진시로 천신 같았다. 온 조정의 모든 관료 가운데 독보하고 수백 소년 가운데 두드러져 소와 말 가운데 기린이 섞여 있는 것 같았다. 태후가 매우 놀라 상께 물어보셨다.
>
> "전하의 붓을 들어 보시고 있는 소년들은 어떤 관료입니까?"

상께서 아뢰셨다.

"이는 한림학사 유세기와 춘방학사 유세형이니 승상 유우성의 두 아들입니다." (90~92)[6]

황제의 답을 들은 태후는 유세형을 부마로 결정한다. 유세형에게는 이미 빙폐를 보낸 상대가 있다는 것을 알면서도 태후는 혼인을 강행한다. 유세형은 진양공주가 스스로 원해서 자신을 남편으로 택했을 리 없음을 잘 알기에 공주 자신에 대해서는 별다른 원망의 감정을 갖고 있지 않으며, 공주에게 굳이 순종적인 태도를 요구하지도 않는다. 나아가 그는 공주가 자신에게 순종적인지 여부에 대해 애초에 관심이 없다. 그로서는 다만 장소저와의 혼약이 깨어지고 그녀에게 고통을 안겨주게 된 상황이 절망스러울 따름이다. 공주가 부덕을 갖춘 인물이라는 점은 그에게 아무 위안을 주지 못한다. 유세형은 진양공주가 훌륭한 인품을 갖추었다는 점은 일찍이 알아보고 수긍하지만, 그럼에도 불구하고 장소저를 원비의 자리에 복위시키지 못하는 상황이 지속되는 한 공주와의 혼인에 대해 불만을 해소하지 못한다.

부마가 이 같은 영화를 띠고 공주와 더불어 본궁에 돌아와 자리에 앉아 예식을 마치고 일곱 가지 보석으로 장식한 부채를 기울여 잠깐 눈을 들어 공주를 보니 그 맑은 광채에 꽃이 시들고 달이 빛을 잃으니 용자봉골이요 인풍난질이었다. 엄숙한 기품과 맑고 깨끗한 풍채는 여자 가운데 군왕이요, 별 가운데 해와 달이었으니, 좌우에 수풀같이 단장한 아리따운 여자들이 다 빛을 잃어 비슷한 사람도 없었다. (…)

---

6 한길연 · 김지영 · 정언학 역주, 『유씨삼대록』(국립중앙도서관본) 1, 소명출판, 2010, 90~92쪽.

그러나 부마는 공주의 기품 있고 빼어난 자태를 보고도 조금도 기뻐하지 않으면서 생각하였다.

'이 불과 비단 수와 비취 구슬로 사람의 이목을 동요하게 하는 것이다. 뭇사람들이 황실의 세력을 높이고 존경하지만 어찌 장씨의 옥같이 깨끗하며 얼음같이 맑은 태도에 비교하겠는가? 하물며 장씨의 절개가 희한하니 평범한 데에 비교하지 못할 것이다. (…)' (101~103)[7]

부마가 천은을 가볍게 여기지 못해 진양궁에 이르렀다. 태감과 궁노 등이 공손히 맞이하여 내전에 이르자, 무수한 궁녀들이 위의를 성대하게 하여 침전으로 인도하였다. 부마가 들어가 자리를 정하고 눈을 들어보니 공주의 깨끗하고 아름다운 눈동자와 상서로운 얼굴빛 때문에 진실로 어두운 방이 밝고 흐린 날이 맑은 듯하니 역시 기이하게 여겨 칭찬하며 말하였다.

"소생이 옥주와 더불어 화촉의 예를 이룬 후로 아침저녁으로 모여 떠나지 아니하는 것이 옳으나 규방에서의 울적함을 참지 못하여 나아오지 못하였고 이에 좌우 사람들이 괴이히 여기더이다."(…)

그러나 부마가 이같이 하면서도 이성간의 친함이 없어 함께 누운 침상 사이가 천리와 같았다. (111)[8]

상황을 알게 된 진양공주가 장소저를 정식 부인으로 맞이하도록 주선하여 문제는 일단 해결되지만, 이후에도 공주와의 혼인 관계에 대한 유세형의 불만은 완전히 해소되지 못한다. 이는 그가 진양공주로 인해 장소저가 계속해서 부당한 피해를 당한다고 생각하기 때문이다. 그는 장소저가 진양공주에 비해 낮은 대우를 받게 된 상황 자체를 안타깝게 생각하며 한탄한다.

7 한길연 · 김지영 · 정언학 역주, 『유씨삼대록』(국립중앙도서관본) 1, 소명출판, 2010, 101~103쪽.

8 한길연 · 김지영 · 정언학 역주, 『유씨삼대록』(국립중앙도서관본) 1, 소명출판, 2010, 111쪽.

“장씨의 미색이 공주만 같지 못하고 또 덕이 공주에게 미치지 못하니 귀천의 현격한 차이가 있음을 제가 모르지 아니합니다. 그러나 장씨의 형세가 외롭고 미약함이 가련하고 그 절개에 감동하는 한편, 공주가 위세로 장씨를 억누르는 것을 슬피 여겨 자연 장씨를 찾아 자주 위로하였지만 구태여 공주를 박대하지 않았습니다. 그런데 부모가 늘 편벽하다고 저를 꾸짖으시고 일가친척이 다 저와 장씨를 그르다 하여 나타나지 않은 허물도 용납하지 않는 것이 심하였습니다. 저는 오히려 남자로서 내 집에서 다른 사람의 책망을 들으니 관계치 않지만, 어린 여자가 모든 시집 식구들의 꾸짖음과 공주 같은 적국의 협제를 당하여 넋을 잃고 담이 떨어지니 제가 만일 불쌍히 여기지 않는다면 승냥이나 호랑이보다도 심하지 않겠습니까? 공주가 천은을 띠어 부모의 우대하심과 친척의 공겸함을 받아 부귀가 천자 아래 한 사람이고 남편과 적국을 손바닥 안에 넣어 사생을 마음대로 하는 권세를 가지고도 오히려 슬프고 외롭다면 장씨의 사정은 홀로 즐겁겠습니까? 대장부가 이를 분간치 못하고 도리어 장씨를 박대하고 공주를 후대한다면 이 어찌 사대부의 소견이겠습니까?” (225~226)[9]

실상 장소저는 자신의 잘못으로 인해 시부모에게 책망을 듣고 격리된 것인데도 유세형은 모든 것이 공주의 위세를 두려워 한 식구들의 차별 대우 때문이라고 오해하고 있다. 그러나 이러한 오해는 오히려, 그 스스로가 평소 황족인 진양공주에게 두려움과 이질감을 품고 있었기 때문이라 할 수 있다. 공주가 ‘부귀가 천자 아래 한 사람’이고 ‘남편과 적국을 손바닥 안에 넣어 사생을 마음대로 하는 권세’를 가졌다고 한 데서, 그가 평소 느껴온 정신적 위압감을 짐작할 수 있다. 이로 인해 유세형은 장소저에게 강하게 감정을 이입할 수 있었고, 모든 사건에 있어서 ‘장소저는

9 한길연 · 김지영 · 정언학 역주, 『유씨삼대록』(국립중앙도서관본) 1, 소명출판, 2010, 225~226쪽.

무조건 결백하며 원인을 제공한 것은 공주'라는 편견이 발생했으리라고 추론할 수 있다.[10]

즉 유세형은 진양공주의 언행에 대해서는 관심도 없고, 이를 제대로 파악해 보려는 노력도 보이지 않는다. 다만 그는 그녀의 신분, 즉 황족이라는 신분에서 비롯되는 위압감을 강하게 의식하고 있으며 이에 대해 거부감을 나타내고 있는 것이다.

유세형이 유독 법도와 규범을 강조하는 것도 비슷한 맥락에서 생각해 볼 수 있다. 그는 장소저와의 혼인이 무효가 된 뒤에도 빙례를 올린 이상 장소저는 자신의 부인이라고 고집하며, 그녀가 자신을 위해 평생 수절할 것임을 굳게 믿는다. 이는 〈소현성록〉에서 소운성이 정식으로 부인으로 맞아 부부로 살고 있던 형소저에게 개가를 권하였던 것과 상이한 대목이다.

> "내 말이 외람되고 넘치는 부분이 있기는 하지만 진정으로 품은 바입니다. 당신은 이상하게 여기지 말고 들으십시오. (…) 다시 생각해 보건대, 부인의 절개가 비록 중하지만 또한 의리도 가볍지 않은 것입니다. 부모가 낳지 않았으면 지아비 중한 줄을 어찌 알겠습니까? 그러니 청컨대 부인은 내 염려와 장인 장모님께 불효함을 생각하여 좋은 가문 귀한 집안의 군자를 만나 청춘을 괴로이 보내지 말고 자녀를 낳아 화락하십시오. 그러면 위로는 장인 장모님께 불효를 끼치지 않는 것이고 아울러 부인이 평생토록 화락할 수 있는 길이며 아래로는 내 염려를 그치게 하는 것이니, 이 어찌 아름답지 않겠습니까? 진평의 아내가 다섯 번 개가하였지만 진상국이 중시하는 부인이 되었으니 어떤 사람이 굳이 그대를 낮게 여기겠습니까? 이제 내가 부인을 대하여 빛나는 얼굴을 보니 더욱 마음이 안타까워 차마

10 문면상으로는 장소저가 유세형으로 하여금 공주를 오해하게 만들며, 공주에게 분을 품도록 부추기는 것이 사실이나 이러한 장소저의 모해가 이루어질 수 있었던 것은 유세형 스스로 공주에 대해 적대감과 의구심이 있었기 때문이라고 보아야 할 것이다.

보지 못하여 이런 말을 하는 것입니다. 이 말은 실로 정 때문이 아닙니다. 대장부가 이미 말을 내었는데 어찌 내외를 달리하겠습니까? 마음이 간절하여 말하는 것이니 부인은 고집하지 말고 순조로운 길을 생각하여 내 말을 저버리지 마시오." (〈소현성록〉, 145~147)[11]

"소저의 높은 말씀이 이렇듯 하시니 제가 더욱 행실이 박하고 의가 없는 것을 깨달습니다. 그러나 소저가 저를 위하여 맑은 규방에서 사사로이 한을 맺어 백년 신세가 그릇되었습니다. 제가 목석이 아니니 어찌 괴로운 세상에 머물러 부귀영화를 취하겠습니까? 길이 이 세상을 끝내고 사생 정기를 타 태허에 돌아감을 원하니 소저는 저의 정성을 불쌍히 여겨 이따금 이리 만나 마음을 위로하기를 바랍니다." (〈유씨삼대록〉, 115)[12]

유세형은 장소저가 친정으로 돌아간 뒤 장소저의 아버지에게 "댁의 따님이 규방에 혼인하지 않은 처자로 저를 위하여 수절한다면 이는 곧 제 사람"이라는 입장을 표명하며, "비록 기러기를 전하지는 않았으나 채례가 분명히 있었다"며 장소저와 계속해서 만나게 해 달라고 요청한다. 이처럼 먼저 맺어진 혼약이 우선한다는 점에 대한 거듭된 강조는 원칙과 규범을 내세워 공주의 신분 위상에 대항하려는 의도로 볼 수 있다.[13]

〈소현성록〉에서 명현공주가 황족이라는 신분을 과시하며 소운성을 무

---

11 정선희 · 조혜란 · 최수현 · 허순우 역주, 『소현성록』(이화여자대학교본) 2, 소명출판, 2010, 145~147쪽.

12 한길연 · 김지영 · 정언학 역주, 『유씨삼대록』(국립중앙도서관본) 1, 소명출판, 2010, 115쪽.

13 물론 그렇다고 해서 유세형이 원칙주의자이며 융통성 없는 인물이라는 것은 아니다. 혼례 전에 장소저를 찾아가 얼굴을 본 것은 그가 호방한 인물임을 잘 말해준다. 하지만 이 경우에도 유세형은 이미 장소저와 자신이 빙례를 행한 사이이니 결혼한 것이나 다름없음을 굳게 믿었다는 점에서 예법의 원칙과 규범을 상당한 정도로 신뢰하고 있었음을 알 수 있다.

시하는 데 대해 소운성이 반발하면서 부부 갈등이 전개되었던 것과는 달리, 〈유씨삼대록〉에서 진양공주가 황족으로서 권세를 부릴 것이라는 유세형의 막연한 편견으로 인해 문제가 발생한다. 그만큼 〈유씨삼대록〉에서는 공주의 신분 그 자체가 문제 발생의 본질적 원인으로 부각된다. 유세형은 아내의 실제 사람됨과는 무관하게, 그녀의 신분과 지위에 대해 편견과 피해의식을 가지고 있는 것이다. 유세형이 유독 예법과 규범을 내세워 공주의 신분 위상에 대항하는 것은 이러한 맥락에서 이해할 수 있다.

이러한 차이는 일단은 〈소현성록〉과 〈유씨삼대록〉이 지닌 작품 자체의 성격 차이로 설명할 수 있을 것이다. 〈소현성록〉이 이제 막 세력을 얻기 시작한 소씨 가문의 자신감과 패기를 나타내는 반면, 〈유씨삼대록〉은 보다 안정기에 접어든 가문의 신중함과 경계심을 반영하고 있다. 〈소현성록〉에서 거의 모든 남성들이 관직에 진출하여 관료로서의 생활을 하고 있는 것과는 달리, 〈유씨삼대록〉에서는 관직에 나아가지 않고 가문을 지키는 일에 전념하는 처사 유백경이 가부장의 역할을 맡고 있다.[14] 소부의 인물들이 황제와 긴밀한 협력과 공존의 관계를 유지하고 있다면, 유부의 인물들은 황제와 중앙 정권에 대해 일정한 거리를 두고 있는 것이다.

14 조혜란(2009)이 지적한 것처럼 〈소현성록〉은 출사관이나 재물관 등의 측면에서 가문이 기주의적 성향이 강한 작품이라 할 수 있는데, 이는 소씨 가문이 중앙 정계로의 진출을 막 시작한 형성기 가문이라는 점과 일정한 관련이 있다고 본다. 반면 〈유씨삼대록〉의 경우, 전편인 〈유효공선행록〉을 통해 가문의 조직화와 공적 영역으로의 진출이 어느 정도 이루어진 상황을 전제하고 있으며 전편에서 달성된 '군자 가문으로의 쇄신'을 염두에 두면서 가문의 영예를 추구한다. 〈유효공선행록〉과 〈유씨삼대록〉의 연계성에 관한 논의는 박일용(1997)과 조광국(2007) 등에서 다루어진 바 있다. 조혜란, 「〈소현성록〉에 나타난 가문의식의 이면」, 『고소설연구』 27집, 한국고소설학회, 2009; 박일용, 「〈유씨삼대록〉의 작가의식 연구」, 『고전문학연구』 12집, 한국고전문학회, 1997; 조광국, 「〈유씨삼대록〉의 가문창달 재론 - 전편과의 연계성을 중심으로」, 『한중인문학연구』 20집, 한중인문학회, 2007 참조.

전자가 17세기 초반 인조반정 직후 신권이 한창 팽창하던 시기 사대부 가문의 자신감과 상승의식을 반영한다면, 후자는 숙종대 이후 환국이 거듭 단행되는 상황 속에서 왕권에 대한 반감과 두려움이 함께 확산되었을 사대부 계층의 분위기를 반영한다고도 볼 수 있을 것이다. 〈소현성록〉의 명현공주가 그저 무례한 한 여인으로서 적대시되는 반면 〈유씨삼대록〉의 진양공주는 단지 공주라는 신분 자체만으로 반감의 대상이 되는 것은 이러한 시대적 배경의 차이로 생각해 볼 수 있다.

유세형과 진양공주 부부의 갈등은 이러한 외부 환경 요인과 관련하여 전개된다. 유세형은 개인의 괴팍하고 다혈질적인 성격 탓이 아니라, 그가 속한 사대부 계층이 진양공주를 비롯한 왕족에 대해 정치적으로 거리를 두며 은근히 대결하고 있는 상황으로 인해 아내와 불화하게 된 것으로 볼 수 있다. 유세형의 경우 충동적인 성격 탓에 이러한 사회적 영향이 희석되는 경향이 있지만, 생각해 보면 어느 누구라도 이와 같은 상황에서는 진양공주에게 마음을 열기 어려웠을 것이라 볼 수 있다.

같은 맥락에서 두 작품의 부부 갈등을 다시 비교해 보면, 〈소현성록〉의 경우에는 성장 배경이라고 하는 부부 개인의 특수성이 갈등의 원인이 되는 반면 〈유씨삼대록〉에서는 부부를 둘러싼 외부의 정치 · 사회적 상황이 갈등을 유발한다는 차이가 있다.

3. <소현성록>과 <유씨삼대록>에 나타난 공주혼과 부부 갈등의 문학치료적 의미

〈소현성록〉의 소씨 가문은 성장기의 가문으로서 팽창의 논리에 무게를 둔 세계이며, 그 일원인 소운성은 지고(至高)한 존재인 황족 명현공주와 결혼한 뒤 힘겨루기 양상의 부부 갈등을 전개한다. 이러한 부부 갈등은 강한 자아를 지닌 두 개인 간의 기질적 대립으로서 한쪽이 다른 한쪽을 굴복시켜야만 종결된다는 특징을 보인다. 〈소현성록〉에서는 명현공주의 죽음으로서 부부간의 극단적인 갈등이 비로소 종결된다.

'배우자 밀치기 서사'의 여러 사례들과 비교해 볼 때, 〈소현성록〉의 부부서사는 그 중에서도 극단적인 예를 보여준다. 배우자의 자격에 대한 의구심으로 인해 부부관계가 파탄에 이르는 것이 '배우자 밀치기 서사'의 특징이라 할 때,[15] 자신의 뜻에 따라주지 않는 상대를 배우자로 인정하지 못하고 끝까지 적대하는 소운성과 명현공주의 모습은 그 발단과 결말을 총체적으로 보여주는 사례라 할 것이다. 왕족인 공주의 높은 자존감과 강한 자의식은 배우자보다 자신의 욕망을 우선시하며 자신의 사고를 배우자에게 관철하려는 성향이 극대화된 사례를 보여준다. 이에 맞서 남편인 소운성 또한 팽창기 사대부 가문의 유력한 후계자로서 승부욕이 강하고 고집이 센 인물로 그려지는데, 이로 인해 〈소현성록〉의 부부 갈등은 파국으로만 치닫게 된다. 작품에서는 소씨 가문을 옹호하는 서술시각이 채택된 까닭에 명현공주만이 악인으로 그려졌으나, 실상 부부 갈등이라는 차원에서 보면 두 사람 모두에게 파탄의 공동 책임이 있다고 보아야 할 것이다.

〈소현성록〉에서처럼 부부가 모두 자신을 중심으로 한 결혼 생활을 고집하며, 강한 배우자로서의 자기표상과 순종하는 배우자로서의 대상표상이 확고한 경우에는 그러한 심리구조 자체를 교정하는 것이 우선적인 과제가 된다. 이는 한 인간이 오랜 성장 과정을 통해 형성해 온 자아상과

15 정운채, 「부부서사진단도구를 위한 구비설화와 부부서사의 진단 요소」, 『고전문학과 교육』 15집, 한국고전문학교육학회, 2008, 213쪽.

세계관을 교정하는 일이기에 힘든 일일 수밖에 없다. 〈소현성록〉은 이러한 근본적 자기심리의 문제에서 비롯된 부부 갈등이 쉽게 해결되기 어려운 것임을 객관적으로 보여주는 자료로서 의미가 있다.

사실 이와 같은 부부 갈등의 사례는 현대 사회에서 계속해서 증가하는 추세다. 여성의 학력과 경제력 수준이 높아지면서 기존의 남성 중심적인 부부 관계는 설 자리를 잃고 있다. 남성과 똑같이 교육받고 존중받으며 자라온 여성들이 결혼 후에도 사회 활동을 전적으로 지원해 줄 수 있는 친정과 가까운 관계를 유지하기를 희망하는 반면, 남성들은 처가로부터 구속받는 것을 꺼리며 결혼 전의 자유로운 생활을 계속해서 누리고자 한다. '신(新) 모계사회'라는 말이 나올 만큼 친정에 가사와 육아를 의존하는 여성의 비율이 높아지고 있지만, 전통적인 남존여비적 문화 속에서 양육되어 온 남성들은 처가를 중심으로 하는 결혼 생활을 구속으로 생각하고 쉽게 받아들이지 못한다. 물론 여성이 남성과 대등한 사회생활의 기회를 요구하는 것을 〈소현성록〉에서 명현공주가 보여준 독단적인 행동에 비유할 수는 없는 일이지만, 남녀 양측이 모두 귀한 존재로 대우받으며 자라오다가 부부가 된 후 갈등에 직면한다는 점에 있어서는 사정이 크게 다르지 않다.

이러한 문제를 해결하기 위해서는 상대의 입장에서 상황을 보려는 시각의 전환이 요청된다. 자신에게는 편리하고 당연한 일이 상대에게는 그렇지 않을 수 있음을 서로 인정할 때 부부간의 합리적인 타협이 이루어질 수 있고, 타협하려는 태도가 마련될 수 있다. 이는 달리 말하자면 결혼생활은 양쪽 모두의 양보와 희생이 필요하다는 점, 배우자로서의 자아상은 결혼 이전의 자아상과는 달라져야 한다는 점에 대한 적극적인 인식이 필요함을 의미한다. 오랜 세월에 걸쳐 형성된 자아상에 대한 성찰과 조정은 쉽지 않은 일임에 틀림없으나, 부부가 스스로 그러한 문제가 있다는 것을 인지하는 것에서부터 치료는 시작될 수 있는 것이기에 〈소현성록〉을 통해 부부 갈등의 정확한 진단이 이루어질 수 있다면 이는 상당한 의미가 있다고 본다. 작품에서 부부 갈등이 악화되어 가는 과정을 분석적으로 추적해 가면서, 다른 선택이 가능했을 지점을 구체적으로 확인해 보고 대안적 서사를 만들어 보는 기회를 갖는다면 작품 읽기는 부부의 문제 해결 방안에 대한 성찰의 계기로 이어질 수 있을 것이다.

선행연구를 통해 밝혀져 왔듯 다양한 설화 텍스트들도 배우자 밀치기 서사의 사례들을 풍부하게 보여주지만, 특히 〈소현성록〉과 같은 장편소설은 부부 각각의 성장 환경이나 그와 관련된 성격의 특성을 보다 구체적으로 상세히 묘사하여 보여준다는 장점을 지닌다. 소운성과 명현공주는 어떤 과정을 통해서 그와 같은 강한 자의식을 지니게 되었는가 하는 점을 탐색하며 이야기를 읽는 것은 설화와는 또 다른 흥미를 내담자에게 제공해 줄 수 있고, 내담자로 하여금 인간에 대해 좀 더 생생하고 구체적으로 이해하는 계기를 갖도록 도울 수 있다. 다만 만만치 않은 분량을 어떻게 소화할 것이며 과거 사대부 계층의 삶에 관한 배경지식을 어떻게 효율적으로 제공할 것인가 하는 것이 문제가 되는데, 이러한 문제를 해결하기 위해서는 원작의 재구성이 불가피할 것으로 생각한다. 즉 부부 갈등 대목을 중심으로 한 편의 독립적인 이야기를 구성하고, 이를 둘러싼 상황 맥락은 보조자료로 처리하는 방안을 생각해 볼 수 있다. 이를테면 중간중간 작중 상황에 대한 이해를 돕는 그림이나 사진 자료를 활용하는 방안도 가능할 것이다. 예컨대 아침저녁 시부모님께 문안을 드리는 장면, 여성들이 모여 앉을 때의 좌차 등은 부부 갈등을 이해하는 데 긴요한 부분들이면서 내담자에게 흥미도 줄 수 있는 부분들인 만큼 보조 자료를 활용하여 구체적으로 제시할 필요가 있다.

다음으로 〈유씨삼대록〉에서는 부부간의 힘겨루기보다는 서로에 대한 편견과 무지가 문제를 일으킨다는 점에 주목할 필요가 있다. 공주에 대한 유세형의 편견에 대해서는 이미 자세히 언급하였지만, 진양공주 또한 유세형에게 정혼 상대가 있었다는 사실을 몰랐던 까닭에 남편의 냉대에 적절히 대응하지 못하였다. 유세형이 황족에 대해 선입견을 지닌 채 진양공주를 아내로 맞았다면, 진양공주는 평소 관료들의 사생활이나 친인척 관계에 대해 세세한 정보를 모으기 어려운 규방의 상황 속에서 유세형에게 정혼 상대가 있다는 것을 전혀 모르고 유씨 집안으로 시집을 오게 된다. 즉 이들은 심리적으로나 물리적으로 상호 단절된 상황에서, 상대에 대해 정확히 이해하지 못한 상태에서 혼인에 이른다.

그러나 〈유씨삼대록〉은 이러한 환경 요인은 당사자의 노력을 통해 극복 가능하다는 메시지를 전달한다. 무엇보다도 진양공주에게서 그러한 진지한 노력을 찾아볼 수 있다. 진양공주는 유세형이 자신에게 분노하는 데에는 분명 다른 이유가 있을 것이라고 생각하고 시부모를 통해 그 내막을 적극적으로 탐색함으로써 문제 해결의 실마리를 찾아낸다. 자신보다 먼저 정혼한 장소저의 존재와, 그녀를 다시 만나고 싶어 하는 남편의 절실한 소망을 파악함으로써 결혼생활을 제약하는 환경 요인의 영향으로부터 빠져나오는 것이다. 이처럼 배우자에게 먼저 다가가, 배우자가 진정으로 바라는 것을 간파하고 그것을 적극적으로 충족시켜 주려는 아내의 노력은 다양한 '배우자 되찾기 서사'에서 두루 발견되는 공통점이라 할 수 있다.[16]

16 정운채, 「부부서사진단도구를 위한 구비설화와 부부서사의 진단 요소」, 『고전문학과 교육』 15집, 한국고전문학교육학회, 2008, 226쪽.

이때 진양공주는 부마의 행동을 매우 의혹스러워 하고 있었다. 병세가 이같이 심각함을 보자 비록 부부간의 애정이 없다 하더라도 인륜의 중대함을 어찌 모르겠는가? 매우 의심하고 염려하다가 하루는 시부모에게 문안하던 차에 주변이 조용한 틈을 타 옷깃을 여미며 무릎 꿇고 말하였다.

"제가 총명치 못한 기질로 아버님, 어머님 슬하에 의탁하여 해가 다하도록 낭군의 화락한 기색을 보지 못하였는데, 이제 병세가 이같이 심각하여 그 증세와 거동이 심상치 않습니다. 제가 비록 총명하지는 못하나 어찌 모르겠습니까? 반드시 큰 까닭이 있는 것입니다. 무슨 일이라도 서로 생각하여 주선함이 옳으니 어찌 낭군으로 하여금 구구히 병들게 하겠습니까? 낭군은 저를 의논할 만한 사람으로 생각하지 않아 입을 다물고 병을 핑계대다가 여기까지 이르렀습니다. 제가 비록 사대부가의 여자와 같지 않다 해도 어찌 인륜의 중대함을 모르겠습니까? 아버님, 어머님께서는 반드시 까닭을 아실 것이니 한 번 말씀하시어 저의 마음 가득한 의심을 풀게 하고 부마의 병을 낫게 하소서."

(…) 승상이 그 의론에 심복하여 한참 동안 묵묵히 생각하고 있는데, 이부인이 문득 말을 이어 은근히 칭찬하며 말하였다.

"옥주의 고명하신 소견이 이와 같으시니 어찌 감탄하지 않겠습니까? 아들 녀석이 일찍이 입신하여 헛된 얼굴과 좀재주가 있으므로 청혼하는 곳이 적지 않았으나 정혼한 곳은 없었습니다. 그런데 이부상서인 장상서가 간절히 청하므로 정약이 자못 굳어 남녀가 서로 얼굴을 보고 빙례를 행하여 혼례날이 10여 일이 남도록 서로 부부로 알았습니다. 그러다가 뜻밖에 황명이 내리셨으니 소소한 언약을 어찌 드러내놓고 말하겠습니까? 혼서를 거두고 공주를 맞았으니 신하된 자로서 분수에 넘치는 일로 임금의 은혜에 감사해야 할 것인데, 생각지도 않게 아들 녀석이 편벽된 고집 때문에 빙채를 준 고인을 잊지 못하였습니다. (…)"

공주가 이 말을 듣고 놀라며 말하였다.

"제가 나이가 어리고 깊은 궁중에 있으므로 전혀 알지 못하였는데 원래 그 사이에 이러한 곡절이 있었군요. 여자의 행실은 존비귀천이 없으니 장씨 여자가 청춘의 꽃다운 얼굴로 깊은 규방에서 늙어간다면 성스런 시대의 다스림이 손상되고 저의 죄가 심할 것입니다. 어찌 놀랍지 않겠습니까? (…)" (125~127)[17]

이후 진양공주는 유세형의 입장을 배려하여 황제로 하여금 장소저를 유세형의 둘째 부인으로 허락하게끔 주선한다. 이에 유세형 또한 진양공주의 진심을 조금씩 깨닫게 되고, 결국 장씨의 악행을 덮어주려 한 공주의 인품에 탄복하여 그간의 편견을 버리게 된다. 특히 그는 진양궁에서 난동을 부린 뒤, 당연히 공주가 사건의 전말을 황실에 고하여 자신을 벌받게 할 줄 알았으나 의외로 공주가 사건을 외부로 알려지지 않게 막았으며 남편인 자신의 처지를 걱정하여 궁중으로 물러갔음을 전해 듣고서는 비로소 "춘몽에서 깨어나" 공주의 진심을 조금씩 깨닫기 시작한다.

"내가 예전에는 나이가 적고 식견이 고루하니 그릇 장씨의 미색에 혹하여 정실인 공주를 박대하고 행동이 미친 사람마냥 망령되게 하였다. 그러나 지금에 이르러 그 일을 생각하면 뉘우쳐도 용납할 땅이 없구나. 또 내가 어두웠을 뿐만 아니라 장씨가 나를 보면 공교한 말이 흐르는 물과 같이 유창하였다. 당초에 공주가 부모님께 아침저녁으로 살피면서 맛난 음식을 받들어 지극한 효성이 극진하였는데, 장씨가 그 권세를 꺼려 나로 하여금 공주를 훤당에서 나오지 못하게 하였다. 어머님께서 그 까닭을 의심하시어 공주에게 물으시니 공주가 겸손하게 대답하였는데, 문득 공주가 공교한 말로 참소하였다고 장씨가 나를 격동하여 진양궁에 발걸음을 끊은 것이 8~9개월에 이르렀었다.

17 한길연 · 김지영 · 정언학 역주, 『유씨삼대록』(국립중앙도서관본) 1, 소명출판, 2010, 125~127쪽.

그러다가 형님의 인도하심을 좇아 진양궁에 나아갔을 때 내가 궁인들을 난타하여 공주를 욕보이려고까지 하였다. 그런데도 공주는 그 존귀한 신분으로 남편의 경거망동함을 한하지 않고 도리어 석고대죄하여 환관의 예기를 꺾고 남편을 존중하여 온순하고 부드러운 부덕이 사람을 감동하게 하였다. 내가 그릇됨을 뉘우쳐 사례하고 돌아오자 장씨가 문득 참소하여 공주가 석고대죄하는 것은 태후마마께 소식을 통하게 하여 시댁에 화를 끼치게 하려 하는 것이라 하였다. (…)" (287)[18]

그리고 이러한 유세형의 노력은 부부 관계에 또다시 선순환을 발생시킨다. 진양공주는 유세형이 장소저를 잊지 못해 그간 자신을 냉대했다는 것을 알고는 마음 한편에 "부마의 행동거지가 호탕한 것을 더럽게 여겨 기상이 엄숙한 채로 부마가 정이 있어도 드러내지 못하게 침상을 멀리하"는 편견을 갖고 있었지만, 자신에게 차츰 마음을 열고 다가오는 유세형과 계속해서 진솔한 대화를 나누는 가운데 결국은 이 편견마저도 해소한다. 유세형이 장소저를 그리워함은 물론 그녀의 아름다운 외모를 연모한 까닭도 있겠지만, 앞에서 살펴보았듯이 퇴혼을 당하고 홀로 수절하게 될 외로운 처지를 가엾게 여긴 까닭도 크다는 것을 공주는 남편과의 대화를 통해 깨닫게 되는 것이다. 그리고 그녀는 남편의 인격에 감복하게 된다.

진공이 서글피 말하였다.

"내가 장씨의 죄가 적다고 생각하는 것도 아니고 그 사생을 아끼는 것도 아니오. 다만 장씨가 비록 사나우나 나를 위하여 절개를 지키고 나와 더불어 해로하고자 하여 현비를 해친 것이구려. 통달하게 생각하지 못하고 어질게 헤아리지 못한 것이니 그 마음을 살펴본다면 나를 위한 정 때문

18 한길연 · 김지영 · 정언학 역주, 『유씨삼대록』(국립중앙도서관본) 1, 소명출판, 2010, 287쪽.

이오. 이제 그 몸이 옥중에서 죄인이 되어 옥졸에게 이끌리는 욕을 받고 사생을 정치 못하였거늘 복은 현비를 대하여 높은 누각의 향기로운 방에서 잔치를 베풀고 즐기고 있소. 장부가 신의 없다 하나 또 어찌 마음이 편안하리오?"

공주가 탄복하여 말하였다.

"진양이 공을 알기를 한갓 풍류호걸이고 박정한 장부라 여겼습니다. 그러나 오늘 아녀자의 정을 살피는 것이 이와 같이 밝고 신의가 있으시니 어찌 감격함이 없겠습니까? 장씨의 액은 제가 스스로 풀 것이니 공께서는 그 마음을 한결같이 하여 장씨가 무사히 옥에서 나온 후에는 박대하기 마소서." (332~333)[19]

위의 인용문은 장소저가 공주의 약에 독을 탄 일로 하옥된 뒤, 진양공주와 유세형 부부가 나눈 대화의 일부다. 유세형은 공주에게 허심탄회하게 자신의 속마음을 털어놓고, 공주는 그런 유세형의 말을 경청하며 그 속에 담긴 진심을 존중한다. 이후 장소저의 죄를 원만히 처리하는 과정을 통해 진양공주와 유세형의 갈등은 완전히 해결되고 화합을 이룬다. 이후 이들은 아이들을 낳고 부모로서의 새로운 삶의 단계로 넘어가게 된다.

두 작품에서 부부 갈등의 차이는 일차적으로는 원인의 차이였다. 〈소현성록〉에서는 성장과정에서 형성된 개인의 자존감과 정체성이 충돌하며 문제를 일으켰고, 〈유씨삼대록〉에서는 상대에 대한 어쩔 수 없는 편견과 무지가 문제를 발생시켰다. 두 가지 갈등은 모두 상당히 심각하였고 쉽게 해결의 기미를 보이지 않았다.

〈소현성록〉이 아닌 〈유씨삼대록〉에서 갈등 해결의 바람직한 사례가

19 한길연 · 김지영 · 정언학 역주, 『유씨삼대록』(국립중앙도서관본) 1, 소명출판, 2010, 332~333쪽.

도출될 수 있었던 것은 일차적으로는 이러한 원인의 차이로 볼 수 있다. 성장 과정에서 형성된 개개인의 기질과 정체성은 상호 이해의 돌파구가 마련될 기회 자체를 차단해 버리곤 하였다. 소운성과 명현공주는 끝까지 각자의 욕망에만 관심을 가졌고, 상대가 원하는 바에 대해서는 무심하였다. 이들은 자기 중심적 성향을 반성하지 않음으로 인해 부부로서 관계를 유지하는 데 실패한다. 반면 〈유씨삼대록〉에서는, 비록 외부 환경의 영향으로 인해 상대의 진면모를 미처 모르거나 오해한 상황에서 혼인이 이루어지긴 하였으나 시간이 지나면서 자연히 그러한 오해와 무지가 해소되어 나가는 과정을 볼 수 있었다.

하지만 아무리 시간이 지나고 서로의 진면목을 알아볼 기회가 주어진다 하더라도, 당사자들의 노력이 뒷받침되지 않았다면 역시 갈등은 해결되지 못하였을 것이다. 유세형과 진양공주는 상대의 진심을 이해하려는 태도를 가졌고, 상대의 소망과 진심을 파악하고 그것을 존중하는 태도를 취하였다. 또한 이들은 상대의 말을 경청하는 노력을 기울임으로써 갈등 해결의 실마리를 스스로 마련하였다.

특히 진양공주는 남편이 다른 여성을 그리워하는 심각한 상황에서도 오히려 남편의 처지와 소망을 더 잘 이해하려는 노력을 함으로써 부부관계가 개선될 수 있는 돌파구를 마련하였다. 물론 이는 일부다처가 인정되던 중세의 가족제도와 가치관 하에서만 정당화될 수 있는 것이지만, 그럼에도 불구하고 '상대가 원하는 것을 파악하기 위해 노력하고 그것을 존중하는 태도'가 부부 갈등 해소의 단서라는 점만은 시대를 넘어서 현재에도 여전히 주목해야 할 부분일 것이다.

결혼 전에 배우자에게 어떤 사정이 있었는지를 알지 못함으로 인해 발생하는 부부간의 단절, 사회적 배경만을 근거로 배우자의 성향을 단정해

버림으로써 발생하는 부부간의 오해는 어느 시대에나 있을 수 있지만 특히 오늘날에는 혼인 연령이 점차 늦춰지면서 이와 같은 문제가 더 많이 발생하고 있다. 오랜 시간 혼자 생활하면서 독립적인 경제·사회적 생활을 영위해 오던 남녀가 비교적 짧은 기간의 교제를 통해 가정을 이루는 경우가 늘어나고 있고, 상대의 배경에 대한 단편적인 정보만을 가지고 만나 결혼이 이루어지는 경우도 적지 않다. 이러한 경우 상대의 모든 면을 충분히 파악하고 공유하는 상태에서 결혼 생활을 시작하기가 쉽지 않고, 막연한 기대만으로 결혼 생활을 시작했다가 기대가 깨어짐에 따라 부부 갈등이 발생하기도 한다. 서로에 대한 무지와 편견을 차근차근 해소해 나가는 진양공주와 유세형의 '배우자 되찾기' 서사는 이와 같은 문제를 겪고 있는 부부들로 하여금 현재 어떤 노력이 필요한지를 생각해 보게 하고, 앞으로의 자기서사를 개척해 나가도록 돕는 데 큰 도움을 줄 수 있을 것이다.

앞에서도 언급하였듯이, 장편소설은 설화와는 또 다른, 인물의 형상과 그 변화 과정을 구체적으로 파악하는 재미를 선사한다. 이러한 재미를 토대로 내담자의 몰입을 유도하면서, 작품의 서사를 내담자 자신의 부부서사로 수용할 수 있도록 이끈다면 〈유씨삼대록〉은 부부 갈등 치료의 제재로서 상당한 효용을 가질 수 있을 것이다. 구체적으로는 역시 부부 갈등의 형성과 해소 과정을 중심으로 독립된 이야기를 구성하고, 주인공들의 중요한 결단과 행위가 일어나는 대목들에서 내담자의 반응을 살펴 각자의 자기서사를 진단하는 것이 출발점이 될 것이다. 그리고 이렇게 파악된 각 내담자의 자기서사를 바탕으로, 작품 서사에 다가서지 못하는 원인을 구체적으로 탐색하며 내담자로 하여금 자신의 문제에 직면할 수 있도록 격려하는 장기적인 접근이 필요하리라고 본다.

4. 결론

이상에서 살펴본 것처럼 〈소현성록〉과 〈유씨삼대록〉은 부부 갈등의 서로 다른 두 유형을 보여주며, 각각의 원인과 경과를 구체적으로 묘사하고 있다. 〈소현성록〉에서 소운성과 명현공주의 갈등은 상대에 대한 무조건적 우월감과 승부욕에서 비롯되어 결국 파국으로 치닫는다. 이는 배우자에 대한 기대나 요구가 서로 조율되지 않은 상태에서는 부부 간의 갈등이 결코 해결될 수 없다는 점을 잘 보여준다는 점에서, 같은 차원에서 문제적인 부부서사를 지니고 있는 독자들로 하여금 자신의 상황을 객관적으로 진단할 수 있도록 돕는 자료로 활용될 만하다.

반면 〈유씨삼대록〉에서 유세형과 진양공주는 결혼생활 자체에 대해서 관점의 충돌을 보이고 있는 인물들은 아니다. 이들은 상대에 대한 무지와 편견으로 인해 갈등을 겪는 경우이다. 진양공주가 유세형이 과거 정혼한 상대가 있었다는 사실을 알고는 적극적으로 대응하고, 유세형 또한 오만한 왕족으로만 치부하던 진양공주의 참모습을 차차 깨닫게 됨으로써 부부의 갈등은 원만히 해소된다. 이는 배우자에 대한 무지와 편견으로 갈등을 겪고 있는 독자들의 자기 문제 인식과 해결 방안 탐색에 전반적으로 도움을 줄 수 있는 사례라 하겠다.

소설은 설화에 비해 분량이 길고 세부적인 묘사도 많은 까닭에 문학치료의 제재로 삼기에는 어려운 측면이 있다. 설화가 그 구조를 파악하기가 용이하고, 다시쓰기나 이어쓰기를 시도하기에도 비교적 손쉽게 활용될 수 있는 반면 소설은 읽고 내용을 파악하는 데에만 상당한 시간이 소요되는 등 치료적·교육적 활용 방안을 마련하기가 쉽지 않다.

그러나 그럼에도 불구하고 소설은 특유의 섬세한 서술방식을 통해 부부 갈등의 전개와 해결 과정을 구체적으로 보여줄 수 있다는 장점이 있다. 작품을 읽어 나가면서 자신의 모습을 주인공들에게 투사하고, 이야기의 흐름에 순응 또는 저항하는 자신의 모습을 찬찬히 성찰해 나갈 수 있다면 소설 읽기는 훌륭한 문학치료의 방편이 될 수 있다. 본고에서는 그러한 가능성에 주목하여, 부부서사라는 차원에서 고소설의 공주혼 모티프를 해석할 수 있는 방안을 모색해 보았다.

참고문헌

한길연 · 김지영 · 정언학 역주, 『유씨삼대록』 1~4, 소명출판, 2010.
정선희 · 조혜란 · 최수현 · 허순우 역주, 『소현성록』 1~4, 소명출판, 2010.

박영희, 「〈소현성록〉에 나타난 공주혼의 사회적 의미」, 『한국고전연구』 제12집, 한국고전연구회, 2005.
박일용, 「〈유씨삼대록〉의 작가의식 연구」, 『고전문학연구』 제12집, 한국고전문학회, 1997.
심재숙, 「고전소설에 나타난 늑혼 삽화의 양상과 그 의미」, 이수봉 외, 『한국가문소설연구논총』 3, 경인문화사, 1999.
이수희, 「공주혼 모티프의 모티프 결합 방식과 의미 – 〈구운몽〉, 〈소현성록〉, 〈유씨삼대록〉을 중심으로」, 『한국고전연구』 제19집, 한국고전연구회, 2009.
정운채, 「부부서사진단도구를 위한 구비설화와 부부서사의 진단 요소」, 『고전문학과 교육』 15집, 한국고전문학교육학회, 2008.
정출헌, 「〈구운몽〉의 작품 세계와 그 이념적 기반」, 정규복 외, 『김만중문학연구』, 국학자료원, 1993.
조광국, 「〈유씨삼대록〉의 가문창달 재론 – 전편과의 연계성을 중심으로」, 『한중인문학연구』 20집, 한중인문학회, 2007.
조혜란, 「〈소현성록〉에 나타난 가문의식의 이면 – 반복서술을 중심으로」, 『고소설연구』 27집, 한국고소설학회, 2009.

수록 논문 출처

- 〈쌍녈옥소록〉의 정난지변 서술시각과 그 시대적 의미
  :『고전문학연구』 50권, 한국고전문학회, 2016.

- 활자본 고소설 〈이진사전〉에 나타난 첩에 대한 서술시각의 양면성과 그 시대적 의미
  :『겨레어문학』 59집, 겨레어문학회, 2017.

- 고전소설 '개과 서사'의 전개 양상과 의미
  ―처첩 갈등과 모자 갈등 상황을 중심으로
  :『국어교육』 152호, 한국어교육학회, 2016.

- 〈완월회맹연〉에 나타난 천상계의 특징과 의미
  ―모자 관계 형상화를 중심으로
  :『한민족어문학』 68집, 한민족어문학회, 2014.

- 〈엄씨효문청행록〉의 모자 관계 형상화 양상과 그 의미
  :『고소설연구』 41집, 한국고소설학회, 2016.

- 〈현씨양웅쌍린기〉에 나타난 여성 인물의 신분 위상과 부부 갈등
  :『정신문화연구』 138호, 한국학중앙연구원, 2015.

- 〈화문록〉의 여성 인물 형상화와 그 서술시각
  :『한국고전여성문학연구』 34권, 한국고전여성문학회, 2017.

● 애정전기소설에 나타난 여성 인물의 애정 의지 유형과 그 의미
: 『겨레어문학』 60집, 겨레어문학회, 2018.

● 고소설에 나타난 공주혼 모티프의 문학치료적 함의
— 〈소현성록〉과 〈유씨삼대록〉을 중심으로
: 『문학치료연구』 34집, 한국문학치료학회, 2015.

찾아보기

(ㄱ)

가문소설 95, 96, 114, 119, 122, 153, 186, 202, 208, 210, 211, 269
가족 유대관계 155, 156, 157, 169, 170, 171, 172, 174, 176, 177, 180
개과 67, 68, 69, 70, 71, 72, 73, 74, 77, 79, 80, 81, 82, 83, 86, 87, 89, 90, 91
개과 서사 67, 69, 70, 73, 74, 81, 83, 90, 91
공주혼 268, 269, 270, 271, 278, 285, 297
구운몽 268, 269, 297

(ㅁ)

모자 관계 95, 105, 118, 122, 125, 146, 151, 153

(ㅂ)

부부 갈등 185, 186, 187, 188, 192, 193, 204, 208, 209, 210, 268, 270, 271, 272, 277, 278, 284, 285, 286, 287, 288, 293, 294, 295, 296, 297
부용의 상사곡 43, 48, 55, 64

(ㅅ)

사씨남정기 43, 95, 96, 114, 121, 202, 213, 214, 230, 232, 237
삼생기연 12, 13, 16, 17, 33, 34, 35, 36, 37, 38, 39, 40, 41, 42
성현공숙렬기 13, 16, 17, 20, 29, 42, 96, 122, 123, 124, 125, 126, 127, 129, 132, 133, 137, 138, 142, 146, 150, 152, 153, 154
소현성록 72, 80, 150, 151, 154, 268, 269, 270, 271, 272, 273, 276, 283, 284, 285, 286, 287, 288, 293, 296, 297
쌍녈옥소록 11, 13, 15, 16, 17, 18, 20, 23, 25, 26, 27, 30, 33, 34, 35, 36, 37, 38, 39, 40, 41
쌍천기봉 16, 20, 29, 42

(ㅇ)

애정 욕구 212, 213, 214, 215, 216, 217, 219, 221, 222, 223, 226, 227, 228, 229, 230, 232, 236, 239, 251, 254, 262
애정 의지 238, 241, 251, 254, 264, 266
애정전기소설 238, 239, 240, 241, 242, 246, 251, 262, 263, 265, 266, 267
엄씨효문청행록 96, 112, 120, 122, 123, 124, 125, 127, 129, 131, 138, 142, 144, 146, 147, 148, 149, 150, 151, 152, 153, 154, 203
영웅군담소설 119, 155, 156, 157, 170, 173, 174, 175, 176, 177, 178, 180, 181
옥단춘전 239
옥루몽 43, 48, 55, 64, 68, 69, 70, 71, 81,

82, 86, 88, 92, 207
옥린몽 213
완월회맹연 68, 69, 70, 74, 81, 82, 92, 95, 96, 97, 98, 99, 100, 101, 102, 104, 107, 109, 110, 111, 113, 114, 117, 118, 119, 120, 121, 122, 123, 124, 125, 126, 127, 129, 132, 133, 137, 138, 142, 143, 146, 150, 152, 153, 154
운영전 238, 239, 240, 251, 258, 261, 263, 267
유문성전 180
유씨삼대록 227, 268, 269, 270, 271, 278, 279, 280, 281, 283, 284, 285, 289, 291, 292, 293, 294, 295, 296, 297
유충렬전 155, 156, 157, 158, 159, 166, 167, 168, 169, 177, 178, 181, 182
유효공선행록 284
이생규장전 238, 240, 241, 246, 247, 250, 251, 253, 255, 256, 257, 259, 261, 262, 263, 265, 267
이진사전 43, 44, 45, 46, 47, 48, 49, 50, 53, 55, 56, 57, 58, 59, 61, 62, 63, 65, 66
임씨삼대록 13
임화정연 190, 202

(ㅈ)

자기자비 73, 92
자유연애 44, 45, 50, 56, 57, 60, 61, 62, 63
장백전 180
장익성전 165, 181
정난지변 11, 12, 13, 14, 15, 16, 17, 18, 19, 20, 21, 24, 25, 26, 27, 28, 34, 35, 37, 39, 40, 41, 42
조웅전 156, 157, 158, 162, 163, 167, 168, 169, 177, 181
주생전 239, 240, 251, 252, 254, 255, 256, 257, 263, 265, 267
중층적 서술시각 180, 181

(ㅊ)

창선감의록 43, 68, 69, 70, 74, 75, 76, 79, 81, 82, 92, 95, 96, 114, 121
채봉감별곡 202
천상계 68, 84, 85, 86, 87, 89, 95, 97, 98, 101, 102, 103, 104, 105, 106, 107, 108, 112, 113, 118, 119, 120, 206, 207
최척전 238, 240, 241, 242, 246, 247, 249, 251, 253, 255, 256, 257, 259, 261, 262, 263, 267
춘향전 239

(ㅎ)

하진양문록 68, 69, 70, 71, 74, 77, 79, 80, 81, 86, 92
현몽쌍룡기 29, 187
현씨양웅쌍린기 185, 186, 187, 188, 190, 191, 192, 200, 203, 207, 208, 209, 210, 211
화문록 212, 213, 214, 221, 226, 227, 228, 229, 230, 232, 235, 237
화정선행록 190
황운전 156, 157, 158, 159, 160, 161, 167, 169, 178, 181, 182

저자 **김서윤**

1980년생. 서울대학교 국어국문학과와 국어교육과를 졸업하고 동 대학교 대학원에서 국어교육전공으로 석사와 박사 학위를 받았다. 서울 잠신고등학교에서 국어교사로 학생들을 가르치다가 지금은 국립 경상대학교 사범대학 국어교육과 조교수로 재직 중이다. 고소설에서 과거 독자들의 삶을 엿보며, 소설 창작과 향유를 통한 당대인들의 현실 인식과 대응 양상을 살피는 연구를 하고 있다.

고소설의 현실 인식과 서사적 형상화

초판인쇄 2019년 7월 11일
초판발행 2019년 7월 22일

저 자 김서윤
발 행 인 윤석현
발 행 처 도서출판 박문사
등록번호 제2009-11호
우편주소 서울시 도봉구 우이천로 353 성주빌딩 3F
대표전화 (02) 992-3253
전 송 (02) 991-1285
전자우편 bakmunsa@daum.net
책임편집 박인려

ISBN 979-11-89292-40-9 93810 **정가** 25,000원